儿童剧编剧理论与实战技巧

·儿童剧编剧理论·儿童剧实战技巧·儿童剧作品选读·

胡红兵 著

Scriptwriting Theory
and Practical Skills
and Techniques for
Children's Theatre

中国戏剧出版社
CHINA THEATRE PRESS

图书在版编目（CIP）数据

儿童剧编剧理论与实战技巧 / 胡红兵著. -- 北京 :
中国戏剧出版社, 2019.7（2024.8重印）
ISBN 978-7-104-04809-1

Ⅰ. ①儿… Ⅱ. ①胡… Ⅲ. ①儿童剧－编剧 Ⅳ.
①I053

中国版本图书馆CIP数据核字(2019)第119377号

儿童剧编剧理论与实战技巧

责任编辑：肖　楠
项目统筹：李　静
责任印制：冯志强

出版发行：中国戏剧出版社
出 版 人：樊国宾
社　　址：北京市西城区天宁寺前街 2 号国家音乐产业基地 L 座
邮　　编：100055
网　　址：www.theatrebook.cn
电　　话：010-63385980（总编室） 010-63381560（发行部）
传　　真：010-63381560

读者服务：010-63381560
邮购地址：北京市西城区天宁寺前街 2 号国家音乐产业基地 L 座

印　　刷：北京九州迅驰传媒文化有限公司
开　　本：787mm×1092mm 1/16
印　　张：29.25
字　　数：460千字
版　　次：2019年7月 北京第1版第1次印刷
2024年8月 北京第1版第3次印刷
书　　号：ISBN 978-7-104-04809-1
定　　价：138.00元

序

谢柏梁[①]

胡红兵同学的《儿童剧编剧理论与实战技巧》即将付梓，嘱我作序，我感到由衷的快乐。

快乐的源头之一，在于个人有幸一再见证了红兵多年以来的辛勤耕耘，也一直在分享其丰收的果实与收获的喜悦。

我与红兵有着近乎天然而必然的师生之谊。早在19年前，21世纪刚刚展露出明媚曙色，红兵的《为奴隶的母亲》，便获得首届中国戏剧文学学会的剧作创新奖。

作为中国戏剧文学学会的会长之一，我深知要从全国各地才俊中所呈现的诸多作品中，披沙拣金地挑选出具备创新意义和发展前景的戏，殊为不易。但是品相好、基础佳的好戏，一般情况下不会被埋没。红兵的戏，第一次在全国层面脱颖而出，展露芳华。

玉在山而草木润，众生决不负贤者，于是在中原大地的剧坛打擂过程中，红兵的《曹谨》得以荣获第九届河南省戏剧大赛银奖。

众所皆知，河南是中国的第一戏剧大省，其作者之多，作品之好，豫剧、曲剧和越调等诸多剧中的影响之大，在全国范围内都难于比拟。其中的豫剧，

① 谢柏梁，文学博士，中国戏曲学院教授，博士生导师，文旅部千人计划编剧班班主任。北京市教学名师与领军人物，国务院政府特殊津贴专家，中国戏剧文学学会副会长，国际剧评协会中国分会副理事长。先后担任过上海交大、南京师大的10年中文系主任与学科带头人，担任过上戏的13年教授和国戏的10年戏文系主任。

现在已经号称是“第二国剧”，其演出之多，受众之广，遍布中华大地，撒播美雨欧风。因此，在河南在擂台，与乡亲争先后，谈何容易？殊大不易。

接下来便是中原父老与国家文化部门，共同提携、抬举红兵的新作。

2017年起，其新作《韩愈》先后获得第十三届河南省文华优秀剧目奖、入选河南省中原文艺精品工程重点剧目之列，同时还获得国家艺术基金大型原创剧目扶持项目的大力支持，这不仅开创了焦作市戏剧创作剧目三连冠的新局面，还是该市获得国家级资助项目的第一次破冰之旅。

作为文旅部“千人计划高级编剧进修班”的班主任和中国戏曲学院戏文系的主任，我们从各省文化厅报到部里的诸多候选人中，好中选好，优上看优，以掐尖选材的工作态度，关注着各地的青年编剧之成长趋势。

因此，从国家层面的全国编剧班“黄埔二期”的招生阶段开始，我们就关注到他的创作业绩和成长趋势，便从河南这一戏剧编剧的大省中，将其选拔到班上学习。

在班上，大家都忘却了他是焦作市艺术研究所所长，都认为他是本班的一位优秀学员。他的谦和与朴实、勤奋与努力、热情与沉潜、才华与成果，都得到了国内编剧大家们和同学们的一致好评。前景看好，谁曰不然？

后来，他又有机会在复旦大学进修学习，我们师生数人，又在上海风雨迷茫的徐家汇酒楼上小酌言志，进一步得知他不仅在戏曲上颇为用功，同时在儿童剧和科幻电视剧等不同创作界别上都有丰富的创获。

于是，第二波快乐的源头又油然而生。除了一般题材的戏剧创作之外，红兵更为重要的选择、实践与创作，是在儿童题材科幻电视剧的开掘上努力甚久，硕果累累，系列熔铸，大见作为。

古语云，独乐乐不如同乐乐。关注儿童，面向未来，培植祖国的花朵，放飞想象的翅膀，这是人生最为快乐的事业，也是我们这些见证者快乐的源泉。

十多年来，胡红兵与方兴未艾的儿童科幻电视剧结下了不解之缘。

作为总编剧，红兵主持创作的大型儿童科幻主体电视剧之《快乐星球》，从创意到联盟，从构思到拍摄，从剪辑到播放，迄今为止已经在中央电视台和全国各地的多家卫视频道循环播放，蔚为大观。

从创意上看,《快乐星球》科幻电视剧系列，填补了中国儿童科幻电视剧系列的空白，被称为中国儿童电视剧创作历史上最具备创新意义和有里程碑意义的作品。时任李长春、刘云山等中央宣传文化主管部门的领导同志，也为这一创意及其成绩颇感兴趣，先后莅临拍摄基地现场视察，作出重要批示，鼓励有加，期望殷切。遥想当年中国戏剧文学学会对其作品创新精神的表彰，真是一以贯之而踵事增华，华丽变身但初心不改。

从数量上看，央视与各地卫视已经循环播出四部系列共200集的《快乐星球》科幻电视剧系列。少年儿童观之若鹜，成人观众拍手称赞。我们上海交通大学的著名学长江泽民同志，曾经感叹过中国的儿童动漫科幻与电视剧的受众市场，向来都被日美所垄断，因此，本民族的儿童科幻创作与播出已经功在后代，迫在眉睫。

于是，胡红兵同学夜以继日，天天向上，一出手就独立完成了130集剧本，同时又统筹修改了几十集剧本。

200集《快乐星球》科幻电视剧的系列播出，对于中国儿童科幻片是一大创造，对于中华民族为儿童写戏播戏而言，是一大功德。这些广大的少年儿童受众之间，倘若因此放飞想象的翅膀，具备科学的素养，这对于人类飞出地球、遨游太空，再觅家园，择地安居，适彼乐土，具备无可估量的文明创造与文化再生的宏伟意义。

因此，国家层面开始关注、重视和奖掖胡红兵团队的戛戛独造和系列创作。

2007年,《快乐星球》第一、二部获第10届全国“五个一工程”奖优秀作品奖;

2007年,《快乐星球》第一部获第26届中国电视剧飞天奖少儿电视剧三等奖;

2009年,《快乐星球》第三部获第27届中国电视剧飞天奖少儿电视剧二等奖;

2010年,《快乐星球》第四部获中国电视金鹰奖电视剧三等奖;

2012年,《快乐星球》第一部获第十四届中国人口文化奖（电视剧类）三等奖。

从中宣部的“五个一工程奖”，到电视专业委员会的各级奖项，我认为都只是国家与专业部门的一些初步认可和积极支持。积以跬步，假以时日，细大不捐，百川归海，江河之大可期，日月之明可现，儿童的口碑、中华民族少年人的成长，人类进步的东方情怀，将是胡红兵团队最为高尚的情怀和最具备价值的奖杯。

此外，红兵的儿童电影《科技馆的秘密》在央视电影频道播出。电视剧本《四两拨千斤》荣获由中国电视剧编剧工作委员会主办的首届“华策杯”新锐编剧大赛入围作品奖。这些影视作品的情怀与寄托，努力与奉献，都将是红兵本人与我们的幸福感之所在。

怪不得红兵行年不满天命之年，便有点鹤发童颜、仙风道骨的感觉，要将儿童与科幻启蒙结合起来，要把井底之蛙的人类文化导入到太空文明和宇宙天体的大格局中去，谈何容易，那么多的艰辛化为诸多创造，这简直是太空生命和外星人对我们的醍醐灌顶的点破和凭虚临风的召唤。

我一向觉得胡红兵身上那种仙风道骨的感觉，恐怕与其仙乡云台山有着莫大的关系。

大家都知道云台山“三步一泉，五步一瀑，十步一潭”，其落差达 314 米的亚洲最大瀑布危乎高哉，有若银河倒泄，飘落人间。怪不得汉献帝将避暑台建在此地，怪不得“竹林七贤”在此留下了刘伶醒酒台、嵇康淬剑石、孙登啸台等文人胜迹，怪不得王维在茱萸峰上感慨万千，从内心深处高吟出“每逢佳节倍思亲”的千古绝唱。

所谓云台山，便是年年岁岁云气缭绕，仙音回旋，洞天福地，别有乾坤。所以历代重玄派妙真道士认此为祖庭，视之若家园。

而云台山，便是胡红兵同学的美妙家园。天造地设的山形水势，原始植被的奇幻本真，都与他的气质息息相关，都与其创造精神交相辉映。

行文至此，第三波快乐的源头又承前启后地奔涌出来。那就是红兵同学的理论专著《儿童剧编剧理论与实战技巧》，入选河南省委宣传部“四个一批”人才项目资助计划，并获得河南省艺术扶持资金个人理论专著出版专项扶持，且将由中国戏剧出版社出版发行。

在下不才，见识浅薄。于我认识了解的儿童文学与艺术作家与理论家中，儿时知道有陈伯吹先生，通过读书和听书，受过他的好多启迪。长大之后，还知道叶圣陶先生在儿童文学方面的提倡与期待。

我本人有幸见识过的当代人物中，儿童文学作家与理论家也可以数出几位有缘者。在京 11 年，见过独当一面的《童话大王》传奇的缔造者郑渊洁先生，对他很是敬仰。北京师范大学的影视研究名家周星教授，曾经出版过《儿童文学概论》的著作；北京大学中文系著名的儿童文学作家曹文轩教授，我们十多年前，也一起在宁夏的西部剧坛培训班上联袂讲学，其乐融融。

在中国戏曲学院的序列当中，现任北京演艺集团董事长的王珏女士，也曾是戏文系的高才生，她在儿童戏剧的创作方面硕果累累。

现任中国儿童艺术剧院院长的尹晓东先生，原本是我院音乐系的高才生，他是著名的京剧作曲家，也是儿童戏剧策划组织和管理的领军人物。

现在国戏的儿童题材创作与研究序列中，又增添了一位高人。这就是由国戏戏文系承办的文旅部千人计划编剧班中的胡红兵同学，从此国戏的学子中又有了一位值得骄傲的存在和面向宇宙和未来的儿童影视剧系列作家。

我们来共同观赏胡红兵《儿童剧编剧理论与实战技巧》新著的基本框架。

上篇是史论篇，是关于儿童剧编剧的一般理论阐述，从概念和定义出发，阐述儿童剧的发展历史和受众特点，艺术特征、社会意义和创作基本原则。

中篇是技巧篇，从儿童剧的题材选择、人物塑造、语言特征、戏剧冲突、结构方式和编创过程等方面，来与读者分享具体的方法论。

下篇是列举篇，红兵精心撷取了儿童题材的话剧、音乐剧、电视、电影和广播剧等不同体裁，用自己和别人具体的作品来说话举例，予以分类的解析和展示。

掩卷深思，感慨无限。从中国戏剧文学学会到中国戏曲学院，从河南焦作的编剧到文旅部千人计划编剧班的国家队员，从戏曲话剧跨界到影视广播剧等不同层面，从历史题材、现实题材转型为科幻题材和未来题材，胡红兵既是编剧的圣手，也是理论型的专家。他不仅是戏曲与话剧的编剧，又能跨界到影视编剧与科幻想象的新行列中去。

东方文化有着诸多的神秘性，就是天书不可泄露，兵书不可推广，独家的武林秘法藏之宝山传之其人，但是绝不可公之于众。妙哉不说破，说破不值钱。东方的科学技术一向不发达，往往就是玄而又玄的天书太多，值得共享和绝不共享者甚少。

可是学术者天下之公器，经验者分享之美德。如今红兵把自己在儿童剧的独门秘法，包括元理论和科幻影视剧基本史论观，把如何写和写的怎样，把独创性的开拓变成分享式的汇报，秘籍独特而传人，金针贵重而示人，从而使得有心之人读此书闻鸡起舞，共同为中国儿童提升想象力，向往浩瀚的宇宙外空和无限的科幻海洋出一份力，让中国也在新的纪元中成为儿童科幻大国，从一个方面扭转儿童教育的死记硬背的习惯和刻板的教育模式。

由此而言，本书虽然不是大部头的巨著，但却可以见微知著，管中窥豹，于一叶一花中折射出开创者导夫先路的境界之大，格局之广，文德之彰。

作为千人计划班的班主任，作为在上海戏剧学院和中国戏曲学院教过24年书的资深教师，我在剧场中看到同学们的剧目上演，会真心地感到快乐无边，比自己的戏上演的感觉要美好得多。

如今看到红兵同学的《儿童剧编剧理论与实战技巧》原稿，作为他事业成长和境界开拓的见证者和写序者，与读者诸君一起分享他面向儿童走向太空的奇思异想，便觉俗虑为之散尽。

白日飞升向苍穹的壮举倒是不敢效仿，但是有朝一日与胡红兵同学同游云台山，鸟瞰大峡谷，打开心灵的窗户，张开想象的翅膀，具备遥想古往今来大千世界的勇气与侠气，焕发古人所称之为凌云之志，这一构想还是题中应有之义，远足旅游之望。

是啊，古今皆同，地空对应，星光灿烂，蔚蓝的宇宙任我遨游，屈原天问我巡天，便可借红兵此书的灵光，将快乐欢悦的想法与实践，在戏剧影视中，在无限憧憬中，与读者诸君们共享。

想到此处，岂不开心向上，美哉快哉，为之一灿乎？

是为序。

2019年4月10日星期三写于中国戏曲学院

目录

中篇　儿童剧实战技巧

上篇

儿童剧编剧理论

第一章　当代儿童剧的概念

第一节　当代儿童剧的基本含义

儿童是祖国的花朵，是社会的未来。为广大少年儿童提供数量充足、营养丰富的精神食粮，让优秀的文艺作品伴随孩子们快乐成长，是艺术工作者的光荣使命。“剧本剧本，一剧之本”，解决好儿童剧剧本的创作问题，是促进儿童剧健康发展的重中之重。了解儿童剧发展历史，掌握儿童剧的特性，探究儿童剧创作技巧，是专业和业余儿童剧编剧的必修课。

谈儿童剧的发展历史，谈儿童剧的创作，我们首先面临的一个问题是：什么是儿童剧？

关于儿童剧的概念，历来是众说纷纭、莫衷一是。观点之一，儿童剧必须是由儿童演员出演的；观点之二，儿童剧以儿童为主人公，反映儿童生活；观点之三，儿童剧专指以动物、神仙等为题材的童话剧；观点之四，儿童剧的观众是少年儿童。类似的观点还有很多，在此就不再一一列举了。其实，这些观点说的都有一定道理，但基本上都是从儿童剧的某一个方面来阐述儿童剧的概念，难免有以偏概全、盲人摸象的遗憾。

在某百科网站上，还看到这样一个定义：内容符合于儿童经验，而且受到儿童喜爱的戏剧称为儿童剧（child play）。如果说上面的观点虽然有失偏颇，但还可以让人接受。那么，这个定义就让我们不知所云了。第一，“符合于儿童经验”，儿童经验指的是什么？是指儿童的生活经验，还是指审美经验，如果超出了儿童认知能力的戏剧，还算不算儿童剧？第二，“受到儿童喜爱”，一部成功的儿童剧必然受到儿童观众喜爱。但是，用是否受到儿童喜爱作为界定儿童剧的标准，显然是不合适的。就好比一个商人，成功的商人是商人，失败的商人难道就不是商人吗？同样，受到儿童喜爱的戏剧是儿童剧，没有受到儿童喜爱，但是符合儿童剧标准的戏剧也是儿童剧。

在这里我们谈到戏剧，又引出了儿童剧的另一种概念：儿童剧是以儿童为服务对象的话剧、歌剧、舞剧、歌舞剧、戏曲，以及童话剧、神话剧、木偶戏、皮影戏等不同类型剧种的统称。这个概念是目前为止被大多数人所接受的，具有一定权威性，也是被许多文章甚至一些理论专著所引用的概念。这个概念强调了儿童剧的首要任务是为儿童演出，为儿童服务，这就抓住了儿童剧的本质特点。但是，如果我们把这个定义仔细分析一下，也有一些值得商榷的地方。首先，木偶戏、皮影戏可以归属于戏曲的门下；其次，童话剧是戏剧题材的分类，不是一个剧种；最重要的一点，不论是话剧、歌剧，还是舞剧、戏曲等都可以归类为戏剧或者舞台剧，进一步说，这个儿童剧的概念应该是儿童戏剧的定义。

很长一段时期，人们说起“儿童剧”这个名词的时候，都会有意或者无意地指向舞台剧。这和儿童剧发展历史，以及新中国成立以后行政管理部门对儿童剧管理与扶持政策有关，后面会有详细论述。还有一种观点，不满足于把儿童剧等同于儿童戏剧，甚至要把儿童剧从话剧、京剧、越剧、花鼓戏、梆子等剧种中分离出来，把儿童剧看作一门独立的艺术，一个新的艺术品种。这种理论的依据是，儿童剧套用“纯”话剧、“纯”京剧、“纯”越剧等的表现手段，演出效果都不尽理想。儿童剧具有自己的规律和特征。这种观点片面夸大了儿童戏剧的特殊性，否认了儿童戏剧与成人戏剧的共同属性和普遍规律，儿童戏剧和其他戏剧一样，都是运用文学、音乐、舞蹈、美术等多种艺术手段来塑造人物形象，反映社会生活的综合性舞台艺术。话剧、京剧、越剧等都是儿童戏剧的表现形式，或者说是儿童戏剧的载体。离开这些载体去谈儿童戏剧，正应了一句古语“皮之不存，毛将焉附”？

既然我们说戏剧是儿童剧的载体，那么其他艺术形式呢？深受广大少年儿童喜爱的一些电视剧和电影，如《家有儿女》《快乐星球》《哈利·波特》《小鬼当家》《喜羊羊与灰太狼》《巴啦啦小魔仙》，等等，算不算儿童剧？

台湾学者赖光真有自己独到的见解，他眼中的儿童戏剧是一个大概念。他把儿童戏剧分成三大部分，包括舞台戏剧、传媒戏剧和说唱艺术。其中，舞台戏剧包含舞台剧、话剧和歌剧；传媒艺术涵括电视剧、电影和广播；说唱艺术则有相声、说书和数来宝。

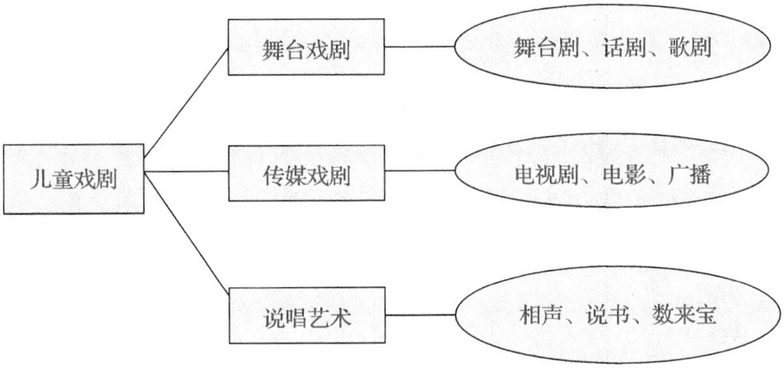

儿童戏剧的分类

如果说在20世纪初或20世纪中叶儿童剧的主体是儿童戏剧，那么，时代发展到今天，舞台剧一支独大的情境早已不复存在，广播、影视、互联网等成了艺术作品制作与传播的主要平台。儿童剧也不例外，不论从作品数量，还是从观众人数上看，儿童电视剧和儿童电影已经成为儿童剧的主力军。儿童剧理论研究既要尊重历史，又要与时俱进。赖光真的分类方法比较符合当代儿童剧发展的现状。但是，这个分类也有不准确的地方。第一，他使用“儿童戏剧”这个概念作为总称，容易与舞台剧相混淆；第二，相声、说书和数来宝属于曲艺范畴，和我们儿童剧中的“剧”这个界定不相符。所以我们认为，当代儿童剧应该有广义和狭义之分。广义的儿童剧应该涵盖儿童戏剧、儿童电影、儿童电视剧、儿童广播剧等，而狭义的儿童剧专指儿童戏剧。

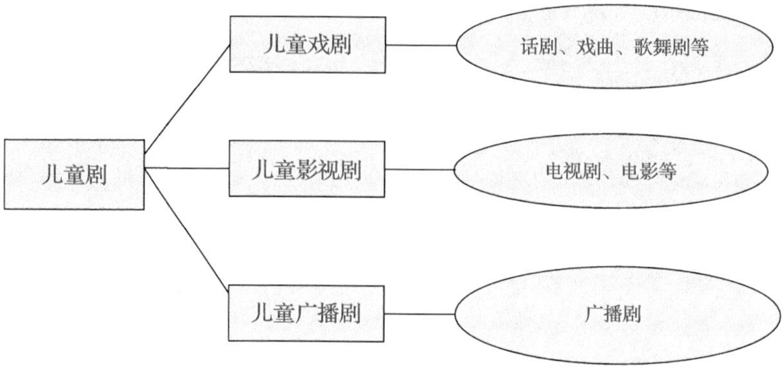

广义儿童剧的分类

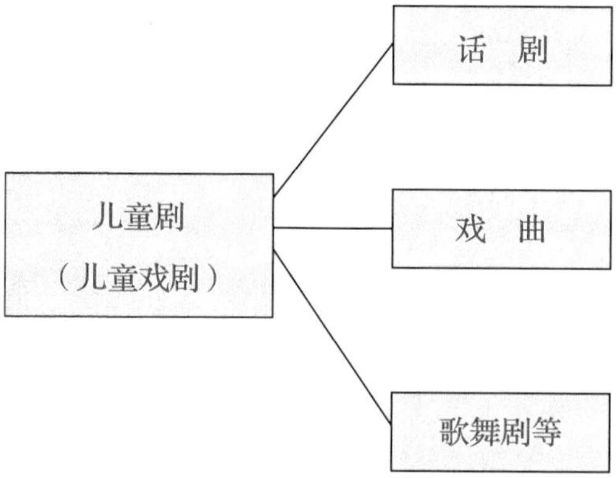

狭义儿童剧的分类

第二节　当代儿童剧的概念

我们探讨当代儿童剧概念的目的，是为了更准确地理解儿童剧区别于成人剧的特殊性，把握时代特点，找出儿童剧的特质。

首先，儿童剧应该是以儿童为主体，专为儿童创作的。和成人戏剧、影视作品不同，儿童剧作品的服务对象主要是儿童观众。编剧在创作之初就有明确的目的，会分析儿童的喜好和兴趣，从主题立意、选材结构、语言风格等方面都会针对儿童的精神文化需求，尊重儿童的欣赏规律，以儿童的视角讲故事。

其次，儿童剧与成人剧不同，大多数儿童剧没有复杂多变的人物性格、惊心动魄的戏剧情节和缠绵悱恻的爱情故事，儿童剧以童真、童趣的生活来贴近观众；以新奇、大胆的想象来吸引观众；以智慧、幽默的语言来娱乐观众；以真实、细腻的情感来感染观众。儿童剧不是“小儿科”，儿童剧以其独特的艺术魅力赢得观众、赢得市场。在艺术百花园里，儿童剧是不可或缺的一朵鲜花。

最后，儿童剧要有积极的思想意义，要传递昂扬向上的正能量。儿童剧的观众主要是少年儿童，在这个年龄段正是世界观和性格形成的重要时期，具有很大的可塑性。儿童剧在少年儿童成长过程中的重要性和不可替代性是毋庸置疑的。儿童剧编剧要凭借丰富大胆的想象力，依靠扎实娴熟的编剧技巧，塑造出生动鲜活的艺术形象，传播真善美，给予儿童观众潜移默化、润物细无声的影响。

综上所述，我们可以给儿童剧下一个定义：儿童剧是专为儿童创作并适合他们欣赏的，具有独特艺术性和思想意义的儿童戏剧、儿童电影、儿童电视剧和儿童广播剧等的总称。儿童剧从受众上可以分为幼儿剧、儿童剧和少年剧；从题材上可以分为古装题材、现实题材、童话神话题材和科幻题材；从表现形式上可以分为儿童戏剧（舞台剧）、儿童电影、儿童电视剧和儿童广播剧。

儿童剧不是一个独立的艺术品种，儿童剧首先是一个讲究立意、结构和塑造出鲜明个性人物的剧，同时又必须是让儿童观众爱看和成人观众耐看的剧。从事儿童剧创作，必须在遵循艺术创作普遍规律的基础上，注意充分发挥儿童剧的艺术特点，创造儿童剧独特的艺术魅力。苏联著名导演阿·波波夫说过：“戏剧一向被视为一种既浅显得出奇，又含有深刻的哲理，有助于领悟人生的艺术。”这句话不是专门针对儿童剧而言，但用它来概括儿童剧的艺术特点却十分合适。

第二章　儿童剧的发展历史

第一节　儿童戏剧的产生与发展

中国儿童剧的出现，首先是儿童戏剧的产生。中国的儿童戏剧最早出现在20世纪初的“五四”时期。换句话说，中国的儿童剧，也是以“五四”时期儿童戏剧的登场为标志，正式展现在世人面前。

在这里需要说明一点，戏曲是中国传统文化中的瑰宝，博大精深，源远流长，在元代就已经十分兴盛。但是，从目前流传下来的戏曲作品看，并没有专门为儿童创作、演出的剧目。也是由于这个原因，中国儿童剧的诞生被推迟了数百年。到了19世纪末20世纪初，话剧、歌剧等艺术形式从西方传入中国。以胡适、陈独秀、鲁迅、李大钊等一批受过西方教育、走在时代前沿的文化人发起的新文化运动蓬勃兴起。“人”的发现，是新文化运动最重要的成果之一。在“民主”“科学”旗帜引领下，在“妇女解放”思潮催动下，“儿童问题”受到社会各界的高度关注。关心儿童成长，正确教育儿童，造就新的一代，才能改造中国国民性，真正实现人的解放成为共识。可以说，新文化运动掀起了中国历史上的第一次“儿童热”。鲁迅先生那振聋发聩的“救救孩子”的大声呐喊，更唤醒了许多有良知的文学家、艺术家投身到儿童文学、儿童戏剧的创作中来。

中国的儿童戏剧从诞生到现在，已经有百年历史，大致可以分为初始期、发展期、兴盛期、低潮期、恢复期和鼎盛期六个阶段。

一、中国儿童戏剧的开端——初创期

1919 年 11 月 14 日，是中国儿童剧发展史上值得永久纪念的日子。郭沫若先生创作的独幕儿童剧《黎明》在上海《时事新报》副刊《学灯》上发表，成为中国儿童戏剧的开山之作，也拉开了中国儿童剧的帷幕。以此为开端，中国儿童戏剧一经问世，就进入了一次“井喷”状态。

《黎明》的剧情很简单，带有强烈的象征意义和神话色彩。主人公是一对从海蚌中跳出的小兄妹，他俩是先觉者。他们载歌载舞，欢庆黎明的到来。他们要唤醒更多的兄弟姐妹，挣脱黑暗的囚笼，一起去迎接新生。剧本通过诗化的语言、形象的比喻、欢快的节奏和载歌载舞的形式，成功塑造了中国儿童剧史上最早的两位主人公“女”和“儿”。《黎明》浪漫主义的叙事风格，也成了中国儿童戏剧初创期作品的基调。

五四时期作家们创作了许多儿童剧本，其中成就较高的当属被称作中国流行音乐奠基人、“中国近代歌舞之父”的黎锦晖先生。他把音乐、舞蹈、诗歌等元素融入儿童戏剧之中，创造出了更符合儿童欣赏习惯的“儿童歌舞剧”这一崭新的艺术样式。他一共创作了 13 部儿童歌舞剧，其代表作《葡萄仙子》和《小小画家》曾经风靡全国。

五四时期，在儿童戏剧创作丰收的同时，儿童剧理论研究也在同步进行。“儿童本位”的创作理念已深入人心。周作人在《儿童剧》一文中指出：我很希望于儿童童话以外，有美而健全的儿童剧本出现于中国，使他们得在院子里树荫下或唱或读，或扮演浪漫的故事，正当地享受他们应得的快乐。

回顾初创期的儿童戏剧，可以发现以下几个特点：从反映内容上看，大多是童话剧、神话剧，反映现实题材的剧本比较少；从表现形式上看，大多是诗剧、歌舞剧，以独幕剧为主；从艺术风格上看，大多带有浪漫主义、唯美主义色彩，不少剧本还洋溢着乐观主义精神；从作品主题上看，大多以“爱”与“美”为表现主题，歌颂光明、善良和一切美好的事物。

二、关注民族命运的发展期

20世纪30年代到1949年新中国成立，是中国儿童戏剧的发展期。

日本侵华战争不仅给中华民族带来了深重灾难，也打断了中国儿童戏剧的正常进程。面对日寇的铁蹄和战火硝烟，爱国作家、艺术家纷纷行动起来，“民族救亡”成为时代的最强音。在新的形势下，中国儿童戏剧初创期的“儿童本位”创作理念被搁置起来，儿童戏剧的政治性、宣传性、教育性得到空前加强。出现了一批表现战争中儿童苦难境遇，展示战争给孩子们身心造成巨大伤害的儿童戏剧。于伶的《蹄下》、陈白尘的《两个孩子》、许幸之的《古庙钟声》、吴祖光的《孩子军》等作品在当时都有较大影响。

谈这一时期的儿童戏剧创作，我们不得不提到一个人，他就是董林肯先生。1939年，他创作了街头剧《难童》，展示战争带给孩子们的伤痛。剧本完成后，董林肯亲自带着孩子们在街头演出，引起社会的极大关注。随后，他又创作了《小间谍》《小主人》《表》等一系列优秀儿童戏剧。其中，《小主人》以完整的戏剧结构、鲜明的人物形象、灵活的叙述方式赢得赞誉，被誉为是“继黎锦晖的《葡萄仙子》之后，中国儿童戏剧发展进程中又一里程碑式的作品”。董林肯不仅在创作上成就卓著，他还参与组织了中国第一个儿童剧团——昆明儿童剧团，希望通过孩子们天真的呼喊声，进一步唤起人们的爱国热情，对动员全民抗战起到了推动作用。

在这一阶段，还发生了一件对中国儿童戏剧发展影响深远的大事，那就是中国福利会基金会儿童剧团的成立。1946年秋，宋庆龄在上海会见戏剧家黄佐临，表示希望中国有个专为儿童演戏的剧团，她说，“儿童是国家未来的主人，通过戏剧去培养下一代，提高他们的素质，给予他们娱乐，点燃他们的想象力，是最有意义的事情”。不久，黄佐临通过上海文艺界的中共地下党员刘厚生的介绍，推荐张石流和任德耀到宋庆龄领导的中国福利会基金会工作，着手筹建儿童剧团。1947年4月10日，全国第一家公益性、教育性的国家专业儿童艺术院团中国福利会基金会（中国福利会前身）儿童剧团在上海成立，开启了中国儿童戏剧发展的新篇章。

抗战时期的儿童戏剧创作与初创期相比，有其鲜明特点。浪漫主义、唯美主义被现实主义、英雄主义所代替，主人公大多是“无产阶级小战士”“抗日小英雄”和“流浪儿”。表现形式也由初创期的儿童歌舞剧转为注重写实的话剧，儿童戏剧与成人戏剧的界限非常模糊。由于思想表达和创作周期的限制，剧作家们往往忽略了儿童戏剧的本质特性，不可避免地出现了一些情节简单化、台词口号化、人物符号化的粗糙之作。但是，我们不可否认，当时的儿童戏剧发挥了巨大的宣传、教育、鼓动作用，为抗日救亡做出了特殊的贡献。

到了解放战争时期，儿童戏剧创作取得了长足发展。活跃在各地的儿童剧团深入到城市、农村演出，受到民众欢迎。儿童戏剧在创作上也更加成熟，戏剧结构更加合理、人物形象更加丰满、表现手法更加多样，石凌鹤的《乐园进行曲》、包蕾的《巨人的花园》和张石流的《小小马戏班》等是其中的优秀代表。经过了 30 年的探索与磨练，经历了初创期与发展期的中国儿童戏剧，已经为迎接第一次繁荣做好了准备。

三、新中国成立造就的兴盛期

新中国的成立为中国儿童戏剧带来了空前的繁荣。新中国成立之初到“文革”前，在党的“双百方针”和“二为方向”指引下，广大文艺工作者焕发出前所未有的热情，创作出一批高质量的儿童戏剧作品，不论是思想性还是艺术性都达到了新的高度，中国儿童戏剧迎来了第一个高峰。这一时期儿童戏剧的繁荣兴盛主要表现在三个方面。

首先，成立了一批儿童戏剧院团。1956 年，中国儿童剧院（后更名为“中国儿童艺术剧院”）成立。中国儿童剧院的前身是抗日战争时期（1941 年）成立的延安青年艺术剧院附属儿童艺术学园（延安少年剧团），1949 年更名为中国青年艺术剧院儿童队，1952 年改为青艺附属中国少年儿童剧团。1956 年 6 月 1 日，由文化部正式命名为中国儿童剧院，首任院长任虹。1957 年 4 月 10 日，上海的中国福利会儿童剧团，扩建并更名为中国福利会儿童艺术剧院。在这一时期，北京、上海、武汉、辽宁、四川、云南、宁夏、乌鲁木齐、西安、鞍山等地相继成立了 20 多个儿童戏剧院团。儿童戏剧舞台，形成了以北方的中国儿童艺术剧院和南方的中国福利会儿童艺术剧院为中心南北呼应，全国各地百花齐放的繁荣景象。

其次，产生了一批优秀儿童剧目。张天翼的《大灰狼》、任德耀的《马兰花》、乔羽的《果园姐妹》、王世镇的《枪》、老舍的《宝船》和刘厚明的《小雁齐飞》等在当时都有较大影响。其中，任德耀先生创作的《马兰花》还成了传世之作，久演不衰，至今依然受到小朋友们的喜爱，创造了中国儿童戏剧史上的一个传奇。

最后，涌现了一批儿童戏剧艺术家。新中国成立后，一些有成就的作家、艺术家，如老舍、张天翼、马少波、孙维世、欧阳山尊、李少春等名家，主动关注儿童戏剧创作，为孩子们创作剧本、排演戏剧。据中国儿艺的老艺术家覃琨回忆："1960 年老舍先生为剧院写下《宝船》的剧本，还亲自来到排练场进行剧本朗读。剧院还为我们请来侯宝林先生讲课，给演员们进行剧目理解的辅导。在我们排马少波先生编剧的《岳云》时，李少春、张云溪等名家给我们上武功课，教我们话剧该如何和戏曲结合。"正是由于众多艺术名家的共同努力，中国儿童戏剧才出现了"万紫千红"的第一次高峰。

四、历经十年浩劫的低潮期

1966 年"文化大革命"爆发，给中华民族带来一场长达十年之久的灾难，中国儿童戏剧事业也未能幸免。一批作家、艺术家被下放劳动锻炼。受极"左"思潮压制，儿童戏剧创作和儿童文学一样，必须遵循三突出原则：在所有人物中突出正面人物，在正面人物中突出英雄人物，在英雄人物中突出主要英雄人物。刘绪源先生在《中国儿童文学史略·文革中的儿童小说》中进一步对当时的"创作公式"总结为"五规定"：一、必须写阶级斗争；二、必须有对立面人物；三、必须有正面冲突；四、不能长敌人志气，灭自己威风，更不准给英雄人物抹黑；五、光写新的还不够，还要写出英雄人物的思想高度，甚至理论高度。

在这样的政治环境和艺术氛围中，儿童戏剧乏善可陈。多是一些突出政治宣传、强调高台教化，简单的人物形象，口号式的革命语言的伪现实主义作品。任德耀在一篇文章中痛心疾首地谈道："很多剧团被迫解散了，幸存的少数剧院、团，也被弄得支离破碎，溃不成军。孩子们被迫和儿童剧院断绝关系，新生的儿童从未看过儿童剧，根本就不知道世界上还有专门演给他们看的戏剧。"中国儿童戏剧从新中国成立后十几年形成的高峰迅速跌入低谷。

五、拨乱反正后的恢复期

1976年，十年浩劫结束了。百废待兴，儿童戏剧工作者重整旗鼓，为中国儿童戏剧的复苏做出了艰苦的努力。这一时期历经二十年，以1996年全国儿童剧新剧目评比演出活动为标志，儿童戏剧完成了全面复兴。

1978年3月，邵冲飞、朱漪、王正、林克欢编剧，耿震、朱漪、邵冲飞导演的儿童剧《报童》，由中国儿童艺术剧院在北京首演，引起轰动。《报童》以抗日战争期间国民党制造"皖南事变"事件为背景，描写了重庆《新华日报》的一群小报童，在周恩来的教育、关怀下，在斗争中迅速成长的故事。《报童》首次在儿童剧舞台上塑造了周恩来的光辉形象，而蛐蛐、石雷、草莽等"小报童"的艺术形象，至今仍留在观众的心中。同年6月，由秦培春编剧，任德耀、刘安古执导的儿童剧《童心》被中国福利会儿童艺术剧院搬上舞台。宋庆龄、王震、彭真、康克清等中央领导观看了演出。宋庆龄在《人民日报》发表《我看〈童心〉》一文指出："剧本塑造了人民教师的形象。热情歌颂了社会主义教育事业……这是一出好戏，对成人和孩子都有很大的教育意义。"在首演后的一年间，演出了132场，观众多达184088人次。

1982年在中国儿童戏剧发展史上具有重要意义。这一年，文化部分南北两片举办了全国首届儿童剧观摩演出。这次活动从演出的规模、剧目的质量以及参与院团的数量上说，都是新中国成立以来前所未有的。演出中出现了一批深受观众喜爱的剧目，例如，《宋庆龄和孩子们》《朱小彬》《闪烁吧，繁星》《好伙伴之歌》《三毛要上学》《人参娃娃》《金童》《寒号鸟》，等等。特别是刘喜庭创作的《人参娃娃》，自1982年首演以来便风靡全国，当时的演出场次达四五百场之多，红遍大江南北，创下了南有《马兰花》，北有《人参娃娃》

的佳话。

由于政府重视，儿童剧创作、演出的形势不断好转。一大批优秀的儿童戏剧如雨后春笋般涌现出来。比较有代表性的作品有：《少年周恩来》《潇洒女孩》《陈小虎》《孩子剧团》等。1996年，文化部和武汉市政府共同举办了全国儿童剧新剧目评比演出，规模虽然不及1982年那次活动大，但是，经过筛选的12台剧目，不论是题材、体裁、风格多样性，还是反映现实生活的深刻性以及艺术追求上的探索性，都取得了显著的成绩，出现了《远山的花朵》《我爱我班》《希望》《白马飞飞》等一批优秀的剧目。特别值得一提的是，苏州市滑稽剧团演出的《一二三，起步走》，风趣幽默，寓教于乐，既惹人发笑，又使人落泪。这部作品不仅深受大人、孩子们喜爱，还连获各项大奖，真正成了既叫好、又叫座的儿童戏剧高峰之作。

这一阶段，在中国改革开放大背景下，经过儿童戏剧工作者的不懈努力，中国的儿童戏剧由低谷奋力攀升。儿童戏剧创作题材不断拓展，由长期以来以现实生活题材为主导，转向童话、神话、科幻、中国古典、外国经典等多元化选择。创作理念向儿童本位回归，纠正了“成人中心”论，以适应儿童欣赏接受为目标，更加关注当下儿童新的生活、新的问题和新的追求。表现手法与世界接轨，改革开放打开了国门，让我们对西方儿童戏剧有了更多的了解，儿童戏剧工作者开始借鉴国外的一些艺术表现手法，不断创新，不少作品让中国的小观众有了耳目一新的感觉。

六、21世纪全面繁荣的鼎盛期

2000年文化部在长沙举办了“全国儿童剧观摩演出”，《春雨沙沙》《少年华罗庚》《月光摇篮曲》等剧目受到好评。2005年，由文化部主办的“第五届全国儿童剧优秀剧目展演”在苏州举行，共20台剧目参加演出。《青春跑道》和《柠檬黄的味道》在展演中脱颖而出。2006年，中国儿艺创作演出了《韶山出了个毛泽东》，然后又相继推出《十二生肖》《西游记》《魔方大厦》《绝对小孩》《特殊作业》《延安保育院》《成语魔方》《时间森林》《山羊不吃天堂草》等一大批作品。与中国儿艺相呼应，中国福利会儿童艺术剧院也创作演出了《享受艰难》《灿烂的阳光》《泰坦尼克号》《成长的快乐》等优秀剧目。

2011 年 7 月 16 日，中国儿童艺术剧院主办的首届中国儿童戏剧节在中国儿童剧场隆重开幕，历时 42 天，有来自国内和国外的 26 个参演单位 39 台剧目 215 场精彩演出，共有 15 万观众走进剧场，奉献了一次国内最高规格的儿童戏剧盛宴。作为新中国历史上演出时间最长、场次最多、范围最广的一次儿童戏剧活动，戏剧节以“点亮童心塑造未来”为主题，以优秀剧目展演、儿童戏剧学术交流以及戏剧嘉年华活动为载体，以“主题突出、特色鲜明、影响广泛、效果显著”为目的，以“传承、创新、融合、发展”为原则，为国内外儿童戏剧同行提供艺术交流的舞台，为广大儿童及家庭提供艺术体验的平台，推动了儿童戏剧的繁荣发展。迄今为止，戏剧节已连续举办了七届，真正把中国儿童戏剧节打造成了国内首创、国际知名，展示中国优秀儿童戏剧的重要节日。

纵观 21 世纪儿童戏剧发展，有几个突出特点：一、更突出时代性，更关注现实生活，更贴近当代儿童。环保、成长等主题都在作品中得到展现。二、现代科技的应用广泛，声、光、电等多媒体舞台表现手段更多得到应用，丰富多彩的舞台呈现更符合当代儿童的审美趣味。三、公益性演出日益增多，儿童戏剧不断延伸，不仅仅停留在剧场，更多地融入孩子们的生活之中。四、国际艺术交流频繁，官方和民间关于儿童戏剧的国际交流不断增加，促进各国之间儿童戏剧创作、运作的交流借鉴，取长补短，进一步推动儿童戏剧事业的发展。

新时代儿童戏剧的鼎盛期已经来临，儿童戏剧之花一定会美丽绽放、长盛不衰。

第二节　儿童电影的产生与发展

1895 年 12 月 28 日是世界电影的诞生日。这一天，卢米埃尔兄弟在巴黎卡普辛路 14 号大咖啡馆的地下室里，公开售票放映了自己制作的影片。中国电影出现在1905年，北京丰泰照相馆创办人任景泰拍摄了由谭鑫培主演的《定军山》片段，这是中国人自己摄制的第一部影片。

和中国儿童戏剧的产生一样，中国儿童电影的诞生同样得益于新文化运动。新文化运动的先驱们对传统封建专制的旧文化礼教进行猛烈抨击，认为儿童应作为“独立”的人得到尊重。电影界的有识之士开始关注儿童的命运，表现儿童的生活。1922 年，上海影戏公司的创办者但杜宇先生导演的无声黑白短片《顽童》，被认为是中国最早的一部儿童电影。后来，但杜宇先生又导演拍摄了《弃儿》《弟弟》《小公子》等儿童电影，为中国儿童电影的发展做出了重要贡献。

在新中国成立之前，中国的儿童电影从诞生到发展，完成了从纯娱乐性向表现、宣传和教化的功能转变。早期郑正秋编剧、张石川导演的《孤儿救祖记》，抗战时期蔡楚生导演的《迷途的羔羊》，在当时都引起了强烈的社会反响。拍摄于 1948 年的《三毛流浪记》，可以说是新中国成立前成就最高的儿童电影。《三毛流浪记》是阳翰笙等人根据张乐平先生的漫画《三毛》改编，赵明、严恭导演，年仅 8 岁的王龙基饰演三毛，上官云珠、黄宗英、赵丹等一批艺术家参加了拍摄。《三毛流浪记》的拍摄周期长达一年多，1949 年 10 月 12 日正式公演。拍摄开始于新中国成立之前，却成了新中国成立后第一部公演的国产故事片。也由于这个原因，影片有了两个结尾，是中国电影史上第一部有双结尾的影片。影片一经上演，就好评如潮。三毛这个活灵活现的艺术形象，成为中国儿童电影史上的经典人物之一。

新中国成立到“文革”前，创作了一批表现战争题材和歌颂新中国儿童幸福生活的儿童电影。《鸡毛信》《小兵张嘎》《红孩子》《地下少先队》等是那个时期广为流传的抗战题材儿童影片。这些影片通过塑造一批机智勇敢的儿童英雄形象，传达了颇具时代特色的革命英雄主义主题，影响了一代甚至几代人。1955 年，石挥、谢晋导演的《鸡毛信》在英国第 9 届爱丁堡国际电影节上获得优胜奖，成为中国在国际上获奖的第一部儿童电影。1963 年，徐光耀编剧、崔嵬和欧阳红缨导演的《小兵张嘎》，以其深刻的思想内涵、丰满的人物形象、灵活的艺术手法、精湛的表演技艺赢得了观众的赞誉。不仅深受小朋友的喜爱，也受到成人观众的欢迎。《小兵张嘎》始终保持着旺盛的艺术生命力，久演不衰，成为中国儿童电影的代表作之一。

同时期，表现现实题材的儿童电影也有佳作。1955 年，林兰编剧、严恭导演的《祖国的花朵》，是第一部正面反映校园生活的儿童片。影片洋溢着欢快清新的时代感，通过小学生互帮互助、共同进步的故事，展现了新中国少年儿童的精神风貌。影片的主题歌《让我们荡起双桨》（乔羽作词、刘炽作曲）旋律优美、节奏明快，家喻户晓，传唱至今。

这个阶段，也是中国美术电影创作的一个黄金期。出现了《小蝌蚪找妈妈》《草原小姐妹》《半夜鸡叫》等一批艺术特色鲜明的影片，极大地丰富了中国儿童电影的种类，深受孩子们热爱，在中国儿童电影史上占有重要地位。

1966 年，新中国儿童电影摸索中成长的进程戛然而止。受政治高压和极"左"思潮的影响，儿童电影偏离了正常轨道。

首先是数量上明显减少，"文革"十年中共拍摄儿童电影 14 部。1966 年长影厂拍摄一部《雁鸿岭下》后，长达八年没有新的儿童电影投拍。其次是成人化现象严重，缺少展现少年儿童天真烂漫的作品。人物概念化，故事模式化，政治色彩强烈。最后，缺乏想象力，艺术手法单一。不过，在一片文化荒漠中，根据李心田同名小说由王愿坚、陆柱国执笔改编，李俊、李昂导演的《闪闪的红星》却成为荒漠中的一朵奇葩。潘冬子勇敢机智的形象深入人心，由李双江演唱的主题曲《红星照我去战斗》更是红遍大江南北，广为流传。《闪闪的红星》虽然也存在当时儿童电影的通病，但在那个特殊的历史年代，已经属于十分难得的上乘之作。

"文革"结束后，电影工作者经过对极"左"思想的批判和反思，中国儿童电影逐渐回到了正常的发展轨道。1979 年，根据同名话剧改编的《报童》搬上银幕。同年，徐庆东、刘青编剧，谢晋导演的《啊！摇篮》公映，以其不同的艺术视角和表现手法赢得广泛赞誉。1980 年，表现当代校园题材的电影《苗苗》上映。影片真实而细腻地塑造了青年女教师韩苗苗，人物丰满，有血有肉。苗苗老师有爱心、有热情，也有缺点，是中国电影史上比较成功的教师形象。

1981 年 6 月 1 日，中国儿童电影制片厂成立，艺术家于蓝任厂长。同年 12 月，"儿童电影文学剧本座谈会"召开。这次座谈会规模大、规格高，厘清了一些理论问题，对后来儿童电影创作影响深远。

1984年，根据铁凝小说《没有纽扣的红衬衫》改编的《红衣少女》由峨眉电影制片厂拍摄，陆小雅担任编导。影片成功地塑造了一个性格开朗、活泼可爱、敢说敢为的80年代女中学生形象。《红衣少女》的面世，给当时的中国儿童电影界带来了振奋，也引发了激烈的争论。该片获得了金鸡奖和百花奖的最佳故事片奖，对儿童电影工作者是一个巨大鼓舞。1985年张良导演拍摄的《少年犯》首次关注到少年犯罪这个社会问题，是中国儿童电影题材上的重大突破。1987年，中国拍摄了第一部儿童科幻电影《霹雳贝贝》（张之路编剧，宋崇、翁路明导演）。影片情节曲折，充满童趣，在拍摄的时候又使用了很多特技，令少儿观众耳目一新、兴奋不已。冯小宁导演的《大气层消失》也是一部非常优秀的儿童科幻电影。

20世纪后二十年，是中国儿童电影蓬勃发展的时期。现实题材影片不断取得新突破，新的题材领域得到充分开掘。关注儿童本体，回归自然，回归生活的创作理念成为主流，出现了一大批优秀影片。《哦，香雪》《火焰山来的鼓手》《天堂回信》连续在柏林电影节获奖，为中国儿童电影在国际上争得一席之地。

进入21世纪以来，国产电影的票房突飞猛进。2017年国产电影票房301.04亿元，占票房总额的53.84%，国产电影票房过亿元的影片51部。但是，受社会经济发展转型影响，受国内电影发行市场制约，受外国电影的夹击，中国儿童电影却陷入低迷状态，举步维艰。《女生日记》《上学路上》《娃娃唱大戏》《一个都不能少》《长江7号》《宝葫芦的秘密》等影片，算是这个阶段比较出色的儿童电影。

如何走出当下中国儿童电影的困境，用优质的国产儿童电影满足少年儿童的欣赏需求，是电影工作者和社会各界需要思考的问题。

第三节　儿童电视剧的产生与发展

电视是 20 世纪人类的重大发明，电视剧伴随着电视的出现而诞生。1928 年 9 月 11 日，通用公司在纽约试播了《女王信使》。这是世界上第一部初步意义上的电视剧，标志着人类历史上一个全新的艺术形式的诞生。1958 年 5 月 1 日，北京电视台（中央电视台的前身）成立，是中国第一家电视台。1958 年 6 月 15 日，北京电视台以黑白电视在演播室通过直播方式播出的《一口菜饼子》，是中国大陆第一部电视剧。1960 年，北京电视台播出了我国第一部儿童电视剧《刘文学》，开启了中国儿童电视剧发展的历程。1958—1965 年，北京电视台共播出电视剧 90 部，其中儿童电视剧就有 36 部，可见当时对儿童电视剧非常重视。但是，中国电视剧刚刚起步，即遭遇了史无前例的一场浩劫。1966—1976 年，中国电视剧发展处于停滞状态。没有生产一部儿童电视剧。

1978 年，党的十一届三中全会拉开了中国改革开放的大幕。中国儿童电视剧也迎来了蓬勃发展的新时期。“以儿童为主体”的创作理念成为主流，在时代变革的洪流与市场经济的大潮下，中国儿童电视剧进入了长达二十年的探索期。1980 年，儿童电视剧共播出 23 部，占中央电视台所播 131 部电视剧的 1/6 左右。从这一年的第一届“飞天奖”开始，对儿童电视剧单列奖项，这对儿童电视剧的发展起了积极的促进作用。当年，电视剧《好好叔》《小淘气》《什么在闪光》等 8 部儿童电视剧分获一、二、三等奖。

20 世纪 80 年代，是中国电视剧快速发展的时期。但是，受各种因素影响，儿童电视剧的发展势头却缓慢下来。每年的播出量始终徘徊在二三十集左右。儿童电视剧创作队伍也不断流失。儿童电视剧的产量和质量都不能满足观众的需求。儿童剧创作理念上也出现了问题，忧患意识侵入儿童电视剧。成人化情节、深刻性主题使儿童剧逐渐离儿童观众越来越远。1987 年 10 月，中国电视艺术家协会及四川分会、中国广播电视学会四川分会联合召开了首届儿童电视剧理论研讨会。“不要把儿童电视剧写成儿童问题剧或社会问题剧”的呼声占据了主流。

经历了理论迷茫之后，儿童电视剧进入一个快速发展的时期。对儿童自身的关注取代了种种社会矛盾，成为儿童电视剧表现的重点。1988年尹力导演的《好爸爸坏爸爸》一经播出，就受到孩子们的热烈欢迎。该片获得了第九届全国飞天奖儿童剧一等奖。

进入20世纪90年代，涌现出《少年毛泽东》《亲亲我老师》《棒棒真棒》《小龙人》《少年特工》《童年周恩来》《快乐的小伙伴》等一批优秀作品。特别值得一提的是《小龙人》，堪称儿童电视剧的精品，荣获当年的飞天奖特别奖。

21世纪中国儿童电视剧表现的题材更加宽广。《水浒少年》将中国功夫首次在儿童剧中展现。《五彩戏娃》讲述了一群痴迷河北梆子的孩子们的故事。《外国小孩中国爸》则表现了中西方文化差异碰撞出来的火花。但是，儿童电视剧的发展，不论从数量还是质量，都远远不能适应新时代少年儿童的需求。有识之士大声疾呼“三亿儿童，嗷嗷待哺”。

2004年，中共中央、国务院专门颁发了《关于进一步加强和改进未成年人思想道德建设的若干意见》，对少儿题材电视剧创作提出了新的要求。中央电视台和地方台也都加大了少儿题材电视节目的制作、播出的扶持力度。在这个大背景影响下，出现了在中国儿童电视剧史上具有重要影响的优秀作品。《快乐星球》《家有儿女》的热播，迅速点燃了少儿观众期盼已久的激情。

2004年10月，儿童科幻电视剧《快乐星球》第一部在央视电视剧频道的“青春剧苑”首播，立刻带来了一场强劲持久的快乐收视风暴。第一部平均收视率达到了1.9%，创下了央视该时段的收视新高。2006年7月，《快乐星球》第二部又在央视少儿频道的黄金时段播出，最高收视率达2.46%，刷新了该频道开办以来的最高收视率。除在收视方面的成绩以外，《快乐星球》成功的更大意义是在于衍生产品的成功上，即形成了成功的产业链。2004年11月，《快乐星球》小说版、漫画版陆续上市，共发行200多万册，创下了中国少儿图书市场上的奇迹。2008年7月，《快乐星球》第三部播出；2010年2月，《快乐星球》第四部播出。《快乐星球》四部共206集，在中国的儿童电视剧历史上画下了重重的一笔，走出了一条富有中国特色的儿童电视剧之路。《快乐星球》已经成为中国儿童电视剧的一个品牌，为孩子们留下了一份美好的回忆。

2005年播出的《家有儿女》也是一部非常成功的儿童电视剧。它以情景喜剧的形式，讲述了两个离异家庭重新组合后，发生在父母和三个孩子间的各种有趣故事。在《快乐星球》和《家有儿女》这两部电视剧的创作中，"儿童意识"被摆在第一位，"蹲下来说话"、和孩子平等交流是创作者们的共识。在同期播出的《小兵张嘎》《女生日记》《火力少年王》等也是比较有影响的作品。

儿童动漫剧也是儿童电视剧的一个重要组成部分，《大头儿子和小头爸爸》《蓝猫淘气三千问》《葫芦娃》《巴啦啦小魔仙》《喜羊羊与灰太狼》《熊出没》等动漫剧受到不同年龄段的孩子们的追捧。

这些年来，中国儿童电视剧取得了有目共睹的成绩。但是，与当代儿童和家长的要求还有不小的差距。主要存在以下问题：首先是主创人员严重流失。由于拍摄儿童剧的经济效益低，风险大，一些有经验、有成就的艺术家纷纷脱离儿童剧主创阵营。第二，创作人员对当代儿童的生活缺乏深入了解，即便是体验生活，也是蜻蜓点水、走马观花。第三，儿童电视剧理论研究是短板，对艺术实践缺乏有力的支撑。

第四节　儿童广播剧的产生与发展

世界上第一部广播剧是23岁的年轻剧作家理查·修斯创作的《危险》，1924年1月15日在英国广播公司播出。中国的广播剧出现在20世纪30年代。据文字记载，中国最早的广播剧是1933年由上海电台亚美公司制作的《恐怖的回忆》。新中国成立以后，1950年2月7日，中央人民广播电台为纪念"二七"铁路大罢工，制作了反映铁路工人修复铁路支援国家建设的广播剧《一万块夹板》，这是新中国成立以后播出的第一部广播剧。

1954年，中央广播剧团成立，录制的《小燕子万里飞行记》，灌制了唱片在各地广播站发行。这是中国早期的儿童广播剧之一。同期比较有影响的还有根据安徒生童话改编的《皇帝的新装》。

1956年9月4日中央人民广播电台“小喇叭”节目开播。小喇叭节目主要的广播内容是故事、儿童歌曲、儿歌、儿童广播剧等少儿文艺节目。它的开始曲“嗒滴嗒、嗒滴嗒、嗒嘀嗒——嗒——滴——；小朋友，小喇叭节目开始广播啦！”在某种程度上成为几代人童年回忆的一个符号。几十年来，小喇叭播出了一大批深受少年儿童喜爱的广播剧，如《小熊请客》《小猫钓鱼》《星期六的下午》《小蝌蚪找妈妈》《果园姐妹》《猪八戒吃西瓜》，等等。

1983年，全国少年儿童广播剧评选会议召开，从83部广播剧中选出了《蘑菇的故事》《一封将要发出的信》《胖胖》《小家伙、大家伙和高个子姑娘》《“贝利”足球队和“怪”鞋匠》等22部作品，授予优秀少年儿童广播剧奖，于同年“六一”儿童节在全国各地电台播出。

随着时代发展，各种新媒体的兴起，广播剧渐渐跌入低谷。1996年，广播剧被列入了中宣部“五个一工程”奖项，这使得拥有大批听众但又濒临衰落的广播剧获得了新的生命。儿童广播剧《雯雯撑起的天空》《画童与神马》《军伢子》《阳光行动》《幸福一把》《妈妈你说话》《居然和管沙一起长大》等作品获奖，为儿童广播剧的发展注入了新的活力。

进入新时代，儿童广播剧的发展机遇和挑战并存，怎样尽快适应新时代儿童的审美需求，怎样充分利用各种现代技术手段，怎样在多种媒体冲击下求生存，是迫切需要解决的问题。

第三章　儿童剧的受众特点

第一节　儿童剧受众的界定

谈儿童剧的受众特点，我们首先要弄明白两个概念：第一，关于儿童的界定；第二，什么是受众？

一、关于儿童的界定

“少小离家老大回，乡音无改鬓毛衰。儿童相见不相识，笑问客从何处来。”在贺知章这首《回乡偶书》里面，“少小”是多小？“儿童”又是多大呢？贺知章三十七岁中进士，在此以前应该就离开家乡了，至于具体是什么年龄，不得而知。但是对于“儿童”有多大，我们还可以根据古代文献找出一些蛛丝马迹。

古代“儿童”一词最早出现于先秦时期，《列子》中有“尧乃微服游于康衢，闻儿童谣”的记载。但先秦时“儿童”一词并不常用，多使用“小儿”“童子”等。到了唐朝，“儿童”这个词使用的频率渐渐多了起来。在古代，“儿童”和“童子”是近义词，《新唐书》：“凡童子科，十岁以下”。由此可以推断，《回乡偶书》里的“儿童”也应该在十岁以下。那么，是不是十岁就是“儿童”年龄的上限呢？也不尽然，历代对“童子”年龄的描述也不一样。据文献记载，汉代的童子年龄一般在十二岁左右。宋代规定童子是十五岁以下。

到了现代，儿童年龄范围的争议也很大。《现代汉语词典》对“儿童”的解释是一个模糊的概念：较幼小的未成年人（年纪比“少年”小）。而少年的一般意义是十岁到十五岁这个年龄段。根据这个定义，现在“儿童”的年龄应该和唐朝时的“童子”相仿，都是十岁以下。这个年龄界定是从词语角度的解释，在法律上有没有明确规定呢？答案是否定的。截至目前，我国现行法律中尚没有关于“儿童”的定义，与之相关的有一个“未成年人”的概念。《中华人民共和国未成年人保护法》第二条规定：“本法所称未成年人是指未满十八周岁的公民。”在 1992 年发布的《关于执行〈全国人民代表大会常务委员会关于严惩拐卖、绑架妇女、儿童的犯罪分子的决定〉的若干问题的解答》中规定：“《决定》和本解答中所说的‘儿童’，是指不满十四岁的人。其中，不满一岁的为婴儿，一岁以上不满六岁的为幼儿。”这是我们能看到的最明确的一个表述。

1992 年，中国政府批准加入联合国《儿童权利公约》。《儿童权利公约》（*Convention on the Rights of the Child*）1989 年 11 月 20 日第 44 届联合国大会第 25 号决议通过，是第一部关于保障儿童权利且具有法律约束力的国际性约定。《儿童权利公约》第一条规定：“为本公约之目的，儿童系指 18 岁以下的任何人，除非对其适用之法律规定成年年龄少于 18 岁。”

综上所述，儿童的界定有广义和狭义之分。广义的儿童概念是指未成年人，也就是《儿童权利公约》中表述的 18 岁以下的任何人。狭义的儿童概念是指不满 14 岁的人。通常，我国儿童文学和儿童剧的读者与观众是以 14 岁以下的孩子们为主，本书也沿用这个惯例，所称“儿童”为狭义的儿童概念。儿童阶段又可以分为三个时期：婴幼儿期（0—3 岁），学龄前期（3—7 岁）和学龄期（7—14 岁）。按照目前儿童身体心理发育程度，14 岁左右普遍已经进入青春期。青春期儿童的审美心理和情趣往往会发生较大的变化，与之前的差异性非常明显。因此，青春期儿童暂不列入本书的研究范围。

二、受众的概念及相关理论

受众（Audience）是传播学的概念，是从西方引入中国的一个名词，又被翻译成“阅听人”。简单地说，受众是指信息传播的接受者，包括报刊和书籍的读者、广播的听众、电影电视戏剧的观众、互联网的浏览者等。

传播学鼻祖威尔伯·L.施拉姆这样形容受众：受众参与传播就好像在自助餐厅就餐，媒介在这种传播环境中的作用只是为受众服务，提供尽可能让受众满意的“饭菜”（信息）。至于受众吃什么，吃多少，吃还是不吃，全在于受众自身的意愿和喜好，媒介是无能为力的。这就是著名的受众中心论。

传播学中的受众具有广泛性、混杂性、分散性和隐匿性等特点。在传播过程中，受众是需求者、解读者、参与者和主导者。受众参与传播的目的主要有：获取信息，了解外部世界；娱乐消遣，满足精神及情感需要；获取知识；社会交往的需要。目前，传播学中关于受众的理论主要有五种。

（一）个人差异论

个人差异论由卡尔·霍夫兰于1946年首先提出。个人差异论认为，相同的大众传播内容在受众之间之所以产生不同效果，是由于受众的个人条件、社会关系和社会范畴不同，其中受众的个人差异最重要。个人的差异主要体现在个人兴趣、态度信仰、价值观等的不同，因此，受众在接触信息时所接受和理解的东西就不一样，产生的态度和行为也就不同。因此传播者要善于了解和利用来自受传者的经验、态度、立场等，并从尊重受传者的角度进行传播活动。

（二）社会分化论

社会分化论是美国传播学者赖利夫妇在《大众传播与社会系统》中首先提出来的。社会分化论认为，个人是生活在群体中的，主要受基本群体和参照群体的影响，而基本群体和参照群体也是社会的组成部分，故个人受到群体的影响，就是受到整个社会的影响，只不过社会对个人的影响是通过群体这个中心来实现的。

（三）社会关系论

最早来源于拉扎斯菲尔德的《人民的选择》。社会关系论认为，受众所属团体的压力和合力对于受众接受信息时的态度及行为产生的影响很大，而媒介通常难以改变人们固有的信念和态度。受众作为个体均有不同的生活圈，并受其约束和影响。很多受众接收的信息都是经过这个生活圈解释过滤了的，故人们倾向于接受与其所居团体意志相符的信息，当该团体的观点信念受到媒体攻击时，其成员就会起来排斥这一媒体，加深原有观念。

（四）文化规范论

是德弗勒提出的一种传播理论。文化规范论认为，大众传播媒介之所以能间接地影响受众的行为，是因为它发出的信息能形成一种道德的文化的规范力量，受众不知不觉地依据媒介逐步提供的“参考架构”来解释社会现象与事实，表明自己的观点和主张。媒介这种影响是日积月累、缓慢地渗进受众思想中去的。

（五）社会参与论

1967 年 J.A. 巴伦在《对报纸的参与权利》中提出。社会参与论认为受众不是被动的信息接收者，而是积极的大众传播参与者。因此，传播者应尽可能尊重受众，照顾受众积极参与的愿望、要求和权利。

我们研究儿童剧的受众，就是儿童剧的观众和听众。具体说就是儿童戏剧、儿童影视剧（互联网视频也可归入影视剧范畴）的观众和儿童广播剧的听众。传播学中关于受众的基本理论，对研究儿童剧受众也有指导意义。

第二节　儿童剧受众的特点

儿童剧的受众主要是 3 岁到 14 岁的儿童，其次也包括一些年龄稍大一点的孩子和家长、老师等成年人。儿童在观赏影视、戏剧作品的时候，由于生理层面、心理层面和文化层面与成年人有较大差异，所以就构成了儿童特有的审美特征。

一、儿童受众的差异性

从生理、心理层面上说，儿童在对事物的认知和接受上不仅与成人存在差异，就是不同阶段的儿童之间也存在着很大的不同。瑞士心理学家皮亚杰将儿童按心理成熟的程度划分出不同的成长阶段，认为随着心智的发展和渐趋成熟，儿童的认知水平是有阶段性的。婴幼儿期的儿童依据身体动作经验和外界刺激建立起基本感知，并以此为基础发展各种经验，逐渐形成最初级的接受能力。思维具有形象性，注意力不易集中和持久，语言和理解力处于正在发展阶段。学龄前期儿童对事物的感知能力和语言表达能力有所提高，抽象思维能力开始形成，求知欲增强。学龄期儿童是最不稳定、最易发生变化的时期，是儿童向成人的过渡时期，是“半幼稚”“半成熟”的时期。在这一阶段，儿童的抽象思维能力和语言表达能力飞速发展，独立性、自觉性、纪律性等品质逐渐形成，自我意识增强，具有了初步的世界观与认识论。此外，儿童思维的直观性和以自我为中心，在年龄越小的儿童的身上表现得越明显。随着年龄的增长，理性思维和逻辑思维会慢慢发展，这种直观式的感知和自我中心的思维方式会慢慢消退。

从文化层面上说，儿童在每个阶段接受的社会信息和文化教育也存在差异。如果说，儿童生理、心理层面的因素构成了审美的内在动力，那么，文化层面的因素就是构成审美能力的外部基础。内在动力的差异，从个体分布来说并不大。而外部基础由于每个人受到的教育不同，往往是形成审美能力差别的重要原因。

只有在一个有美感的环境里生活，才能成为心灵高贵、举止优雅，浑身散发着美好气息的人。很难想象在一个毫无美感的环境中，能成长出举止、气度、谈吐不凡之人。木心先生说过一句话，“没有审美力是绝症，知识也救不了”。认识到儿童受众审美能力的阶段性差异，可以使我们的儿童剧在选材、创作、形式上更有针对性，更符合每个阶段儿童生理、心理、文化层面的特点，有的放矢，使儿童剧发挥最大的作用。

二、儿童受众的审美需求

毋庸置疑，儿童与成人的审美能力存在差异。由于生理、心理和文化层面的原因，儿童的审美能力还存在阶段性差异。同样，不同国家、不同民族的儿童受众，有着不同的生存环境，在价值观念、思维方式、人文心态等方面都有很大的差异性。但是，作为儿童剧的观众来说，他们都有着一些共同的心理需求。

（一）愉悦和快乐的需求

弗洛伊德认为，人有追求快乐的本能，在本性上也永远按照“快乐原则”行事。人们在理想中，总是希望事情朝着好的方向发展，希望结果也是美好的、快乐的。不同的时代、不同的地域，孕育不一样的童年，但无论何时何地，追求快乐都是孩子们的天性，儿童更应该成为快乐的天使，快乐应该是童年的底色。在学校和家庭双重压力下的孩子们能挤出宝贵的时间来欣赏儿童剧，他们无疑希望在审美实践中得到美感的满足，体验到他们平时不曾体验的快乐。带给人愉悦、快乐的儿童剧可以使孩子们得到精神上的享受。对于成人来说，他们同样有追求愉悦和快乐的心理需求。家长和老师处于成人的世界之中，社会工作和生活的压力往往是沉重的，有趣、快乐的儿童剧也能够让他们缓解压力，卸下疲惫，感受到精神上的满足。

（二）归属和爱的需求

爱是生命中的永恒主题，也是各种题材的剧目中所要表达的主题。无论是儿童还是成人，都有归属和爱的需求，都希望能够被人接纳、爱护、关注、鼓励和支持。对于儿童来说，他们最简单的愿望就是希望被爸爸妈妈关爱，有一个温暖的家。对于成人来说，家庭的关爱同样是至关重要的。家长陪伴孩子观看专为儿童打造的儿童剧，是出于一种关爱。同时，家长也在陪伴孩子观看儿童剧的行为中进一步感受到家庭成员间的互动和紧密联结，感受到自身在家庭中的地位和对家庭的归属。因此，创作者在创作儿童剧时，要注重一些家庭题材的把握，关注家庭生活，使家庭成员可以形成一种爱的感知力，感受到一种归属感，增进亲子关系，营造和睦家庭。

（三）情感需求

在现代社会，很多家庭大都只有一个子女，缺少玩伴的他们通常会感到孤单，他们和同龄人的沟通也比较少。他们更需要观看专为他们创作的、能够表现同龄人故事的儿童剧。

真实、生动、贴近实际生活的儿童剧能够引起观众情感上的共鸣，能够让他们感受艺术的魅力。儿童戏剧在剧场演出，与观众的互动更加直接、迅速和便捷，可以带给观众身临其境的感觉。在生活中孤独的儿童渴望在剧场里找到贴近他们生活的同龄人，引起他们情感上的共鸣，以达到情感宣泄和疏导的作用，在情感上享受到一次艺术的洗礼。

（四）认识的需求

人一来到这个世界上，就怀着一颗好奇的心来观察周围的环境。新鲜、新奇、独特的东西最能引起儿童的注意和兴趣。好奇心是创造性的原动力。儿童认识的需求包括对事物的好奇心、求知欲、探索心理。儿童剧在创作过程中设计一些合乎情理却又意料之外的情节、合理糅入戏剧的精粹、凸显舞台设计等，都将是引起观众探索和求知欲的重要手段。儿童剧的主要观众虽然是儿童，但其展现的内容不应当是浅薄无知、纯为搞笑的，它需要通过对故事的挖掘和人物的塑造来满足儿童对人、对事物、对社会变化发展的认识和理解的需求。

（五）审美的需求

审美需求指人有追求匀称、整齐、和谐、有序等心理需求。观看儿童剧，无疑是接受一次艺术的熏陶，也能有效地促进儿童审美心理的发展。学龄期儿童正处于审美态度形成的重要时期，他们开始学会以审美的眼光和态度来看待艺术作品，并表现出自身独特的喜好。正是由于人类无论在听觉还是视觉等方面都有审美的需要，因此在舞台设计和表演形式上应当具有美感，能抓住人的眼球和耳朵。

（六）游戏的需求

儿童时代是游戏的时代，游戏是儿童最基本的生活和学习方式，也是他们最基本的审美方式。游戏是儿童充沛生命活力自然涌现的结果，它是无实际功利目的的，游戏过程就是目的。游戏促进了儿童各方面的健康成长。苏霍姆林斯基曾说："游戏——这是一扇巨大、明亮的窗子，正是通过这扇窗子，关于周围世界的图景、概念的赏心悦目的光流，才照射到了儿童的精神世界。"儿童总是喜欢生动活泼、充满趣味性的活动。他们最不喜欢也不理解过于严肃、枯燥无趣的说教。意大利 TPO 剧团的多媒体互动体验剧《魔毯梦花园》在北京遭遇水土不服，说明是否具有游戏精神是中西方儿童剧创作观念差异之一。中国教育许多流于说教，儿童剧常常用语言或者故事告诉大家一个道理，强调教育和引导，而不是重视孩子的感受。而国外很多家长们不会希望孩子们通过一部儿童剧去学习什么道理，或者记住什么剧情，而是希望打开孩子们的想象力，让他们自己去认识、热爱自然和世界。

每一部儿童剧都是打开儿童新世界的窗口，都应该能让儿童体会不一样的经历，学习不一样的知识，感受不一样的世界，让儿童的成长获得更多的力量。

第四章　儿童剧的艺术特征

第一节　儿童剧的共性艺术特征

在前面我们曾探讨过儿童剧的概念，儿童剧是专为儿童创作并适合他们欣赏的，具有独特艺术性和思想意义的儿童戏剧、儿童电影、儿童电视剧和儿童广播剧等的总称。儿童剧以戏剧、影视等艺术形式为载体，每种艺术形式都有其独特的艺术特征。在这一节我们主要研究作为儿童剧载体的艺术形式之间共有的、普遍性的特征。

儿童剧的艺术特征不是凭空而来的，是在大量的儿童剧创作实践中慢慢积累起来的。儿童剧是专为儿童创作，并且要适合他们欣赏。这就决定了儿童剧的创作必须符合儿童的审美能力和审美需求。接下来我们就以中国儿童剧的经典之作《马兰花》为例，分析一下儿童剧的共性的艺术特征。

“马兰花，马兰花，风吹雨打都不怕，勤劳的人在说话，请你现在就开花。”这句耳熟能详的歌谣，回荡在许多人的童年里。这首儿歌随着儿童剧《马兰花》在不同年代的复排、重排，被一代又一代的儿童传唱。《马兰花》创作于1955年，编剧是为中国儿童戏剧发展做出过卓越贡献的任德耀先生。这部戏根据民间传说改编，采用平铺直叙、层层递进、前后贯穿的创作手法，讲述了一个老少咸宜、娓娓动人的故事。

《马兰花》故事梗概：在美丽的马兰山，生活着一千五百岁的树公公和一群可爱的小动物。他们最喜欢的人是马兰花的花神马郎。

那天正好是马兰花开的日子，山下的王老爹来到山上拾柴火，为了给女儿摘一朵最好看的马兰花，不幸坠下山崖，马郎勇敢地救起了王老爹。王老爹十分感激马郎，非常喜欢这个年轻人。这时，山下传来小兰动人的歌声，马郎与之对唱。王老爹说，那是我的女儿小兰。我有两个闺女，她们长得一模一样。马郎送给王老爹一朵神奇的马兰花，说，问问您的女儿，谁愿意嫁给我，就把这朵花送给她。贪心的老猫对这朵神奇的马兰花垂涎欲滴，总想将其占为己有，到了家里，王老爹叙述了自己的经历。大兰立即夺过了马兰花，表示愿意嫁给马郎。但是，她又听爹爹说马郎没有房产和财产，靠勤劳过日子，就立刻丢弃了马兰花，小兰拾起了马兰花，愿意与马郎共同生活。在圆月当空的夜晚，马郎在大家的陪同下，高擎着一盏盏荷花灯，驾着木船前来迎接新娘小兰。婚礼简朴又热烈，大家十分快活。从此，小兰与马郎过上了恩爱的甜蜜生活。

一年后，小兰带着神奇的马兰花回娘家。贪心的老猫偷偷地跟踪，听到小兰念了口诀："马兰花，马兰花，风吹雨打都不怕，勤劳的人在说话，请你现在就开花！"之后，许多贵重的礼物转眼间就出现了。老猫看得直眼红。它利用大兰对小兰的嫉妒，极力讨好她，并怂恿她第二天送小兰回家。在小河边，老猫又怂恿大兰穿上妹妹的衣服，戴上妹妹的耳环，进而想利用大兰骗过小兰头上的马兰花。小兰拒绝，老猫上前抢夺马兰花，并把小兰推进了河里，小鸟看到了这一切，与老猫搏斗，受了重伤。大兰惊恐万分，但已经被老猫控制。老猫教唆大兰冒充小兰上山，以便获得口诀。在山上，马郎几经识辨，终于发现妻子是冒充的。

老猫为灭口，又害死了小鸟。小鸟死后变成了一棵苹果树，向前来寻找小兰的马郎无言地述说悲惨的经过。大兰后悔莫及，十分痛苦。马郎知道了真相，发动大家一起来抓捕凶恶残忍的老猫（在演出时，老猫台上台下地逃跑，马郎和小动物们台上台下地追，小观众和演员一起到处拦截老猫，场面十分热烈。这是小观众最开心的场面）。老猫呼唤马兰花给它变出金银财宝、大马车。果然，八匹马的大马车出现了，老猫十分得意。殊不知，这是马郎和小动物们变成的。老猫终于受到了正义的惩罚。马郎向马兰花呼唤，使得小兰和小鸟又获得了新的生命，美丽的马兰山又洋溢着幸福的歌声。

说起《马兰花》的诞生，还有一段小故事。据著名表演艺术家、原中国儿艺院长方菊芬回忆：20世纪50年代初，在香饵胡同内的一个四合院里有一个“中央戏剧学院表演干部培训班”，班里面人才济济，田华、于蓝、蓝天野等许多表演艺术家都在其中。当时培训班的任课教师是从苏联请来的专家鲍里斯·格里果里耶维奇·库里涅夫。

1955年，培训班临近毕业，库里涅夫希望毕业公演的剧目中有一个给儿童观众看的戏，进一步打算将来把这个戏带到中国儿艺。正好当时上海“中国福利会”儿童剧团的著名编剧、导演任德耀参加了班上的工作，库里涅夫便要他写一个儿童剧。任德耀便将熊塞声发表的民间故事诗《马莲花》改编成了舞台剧。到了1955年的“六一”前夕，准备改编的剧本还只有一个提纲。出乎培训班所有人意料的是，“六一”一大早，库里涅夫就把香饵胡同的小孩都请来了，在上大课的教室里坐得满满地等着看戏。同学们和任德耀就像热锅上的蚂蚁……怎么演啊？演什么呀？库里涅夫却满不在乎地笑眯眯地跑到后台来对我们说：“今天六一儿童节，不给孩子们演出可不行，何况孩子们都来了。（你们）就根据提纲，按每个人物的性格，规定情境，即兴演，就像平常做一个小品一样，不要像思想家似的老想，老研究，要行动、行动……我到下边看戏去了啊！”说完他就走了。

接下来的演出让所有人忍俊不禁，也让方菊芬和她的同学永远难忘。每演完一段都要跑到后台去问任德耀下面该演什么。任德耀除了告诉大家每场的中心事件之外，如果时间稍宽裕一点，他就会多说几句。至于上台后，谁干什么，说什么，站在哪儿，如何行动，都是各自根据剧情的发展，临场即兴创作。孩子们对演出反应强烈，掌声不断，看完后孩子们高高兴兴地回家去了。

1955年下半年，《马兰花》被推荐给当时即将正式成立的中国儿童艺术剧院作为建院首演剧目，库里涅夫任艺术指导，鲁亚农任导演。1956年6月1日，中国儿童艺术剧院成立,《马兰花》作为建院剧目与观众见面，受到观众的热烈欢迎。周恩来总理曾两次观看该剧，并提出了具体修改意见：“为什么要让大兰死呢？是老猫把她教坏的，老猫是主犯，她是胁从，胁从不问，大兰可以改好嘛，她不应该死！”根据周总理的意见，编剧对大兰这个人物做了较大修改，修改后的剧本更合理、更完美。从 1956 年第一版面世，到 2016 年六十年间,《马兰花》经历了五次改版，每次改版都是一次新的探索。《马兰花》与时俱进，常演常改，常改常新，历经磨炼，终于成为中国儿艺的“镇院之宝”，中国儿童戏剧发展史上具有里程碑意义的作品。

《马兰花》的编剧任德耀曾说过，儿童剧是演给儿童看的，要以情动情，以心拨心。“在创作《马兰花》时，就对民间故事做了新的处理，从内容到形式接通了儿童剧同儿童观众审美心理的渠道。”因此,《马兰花》符合儿童的审美心理，具有丰富的艺术魅力，完美地体现了儿童剧的艺术特征。

一、单纯性

什么是儿童剧经典？著名戏剧评论家童道明说：“我以为儿童剧经典的思想性是单纯而又永恒的，是对于真善美的赞美，真善美是要赞美一辈子的……”儿童剧的单纯性首先表现在主题的单纯。儿童剧主题的确定要符合儿童的文化程度、接受能力和心理生理发展水平，要正面积极、鲜明浅显，容易被儿童接受。《马兰花》的主题很简单，正义必将战胜邪恶，只有勤劳、善良的人们才会获得幸福。时代在变，不变的是始终阳光明朗的童心。《马兰花》的主题鲜明而具有永恒价值，这也是这部作品历经六十余年长演不衰，影响了一代又一代人的秘诀之一。其次是人物形象的单纯性。艺术作品的主题往往要依靠人物形象表达出来。在成人戏剧、影视作品里，主要人物和次要人物通常会力求丰富、复杂和多面性，以求更好地表达主题的内涵。而对于儿童剧来说，塑造人物要求个性突出、黑白分明。《马兰花》中的小兰、马郎勤劳善良勇敢，大兰贪婪自私懒惰，老猫狡猾阴险歹毒，这些个性鲜明的人物很容易被儿童观众理解，能长久地留在孩子们的记忆中。最后是情节结构的单纯性。儿童剧的结构与成人剧的结构基本一致。只不过由于儿童特有的一些特点，要求剧情铺垫少、进戏快，线索单一，冲突激烈。如果采取过于烦琐复杂的结构技巧，很容易造成儿童欣赏障碍，降低儿童观剧时的兴趣和乐趣。《马兰花》采用传统的开放式结构，剧情是按照故事发生、发展、高潮、结局的时间顺序自然展开，使儿童观众清晰地了解剧情的发展过程，对剧中的人和事留下鲜明的印象。

二、故事性

我们每个人的童年，都会留下依偎在父母怀里听故事的美好记忆。喜欢听故事是人类的天性，这一天性在儿童身上的表现尤为突出。儿童喜欢看有头有尾的故事，更喜欢生动曲折的故事情节，在故事的发展过程中认识人物、理解剧情。在欣赏儿童剧时，儿童会随着剧情的变化或者高兴或者伤心，有时会兴奋地大声叫嚷，有时会悲痛地痛哭流涕。儿童这种情绪上的变化，正是故事性强的儿童剧的艺术魅力所在。《马兰花》的故事脉络十分清晰，采用平铺直叙的叙述手法，情节跌宕起伏，合理设置起承转合的节点。编剧从儿童的思想感情和审美情趣出发，放下高台教化的架子，平等地给孩子们讲述了一个生动有趣的故事。

三、幻想性

不少儿童剧作家和儿童教育工作者在谈到儿童剧的现状时，一致认为当前儿童剧创作最大的问题是缺乏想象力。一些作品创作观念陈旧，过于写实，能够启发孩子们想象力的科幻、童话、寓言剧更少。别林斯基说过："生气勃勃的、富有诗意的想象力是培养儿童作家的一系列必备条件中的不可或缺的条件。"《马兰花》的编剧任德耀先生就是一位想象力丰富的剧作家。在剧本创作时，他汲取了中国优秀民间故事的精华，大胆想象，钩织出了人仙通婚、死而复生、夸张变形、魔法宝物等一系列奇特景象，契合了儿童的思维方式，满足了儿童好奇求新的欲望。特别是剧中那朵看似普通的"马兰花"，却蕴含着神奇的力量，似乎是无所不能。但是，作者又给她设置了一个先决条件，要想让马兰花施展魔力，必须要知道口诀。这朵花并不是谁都能召唤，只有在勤劳善良的人们面前，马兰花才能焕发出无穷的力量。《马兰花》在虚虚实实之间，用中国传统写意手法创作出了一个充满情趣、诗意盎然的童话世界。在虚拟化、舞蹈化的表演中，放飞小观众的想象力，使孩子们获得一种满足感。

四、趣味性

在生活中，风趣幽默的人更受人欢迎。在文学作品和戏剧影视作品里，趣味性强的作品更容易赢得读者、观众的青睐。这个现象在儿童剧上表现尤为突出。列夫·托尔斯泰认为：儿童文学的基本特征之一是趣味性。没有儿童情趣，就没有儿童剧。快乐是儿童的天性，孩子们观赏儿童剧目就是从中寻求快乐。是否有趣，是衡量儿童剧优劣的一个重要标准，对于孩子们来说，“有趣”甚至成了选择观赏儿童剧的唯一的标准。儿童剧的趣味性主要表现在引人入胜的故事情节、生动有趣的人物性格、诙谐幽默的人物语言和奇思妙想的神奇幻境。《马兰花》是这几个方面完美结合的一个典范。

五、游戏性

游戏是儿童生活的重要内容，在儿童剧的诸多特点之中，游戏性占据着特殊的位置，与其他的特性相比更贴合儿童的年龄和心理特征。儿童剧的游戏性，能够吸引小观众深深沉浸在剧情中，获得审美的愉悦感。常演常新的《马兰花》是儿童剧游戏性的代表作之一。《马兰花》在首次开演时，在高潮中，马郎带领着一帮小动物追着老猫打时，老猫跑到了观众席上，马郎当时喊了一声“抓住它，别让它跑了”。这时引起了小观众的热烈反应，他们几乎都从自己的座位上跳了起来，跟着马郎一起追赶老猫，场面十分热烈。相比在台下正襟危坐地听故事，孩子们显然更加喜欢台上的演员走下舞台与他们互动，或者是让他们走上舞台参与演出，这在某种程度上变成了戏剧的一部分，并且他们不知不觉地被带入了戏中，自己好像是穿插在现实和假想中一样，在感到有趣的同时激发了他们的想象力，这种难得的感受自然会成为他们童年回忆的美好时刻。

儿童剧的这些特质不是孤立存在的，它们相互渗透、和谐统一在一部作品中，能够有效激发儿童欣赏的兴趣和热情，满足儿童的审美需求，提升儿童的审美意识和审美能力，寓教于乐，在潜移默化中影响儿童，为儿童的全面发展打下良好的基础。

第二节　儿童戏剧与儿童影视剧的关系

戏剧是一门综合性的艺术，指以语言、动作、舞蹈、音乐、木偶等形式达到叙事目的的舞台表演艺术的总称。儿童戏剧是戏剧的一个分支，是专为儿童创作演出，适合儿童接受能力和欣赏趣味的戏剧。儿童戏剧按照表现形式可以分为儿童话剧、儿童戏曲、儿童歌舞剧、儿童木偶剧、儿童皮影戏等；按照戏剧的容量大小可以分为多幕剧、独幕剧和小品；按照戏剧的题材可以分为历史剧、现代剧、童话（神话）剧和科幻剧等；按照戏剧冲突的性质和结果可以分为喜剧、正剧和悲剧。

儿童戏剧作为戏剧大家庭中的一员，不论是哪一种类型，都必然要遵循戏剧的艺术规律，具备戏剧艺术的基本特征：第一，表演性特征。法国戏剧理论家 F. 萨赛断言：不管是什么样的戏剧作品，都是为了给观众看的。“没有观众，就没有戏剧”，因而，戏剧的一切元素都必须与观众的欣赏相适应。余秋雨更进一步阐述：任何戏剧作品都是为了演给由若干人组成的一群观众欣赏的，这就是戏剧作品的真正本质，这就是一个剧本存在的必需条件。戏剧是由演员的表演与观众构成的实时、直接、生动的观演关系，演员在舞台上借助角色的动作、语言和音乐、舞美、灯光等手段营造戏剧情境，叙述故事情节，感染观众。第二，叙事性特征。在绝大多数情况下，戏剧离不开故事。成人戏剧的故事往往曲折而富有深意，儿童戏剧的故事则要求浅显、生动、有趣。戏剧是叙事的艺术，讲什么故事？谁在讲？怎样讲？是创作者需要深思熟虑的问题。怎样讲故事是戏剧的核心。特别是对于儿童戏剧来说，怎样抓住儿童观众的心理，调动各种戏剧手段，讲述一个“好玩、好看、有意思”的故事，更是戏剧创作的重中之重。第三，抒情性特征。任何艺术创作都是作者情感的结晶。“以情动人”是艺术的根本。戏剧需要充分传达创作者的人生体验，具有打动人心的艺术特质，这种艺术特质使戏剧具有了抒情性特征。我国著名戏曲理论家张庚先生认为，戏曲的叙事只是手段，抒情才是目的，叙事只是为抒情服务。狄德罗也曾说过：“没有感情这个品质，任何笔调都不可能打动人心。”戏剧的抒情是一种对象化的事情，必须借助角色的语言、动作来实现，必须与故事的情景相融合。第四，假定性特征。戏剧“假定性”有一个被经常引用的著名定义：戏剧艺术是普遍或局部的、永恒或暂时的约定俗成的东西的整体，人靠这些东西的帮助，在舞台上表现人类生活，给观众一种关于真实的幻觉……为了一些真实的事物在观众眼里逼真起见，必须使用一套约定俗成的东西或伎俩。谭霈生先生在解释这个“约定俗成”的时候说：所谓“约定俗成”，指的是“假定性”。它是一切艺术固有的本性。戏剧艺术在长期发展进程中，逐渐形成了假定性的特殊表现范围和表现方式，如处理舞台空间的假定性方式等。“假定性”的含义在于对生活的自然形态进行变形与改造，使形象与它的自然形态不相符。在戏剧艺术中，诸方面的假定性程度唯一的限度就是与观众之间的“约定俗成”，它正是凭借这种约定，使得观众获得真实的幻觉，以实现审美的目的。

影视剧是电影和电视剧的统称，是现代科学技术与艺术相结合的产物。影视剧是以拷贝、磁带、胶片、存储器等为载体，以银幕、屏幕、电脑等媒介放映为传播手段，通过画面、声音、蒙太奇、故事情节等语汇来表现，从而实现视觉与听觉综合观赏，满足观众欣赏需求的艺术形式。我们今天所说的影视剧，除了电影、电视剧之外，通常也包含动画片（动漫）。

儿童影视剧作为影视剧的一个分支，也具备了影视剧的一些基本特征：第一是综合性。影视艺术是艺术与技术的完美结合，是多种艺术元素的有机结合，同时具有空间艺术和时间艺术的特点与属性，可以在特定时间内展示空间，也可以在空间的变换中表现时间。影视剧吸收、融合了绘画、雕塑、建筑、摄影、音乐、文学、戏剧等多种艺术门类的不同元素于一身，形成自身的全新属性。弗雷里赫对综合性的阐述是：电影可以说是发生在其他艺术的交叉点上。它同绘画和雕塑的相近在于视觉形象的直接感染力；同音乐的相近在于通过各种音响而构成的和谐感和节奏感；同文学的相近在于它能通过情节反映现实世界的一切联系和关系；同戏剧的相近在于演员的表演艺术。因此我们都把电影看作是综合性的艺术。第二是直观性。影视剧是以视觉造型为主的视听综合艺术，是通过银（屏）幕映现表现人物场景的镜头画面，塑造视觉形象，以供观众欣赏，因而具有鲜明的直观性。影视传播的是图像和声音，它通过直截了当和形象鲜明的方法传播信息图像和声音并直接作用于人的两个重要感官：视觉和听觉，使之符合人类感受客观事物的习惯。它直观、形象，较之单调的文字，能够更直接、更形象、更有效地传递信息，具有穿透性和动人性。影视艺术以其直接、真实、生动的形象再现来反映生活、记录事态、传播信息，让观众在直观化的视听形象中得到真切的认识和感受。这就是影视艺术的直观性。第三是运动性。西方把电影称为“活动的图画”，马塞尔·马尔丹在《电影语言》中指出：运动是电影画面最独特、最重要的特征。影视剧以运动的方式表现运动的人和事物，通过镜头的运动、镜内事物的运动和人的行为、性格、心理（事件、情节、情景）的运动，展现生活本身生动、活泼、丰富的形态。通过运动，使观众切切实实“看”到人物思想、情感、意识的变化以及性格的发展。运动塑造人物形象，揭示主题思想，体现创作者的风格。运动使影视剧焕发出独特的艺术魅力。第四是蒙太奇。蒙太奇源于法文montage的音译，原为建筑学术语，“装配”“构成”的意思。借用到影视艺术中，是指按照情节发展和观众注意程序，按照生活逻辑和创作者艺术美学原则，把一个个镜头（包含声音）合乎逻辑地连接在一起的技巧。蒙太奇是影视艺术反映生活的独特形式，是一种处理画面、声音和运动的特殊手段。巴拉兹在《电影美学》中说：“镜头的组接，能使我们感受到镜头里看不到的东西。”

戏剧有着几千年的历史，是一种古老而生命力旺盛的艺术形式。由于20世纪科学技术的迅猛发展，电影、电视等新兴艺术形式相继诞生。虽然说影视剧与戏剧有不同的表现形式和艺术特征，但不论从戏剧和影视剧产生、发展的历程上看，还是从表演实践与艺术理论的传承上来说，两者都有很深的渊源和师承关系。戏剧与影视剧在艺术构成、表现方法和美学思想方面有许多相通和相似的特征。第一，都是综合性艺术。两者都是用综合的方式实施艺术创造与表达。首先是创作团队的综合性，团队要包括编剧、导演、演员、服装、道具、舞美、灯光等从事各个具体工种的专业人员，相互分工协作，发挥各自的艺术创造力，共同完成创作任务。其次在表现手法、表达方式和受众观赏等各方面都具有综合性。两者都借鉴、使用其他艺术种类的表现形式和表现手法，但不是机械拼合，而是有机融合，服从自身需要，从而成为艺术整体的有机组成部分。第二，都是表演性艺术。戏剧和影视剧都需要进行二度创作，都依赖演员的表演，都是通过演员的表演来展现故事情节。演员表演的好坏在一定程度上影响戏剧和影视剧的成功与否。演员需要通过表演创造出活生生的、有血有肉的人物形象，并使之具有审美价值。在塑造人物形象时都要求演员“化身成角色”，即演员以其自身为载体，使之变为剧本中的人物，表现出另一种性格，成为另一个人物。第三，都是叙事性艺术。戏剧、影视剧演员的表演不是空中楼阁，必须依赖曲折有致、引人入胜的故事情节，在有限的时间里展示紧张、激烈、集中的矛盾冲突。一般情况下，都会采用由开端、发展、高潮、结局四部分组成戏剧性的结构。在叙述故事、钩织矛盾中塑造人物形象，传达主题思想，满足观众的审美需求。

虽然说戏剧与影视剧有着不少相通、相同的艺术特征，但是，作为两种不同的艺术形式，在创作方法、艺术表现方式、审美体验等方面都有许多不同之处。首先，戏剧和影视剧的创作元素不同。戏剧的基本创作元素是演员、舞台、道具等实体，编导通过演员的台词、动作，以及舞蹈、舞美设计和道具，在舞台上为观众讲述整个故事。影视剧的基本创作元素则是影像（画面），导演通过摄像机的拍摄，再加上剪辑和后期制作，以影像的方式来讲故事，呈现给观众。其次，戏剧和影视剧的受众范围不同。戏剧是古老的现场表演艺术，观众只能坐在剧场观看，而剧场的观众席位有限，传播速度和范围受到一定的限制，受众范围小。影视剧是现代科技催生的大众文化，传播速度快，受众范围广。尤其是互联网和网络视频网站的迅猛发展，更使得影视剧传播如虎添翼，受众人数成倍增长。再次，时空自由度不同。J. 阿盖忒认为：“戏剧的本质是：每件事都是发生在一个由人工照明的小匣中的；电影的本质是：它拥有整个充满日光的世界作为活动场所。”这句话意思是戏剧的时空相对稳定，而电影的时空不受限制。最后，观演关系不同。戏剧是双向交流，而影视剧则是单向交流。戏剧演员在舞台上表演时，演员通过语言、眼神和肢体动作与观众进行交流，观众则通过掌声、笑声、叹息、哭泣等方式表达他们的情绪。这种交流是现场的、双向的、互动的。影视剧是创作团队把制作好的作品通过银幕（屏幕）或者互联网供观众欣赏，观众在观看时无法与影片中的演员与制作团队进行沟通交流，观众只能被动接受影视剧里讲述的故事。

上面我们简要分析了戏剧和影视剧的关系。同样，儿童戏剧与儿童影视剧也有着千丝万缕的联系，既存在相通和相似的艺术特征，又有各自不同的独特特点。这就要求我们创作者在创作儿童戏剧和儿童影视剧的时候，要明辨异同，抓住每个艺术种类的特点，遵循各自的艺术规律，贴近生活，贴近孩子，创作出“好玩、好看、有意思”的儿童戏剧、影视剧作品。

第五章 儿童剧的社会意义

第一节 儿童剧的教育意义

关于艺术的主要功能，学者们有不同的看法。大部分学者认为艺术主要具有三大功能，即认知功能、教育功能和审美功能。还有一部分学者主张，把娱乐功能列为艺术的主要功能之一，即“四大功能”说：第一，教育功能。主要是指人们通过艺术鉴赏活动，受到真、善、美的熏陶和感染，思想上受到启迪，实践上找到榜样，认识上得到提高，在潜移默化的作用下，影响人们的思想倾向、思想观念、道德意识和哲学观点，使人们正确地理解和认识生活，从而树立起正确的人生观和世界观。第二，认知功能。艺术是对社会生活形象的反映。它通过具体、生动的艺术形象，真实地再现社会生活的图景，反映一定历史时期的政治风云、经济生活和社会风尚，表现各个阶级、阶层人们的生活和精神面貌。人们通过艺术鉴赏活动，可以深刻地认识自己、认识社会、认识历史、认识人生。第三，审美功能。艺术作品本身具有美的特质。优秀的艺术作品可以打动人的情感，愉悦人的精神，净化和陶冶人的心灵，升华人的审美情趣，培养人的审美能力，使人们从中获得特殊的审美享受。审美功能是艺术的首要功能，艺术的其他功能都是建立在审美功能之上的。第四，娱乐功能。主要是指通过艺术欣赏活动，艺术形象的感染力使人们从中获得精神的享受和愉悦，我们常说的赏心悦目就是这个意思。“孔子闻韶乐而三月不知肉味”，或许是对艺术娱乐功能的最高评价。

不论是艺术的“三大功能”说，还是“四大功能”说，我们知道，艺术最根本的功能有两项，即审美功能和教育功能。认知功能从大的范畴说，应该从属于教育功能。娱乐功能更是审美功能中的一项重要内容。对于儿童剧来说，教育功能是其首要功能。

儿童时期是人的一生中心理、生理发展、成长的重要时期，也是一个人接受教育、习惯养成的最佳时期。在我国古代，儿童入学称为启蒙。《周易》中的第四卦是蒙卦。蒙卦的主题是启蒙和教育。在“彖传”有句话：“蒙以养正，圣功也。”意思是，蒙昧之时可以用来培养正道，这是造就圣人的功业啊。教育手段多种多样，艺术形式各不相同，但是，从对儿童的影响力和儿童乐于接受的程度讲，儿童剧从其诞生之日起，就以其特有的单纯性、故事性、幻想性、趣味性、游戏性等艺术特征，在教育功能上占据了绝对优势。

我们每个人都有自己的童年，童年时代观看过的戏剧、影视剧给我们留下的印象，有可能成为永久的回忆。小时候，我们看了《小兵张嘎》，就想象自己也能成为嘎子一样的小英雄。看过《苗苗》之后，多少小女孩燃起了当一个像苗苗一样的好老师的理想。还记得在 20 世纪 80 年代初，中央电视台根据邓小平访美签署的文化交流协议，从美国引进了两部电视剧。这两部电视剧虽然不是儿童剧，但是对当时的中小学生却产生了巨大影响。第一部是科幻剧《大西洋底来的人》，这部电视剧在美国反响并不热烈，但在中国产生了轰动。全剧 21 集播出完毕之后，男主角麦克的太阳镜成为那个时代中国时尚青年必备的装束。第二部电视剧是《加里森敢死队》，于 1980 年 10 月开播。当时这部 26 集的美剧只播出 16 集便不再播出了，并以黑底白字正告观众：本剧播放完毕。但是，很多人都看出来，电视剧只播了一半。国人都不知道发生了什么，纷纷给中央电视台写信。这成了 CCTV 历史上的大事件。停播 20 多年后，2003 年 8 月出版的《中央电视台的第一与变迁》一书，给出了当初终止播放的答案：“这部 26 集连续剧播放一半时，被认为是一部打斗胡闹的纯娱乐片，没有多少艺术价值而停播。”还有一种更严重的说法，据说有社会学家研究表明，当时治安问题的渊源，基本上都和这部电视剧有关。这种说法的可信性不得而知，不过当时不少学校教室的门上和凳子上，都留下了飞刀扎过的痕迹。由此可见，《加里森敢死队》在当年对青少年的影响力有多大。

儿童剧是孩子们最喜爱的艺术形式，它对孩子们的影响不是生硬刻板地说教，而是润物细无声式地滋养。儿童对于新颖的、鲜艳的、强烈的、变化的、奇幻的事物有着强烈的兴趣。儿童剧从主题的选择、人物的塑造、矛盾的发展以及艺术手法的运用上，都非常契合儿童成长发育的特点，更容易为孩子们所接受。儿童剧在教育、引导孩子们健康成长方面有着不可替代的重要意义。儿童剧的教育意义主要分为五个方面。

一、思想教育

在谈到思想教育时，我们最常提起的一个词就是“三观”。

所谓“三观”，指的是世界观、人生观、价值观。世界观也叫宇宙观，是指人们对整个世界的总的看法和根本观点。世界观的基本问题是精神和物质、思维和存在的关系问题，根据对这两者关系的不同回答，划分为两种根本对立的世界观类型，即唯心主义世界观和唯物主义世界观。人生观是指对人生的看法，也就是对于人类生存的目的、价值和意义的看法。价值观是指人们在认识各种具体事物的价值的基础上，形成的对事物价值的总的看法和根本观点。一方面表现为价值取向、价值追求，凝结为一定的价值目标；另一方面表现为价值尺度和准则，成为人们判断事物有无价值及价值大小的评价标准。用一句话说，世界观反映的是对待客观的态度，人生观反映的是对待自我的看法，价值观反映的是比较事物的标准。三者之间相互独立却又相互作用，是辩证统一的关系。

俗话说：“种瓜得瓜，种豆得豆。”儿童就像一片未经开垦的土地，你在孩子的心田种下什么样的种子，孩子就会结出什么样的果实。儿童剧是儿童重要的精神食粮。儿童欣赏儿童剧，能够收获快乐、收获知识、收获成长。优秀的儿童剧，能够促进儿童健康成长。儿童剧是“三观”的载体。儿童的世界观、人生观、价值观尚未成熟，对于世界的认知非常浅显。儿童的学习、模仿能力又非常强。观看儿童剧，剧中的人物如何行事，对儿童培养正确的“三观”有着非常重要的作用。从这个意义上说，儿童剧工作者肩上的责任重大，也可以称为儿童灵魂的工程师。

二、品德教育

所谓品德，就是我们平时常说的道德品质。是指个体依据一定的社会道德准则和规范，在行动时对社会、对他人、对周围事物所表现出来的稳定的心理特征或倾向。品德是道德价值和道德规范在个体身上内化的产物。少年儿童是民族的希望、祖国的未来，是中华文明的传承者，他们的身心健康关系千家万户、涉及子孙后代。儿童时期是人生良好品德形成的关键时期，在这个阶段加强儿童优良品德养成，往往可以起到事半功倍的效果。

古希腊先哲亚里士多德说过："对于美德，我们仅止于认识是不够的，我们还必须努力培养它，运用它，或是采取种种方法，以使我们成为良善之人。"我国著名教育家叶圣陶先生在《给少年儿童写东西》中也写道："一定要使少年儿童喜欢看，看了能懂，能得到好处，无论在品德方面，知识方面，还是娱乐方面。"儿童剧是最能引起孩子们情感共鸣的艺术形式，是儿童成长过程中不可或缺的精神营养。孩子们在欣赏儿童剧的同时，受到潜移默化的教育和引导，学会了善良、正直、宽容、乐观、友爱、团结……，逐渐培养起优良的道德品质，促进了孩子们的身心健康。一部优秀的儿童剧对孩子的影响，可以胜过一百堂学校的思想品德课。儿童剧所独有的优势，正好可以弥补课堂教育在品德养成上的短板。

三、情感教育

情感教育是和认知教育相对的概念，是儿童成长过程中不可或缺的一部分。但是，如何把情感教育变得不枯燥、不抽象、不令人厌烦，一直是一个困扰教育工作者的难题。课堂上空洞的说教，孩子们不愿意听；网络上充斥的心灵鸡汤，孩子们不愿意看；家长们苦口婆心的唠叨，孩子们甚至会产生抵触情绪。有没有一种行之有效、生动有趣的方法呢？深受孩子们喜爱的儿童剧给出了答案。美国著名教育家、心理学家约翰·杜威曾说过："戏剧作为一种重要的教学方法，对孩子的学习、表达、合作、想象和社交等能力的培养具有不可替代的优势，是音乐、美术等其他艺术教育不能比拟的。”

儿童剧作为专为少年儿童量身打造的艺术形式，以鲜明、鲜活的艺术形象获得孩子们心理上的认同；以轻松、明快的戏剧情节吸引他们的眼球，以生动、幽默的人物语言愉悦他们的精神；以真挚、细腻的情感感染孩子们的心灵。孩子们在观赏儿童剧的过程中，获得宝贵的情感体验，培养健康的个人情感。

心理学研究表明，儿童在生长、发育阶段有许多情感需求。如被爱的需求、取得成绩的需求、融入集体的需求、自尊的需求，等等。情感建立是各种情感需求相互作用、相互影响的过程，也是一个年复一年、日积月累的养成过程。儿童剧的艺术魅力在于，把我们平时司空见惯的事物立体化、形象化，经过艺术加工后的情节能够产生巨大的震撼力，让孩子们感知身边的美好事物，在情感上受到感动或者得到宣泄，是孩子们情感上的一种缓释、一种净化、一种调节，是培养孩子们丰富、健康情感的有效途径。

四、行为教育

儿童时期是人生的起步阶段，也是各种行为习惯的养成阶段。良好的行为习惯不可能与生俱来，而是在长期的生活中逐渐形成的。3 岁到 6 岁这个时期，通常被称为“潮湿的水泥”期，是孩子性格、行为习惯养成最重要的阶段。孩子 85% — 90% 的性格、理想和行为习惯都是在这个阶段形成的。抓住这个特殊时期，对儿童进行良好行为习惯的培养和熏陶，会对孩子一生的发展产生重要影响。中国有句俗语：“三岁看大，七岁看老。”虽然有些偏颇，但其中也蕴含着一定的道理。

培养孩子良好的行为习惯，不能只靠说教，而是要全方位、多渠道地营造适合孩子健康成长的环境，通过引导与熏陶促进孩子良好行为习惯的养成。模仿是儿童的天性，儿童的模仿是方方面面的，从一句口头禅到一种语气、手势，再到一种态度、一种气质。换句话说，孩子的成长是从模仿开始的。除了模仿家长、老师和身边的同学，孩子们模仿最多的就是儿童剧中的人物。日本教育家福泽谕吉说：“家庭是习惯的学校，父母是习惯的教师。”我们还可以补充一条，儿童剧是习惯的最佳辅导员。儿童剧作家创作儿童剧的目的，是要通过艺术形式，积极引导儿童追求真善美。优秀儿童剧的主题正面积极、浅显易懂，容易被儿童接受。人物个性突出、善恶分明，适合成为孩子们效仿的榜样。通过观赏儿童剧，不仅可以让孩子们明是非、懂道理，还可以有效地规范孩子们生活中的行为，促进儿童养成良好的行为习惯。

五、知识教育

在前面我们讲儿童剧的主要艺术特征时，没有把知识性列入儿童剧的五大艺术特征。这是因为，儿童剧虽然具有教育功能，但主要表现在对儿童思想、品德、情感和行为等方面的正确引导上。知识性并不是一部优秀儿童剧必须具备的基本特征。我们这样说，并不是要否定儿童剧的知识性。恰恰相反，儿童剧创作者在创作儿童剧作品时，不仅仅停留在对人物塑造、故事描述的层面，而是有意识地把科学的、生活的、常识性的知识渗透、融入剧本里面，主动增强作品的知识性，满足孩子们的好奇心和求知欲，是一件非常有意义的事情。

近年来，课本剧和儿童科普剧在校园内外的影响力越来越大，呈现出勃勃生机。课本剧把书本上的知识艺术化，把学习由课堂向课外延伸，让知识由枯燥向有趣转化。在老师的指导下，学生们通过编排课本剧，不仅提高了学生们的创造力和审美能力，而且使学生们对课本知识的掌握更全面、更准确、更扎实。同样，儿童科普剧作为传播科学精神、普及科学知识的寓教于乐的艺术形式，也在发挥越来越重要的作用。儿童科普剧是儿童剧的一个重要组成部分，在我国的发展还处在起步阶段。随着时代不断进步，科学技术的飞速发展，儿童科普剧一定会走进大剧场、为更多的儿童带来科学知识。儿童不仅需要在课堂中接受知识教育，还需要在生活中和娱乐中学习知识、感悟知识，儿童剧正好为孩子们提供了这样一个平台。

第二节　儿童剧的美学意义

儿童剧的教育意义是其重要价值体现，是儿童剧产生、发展、繁荣的内因条件之一。但是，如果片面强调儿童剧肩负的教育功能，在创作时就难免陷入空洞说教的尴尬境地。剧作家要把握寓教于乐的原则，找到与儿童观众心灵相通的共鸣点，在满足儿童心理需求的前提下，实现教育功能。儿童剧除了教育意义之外，同样具有重要价值的是其美学意义。甚至可以认为，对孩子们来说，在某些时候儿童剧的美学意义要大于教育意义。

原中国儿童艺术剧院副院长李庆说过："儿童戏剧事业是一项很不容易的事业，儿童剧的创作和演出有着许多不同于成人戏剧的特殊的艺术规律。儿童剧的特点主要是由它为之服务的对象的生理和心理特点所决定的。少年儿童正处在发育成长的时期，他们好想、好问、好奇、好动，他们比较喜欢借助于形象、声音、色彩等具体的感觉来思维；他们兴趣广泛，求知欲强，但又没有相对稳定的志向；他们爱憎分明，疾恶如仇，却又非常天真幼稚。儿童剧的创作和演出，要适应广大少年儿童的这些特点，而且在适应的基础上，又必须以他们喜闻乐见的艺术形式加以引导和启发，使他们健康地成长和逐步地成熟起来。"如同儿童剧具有特殊的艺术特征一样，儿童剧也具有不可替代的审美价值。优秀的儿童剧可以培养儿童的审美能力，激发想象力，愉悦孩子们的身心，增强艺术修养，促进儿童全面健康成长。

一、培养儿童的审美能力

审美能力是指人们对美的事物或艺术的欣赏和鉴别的能力，是人类特有的重要素养之一。具体说，审美能力是感受美、鉴赏美、表现美、创造美的能力。俗话说："爱美是人的天性。"但虽说是"天性"，人人爱美，可并非人们生来就懂得美。人的审美能力不是先天赋予的能力，而是生活实践中，随着年龄、阅历的增长慢慢培养起来的。审美能力的差异，除了每个人的实践经验和修养水平不同之外，还和受教育程度、生存条件、民族状况、道德、宗教等因素相关。审美能力在孩子们的成长过程中非常重要。在生活中，没有审美能力是孩子一生的毒药，比没有知识还要可怕。有的人很有知识或者很有金钱，也可能是某一领域的翘楚，却没有把自己的生活品质提高到相应的水准，甚至还一团糟。这是由于他们在审美能力上的欠缺，从而无法应用恰当的形式准确地表达自我。正如蔡元培先生所说："美育可以代替宗教，美育是最重要、最基础的人生观教育。"

"生活中从不缺少美，而是缺少发现美的眼睛"，这是法国著名雕塑家奥古斯特·罗丹的一句名言。儿童剧就是擦亮孩子们发现美的眼睛的法宝之一。苏霍姆林斯基曾指出，儿童是用色彩、形象、声音来思维的。儿童剧的表现形式丰富多彩，戏剧、影视都是综合艺术，汲取了文学、绘画、音乐、舞蹈、雕塑、建筑等艺术门类之长，将时间艺术与空间艺术、视觉艺术与听觉艺术、再现艺术与表现艺术、造型艺术与表演艺术等融合在一起，具有强烈的艺术感染力。儿童剧符合儿童的欣赏习惯，符合美的形象性特征，给孩子们带来直观的感受，能够吸引孩子们在欣赏的过程中发现美、感受美，逐渐提高孩子们的审美能力。

二、激发儿童的想象力

想象力是人们在已有形象的基础上，在头脑中创造出新形象的能力。想象力是人类创新的源泉，是一个人生活中不可缺少的智慧和能力。法国启蒙思想家狄德罗这样论述想象力，"想象，这是一种特质。没有它，一个人既不能成为诗人，也不能成为哲学家、有思想的人、一个有理性的生物、一个真正的人"。爱因斯坦也曾说过，"想象力比知识更重要，因为知识是有限的，而想象力概括着世界的一切，推动着进步，并且是知识进化的源泉。严格地说，想象力是科学研究中的实在因素"。儿童阶段，是培养一个人想象力的关键时期，就像刘若英《后来》中的一句歌词"一旦错过就不再"。

宋庆龄成立中国福利会儿童艺术剧院的一个初衷就是，"要把最好的东西给予孩子们，希望我们用戏剧点燃孩子们的想象力”。歌德的母亲讲故事的方法很独特，每次讲到一半的时候总是停下来，让小歌德充分发挥想象力，把剩余的部分补充出来。儿童剧的基本艺术特征之一就是幻想性，不论是剧情，还是演员的表演，都给孩子们留下了巨大的想象空间。儿童剧综合运用语言、动作、服装、道具、音乐等各种元素，充分唤起、极大地满足小观众的好奇心。在此基础上，通过调动小观众自身的生活经验和知识积累，帮助孩子们突破被现实限制的思维空间，摆脱一成不变的陈规旧俗和单一的线性思考模式，展开想象的羽翼，激发、培养孩子们的想象力和创造力。

三、增强儿童的艺术修养

“每个孩子都是天生的艺术家，问题是怎么在长大之后仍然保持这种天赋。”这句话是谁说的？他的全名是：Pablo Diego José Francisco de Paula Juan Nepomuceno María de los Remedios Cipriano de la Santísima Trinidad Ruiz Picasso。是不是太长了？好吧，我们把它翻译成中文：巴勃罗·迭戈·荷瑟·山迪亚哥·弗朗西斯科·德·保拉·居安·尼波莫切诺·克瑞斯皮尼亚诺·德·罗斯·瑞米迪欧斯·西波瑞亚诺·德·拉·山迪西玛·特立尼达·玛利亚·帕里西奥·克里托·瑞兹·布拉斯科·毕加索。对，就是他，20世纪最伟大的艺术天才，西班牙画家毕加索。

怎样保持儿童的艺术天赋呢？毫无疑问，观赏儿童剧、甚至参与到儿童剧的演出中来，是保持和发展艺术天赋的有效途径。第一，儿童剧鲜活有趣的人物形象、生动曲折的情节内容、风趣幽默的语言风格、五彩斑斓的场景设计、载歌载舞的艺术呈现，和其他任何一种单一的艺术形式相比较，更能培养孩子们的对于艺术的热爱和兴趣。第二，孩子们在观赏儿童剧的时候，会根据自身的体验来理解剧情，感悟其中的奥妙所在。这一过程能够提升儿童的观察能力和分析问题的能力。在观看一场精彩的演出之后，孩子们往往抑制不住内心的喜悦，滔滔不绝地向大人们讲述自己的感受，这个过程能够提升儿童的逻辑能力和语言表达能力。第三，儿童剧是一门综合艺术。儿童剧中的语言、音乐、舞蹈、美术等元素，会使孩子们受到潜移默化的熏陶，比起枯燥的单项艺术训练，更容易被孩子们所接受。

近年来，许多有识之士把儿童戏剧引入学校的艺术教育课堂。在专业老师的指导下，组织学生排演儿童戏剧，不仅丰富艺术教育的形式，并且提高了学生的艺术表演能力。学生通过排演儿童戏剧，把握戏剧发展的规律，感悟剧本阐释的道理，增强登台演出的自信，体会艺术创造的乐趣。可以说，这是一个非常有意义的尝试，是进行艺术教育创新、展现艺术教育魅力的一个好方法。

四、给儿童带来快乐

能够给观众带来快乐，是儿童剧深受孩子们喜爱的重要原因。我们可以梳理一下优秀的经典儿童剧，绝大部分都是以喜剧的形式呈现在小观众面前。艺术的娱乐功能在儿童剧身上体现得淋漓尽致。即便是严肃的话题，创作者也会采用儿童喜闻乐见的、轻松愉快的方式表达出来。可以说，在所有艺术形式中，最能体现"寓教于乐"精髓的是儿童剧。在观赏儿童剧时，孩子们的笑声总是一浪高过一浪，整个剧场就是一个欢乐的海洋。这是孩子们情感的自然流露、情绪的瞬间宣泄、压力的骤然释放，是儿童天真、健康、活泼的集中展现。滑稽、幽默是儿童剧的基本要素之一。幽默能帮助孩子们更好地应对生活、学习中的压力，幽默能够培养孩子豁达、坚韧的性格，幽默对促进儿童良好性格的形成有着十分重要的意义。

对于儿童剧的娱乐功能，也有一些不同的声音。他们认为，儿童剧应该肩负起教育、引导儿童的重任，帮助儿童树立正确的世界观、人生观和价值观。其实，我们说儿童剧具有教育功能、认知功能、审美功能和娱乐功能，但并不是说儿童剧中的某一类作品以教育功能为主，另一类作品以娱乐功能为主，还有一些作品以认知功能、审美功能为主。儿童剧的四种功能是一个有机整体，相互关联、密不可分。儿童剧的教育功能要建立在审美功能和娱乐功能之上，要做到"寓教于乐""以情感人"和"潜移默化"，把思想性寓于娱乐性之中，通过审美的方式来实现。这也就是我们常说的，优秀的作品是思想性、艺术性、观赏性相统一，是思想精深、艺术精湛、制作精良相统一。

优秀的儿童剧以其迷人的艺术魅力吸引着一代又一代孩子的目光，启迪智慧、愉悦身心。在对儿童的影响上，儿童剧有着其他艺术形式无法企及的优势。因此，儿童剧工作者应该更好地发挥儿童剧的作用，给予孩子们人文关怀和心灵慰藉，促进孩子们健康快乐地成长。

第六章　儿童剧创作的基本原则

第一节　儿童剧创作的困境与原因

每年的“六一”儿童节和暑假档期，在北上广深等一线城市和部分准一线城市都会有大量儿童戏剧扎堆上演。孩子们在家长的陪同下纷纷走进剧场，享受一次次舞台艺术的盛宴。以 2017 年第七届中国儿童戏剧节为例，我们可以看到儿童戏剧演出的盛况。据中国儿童戏剧节的主办方、中国儿童艺术剧院院长尹晓东介绍，第七届中国儿童戏剧节秉承高品质、低票价、公益性的原则，以儿童戏剧展演和系列活动为载体，45 天里，共有 9 个国家和地区的 27 家儿童戏剧团体奉献了 48 台剧目 206 场精彩演出，观众近 16 万人次，来自中国、罗马尼亚、以色列、黎巴嫩、捷克、俄罗斯、荷兰、西班牙等地的儿童戏剧工作者汇聚一堂，为孩子们打造了异彩纷呈的艺术节日。戏剧节除在北京主会场和济南、成都分会场演出，还深入到广东、辽宁、河北、湖北等地，并走进新加坡和韩国进行交流演出，使戏剧节成为展示中外儿童戏剧创作成果的舞台、促进国内外儿童戏剧交流发展的平台、活跃少年儿童文化生活的重要节日。迄今为止，中国儿童戏剧节已经成功地举办了七届，共有 21 个国家和港台地区 177 家院团 301 台剧目演出 1443 场，观众多达 106 万人次。

和儿童戏剧市场的火爆形成鲜明对比的是儿童电影市场的整体下滑。2017 年全国电影总票房为 559.11 亿元，较 2016 年同比增长 13.45%；国产电影票房 301.04 亿元，占票房总额的 53.84%。但是，儿童电影在电影市场中并未取得可圈可点的成绩。以在儿童电影市场中占有主要份额的动画电影为例，中国动画电影的票房总量从2012年起一路上扬，到2016年达到巅峰，在2017年首次出现了下滑。据数娱梦工厂统计，2017年动画电影票房总量为47.17亿元，较2016年减少了22.87亿元，同比下滑32.7%。其中，国产动画电影票房总量为13.29亿元，仅占总体票房的28%；而进口动画电影票房总量为33.88亿元，占比72%。其中，累积综合票房破亿的影片有10部，相比2017年减少了3部。在这10部电影中，国产动画电影有4部，分别为《熊出没之奇幻空间》（5.22亿元）、《十万个冷笑话2》（1.33亿元）、《大卫贝肯之倒霉特工熊》（1.26亿元）和《赛尔号大电影6：圣者无敌》（1.03亿元）；进口动画电影有6部，分别为《寻梦环游记》（11.52亿元，截至2017年12月31日）、《神偷奶爸3》（10.37亿元）、《欢乐好声音》（2.16亿元）、《蓝精灵：寻找神秘村》（1.73亿元）、《哆啦A梦：大雄的南极冰冰凉大冒险》（1.49亿元）和《赛车总动员3：极速挑战》（1.37亿元）。2017年中国动画电影市场票房相比2016年下跌，固然有引进国外动画电影数量下降的原因，更重要的原因是本土动画电影数量减少、优秀作品匮乏，本土动画电影停滞不前。

如果说2017年，中国儿童电影在整个电影市场中还占有一席之地，那么中国的儿童电视剧只能说是乏善可陈，找不到丝毫亮点。我在一个小学做调研的时候问了几位同学，2017年给他们留下印象最深刻的儿童剧电视剧有哪几部？他们很认真地思考了一会儿，摇摇头说，真想不起来了。我还不死心，又在网上搜索"2017年儿童电视剧"，竟然没有相关的内容。每年寒暑假，央视少儿频道会有选择地播出一些深受少年儿童喜爱的儿童电视剧。《家有儿女》《快乐星球》等都是假期档的常客。要说在假期里播出次数最多的电视剧，毫无疑问的是86版《西游记》。

央视86版《西游记》是由中国国际电视总公司出品的一部25集古装神话剧，由戴英禄、杨洁、邹忆青编剧，杨洁执导。《西游记》1982年开拍，1986年春节在央视播出前11集，1988年播出完整的25集。《西游记》一经播出，便取得巨大反响，轰动全国，老少皆宜，获得了极高评价，创造了高达89.4%的收视率神话。时间已经过去三十多年，《西游记》依然是寒暑假被重播最多的电视剧，重播次数超过3000次，观众超过60亿人次，可以说是中国电视剧发展史上的一个奇迹，是一部公认的无法超越的经典。在谈到电视剧《西游记》成功的原因时，制片人、总导演杨洁女士说：“《西游记》为什么能三十年受大家喜爱呢？因为我们是在搞艺术，我们没有为钱，没有为名，没有为利，没有为奖状。我们这些主演，一个月 80 块钱、90 块钱，一个月 15 块钱补助，大家没有一个人叫过苦。我们 6 年拍了 25 集，不是一个月给钱，是一集给钱的，可是这一集得拍多久呢？最底层的工作人员才 30 块钱，他们也跟我们一样 ，用性命在拼搏，用心血在创造。所以当我写这本书的时候（杨洁 2013 年出版的回忆录《敢问路在何方：我的 30 年西游路》），我常常热泪盈眶。为什么我们能够在一无所有的情况下拼搏出这样一个三十年不衰的电视剧，就是因为我们有那种精神。”

《西游记》不是一部儿童剧，却吸引了一茬又一茬的儿童观众。而我们一些专门为儿童观众拍摄制作的、瞄准儿童市场的影视剧，却遭到孩子们的冷落，不能不说是一个令人尴尬的讽刺。据新文化网报道：“2017 年票房排名倒数第二的是一部动画片《 × × 英熊》，制作和发行都下了本钱，甚至在影评网站还能看到水军的痕迹，但最后就收了 255 元的票房，可能支付水军的工资都不够吧。”虽然说票房和收视率不是衡量一部戏剧、影视作品优劣的标准，但是，低票房、低收视率意味着观众数量少，至少影响作品的教育意义和审美意义无法得到更充分的发挥。

我们经常说，文化产业是引领未来的朝阳产业，是新的经济增长点。犹太人说，女人、小孩和嘴巴的钱最好赚，假如你还不知道要做什么生意，就从女人、小孩和嘴巴开始吧。我们国家人口 13 亿多，少年儿童有近 4 亿。按理说，儿童剧应该是朝阳产业中的朝阳，市场潜力巨大。但是，不论是儿童戏剧还是儿童影视剧，为什么都没有占据一定的市场份额，创造出应有的价值呢？难道是精明的犹太人说错了？让我们先来看一下儿童图书市场。在传统纸质图书出版受到严重冲击的互联网时代，儿童文学图书的市场不但没有萎缩，反而逐步增长。每年都有儿童文学作家进入中国作家收入排行榜的前十名。从世界范围来看，经济发达国家对于儿童剧历来十分重视，是原创儿童戏剧和儿童影视剧的重要生产国。儿童剧创造的经济价值常常超乎人们的想象。《哈利 · 波特》的作者 J.K. 罗琳女士获得财富超过 10 亿美元，个人资产比英国女王还高；电影《哈利 · 波特》的男主角丹尼尔 · 雷德克里夫个人资产达到7200万美元，超过英国王子威廉，成为最富有的年轻英国男星；“赫敏”的扮演者艾玛·沃特森拥有3300万美元的个人财产，超过了众多老牌女明星，并且成为香奈儿、兰蔻等知名品牌的代言人。如今，《哈利·波特》已经形成一个横跨多个领域的巨型产业链，带动经济规模高达2000亿美元。

再举一个例子，2017年引进的由华特·迪士尼电影工作室和皮克斯动画工作室联合出品的动画片《寻梦环游记》，被称为2017年最暖心的影片。《寻梦环游记》讲述了米格和他的家人的故事。

小男孩米格一家人生活在墨西哥的一个小村庄，从他的曾曾祖母开始就以做鞋子为生，村里的人们都喜欢音乐，唯独他们家除外。原来，很久很久以前，身为音乐家的米格的曾曾祖父，为了唱遍世界的梦想而离开了家，后来再也没有回来。

曾曾祖母没有等回来曾曾祖父，于是独立承担起抚养女儿——米格的太奶奶的重担，她学会了做鞋子，她恨她唱歌的丈夫抛弃家庭和年幼的女儿，因此发下重誓：灵坛上绝不能摆这个人的照片，这个家里绝不能有音乐。

米格的家族把曾曾祖母的做鞋手艺代代传承下来，同时，把与曾曾祖父密切相关的音乐拒之门外。

可是，米格热爱音乐，觉得自己天生就是玩音乐的料，像歌神德拉库斯那样唱遍全世界是他的梦想。米格为了参加唱歌比赛，在亡灵节那天偷了吉他，被诅咒后，竟然进入了亡灵的世界。在那里，他遇见了自己的曾曾祖父埃克托。

米格的曾曾祖父埃克托当年是个优秀的音乐人，他的妻子，也就是米格的曾曾祖母和女儿也非常喜欢音乐，家里一天到晚充满美妙动听的歌声。埃克托的确是因为音乐梦想离开家乡了，和他一起离开的还有一个人——他的搭档、后来成为歌神的德拉库斯，两人在合作过程渐渐出现了矛盾，因为德拉库斯竟然将埃克托创作的歌曲窃为已有，埃克托为此和他大吵了一架，不久，埃克托因想念妻子和女儿，坚持要回到她们身旁，临行前喝了一杯德拉库斯下了毒的酒。埃克托死了，再也回不到家乡回不到妻女身旁。德拉库斯却越来越红。

真相终于大白，杀人犯德拉库斯受到了应有的惩罚，曾曾祖母原谅了曾曾祖父。在冥界家人的祝福下，得以重返人间的米格带回了曾曾祖父的音乐和故事，唤醒了太奶奶的美好记忆，她拿出了一张珍藏已久的父亲的照片，和灵台上供奉的照片合二为一了。结局皆大欢喜，曾曾祖父得到原谅、回归了家族，米格的音乐梦想也得到了家人的大力支持。

"浪迹天涯很酷，但也不要忘记回家的路。"

"你永远不要忘了，我们一家人有多么爱你。"

"如果在那边的世界没人记得你了，这边的你就会消失，这叫，最后的死亡。"

"我们一家人，就是要长长久久地待在一起。"

"虽然我不在你身边，你在我心里面。"

"一家人又在一起了，这才是最重要的。"

一句句温情而扎心的台词，引起了观众的共鸣，戳到了大人和孩子的泪点，这部关于梦想和亲情、关于生与死的动画片取得了巨大成功。《寻梦环游记》全球票房突破 8 亿美元，其中中国大陆票房 1.84 亿美元（12.12 亿人民币）。一部《寻梦环游记》的大陆票房，几乎接近了 2017 年国产动画电影票房的总量 13.29 亿元。

近年来，我国的儿童剧虽然取得了一些进步，但是，与国外儿童剧现状相比，与我国儿童文学发展相比，都存在不小的差距，还不能很好地满足少年儿童和家长们的需求。可以说，儿童剧是在困境中摸索前行。造成儿童剧目前困境的原因是多方面的，归纳起来有以下几点。

一、儿童剧剧本创作滞后

目前，我国儿童剧面临的最大问题，还是出在剧本上面。"剧本剧本，一

的论述。甚至对于什么是儿童剧，理论界至今还没有一个权威的表述。对于儿童剧的特征、功能、创作规律的研究也是星星点点、泛泛而谈，缺乏具有指导性、可操作性的论著。社会在发展，时代在进步，儿童剧理论（编剧理论）研究仍然停留在 20 世纪末那个时期，没有更好地关注当代儿童的需求，没有更好地适应新时代文艺发展的要求。与时代脱节，与当代儿童脱节，造成了儿童剧理论研究成果的时代性较弱、针对性不强的遗憾。缺乏科学理论的指导，儿童剧创作就存在一定的盲目性。所以说，重点关注新时代儿童的审美特征，及时总结新时代成功儿童剧的创作经验，深入研究儿童剧创作的内在规律，形成新的、完备的儿童剧创作理论迫在眉睫。

从整体上说，目前儿童剧是在困境中砥砺前行；从形势上说，儿童剧面临着前所未有的机遇。一方面，近 4 亿少年儿童奠定了儿童剧市场的观众基础，再加上孩子们的家长，以及国家计划生育政策的调整，儿童剧市场的潜力不可限量；另一方面，国家对于儿童剧的扶持力度不断加大，不论是动漫还是儿童戏剧，国家都有专门的扶持政策和丰厚的扶持资金。有市场需求，有资金支持，怎样顺势而为形成合力，拿出优秀的艺术作品来回报社会，是需要每一个儿童剧工作者认真思考的问题。

第二节　儿童剧创作的基本原则

我们都明白：制约儿童剧发展的软肋是创作，影响儿童剧繁荣的瓶颈是剧本。那么，什么样的儿童剧剧本算是好剧本？儿童剧创作的基本原则是什么？这是本节分析的重点。

前几天，21 世纪教育网的微信公众号推出一篇标题为《惩罚学生突遭媒体曝光，老师一番话让多少人惭愧！》的文章。短短五天时间，文章阅读量超过十万，点赞五千多个。许多读者纷纷在文章后面留言，表达对作者观点的认同和支持。文章引起巨大反响的原因是，文中引用了一段视频。文中介绍，视频讲述一个扰乱课堂纪律、影响他人学习的学生，被老师罚站教室外。学生打电话举报老师体罚行为，正巧记者在校采访，接到上级电话指示，前来采访罚站学子，老师的一番言论让记者羞愧不已。

> ……你们媒体要有正确的导向。现在的学生，打不得、骂不得，一句也批评不得。学生做了错事，老师不敢批评，为什么？就是因为你们这些媒体在给他们撑腰。老师打学生了，你们就像苍蝇闻着了臭肉，迫不及待地扑上去，恨不得把老师给整到监狱里。反过来，学生打老师呢，你们管了吗？你们到底要我们老师怎么做？看到学生犯错误不闻不问，让我们眼睁睁地看着他们走向深渊？我们可以这样做，但是，我们是老师，我们的良心不允许我们这样做……

文章的作者没有说，很多读者也不知道，这段不到五分钟的视频，是儿童电视剧《快乐星球》第四部第35集《我不是坏女孩》中的一个片段。距离首播已经八年了，剧中的一段话仍然具有话题性，仍然能够引起大家的共鸣。作为编剧，我既感到欣慰又感到遗憾。欣慰的是，真正好的剧本、好的台词，不会因为时间的流逝而被湮没，用一位观众的话说“经典永流传”；遗憾的是，剧中令狐老师反映的现象，在现实中依然存在，所以才会再度引起大家的注意。

在创作《快乐星球》第一部时，主创团队曾就好的儿童剧本的标准和儿童剧创作应该遵循的基本原则，展开激烈的讨论。最终大家达成共识：好剧本的标准应该是情节引人入胜、人物感人至深、形式出人意料；儿童剧创作的基本原则是好玩、好看、有意思。关于怎样写好剧本，会在后面的章节里详细论述。下面主要谈一下儿童剧创作的基本原则。

一、好玩

好玩的意思是要有趣，要能引起孩子们的兴趣，吸引他们的注意力，让孩子们愿意走进剧场、影院，愿意坐在电视机前欣赏我们为他们创作的艺术作品。好玩说的是内容方面，人物、故事、语言等都要有趣味性，符合孩子们的审美习惯。我们在前面曾经总结了儿童剧的艺术特征：单纯性、故事性、幻想性、趣味性和游戏性。在创作儿童剧的时候，为什么要特别注重趣味性？这是由儿童心理特征和审美需求决定的。儿童的心理正在成长发育阶段，儿童的注意力的分配是喜欢大于需要，审美特点是感性大于理性。孩子们对自己感兴趣的事物，会主动关注。这也是一部儿童剧能否受到孩子们喜爱的重要原因。

好玩，首先是人物要好玩，要求有童真、童趣。《快乐星球》第一部得到小观众认可的原因之一，就是有一个深受他们喜爱的小主人公丁凯乐。

> 丁凯乐（小名乐乐）是现实生活中阳光小学四年级的学生，像中国大多数10岁左右的孩子一样，他的生活平静、普通而且按部就班。乐乐善良、有爱心，但性格内向、胆小怕事，遇事忍气吞声，在学校里经常被金刚、胖哥他们欺负，是一个不快乐的男孩。后来，在快乐星球老顽童爷爷和三个小朋友的帮助下，乐乐渐渐变成了一个自信、勇敢、乐于助人、不畏困难的阳光少年。他也在帮助别人的同时，找到了自己的快乐。

准确地说，《快乐星球》是一部系列剧，按照以往的创作惯例，系列剧主要人物的性格是一贯的、不发生变化的。为了适应孩子们的审美需求，我们大胆尝试，打破常规，用52集的篇幅讲述了乐乐性格的变化历程。事实证明，这个尝试是成功的。我们把主人公乐乐的起点设计得很低，身上有各种各样的缺点，这样就增加了人物的趣味性，拉近了主人公和小观众的距离。时隔十多年后，有个当年《快乐星球》的小影迷见到我还说："胡编叔叔，您写的乐乐太真实了，我们班就有像乐乐那样的同学，可惜他没有乐乐运气好，没能找到快乐星球……"顺便说一句，"胡编叔叔"是我在《快乐星球》剧组时，孩子们对我的统一称呼。

好玩，其次是故事要好玩。喜欢听故事是孩子们的天性。一个个妙趣横生、引人入胜的故事，是让孩子们在电视机前和剧场、影院里面坐得住的法宝。如果一部儿童剧叙述的故事单调、乏味，就算把场景做得美轮美奂，音乐写得悦耳动听，互动搞得此起彼伏，也难以真正把儿童观众的心抓住。故事生动有趣，符合儿童的认知水平，符合儿童的欣赏习惯，符合儿童的心理预期，才能赢得儿童观众的喜爱。好玩不是胡编乱造，不是抛开生活逻辑的天马行空。故事要有想象力，但是要在合理的基础上展开想象，背离主要人物性格、违背事物发展规律的故事，即使一环紧扣一环，一浪高过一浪，也不是我们说的“好玩”的概念，也不能算是一个好故事。好玩的故事是有生命力的。像《快乐星球》第一部中“爱心巧克力”“聪明小侦探”“生日礼物”“失踪的四驱车”“吹出来的童话节”等故事，至今还被影迷们津津乐道。

好玩，还包括人物语言也要好玩。对于大部分儿童剧来说，语言是塑造人物性格、推动情节发展的重要工具，所以说，好玩的人物语言也是“好玩”原则的重要组成部分。儿童剧的语言应该是儿童的语言，是具有童真、童趣的语言，是生活化的语言。成年人写儿童剧，在语言方面常犯的错误有两个：一是语言成人化，是作者自己的语言。这种语言不接地气，和孩子们的生活相去十万八千里；二是语言伪儿童化，是作者想象中的儿童语言。这种语言刻意模仿孩子们说话，刻板生硬，不伦不类。或者过分低幼化，让孩子们听了也觉得幼稚可笑。其实，要想写出风趣幽默的人物语言，没有捷径可走，只有踏踏实实地走到孩子们中间，蹲下身子和他们说话，和他们交朋友，了解他们的喜怒哀乐，从生活中汲取营养。虽然说儿童剧的语言要从生活中来，但儿童剧是艺术，艺术语言有别于生活语言，要经过剧作家的提炼加工。在《快乐星球》的《紧急减肥行动》一集中，胖哥刚刚学了阿基米德“给我一个支点，我可以撬起整个地球”这句名言，顺嘴就说“给我一把叉子，我可以吃掉整个地球”。在生活中没有孩子会这样说，但是它符合胖哥的性格，又有前面铺垫的基础，所以就是真实可信的。

二、好看

如果说好玩儿主要是侧重于儿童剧的内容方面，那么好看则更多的是针对儿童剧的形式方面的要求。儿童剧是综合艺术，融合了文学、音乐、舞蹈、绘画、雕塑等诸多元素。创作者把这些元素有机地结合起来，经过加工、提炼、组合，用最美的形式呈现给小观众，这就是我们所说的“好看”。好看，一是为了适应儿童的审美心理，更好地吸引儿童观众；二是为了提升儿童的审美能力，更好地体现儿童剧的审美价值。编剧在剧本创作阶段，就要为“好看”打基础，给二度创作留下足够大的空间。

儿童的审美具有直观性，儿童富有好奇心。事实证明，儿童剧中鲜艳的色彩、奇特的造型、具有想象力的场景和丰富多彩的表演形式，是吸引小观众的重要因素。中国儿艺的新版《马兰花》，在继承传统的基础上，借鉴了戏曲的表演方法，又融合了音乐、舞蹈、武打等方式，在舞美设计上大胆采用现代声光电技术，首先从形式上给当代儿童观众一个惊喜。辽宁儿艺的《人参娃娃》是一部常演常新的经典儿童剧。在参加第七届中国儿童戏剧节时，首次运用了舞台裸眼 3D 技术，不但是对传统舞美设计的创新与突破，更开创了儿童剧使用该技术的先河，为小观众带来了一场视觉盛宴，取得了非常好的剧场效果。

2002 年，在拍摄《快乐星球》第一部时，大家对于科幻电视剧的拍摄都没有经验，对于快乐星球实验室更是陌生。主创人员边学边试边改，主要场景的设计几易其稿，甚至到了不计时间和资金成本的地步。我们这样做的目的，就是为了尽可能达到我们心目中好看的要求。十几年前的作品，主要场景现在看来很粗糙、很简陋，甚至还很幼稚。但在当时，作为中国第一部儿童科幻电视剧，我们是尽心尽力，无愧于心了。付出就有收获，《快乐星球》为孩子们带去了无尽的欢乐，给他们留下了一段美好的童年记忆。

三、有意思

有意思说的是儿童剧的思想性。儿童剧要有娱乐性，要有市场观念，要能够吸引孩子们。但是，过度强调娱乐性和商业性，会使儿童剧创作误入歧途。在 2011 年第一届中国儿童戏剧节举办之时，时任中国儿艺院长的周予援就指出：国内儿童剧市场处于起步阶段，但创作仍应围绕爱和真善美的主题，警惕作品过度娱乐化的倾向。儿童剧不能一味迎合孩子。如今很多儿童剧内容空洞，只顾搞笑、好玩，不重视故事，不强调对人生、社会和爱的严肃表达，忽视了对孩子的教化作用。娱乐性和商业性不应是儿童戏剧的全部特性，舞台艺术要潜移默化地净化孩子的心灵，告诉孩子什么是爱，什么是真、善、美，让孩子欣赏艺术作品后在自己的行为准则上知道如何生存，如何面对身边的人、物和事。儿童剧的创作始终应围绕着一个“爱”的主题。儿童剧的功能还在于对孩子美的熏陶以及想象力的培养。

周予援院长的这段话，很好地诠释了儿童剧创作“有意思”这一原则。我们说得有意思，是在好玩、好看基础之上的有意思，是建立在故事性、趣味性之上的思想性。作为儿童剧创作者，一定要始终保持清醒头脑，切不可把有意思理解成空洞的口号，把思想性做成了高台说教。

儿童剧不能仅仅停留在“好玩”“好看”层面上，还要通过艺术作品帮助孩子们认识世界，培养孩子们处理生活中实际问题的能力。这就需要创作者把握好“好玩”“好看”“有意思”三者之间的关系，学会在成人思维和儿童思维两者之间找到平衡点，学会蹲下来与儿童交谈，走近他们的生活，走近他们的内心世界。目前儿童剧创作中存在一些误区，创作者自以为了解儿童的生活和情趣，自以为熟悉儿童的心理和语言。在创作时，还是习惯使用成人视角，强行在作品中植入成人世界的道德准则、行为方式，把儿童剧场变成道德讲堂，把儿童剧变成课本的延伸。儿童的心灵是纯洁的，孩子们的眼里揉不得沙子。儿童的视角是独特的，孩子们的好恶是感性的。儿童的话语权虽然很弱，但对于他们不喜欢的儿童剧，他们会有各种方式表达出来。把儿童剧简单化地等同于互动剧、游戏剧、娱乐剧的观念，和把儿童剧当作高台教化工具的观念，都是对儿童剧这种艺术形式的不尊重，也是对儿童健康成长、儿童审美需求的不尊重。静下心来，真心真意为孩子们着想，走近他们的生活，体会他们的喜怒哀乐。认认真真、踏踏实实地为他们创作“好玩”“好看”“有意思”的儿童剧，让他们在欣赏艺术作品时感受快乐，在感受快乐时领悟生活，这是我们每一个儿童剧工作者的职责和努力方向。

中篇

儿童剧实战技巧

第七章　儿童剧的题材选择

第一节　儿童剧题材的基本分类

儿童剧创作的第一步是选题。有人说，好的选题是成功的一半。虽然略有夸张，但也不能说没有道理。选题就是选择前进方向。方向对了，坚持下去就有成功的希望。方向错了，就会和成功背道而驰，渐行渐远。

艺术来源于生活。儿童的世界包罗万象、五彩斑斓，所以，儿童剧的题材也是无比丰富、取之不竭。对于儿童剧的题材类型，目前尚没有一个详细的划分。我们可以先来看一下黄云生先生主编的《儿童文学教程》，书中把儿童文学题材归纳为 16 种类型。

1. 家庭生活型。（如奥尔科的《小妇人》、特拉弗斯的《玛丽·波平斯》）

2. 学校生活型。（如亚米契斯的《爱的教育》、克·涅斯玲格的《小侦探在行动》）

3. 社会生活型。（如马克·吐温的《哈克贝利·芬历险记》）

4. 异域生活型。（如斯威夫特的《格列佛游记》、罗英·槐尔特的《大草原上的小房子》）

5. 成长型。（如今江祥智的《少爷》、斯坦培克的《小红马》）

6. 浪子回头型。（如科罗狄的《木偶奇偶记》、埃格纳的《豆寇镇的居民和强盗》）

7. 英雄型。（如列夫·托尔斯泰的《高加索的俘虏》、吴承恩的《西游记》中的孙悟空的故事等）

8. 集体奋斗型。(如克斯特纳的《埃米尔捕盗记》、罗大里的《洋葱头历险记》)

9. 少男少女型。(如安徒生的《海的女儿》、陈丹燕的《女中学生之死》)

10. 冒险型。(如史蒂文生的《金银岛》、斋腾淳夫的《冒险者们》)

11. 苦儿型。(如马洛的《苦儿流浪记》、肖洛姆·阿莱汉姆的《莫吐儿》)

12. 顽童型。(如巴里的《彼得·潘》、林格伦的《长袜子皮皮》)

13. 童趣型。(如诺索夫的《我与米什加》、任大霖的《我的朋友容容》)

14. 奇思异想型。(如拉斯伯的《明希豪森奇游记》、卡洛尔的《阿丽思漫游奇境记》)

15. 动物型。(如比安基与椋鸠十的动物故事)

16. 自然风物型。(如普利什文的《林中水滴》、泰戈尔的《新月集》与冰心的《寄小读者》中的部分章节)

这个分类可以说是基本上涵盖了儿童文学的创作题材，对儿童文学创作有积极的指导意义，对我们儿童剧的创作也有一定的借鉴意义。但是，这个分类是基于儿童文学创作的基础上归纳、总结出来的，有一部分内容并不适合作为儿童剧创作的题材，如自然风物型。此外，有一部分内容有交叉和重叠，比如顽童型和家庭生活型、学校生活型、社会生活型都有可能交叉重叠。

动画片是儿童剧的重要组成部分，在儿童成长中扮演着重要角色，大多数孩子最早接触的儿童剧就是动画片。对于动画片的题材，有学者也做过一个简单的分类。

1. 教育类。这类题材的动画片是我国儿童影视中的主流，以让儿童获取知识，养成良好行为习惯为目的，重在普及生活、自然、人文等方面的知识。代表作品有《海尔兄弟》《蓝猫淘气三千问》等。

2. 生活类。生活类题材作品重在表现丰富多彩的儿童生活，讲述风趣幽默的儿童故事，塑造生动形象的主人公，内容积极健康向上，帮助孩子们树立克服困难的勇气，解决问题的能力和温馨和谐的家庭氛围。这个类型的代表作品有《大头儿子和小头爸爸》《大耳朵图图》等。

3. 童话类。这类题材的动画片以其浓厚的画像色彩，为孩子们“打开了通向另一种生活的窗子，那里，有一种自由的无畏的力量存在着和行动着，幻想着更美好的生活”。（高尔基语）童话题材的作品很多，我国的水墨动画片《小蝌蚪找妈妈》和剪纸动画片《猴子捞月》都是这个类型。

4. 神话（魔幻）类。魔幻类题材在日本动画中占有相当大的比重。20 世纪 80 年代的《圣斗士星矢》，90 年代的《美少女战士》，21 世纪初的《犬夜叉》等都是魔幻题材。日本动画大师宫崎骏的作品也大多带有魔幻色彩，《龙猫》《千与千寻》《哈尔的移动城堡》《幽灵公主》等作品是其代表。我国的《西游记》《哪吒传奇》等也深受孩子们欢迎。神话（魔幻）作品中天马行空的想象，拓宽了儿童的认知世界，丰富了儿童的想象世界，带给儿童有趣的艺术享受。

5. 科幻类。以科学为基础进行幻想，对虚构的事物，作者用科学理论去解释其存在的合理性。这是科幻和魔幻的本质区别。科幻更利于培养儿童热爱科学、探索未来的兴趣。国产优秀科幻动画片有《赛尔号》和《铠甲勇士》等，国外的主要有《机器人总动员》《正义联盟》等。

动画片的这个分类，更接近于儿童剧题材的分类需要，具有更强的指导意义，但也存在一定瑕疵。比如说，生活类和教育类很难界定，经常是生活中的故事有教育意义，教育性也要依靠生活小事来体现；童话、神话、民间传说之间的分水岭也不明显；科幻和魔幻在理论上的界定很清楚，但在实际操作中，也不好把握。

有没有一种更好的、更便于借鉴的分类方法呢？我们来看看下面这种方法：为统一电视剧的题材分类标准，量化各类题材比例，掌握全国电视剧创作的题材态势，结合电视剧投拍备案公示管理办法的实施，管理部门将电视剧题材的划分做了以下统一分类要求。

1. 当代题材：

年代背景为改革开放以来的各类电视剧为当代题材剧，可根据具体的故事内容分为：

当代军旅题材

当代都市题材

当代农村题材

当代青少题材

当代涉案题材

当代科幻题材

当代其他题材

2. 现代题材：

年代背景为1949年至改革开放前的各类电视剧为现代题材剧，可根据具体故事内容分为：

现代军旅题材

现代都市题材

现代农村题材

现代青少题材

现代涉案题材

现代传记题材

现代其他题材

3. 近代题材：

年代背景为辛亥革命至1949年以前各类电视剧为近代题材剧，可根据具体故事内容分为：

近代革命题材

近代都市题材

近代青少题材

近代传奇题材

近代传记题材

近代其他题材

4. 古代题材：

年代背景为辛亥革命以前的各类电视剧为古代题材剧，可根据具体故事内容分为：

古代传奇题材

古代宫廷题材

古代传记题材

古代武打题材

古代青少题材

古代其他题材

5. 重大题材：

重大题材特指总局关于重大革命和历史题材文件规定的题材，根据故事内容分为：

重大革命题材

重大历史题材

这个是官方的、权威的分类标准，并且明确要求各省级管理部门和制作机构在投拍备案办理中，须严格按下列划分的题材种类填写备案公示表格，自行设立题材名目视为无效。

在这个分类标准里，儿童题材被归入青少题材。参考电视剧分类办法，我们可以把儿童剧（包括儿童戏剧、儿童电影、儿童电视剧、儿童广播剧等）的题材分为：

1. 当代儿童题材（1978 年以来），其中和当代科幻题材、当代其他题材有交叉；

2. 现代儿童题材（1949 年至 1978 年），其中和现代其他题材有交叉；

3. 近代儿童题材（1911 年至 1949 年），其中和近代革命题材、近代其他题材有交叉；

4. 古代儿童题材（1911 年以前），其中和古代武打题材、古代其他题材有交叉；

5. 重大题材，主要是重大革命题材，以革命领袖和英雄人物童年生活为故事内容。如动画片《少年毛泽东》、广播剧《少年邓小平的故事》等。

以时间轴为分类依据，结合重大题材审批、备案的要求，把儿童剧题材分为这五大类型，具有简单、科学、规范、易于操作的特点，是目前最为合理的分类方法。

在营销学中，人们常常把顾客分成不同的种类。客户分类的目的不仅仅是为了企业内部对于客户的有效识别，更重要的是对客户的消费行为和消费心理进行分析。通过分析，企业针对不同客户提供个性化服务与专业化营销，为客户提供不同的产品内容和促销手段。同样道理，我们探讨儿童剧题材分类，也是为了面对不同的儿童观众群体，更有针对性地选择题材、提炼主题，再根据题材的不同，确定不同的创作思路。一部儿童剧能否受到孩子们的欢迎，题材和内容是最重要的因素之一。选题恰当，常常事半功倍。选题失误，就成了一将无能、累死千军。选择合适的题材，对题材进行准确的价值判断，是一个儿童剧编剧的基本功。

第二节　儿童剧题材的选择技巧

儿童剧题材选择的范围很广，可以反映现实生活，可以讲述历史故事，既可以写天马行空的神话、童话，又可以面向未来写科幻。但是，题材虽多，想选择一个好的题材却不容易。儿童剧需要适合儿童的审美习惯，不同年龄段的儿童有不同的欣赏口味，不同生活环境的儿童也有不同的审美需求。选择什么样的题材才能吸引孩子们的注意力，选择什么样的题材才能创作出一部独特有趣的儿童剧，我们可以参考下面几条建议。

一、寻找当代儿童关注的题材

题材如食材，编剧似大厨，孩子们就是评判大厨手艺好坏的小美食家。孩子们爱吃什么，我们就给他们做什么。当然，在美味可口的同时，还要有营养。这是我们在选择题材时，首先要注意的一点。

当代儿童关注什么样的题材呢？

我们从诸多成功的儿童剧中可以总结出一些规律：

1. 从内容上讲，当代儿童喜爱故事性强，有传奇色彩，内容新颖的儿童剧。

故事性是儿童剧吸引观众的基石。任何幻想着抛开故事性去构建一部儿童剧，还想要赢得观众喜爱的做法，都是不切实际的，都是在搭建空中楼阁。现在有一些小剧场话剧，开始淡化剧本的故事情节，尝试用意识流、思辨性和奇异的形体表演来争取观众，这种尝试对于成年观众来说，也算是一种有益的探索。但是，如果把这种尝试引入儿童剧中，就违背了儿童剧创作的基本原则，会渐渐失去儿童剧的演出市场。故事性强是优秀儿童剧的共同特点。不论是我国经典的《马兰花》《人参娃娃》，还是好莱坞的《小鬼当家》系列，都给儿童观众讲述了一个引人入胜的故事。我们这里所说的故事性强是针对儿童的接受和理解能力而言，并不是说创作者要为儿童观众编织一个人物关系盘根错节、戏剧情节烦琐复杂的故事，更不能把儿童剧做成“烧脑”剧。

传奇色彩是对故事性的更高要求。传奇是指“情节离奇或人物行为超乎寻常的故事”。儿童剧故事情节的迂回曲折、波澜起伏、出人意料，往往能激起小观众的惊奇感，使儿童观众得到审美的满足。普普通通的人物，普普通通的故事，普普通通的叙述，很难把孩子们的注意力吸引过来。孩子们喜欢《哈利·波特》，很大程度是因为情节丰富、内容紧凑、神奇莫测的魔法故事。J.K. 罗琳超乎常人的想象力，娴熟的创作技巧，以及她对欧洲古典文学的继承与发展，是《哈利·波特》取得巨大成功的基础。

重复是艺术的天敌。内容新颖是指我们要寻找不同于前人、他人的题材，不讲千篇一律的故事。即便是相同的题材，我们也要尽力编织出不同的情节，挖掘出不同的意境，追求新的故事形态，注入新的故事元素，使观众能有一个全新的艺术感受。在《快乐星球》创作的后期，我尝试寻找一些孩子耳熟能详的古代小故事，进行再挖掘、再提炼、再创造。如《快乐星球》第四部中的《新孟母三迁》《谁砸的缸》等，都得到了儿童观众的认可。

《谁砸的缸》故事梗概：有一天，小主人公步平凡看到电视上播放小品《司马光砸缸》，就对这个故事产生了兴趣。到了晚上，他在梦中回到了古代。恰好因为缺水，杜有才家租来了一口缸。心里有事没留神掉进缸里，步平凡勇敢地砸缸救人。令他没有想到的是，因为砸缸救人，给他带来了一系列麻烦，引发了一场不小的风波。

2. 从主题上讲，当代儿童喜爱正义战胜邪恶、美德战胜缺点、幻想战胜现实的儿童剧。

正义战胜邪恶是儿童剧最常见的主题，表现这个主题的题材也是儿童剧最常见的题材。这类题材可以是古代的、现代的、当代的，也可以是未来的。这类题材的数量很多，在古今中外的儿童文艺作品中的比例也最大。许多根据经典童话改编的儿童剧，如久演不衰的《白雪公主》等，最后的结局都是正义战胜了邪恶，善良的人们得到幸福。我们在创作《快乐星球》第二部的时候，也有意识地增加了这个主题，为快乐星球设计了一个敌人、邪恶的代表——黑暗星球。电视剧播出以后，在小观众中的反响很好。下面是一位小学生的观后感。

> 最近，儿童剧《快乐星球》在少儿频道播出了，我很喜欢。这部儿童剧主要讲了快乐星球小发明家艾克没有七情六欲，快乐星球的首领——老顽童爷爷派他和他的助手艾雪到地球上的一座寄宿学校寻找真正的友谊。想毁灭快乐星球而统治宇宙的黑暗星球知道后，派出高智能的仿真机器人008号到那所学校当一名姓姬的电脑老师，姬老师在地球的任务是提取艾克、艾雪的基因数据和知识记忆，从而找到快乐星球的弱点。尽管黑暗星球的战斗能力比快乐星球强，但最后还是失败了，艾克找到了真正的友谊，008号也被老顽童爷爷更改了程序，派到黑暗星球作了“内线”。
>
> 黑暗星球的科技水平原本和快乐星球差不多，但这几年一直研究新式的武器以及良好的防御系统，而快乐星球却利用这几年的时间研究一些能为居民造福的东西。于是，黑暗星球自然比快乐星球会打仗。可是最后，黑暗星球还是失败了，我觉得有点惊讶。后来，我发现了黑暗星球失败的原因。他们有一种可笑的想法——自己天生就是宇宙的主宰，自己是最完美的，出了什么差错，责任都是别人的。
>
> 有一次，从乡下来了一封信，寄给一个叫妞子的同学，显然写信的人没有多少文化，信封上只写了“四年级妞子收”，信里写着：

爸爸饼了，接接外出打工没有会来。姬老师认为，这是艾克和快乐星球联络的密信，“爸爸饼了”是指老顽童生病了或者出了其他情况；“接接外出打工没有会来”是指快乐星球的另一位重要人物多面体也出去了。于是他立即报告黑暗星球的首领。首领呢，想也没有想就攻击快乐星球。其实那封信只是寄给一位家住乡下的同学的，并不是暗号。攻击自然失败了，黑暗星球损失惨重，快乐星球自然毫发未损。首领气极了，不停地指责008号，首领身边的机器人也不约而同地指责008号，“弱智”“笨蛋”“我要把你变为垃圾”——骂声不绝于耳。他们也不考虑自己有没有责任，没有认识到自己没有对信息认真分析，也没有识破“假情报”，而只是一味地指责他人。而快乐星球却不一样，有一次，快乐星球的两个小机器人笨笨和聪聪偷偷乘着飞船去地球看望艾克、艾雪，被黑暗星球看见了，他们攻击了笨笨和聪聪，老顽童知道了，赶紧和他们联系，告诉他们躲开黑暗星球攻击的方法，并没有一味地责怪他们。最后，笨笨和聪聪安全地回到了快乐星球。

008号是首领自己制作的机器人，但他的性能很不稳定，有一次，竟把首领当作了电脑病毒，见到他就说：“你这个讨厌的家伙，我讨厌你的声音！”有时还迷迷糊糊，自己左脚踩右脚。首领直骂他“弱智”，但008号是他自己制造的，008的性能不稳定只能说明他自己很弱智。

黑暗星球首领的身边有许多溜须拍马的机器人，张口“首领英明”，闭口“首领英明”。首领听着非常高兴，他声称自己一定要造出许许多多这样溜须拍马的机器人来。而快乐星球的老顽童却不喜欢这样，艾雪有时候也拍老顽童的马屁，但老顽童不吃这一套，该怎么办还怎么办。笨笨爱吹牛，聪聪也总是给他纠正。

黑暗星球是邪恶的，正因为他们邪恶，才有认为自己应该统治宇宙的想法，正因为有了这种可笑的想法，他们才把责任都推到别人身上，正因为这样他们自然而然失败了。总而言之，正义会战胜邪恶，而邪恶是永远都不会有出头之日的。（文章摘自网络）

美德战胜缺点，也是儿童剧常见的一个主题。这类儿童剧更适合学龄前期（3—7 岁）的儿童观众。这个年龄段的孩子们，和婴幼儿期儿童相比，对事物的感知能力和语言表达能力有所提高，抽象思维能力开始形成，求知欲增强，正是各种良好习惯的养成期。生活类、教育类的儿童剧，有很多都是这种题材。例如，深受小朋友喜爱的《大头儿子和小头爸爸》，不论是大头儿子还是小头爸爸，身上都有这样或者那样的小缺点，通过日常生活中的小故事，在风趣幽默的氛围中改掉身上的小毛病，在笑声中给小观众潜移默化的教育。《快乐星球》第一部中的《失踪的四驱车》，就讲述了小九九在乐乐等人的帮助下，承认错误的故事。

小九九新买的四驱车在比赛前神秘地失踪了，同学们都议论纷纷，互相猜疑，乐乐和马翔宇决定自己破案。在同学们的配合下，他们经过周密侦察，大家将目标锁定在金刚身上，可金刚却矢口否认。没有办法，乐乐和小九九在金刚面前上演了一出苦肉计，这让生活在单亲家庭的金刚很受打击。一天下课后教室没有人，金刚怀着十分矛盾的心情将四驱车放到小九九的书包里，而这一切都被等候在教室外的老师和同学们看到了，大家都为金刚能认识错误而高兴，没想到这反而激怒了金刚。为证明自己不是小偷，金刚愿意接受高科技的检验，乐乐从莲蓉包那里拿来了测谎仪。没想到莲蓉包的第一项发明竟然是伪劣产品。走投无路的金刚留下一封信离家出走了，这可急坏了东方老师和同学们。在多面体的帮助下，大家找到了金刚，事情也真相大白，原来是小九九的虚荣心在作怪，是他在说谎，小九九承认了错误，大家都错怪了金刚。

爱幻想是儿童的天性，放飞孩子们的梦想是儿童剧创作者的职责。幻想战胜现实，大部分的神话、童话和科幻儿童剧作品，都是这类题材。《宝船》是著名作家老舍先生唯一的一部儿童剧作品，创作于 1961 年。1963 年，中国儿童艺术剧院把《宝船》搬上舞台。1986 年重新复排，2014 年排演了第三个版本。《宝船》曾与《马兰花》合称中国儿艺的“一花一船”，陪伴几代观众的成长。

《宝船》讲述了善良勤劳的王小二在山中砍柴时，救起落水的老汉李八十。为感谢王小二，李八十送给王小二一条小纸船，并教给王小二一篇口诀，可以将小纸船变成一条乘风破浪的大船。洪水来了，王小二驾着宝船，帮助很多动物脱离险境，并在大水中救起好吃懒做的张不三。洪水退去后，贪婪的张不三趁大家重建家园时，偷走宝船献给了皇帝。王小二在李八十和朋友们的帮助下，进皇宫夺回宝船，并让贪婪的张不三和愚蠢的皇帝受到了应有的惩罚。

科幻作家刘慈欣曾经说："富有想象力的作品，能让孩子在年幼时，就感到宇宙有多么广阔，生命进化有多么曲折，而科学是多么的奇妙动人。"科幻是深受孩子们喜爱的儿童剧题材。儿童科幻剧可以帮助孩子们插上一双想象力的翅膀。

《霹雳贝贝》原名叫《带电的孩子》，是我国第一部儿童科幻电影，由中国儿童电影制片厂出品，宋崇导演、张之路编剧，1988 年上映。影片以新颖的视角讲述了手上带电的小男孩贝贝摆脱孤独寻求友爱和理解的故事，情节曲折、荒诞又幽默。

一个宁静的夜晚，城市上空突然出现了一个飞行物，它鸣叫着并放出奇异的光彩。医院里，手术室的灯忽然灭了，一会儿，一个小生命来到这个世界。此时时针正指九点。孩子取名贝贝。出院那天，爸爸来接他，不料，爸爸、妈妈都被他电了一下。贝贝带电的事，爷爷不让说出去怕别人把他当怪物。贝贝 6 岁了，还被关在家里不让出门，并整天戴着一副红手套。贝贝偷偷跑出去玩，邻居来告状，说他用针扎了小朋友，他很委屈。星期天，爸爸、妈妈带他出去玩。公交车行驶途中，贝贝用手控制着红绿灯，一路畅通无阻。公交车上，一个小青年与老奶奶抢座位，他悄悄摘下手套，小青年惊叫着站了起来。游乐场里，贝贝坐飞碟坐上了瘾，他把爸爸推到一边，自己操纵着飞碟旋转起来。控制中心的工作人员把电断掉了，贝贝才肯罢休。贝贝上学了，由于整天戴着手套，引起同学们的议论。音乐老师教唱拍手歌，他因不摘手套而被罚站。他能控制电子表的音乐，并能帮助足球场上的足球队进球，但他电昏了同学薇薇惹了祸……雨夜里，贝贝遇见一位老盲人，他用声音为他引路。突然盲人摔倒了，贝贝上前去扶，撞出一个极大的火花，盲人惊叫起来。此时，天空出现一个大大的飞行物，放出奇异的光，盲人突然复明。人体科学研究所把贝贝接去，准备进行研究。但他很想家、想学校、想同学。薇薇、晶晶、金凤和小狗黑利把他救了出来，他们跑到长城上去呼唤“宇宙人”。他们又冷又饿，靠在一起睡着了。突然，贝贝被一个奇异的声音引向了一个陌生的地方，一个宇宙人紧紧握住贝贝的手，他惊叫起来。医院里，贝贝醒了，妈妈上前拉贝贝，爸爸也扑过去，三个人紧紧抱在一起。贝贝没电了，他奔跑着，向所有人伸出热情的手。

影片获得成功的一个重要原因是，新奇的科幻元素满足了当时少儿观众的求知欲望和审美需求，契合了儿童剧单纯性、故事性、幻想性、趣味性和游戏性的艺术特征。

3. 从时间上讲，当代儿童喜爱描写发生在他们身边的故事、关注他们喜怒哀乐的当代儿童题材作品。

近年来，儿童剧市场迅速升温，新的儿童剧作品不断推出，但现实题材儿童剧却寥寥无几。一方面是儿童观众迫切希望看到真实地反映他们生活的艺术作品；另一方面创作者们却把主要精力放在童话、魔幻创作和经典作品改编上面。为什么会造成这种错位的状况？一个重要原因，现实题材的儿童剧创作难度大，作者不愿意写，制作方不愿意投入。当代儿童题材成为儿童剧创作中最为薄弱的领域。

著名剧作家李宝群（风雪白衣）在一篇文章中写道：现在童话剧太多，到处灰姑娘，遍地丑小鸭，儿童剧不能只搬演童话，儿童剧舞台应该丰富多彩，尤其不能缺少表现现实生活的儿童剧、不能缺少当下社会生活中的孩子形象、不能缺少对孩子内心世界的开掘与发现、不能缺少人文关怀和责任担当。关怀当下，关心孩子，就不能回避当下生活中孩子们面临的心灵与精神成长问题。避开真正的现实生活，中国的儿童剧永远“长不大”。为了改变当代儿童题材作品偏少的状况，作为儿童戏剧创作主力军的中国儿童艺术剧院进行了不少有益的尝试。2011 年，中国儿艺首度面向社会公开征集剧本，从 200 多个应征剧本中挑选出了《特殊作业》。这个剧本之所以能从众多剧本中脱颖而出，正是因为它的关注点是现实生活。

> 一天，某中学教师给初一年级的学生布置了一项“特殊作业”，并要求学生们与爸爸妈妈共同完成；第二天还要召开学生和家长参加的“主题班会”，共同分享完成“特殊作业”的感受。
>
> 剧中的主人公龙大伟、陈静、吴子豪、安巧巧和赵一，都是初一年级的学生。放学后，他们一边打扫卫生，一边对老师布置的“特殊作业”产生了热烈的争议，或是不解、质疑，或是打趣、嘲讽，只有班长陈静能正确面对，表示要认真完成。
>
> 随着剧情一一展现五位学生回到家里，自愿或被迫与父母共同完成“特殊作业”的过程，如同推开了五个家庭的“窗户”，让我们逐一看到了五个具有典型意义的家庭生活场景，展开了五组人物家庭内部的矛盾与亲情之间的纠葛……
>
> 随着“特殊作业”的完成，增进了孩子与家长的情感交流与心灵沟通，使他们从中感受到了亲情的温暖与宝贵，感悟到了人类真爱的博大与永恒，懂得了“特殊作业”所蕴含的深意和价值……

《特殊作业》搬上舞台后，收到了很好的反响。该剧曾荣获第十四届文华优秀剧目奖，并于 2017 年 6 月走进宝岛台湾，感动了台湾的小朋友，为他们留下一份难忘的“特殊作业”。

孩子们的需求，就是我们儿童剧工作者的责任。发掘当代儿童喜爱的现实题材，要求我们真正地扑下身子，走进生活，走到孩子们中间，从他们丰富多彩的生活中汲取我们需要的营养。唯有这样，我们的儿童剧才能够更加多姿多彩，孩子们才能够从我们的作品中得到更多的艺术享受和人生感悟。

二、寻找编剧能够驾驭的题材

著名剧作家郑怀兴曾经谈道：“写戏的快乐，首先在于遇到一个好题材。我认为，编剧与题材之间，存在着缘分关系。‘情人眼里出西施’。有的题材别的作者可能熟视无睹，而我遇上了，却一见钟情，爱不释手；而我弃之不顾的题材，你可能如获至宝，点石成金，写出佳作来。这可能跟每个编剧的见识、修养、爱好、追求等不同紧密相关。也有一些题材，我虽然比较喜欢，把玩好久，却下不了笔。随着时间的推移，见识的增长，突然某一天发现这个题材原来是一块璞，是一块很好的根雕素材，就迫不及待地动手琢之，雕之。与你无缘的题材，如果勉强写之，吃力不讨好，挖空心思，也难成为佳作，好比捆绑成不了夫妻一样。”

郑怀兴先生的这段话，把编剧和题材之间的关系讲得很透彻。好题材就像知音一样，相遇需要缘分。好题材也要适合编剧，编剧掌控不了的题材，宁可弃之不用。同样是抗战题材，优秀编剧创作出了《亮剑》这样的优秀作品，而有些编剧却编造出了令人啼笑皆非的抗日神剧。

许多新入行或者正在入行的作者往往不知道该写什么，经常向老编剧请教。他们得到最多的回答就是：写你最熟悉的生活。在这里，我还要补充一句：写你能够驾驭的题材。编剧不是神，不可能什么都懂，什么都会，总有很多自己不明白的领域。这些领域就是我们的预警区，在我们完全弄清楚之前，最好不要盲目闯进去。这方面的教训很多。在创作《快乐星球》的时候，我是总编剧，除了自己创作，还要负责审核、修改其他编剧的稿件。在读稿件的时候发现，有个编剧近乎科盲。每当写到生活中解决不了的问题时，他不是展开想象，用科幻的方式来解决，而是天马行空、随心所欲，比神话还神话。这样子写出来的稿子，虽然也下了很大功夫，但基本上都是废品。

说到驾驭题材的能力，还有一层意思。举个例子，每年高考作文，给出的是同样一个材料，考生们写出来的文章千差万别，最终的分数有高有低。这里面最考验学生的，就是思维能力和分析问题能力。提炼的主题不一样，分析的角度不一样，就会得到不一样的结果。

写自己熟悉的生活，也是为了更好地驾驭题材。

提高驾驭题材的能力，没有捷径可走，唯有多读书、多观察、多思考、多练习。编剧是聪明人下笨功夫的活儿，没有做好吃苦的准备，耐不住寂寞，编剧之路肯定走不远。

三、寻找适合载体表现的题材

前面我们说过，广义的儿童剧包括儿童戏剧、儿童影视剧、儿童广播剧三大类。在这三大类里面，又细分出若干小类。每一种艺术形式，都有自己的特点，对于题材都有自己的要求。我们在创作儿童剧的时候，要根据载体的特长和局限，来选择最适合这种艺术形式表现的题材。反过来，我们发现一个好的题材，也要为它寻找最适合的载体。

以儿童戏剧和儿童影视剧为例，我们来分析一下载体和题材的相互关系。作为不同的艺术形式，戏剧和影视剧在艺术特征上有一些区别：戏剧以假定性为基本特征，在时空上受到舞台的限制，表演具有重复性和观演一体的艺术体验；而影视剧则追求真实性，时空相对自由，表演是一次性的，并且观演分离。一般来说，人物不多、情节简单、矛盾尖锐、情感丰富的故事，童话色彩浓厚、以花鸟走兽等为主角的故事，适合用歌舞场面表现、和观众互动交流多的故事，都可以用儿童戏剧的形式来表现。而儿童影视剧更适合表现真实细腻反映当代儿童生活的故事，人物较多、情节相对曲折、时空转换频繁、画面丰富多彩的故事，复杂的神话故事和儿童科幻故事。

当然，艺术载体和题材的对应关系不是绝对的和一成不变的。题材千差万别，艺术表现贵在创新。适合的才是最好的，为一个当代儿童关注的、自己能够驾驭的题材找到一个适合的表现形式，儿童剧创作就成功了一半。

第三节　儿童剧素材的积累与加工

题材是构成文学和艺术作品的材料，也就是作品中具体描写的生活事件或生活现象。素材是创作文学、艺术作品时的原始材料，是未经加工和提炼的生活细节和生活现象。题材是在素材的基础上，经过作家、艺术家选择、提炼、加工，成为作品内容的生活材料。从时间顺序上讲，先有素材，后有题材。积累素材、激发灵感，通常是我们创作儿童剧的第一步。

一、儿童剧素材的积累

艺术来源于生活。深入生活，体验生活，是我们积累素材、获得感悟的主要途径。但是，亲身体验并不是获得素材的唯一途径。素材又可以分为直接素材和间接素材。下面就简单讲一下儿童剧素材积累的几个途径。

第一，直接素材的积累。好的创意不会从天而降，天上掉馅儿饼这种好事，一般砸不到编剧头上。积累、思考、再积累、再思考……直接素材就是在这样日积月累的过程中，逐渐形成鲜活的、清晰的、有价值的生活体验。直接素材，是指编剧个人亲自看到的、听到的、亲身经历得来的素材。丰富的人生阅历和对生活独到的感悟，是编剧的宝贵财富。在过去，有经验的老编剧会建议初学者，随身携带一个小笔记本，不论何时何地，随时记录下你认为有意义的、有趣的、独特的生活场景和人物的行为、语言，捕捉生动的生活细节。现在，我们的智能手机功能非常强大，完全可以更迅速、更直观地记录下来你的所见、所思。

在《快乐星球》播出时，经常会有一些小观众问我：“胡编叔叔，你是一个成年人，怎么会这么熟悉我们的生活？这么了解我们心里想什么？”

我说：“因为，近水楼台先得月啊，我有一个和你们同龄的儿子。”

有了我儿子，我就有了准确的观察对象。他的一举一动，他的喜怒哀乐，他对生活的态度，他处理问题的方式……都在我的脑海里留下了深深的印迹。这些印迹，就在创作中转化成了一个小故事、一段台词或者一个场景。

当然，我只是说了其中一个原因。不是每个儿童剧编剧都要有一个童年期的儿子。就算有这样的儿子，他也会慢慢长大。假如，编剧们都能像熟悉自己儿子一样，熟悉自己笔下的人物，谁还会吐槽我们的人物苍白、呆板，没有生活气息呢？亲身体验得来的素材，最真实、最客观，编剧也最有感受，最有创作兴趣和创作冲动。

目前，有一些儿童剧不真实，随意胡编乱造，缺乏生活基础，一味追求故事离奇。这样的儿童剧，是创作者急功近利的产物，孩子和家长都不喜欢。儿童剧编剧要长期坚持观察、体验儿童生活，和孩子们交朋友，蹲下来和孩子们交流，真正走进孩子们的生活，走进他们的心里。

第二，间接素材的积累。编剧的主要任务是讲故事。故事从哪里来？有两个途径，一是你自己去体验、去发现故事；二是要做一个优秀的阅读者、倾听者，看别人写的故事，听别人讲故事。第二个途径，就是我们说的间接素材的积累。间接素材，是指创作者从别人口头或书面提供的社会生活情况中获得的材料，包括古今中外的文学、戏剧、影视、曲艺等文艺作品，也包括新闻媒体、报纸杂志提供的资料，还包括自然科学、社会科学的论著与文章等。间接素材弥补了创作者亲身积累直接素材的限制和短板，极大地丰富了创作者的素材源泉。在这里需要强调一点，间接素材也是来源于生活，对于我们来说是间接素材，对于这些素材的原始积累者来说，就是直接素材。

间接素材的种类很多，积累素材的方法也很多。每一位创作者都有自己积累素材的方式和习惯。概括起来，主要有下面三种方法。

一是眼观六路，耳听八方。阅读不仅是我们丰富知识结构和人生经验的重要途径，也是积累间接素材的有效方法。读文学名著、读历史、读儿童读物，读哲学、读心理学和科普读物，努力扩大我们的阅读量，要做到博览群书，不仅对我们创作儿童剧有帮助，我们写其他作品时也会更有底气。观看优秀的舞台剧、影视剧，听评书、相声，看报纸杂志，浏览互联网新闻等获得信息的方法，都可以成为我们积累间接素材的手段。书籍报刊、影视媒体和互联网是间接素材的主要来源。我们获取的知识和信息，经过大脑分类和整理，就可以转化为我们创作时的鲜活素材。

二是不懂就问，不会就查。剧作家不是百科全书，更不是万事通。在创作时，我们经常会遇到不懂的问题、不清楚的生活细节。这个时候，我们要一问到底，问专业人士、问老师、问孩子们。遇到不明白的专业术语或者网络流行语，一定要查，不能似是而非。前期工作做不好，后期就会摔跟头。观众的眼睛是雪亮的，任何侥幸的、蒙混过关的心理都要不得。这方面的教训很多。我们要为孩子们带去欢笑，而不是成为孩子们的笑话。

三是天马行空，合理想象。日有所思，夜有所梦。编剧进入创作状态以后，常常会突发一些奇思妙想，会在脑海里出现一些人物、场景，甚至还有情节对白。有时候晚上做梦，梦中也会出现一个完整或碎片化的故事。这些故事、人物、情节、场景等，常常被称作灵感。因为这些灵感是突发的、随机的，不可复制的，没有办法去主动获取和积累，所以，我也把它们归类为间接素材。把这些灵光一现的好点子、好想法记录下来，发挥我们编剧的想象力和逻辑思维能力，使之既天马行空，又合情合理，成为我们宝贵的创作素材。

上面我们简单谈了儿童剧素材的积累。也有人把积累素材的方法具体为感受积累法、采访积累法、笔记积累法和网络搜集法。不论哪种方法，适合自己的就是好方法。对于素材的积累，我的看法是：获取素材不怕多，越多越好；积累素材要过脑，越细越好。在创作的时候，直接素材和间接素材是相互融合、浑然一体的。巧妇难为无米之炊，家中有粮、心里不慌，素材积累越丰厚，创作起来越得心应手。

二、儿童剧素材的加工

素材积累到一定程度，就可以进入加工提炼的阶段。素材积累得够不够，对素材的感悟深不深，这个程度怎样把握？我们来看看著名剧作家高满堂怎么说。

> 一个好的编剧应该是他所创作的剧本所有材料的掌握者。我就有这个实力和信心。例如，我写的《老农民》，导演说要改动，我

就问他：你看完剧本了吗？他说：看完了。我说：导演，我告诉你，我既然做这个题材，你就一辈子也讲不过我。写《闯关东》我走了 7000 多公里，用了一个半月去采风；《家有九凤》可以说是我积累了四年才梳理出来的故事；还有《大工匠》，我在工厂里断断续续体验了近三年的生活；《温州一家人》，我走了国内 14 个城市，又到了法国、意大利、荷兰……正在拍的《老农民》，我用了五年的时间，从费孝通《乡村中国》看起，到《创业史》《风雷》《暴风骤雨》《小二黑结婚》，等等。我读过的书摞起来能有桌子这么高，你能说过我吗？说不过我的时候，你就得听我的。（摘自《编剧课堂》）

素材的提炼加工分两个步骤：一是提炼主题；二是编织故事。编织故事在后面的章节有详细论述，这一节我们重点讲讲主题的提炼。

主题是什么？古今中外的学者有不同的说法。清代的李渔在《闲情偶寄》中，给主题下了一个定义："古人作文一篇，定有一篇之主脑，主脑非他，即作者立言之本意也。"日本剧作家舟桥和郎认为："如果有人问这个作品写的是什么？能够用一句话，而且是具体的语言来回答它的，这就是主题。"美国的编剧教父麦基也认为："一个真正的主题并不是一个词，而是一个句子——一个能够表达故事的不可磨灭的意义的明白而连贯的句子。"

我们认为，主题的基本含义是：创作者在作品中，通过素材和艺术手段所表达出来的中心意思。它渗透、贯穿于作品的始终，体现了创作者的主要创作意图，包含着创作者对生活的认识、理解和评价。主题是创作者的灯塔，主题指引我们创作的方向。同时，作品是创作者表现自己思想的载体，创作者从自己积累的素材中挖掘出其中蕴含的意义和价值。

每个题材的背后都会蕴含着多种意义，创作者修养不同，对题材提炼、开掘的角度就不一样。前面我们说过，同样是抗战题材，有人做成了《亮剑》，而有的人就做出了抗日神剧。题材犹如璞玉，创作者犹如巧手工匠，而主题就是那画龙点睛之笔。

和成人剧不同，儿童剧主题要考虑不同年龄段孩子的接受能力。对于婴幼儿期和学龄前期的儿童，儿童剧的主题要浅显、明确、单一，要让孩子们一看就明白。对于学龄期儿童，他们的心智更成熟一些，儿童剧的主题就可以适当地增加内涵和深度，引导孩子们思考问题、认识社会。

当我们遇到一个自己感兴趣的题材，我们开始搜集素材，通过一段时间的积累，认为已经掌握了足够多的直接素材和间接素材，抑制不住汹涌澎湃的创作激情，迫不及待地准备开始动笔的时候，我们千万不要忘记，在动笔之前，还有一道十分重要的工序——挖掘素材的意义，提炼创作主题。这道工序可以分三步走。

第一，放一放。不论创作任务是不是非常紧迫，我们都应该养成一个习惯，把我们辛辛苦苦积累起来的素材放一放。平复一下我们的创作冲动，把素材重新梳理、归类，去粗取精，去伪存真。不要拾到篮子里都是菜，自己积累的素材一点也舍不得丢弃。放一放的目的，就是要我们冷静一下，甄别一下哪些是有用的，哪些是无用的；哪些是新鲜的，哪些是陈旧的；哪些是真实的，哪些是虚假的。

第二，想一想。把素材放一放，我们会冷静很多。但是，仅仅放一放还不行，冷静下来之后，我们还要想一想。想什么？想一想自己为什么要写这样一个作品；想一想我们的素材有没有更好地开掘角度和更深刻的主题意义；想一想同类型作品都是怎么写的，优缺点是什么；想一想自己擅长的和不擅长的是哪些方面。作为儿童剧编剧，最重要的一点，想一想孩子们喜欢什么样的主题，怎么样才能让孩子们接受你的思想。

第三，冲一冲。放也放过了，想也想明白了，这时候我们就要重燃创作激情，向着自己不曾达到的高度冲一冲。别人没有表达过的主题，我们来表达；别人没有涉猎过的题材，我们来尝试；别人没有达到的高峰，我们来攀登。艺术贵在创新，艺术创作贵在有勇气、有激情。我们每一个儿童剧创作者，都要争做“第一个吃螃蟹的人”，变换创作视角，拓宽创作题材，升华创作主题。只有这样，儿童剧才能常写常新，儿童剧市场才能保持旺盛的活力。

素材是剧本的基石，主题是剧本的灵魂，剧本是编剧的价值体现。创作者要真心热爱生活，细心发现生活，用心感悟生活，通过题材的选择、素材的积累、主题的确立，为创作优秀剧本打下坚实的基础。

第八章　儿童剧的结构技巧

第一节　儿童剧常用的结构方式

我们都知道，儿童剧是讲故事的艺术。素材是故事的基础，故事是剧本的基础。但是，有了好的素材、有了好的故事，并不等于就有了好的剧本。一个剧本，一般要具备四大元素：故事、结构、人物和对白。

素材、故事、主题，解决的是“讲什么”的问题。结构，解决的是“怎样讲”的问题。怎样讲才能引人入胜、吸引观众？怎样讲才能带着观众跟着你的思路走？怎样讲才能给观众豁然开朗、原来如此的满足感？结构是解决这些问题的一把钥匙。编剧应该是讲故事的高手，讲好故事需要熟练掌握结构技巧。

什么是结构？罗伯特·麦基认为：“结构是对人物生活故事中一系列事件的选择，这种选择将事件组合成一个具有战略意义的序列，以激发特定而具体的情感，并表达一种特定而具体的人生观。”如果觉得麦基的这段话不好理解，我们再来看看李渔对于结构的阐述：“工师之建宅亦然。基址初平，间架未立，先筹何处建厅，何方开户，栋需何木，梁用何材，必俟成局了然，始可挥斤运斧。倘造成一架而后再筹一架，则便于前者，不便于后，势必改而就之，未成先毁，犹之筑舍道旁，兼数宅之匠资，不足供一厅一堂之用矣。”李渔以工匠建造宅子为比喻，说明写作传奇必须首先考虑结构。他说，要建一座住宅，就必须先筹划好在哪里建厅堂，哪里开门户，栋梁用什么材料。只有成竹在胸，格局了然，一切都安排妥当，然后才可以破土动工；如若不然，倘造成一架再筹一架，必然是便于前者不便于后，落得个未成先毁的结局。

因此，李渔提出："作传奇者不宜卒急拈毫，袖手于前始能疾书于后。"写东西要先动脑，再动手，先把该想的都想明白了，再奋笔疾书也不迟。

关于结构，麦基讲到几个关键词：选择、组合和序列。李渔也提到几个关键词：间架、选材和格局。把这些关键词重新组合一下，我们就可以得出结构的定义：结构是故事的建构方式，是创作者根据自己的创作意图和受众的审美心理对创作素材的剪裁和布局，也就是创作者对情节的安排。现在，我们知道了结构的定义，结构对于创作的重要性。那么，常用的结构方式有哪些呢？

一、中国传统的戏剧结构方式是"起、承、转、合"

"起承转合"一说，出自元代范德玑的《诗格》："作诗有四法：起要平直，承要舂容，转要变化，合要渊永。"最初说的是作诗，后来延伸为写文章，再后来就被引入中国传统戏曲的创作理论中。

古人写诗讲究章法，一般都要遵循"起承转合"之法，也就是在如何开头、如何发展、如何变化、如何结尾上下功夫。我们以杜牧的《泊秦淮》为例，来看看起承转合的运用。

泊秦淮

（唐）杜牧

烟笼寒水月笼沙，
夜泊秦淮近酒家。
商女不知亡国恨，
隔江犹唱后庭花。

首句是起，写秦淮河的月夜景色，以引起下文。第二句是承，写小船夜泊在秦淮河岸边靠酒家的地方。前两句交代了时间、地点和环境。第三句是突转，一句"商女不知亡国恨"由景转到了人，把全诗推向高潮。结尾以"隔江犹唱后庭花"作合。至此，一首意境高雅、主题鲜明的千古绝唱，通过起承转合完美地呈现在读者面前。

在古代，流传着不少关于“起承转合”的逸闻趣事。相传，有一次纪晓岚为一个朋友的老母祝寿，当席吟诵祝寿诗一首，开篇第一句就说：“这个老娘不是人”，四座宾客都吓一大跳。纪晓岚却不慌不忙地念道：“九天仙女下凡尘”，大家松一口气，鼓掌叫好。纪晓岚又接着念：“生个儿子却做贼”，他的朋友脸上勃然变色，四座皆惊，不敢言语。哪知纪晓岚又从容地说：“偷得蟠桃献娘亲。”话音一落，众人大喜，开怀举杯。

写诗如此，写戏的起承转合是怎么样呢？我们来看一个很简短的课本剧《小马过河》。

第一场

马妈妈　小马、小马！

小　马　哎！妈妈、妈妈，我在这，有什么事吗？

马妈妈　小马，你已经长大了，你帮妈妈把这袋麦子驮到对岸驴婆婆家好吗？

小　马　当然可以。妈妈您放心吧，我走了。

（小马往小河跑）

第二场

（牛伯伯站在小河不远青草处）

（小马跑到小河不远处）

小　马　咦，这里有条小河，我能过去吗？妈妈不在身边，这可怎么办呢？牛伯伯正在那边吃草，让我去问问它吧！

（小马跑到牛伯伯处）

小　马　牛伯伯，您好！

牛伯伯　小马，你好，有事吗？

小　马　牛伯伯，请问那条河我能过去吗？

牛伯伯　当然可以，那条河很浅，才到我的小腿，你肯定能过去。

小　马　谢谢，牛伯伯。

牛伯伯　不用谢，赶快过河去吧。

（小马往小河跑）

（小松鼠站在河边）

第三场

（小马跑到小河处，做抬腿过河的动作）

（小松鼠跑上台到小河边）

小松鼠　小马，小马，千万别过河，你不要命了吗？

小　马　怎么了，小松鼠，牛伯伯说，这条河很浅，我能过去的。

小松鼠　不对，不对，这条河很深，昨天我的一个朋友就淹死在里面，你可千万别过河。

小　马　谢谢你，小松鼠。

小　马　（对着观众）咦？牛伯伯说这条河浅，小松鼠说这条河深，到底我能不能过去呢？这可怎么办呢？还是回家问问妈妈去吧。

（小马跑回家）

第四场

小　马　妈妈，妈妈。

马妈妈　咦？小马，你怎么又回来了呀？

小　马　妈妈，我刚才在路上遇到了一条河，牛伯伯说它浅，小松鼠说它深，我不知道该怎么办了。

马妈妈　孩子，你光听别人说，为什么不自己动脑子想一想，然后亲自去试一试呢。

小　马　妈妈，我知道该怎么做了，妈妈再见。

（小马往小河跑）

第五场

（小马跑到小河处，做抬腿过河的动作）

（小松鼠冲上去，拦住小马）

小松鼠　小马，小马，你怎么又要过河，你真的不要命了吗？

小　马　小松鼠，因为你长得矮，所以觉得水深，牛伯伯长得高，所以觉得水浅，我想自己试一试，到底是深还是浅？

小松鼠　那你千万要小心呀！

小　马　好的，谢谢你小松鼠。

（小马开始过河动作）

小　马　原来这条河不像牛伯伯说的那么浅，也不像小松鼠说的那么深，它才到我大腿。

小松鼠　小马，你真勇敢。

小　马　我要去驴婆婆家了，小松鼠，再见。

（参与人员一起上台）

集体朗诵：

小白马，爱劳动。

聪明能干人尊重。

克服困难脑筋动。

勤劳勇敢事成功。

一起说：谢谢大家！

（鞠躬下台）

第一场，小马要帮妈妈给河对岸的驴婆婆家送粮食，交代了故事的起因，是开端，是全剧的“起”；第二场，小马遇到牛伯伯，询问河水深浅，确信自己可以过去，是发展，是全剧的“承”；第三场，小马遇到小松鼠，小松鼠警告它河水很深，小马不知道该怎么办。第四场，小马回家问妈妈，妈妈给它讲明道理。这两场是变化，是全剧的“承”；第五场，小马勇敢地过河，是结局，是全剧的“合”。这个课本剧虽然简单，但是“麻雀虽小，五脏俱全”，脉络清晰，前后照应，可以算作“起承转合”应用的一个范本。

2014年，河南省集合了河南艺术中心、河南省歌剧团、河南省木偶剧团等专业团队，在传统的《小马过河》的基础上，遵循“老故事、新创作”的理念，将舞台表演、动漫、多媒体等高科技有机结合，动画与真人表演融合，在人物造型、故事表述、情节设置上都进行了大胆尝试。该剧把一次小马过河增加到了三次。

小马在第一次过河时，听了大水牛和小松鼠的话，犹豫不决，自己摸索着过了河。

第二次，因为大雨，河水暴涨，小马却冒冒失失地跳了进去，结果落到了大灰狼和黑狈手里。

第三次，小马利用自己的智慧带领大家逃脱……

同时，根据儿童心理特点，还增加了很多历险、游戏、冲撞、追赶情节，重点突出了互动的特点，使该剧故事形象更加丰满，情节更加丰富，节奏更加明快，也更加紧张、活泼、有趣。2018年，该剧荣获中国文化艺术政府奖第三届动漫奖“最佳动漫作品奖”。

二、西方传统的戏剧结构是三幕式结构

作为职业编剧，三幕式结构可能是我们使用最多的一种结构方式。三幕式结构的起源很早，亚里士多德把故事分为三幕：开始、中间、结尾。从此，西方的故事结构就在此基础上发展起来。到了莎士比亚时代，他采用了五幕式结构，增加了新的开始（序）和新的结局（后续），但基本结构还是一样的。如果你喜欢看好莱坞电影，你就会发现，好莱坞编剧基本上都是遵从三幕式结构来创作的。

西方传统戏剧结构通常由以下三幕（act）组成：

第一幕　开端（The Beginning）

第二幕　中段（The Middle）

第三幕　结尾（The End）

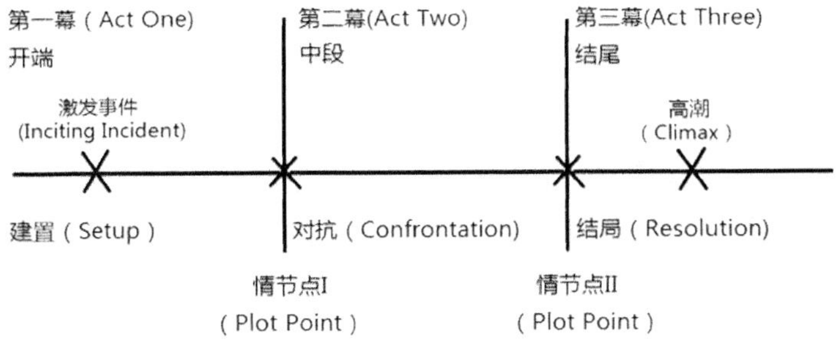

第一幕，介绍人物、背景和前提，完成剧本故事的建置目标；第二幕，是中间部分，展开故事的冲突和对抗；第三幕，是结尾部分，解除在前提中呈现的危机，完成故事的高潮和结局。

迪士尼的动画片《狮子王》是一部典型的三幕式结构电影，下面我们就来分析一下。

《狮子王》讲述了狮子国的小王子从出生便开始遭到叔叔的暗算和追杀，但一路上他遇见许多好人，在好人的帮助和鼓励下，他活下来并且强大起来，最后为了国民反抗他叔叔并取得成功的故事。

辛巴是狮子王国的小王子，他的父亲穆法沙是一个威严的国王。然而叔叔刀疤却对穆法沙的王位觊觎已久。

于是，刀疤利用种种借口让辛巴外出，然后伺机大开杀戒，无奈被穆法沙及时来救。在反复的算计下，穆法沙惨死在刀疤手下，刀疤一方面别有用心地劝辛巴离开，一方面派人将他赶尽杀绝。

辛巴逃亡中遇到了机智的丁满和善良的彭彭，他们抚养辛巴长成雄壮的大狮子，鼓励他回去森林复国。在接下来一场复国救民的斗争中，辛巴真正长成一个坚强的男子汉，领会了责任的真谛。

一、儿童剧结构的共性技巧

三幕式结构或者“起承转合”式结构，是儿童剧常用的结构方式。这种叙事方式，从古至今不断传承、发展，在此基础上也出现了许多新的结构方式。但是，万变不离其宗，我们剥掉附着在故事表层的华丽外衣之后，就会发现其本质还是遵循着“起承转合”的规律。

编剧永远都是在俗套和创新之间纠结。为什么我们不能大胆地抛弃这些条条框框，创出一条新的规则，给人以耳目一新的感觉呢？几百年来，特别是电影艺术出现之后，伟大的艺术家们为此做出了不懈努力。然而，结果常常和人们的想象事与愿违，俗套依然占据着舞台和银幕。就算在互联网已经深度融入我们生活的今天，铺天盖地而来的网络剧依然没有走出俗套的影子。为什么？因为俗套适应一般观众的审美心理模式，适应了观众的思维定式。换句话说，就是习惯成自然。这种定式直接反映在电影市场的票房上面。例如，截至目前国产电影票房冠军《战狼 2》，就是一部标准的“三幕式”影片。如果我们违背了这个定式，就要承担失去大部分观众的风险。这种现象，在儿童剧创作中尤其明显。这也是我们前面为什么要研究儿童剧受众特点的原因。我们这样说，并不是反对创新。创新永远是艺术发展的主题。真正的创新是在传统基础上的创新。创新，要求我们先把传统的东西学扎实。

儿童剧离不开故事，把故事讲好，是儿童剧的首要任务。结构，就是讲故事的技巧。与成人剧相比，儿童剧的结构简单、线索清晰、情节紧凑。虽然当代儿童剧的表现形式丰富多彩，结构方式多种多样，但占据主导地位的还是包含着起承转合的三幕式结构。不论是国外的《哈利·波特》《小鬼当家》，还是国内的《快乐星球》《家有儿女》，基本上都是三幕式结构，都具有开端、发展、高潮、结局等几个部分。

1. 开端

开端是故事情节的起始，主要人物的出现和主要矛盾的显露，是吸引观众的第一次努力。

开端的作用：交代故事发生的环境（时间、地点、背景、气氛）；交代主要人物以及人物之间的关系；交代重要事件的前因；构建戏剧冲突的第一个引爆点。

开端需要完成对故事的建置任务，需要告诉观众：谁是一号人物？谁是二号人物？谁是次要人物？他们之间的关系怎样？主要人物活动的具体环境是什么样子？故事发生起因是什么？故事的第一个转折点在哪里？

在这里需要强调一下，在开端部分要包含故事的引发事件（起因）和激励事件（转折）。引发事件使我们的故事由相对静止走向运动，激励事件使我们的故事由正常行驶变为偏离轨道。开端还有一个重要作用：奠定全剧风格。编剧要在剧本的开始，就要通过场景、台词、动作、音乐告诉观众全剧的基调，是喜剧、悲剧还是正剧。下面以约翰·休斯编剧、克里斯·哥伦布执导的《小鬼当家》（*Home Alone*）为例，看看这部影片的开端是怎样的。

麦家是一个拥有众多成员的大家庭，而8岁的凯文（麦考利·卡尔金饰）是这个大家庭中的最小成员。他的顽皮给家人带来各种麻烦，常常受到家人们的排斥。在临近圣诞节的一个晚上，凯文和哥哥发生了争执，把家里搞得一团糟。凯文受到了妈妈的惩罚，他很委屈，许愿让家人全部消失。没想到第二天家人前往法国欢度圣诞，忙中出错，把调皮的凯文遗忘在家。

凯文以为把家人变走的愿望成真，这份难得的自由让他喜悦不已，他在家中欢天喜地，为所欲为。但也要面对一个严酷的现实——他必须独自面对漫长的黑夜，独自看家。就在凯文尽情享受无拘无束的生活的时候，哈利和马文两个笨头笨脑、笑料百出的盗贼把麦家定为行窃目标，闯进了他的生活。

我们可以看到，在这一部分内容里，编剧和导演传递给观众大量的信息：主人公是凯文，他聪明、顽皮，他生活在一个大家庭里，还有他和家人们的关系——交代人物、人物关系和生活环境。

因为哥哥愚弄了凯文，进而他与全家人闹翻，结果被关到楼上，所以才有了第二天早晨家人在忙乱中把他落下的情况发生——这是故事引发事件。

因为他独自在家，所以，两个笨贼盯上了他——这是激励事件。

开端里需要具备的几个元素，交代得清晰明了，风趣幽默，不仅很好地把观众带入规定情境，还确立了全剧儿童喜剧片风格。

儿童剧的开端，需要注意几点：

第一，入戏要快。没有哪个儿童观众会耐心地等你娓娓道来。孩子们希望看到的是赛场上激烈竞争的场面，他们没有兴趣看运动员的热身活动。

第二，简单明晰。出场人物不要太多，故事背景不要太复杂，故事的指向性要清晰，全剧的风格要让儿童观众一目了然。

第三，悬念要新。开端部分就要把儿童观众的眼球牢牢吸引住。设置悬念，挑起孩子们的好奇心。这个悬念一定要新，不能落入俗套。我们讲结构上的创新空间不大，但是在人物、语言、情节，特别是悬念设置方面的创新，正是我们编剧施展才华的天地，也是考量编剧功力的标尺。

2. 发展

发展是矛盾冲突逐步展开、逐步激化的阶段。按照三幕式结构说法，发展部分的中心任务是：对抗。

发展也是由第一个情节点到第二个情节点的有序过渡。在这一部分，人物性格更加清晰，次要人物不断加入，主线和副线交错进行，情节矛盾迅速升级。

我们还以《小鬼当家》为例：

在超市，学习独立的凯文遇到了被人称为“雪橇狂魔”的邻居马利，他是一个性格古怪的老头，关于他有很多可怕的传说，凯文带着恐惧匆忙逃走。在逃跑的路上，他不幸遭遇了刚偷完东西的盗贼，并被他们跟踪。机智过人的凯文用种种方法把家里装饰成有人的样子，骗走了盗贼。没想到，两个盗贼意外得知麦家只有凯文一个人，决定当晚行窃，凯文知道他们的计划后惶恐不已。

圣诞之夜，凯文找到“圣诞老人”，许愿让家人回来。看到别人一家团聚欢度圣诞，他觉得分外孤独。在教堂，凯文遇到了老头马利，发现他并没有传说中的那么可怕。老头马利向凯文诉说了他与儿子之间的矛盾，凯文说服他与儿子和好。

《小鬼当家》设置了两条线索，主线是凯文智斗俩笨贼，副线是凯文和家人们亲情关系的演变。两条线索交叉进行，将整个故事情节紧密地联系起来，结构紧凑，情节曲折有趣。

次要人物马利的加入，不仅丰富了副线的内容，也是情节发展的推动力量，并且为结尾埋下了伏笔，可谓是一举三得。

儿童剧的发展，也需要注意几点：

第一，主线和副线要清晰。主线是完成剧作、表达作者意图的主力军。副线为主线服务，为主线制造纠葛，助推矛盾升级，增加对抗力量。

第二，节奏把握要张弛有度。观众不可能始终处于亢奋状态，特别是儿童观众，他们的兴奋期很短，兴奋点容易转移。这就要求我们把握好节奏，波浪式前进。

第三，瞻前顾后，承上启下。对前面的情节要有照应，对后面的情节要有伏笔，这个阶段的情节要有悬念。相声艺术中有个术语“三翻四抖”，剧本的发展阶段就是“三翻”，要铺垫扎实，为最后的一“抖”作好准备。

3. 高潮

高潮是主要矛盾冲突发展到最激烈、最紧张、最尖锐的阶段，是人物性格最鲜明、最生动、最完整的时刻，是决定人物命运、情节转折和故事结局的关键环节，是全剧的核心。

高潮是矛盾发展的必然结果和顶点，是主要人物性格塑造完成的关键时刻，也是剧作中主要悬念得以解决的时刻。

我们接着来看《小鬼当家》。

机智勇敢的凯文决定用自己的力量保卫家园，不惜翻天覆地在家中设置了各种陷阱，把笨拙的盗贼搞的狼狈不堪，引发种种笑料。

但是毕竟力量悬殊，凯文被两个盗贼抓住，幸好老头马利及时出现，救了凯文。而此时警察也赶到，逮捕了两个不太高明的盗贼，凯文成功地保护了家园。

高潮阶段一般时间不会太长，但内容含量却异常丰富。

情节转折：凯文以弱斗强，即将取得成功，最后失手；马利出现，解救凯文。

命运转折：凯文经历内心的成长和转变，“小鬼”成为真正的“小勇士”。

凸显主题：以弱胜强，正义终将战胜邪恶。

儿童剧的高潮部分，需要注意几点：

第一，高潮要合情合理，水到渠成。前面我们提到“三翻四抖”，只有前三翻合乎情理，高潮才不会显得突兀。不能为了博眼球，不顾剧情的合理性，人为地制造高潮。

第二，高潮要情节、情感和视觉相统一。高潮一定是情节的最高点，情感的最强点，视觉感受的最佳点，只有这样，儿童观众才能得到最完美的艺术体验，全剧的感染力也才能更充分地发挥出来。

第三，高潮要干净利落，不拖泥带水。如同入戏要快一样，高潮也要注意节奏，选择最佳的时机戛然而止。高潮给儿童观众的感觉应该是：惊心动魄，如释重负。

4. 结局

在传统结构中，高潮之后，主要矛盾冲突已经结束，故事发展有了结果，主要人物性格塑造完成，主题得到完整表达。雨过天晴，一种新的平衡和宁静出现，这便是结局。

我们来看看《小鬼当家》的结局。

圣诞节的第二天，凯文的家人赶了回来，一家人团聚在一起特别开心，而凯文也在独立生活的过程中长大了许多。老头马利和儿子重归于好，凯文倍感欣慰，生活又恢复了往日的快乐。

主线和副线在这里交织，亲情经历暴风骤雨后得到升华，满足了孩子们对成为英雄的渴望，更满足了孩子们对家庭温暖的热切需求。

儿童剧的结局部分，需要注意几点：

第一，儿童剧一般是大团圆结局。正义战胜邪恶，美好重回人间，既符合儿童对美的心理需求，又符合弘扬正义的正能量立场。

第二，结局要有重量感。在绘画构图中，我们讲究平衡，不能头重脚轻。在剧本结构中，这种平衡也十分重要。前面有精彩、富于冲击力的故事情节，结尾如果轻描淡写，或是草草收兵，就会让孩子们产生不满足的感觉。

第三，结局要简洁有力，出奇制胜，意味深长。开头引人入胜，结尾发人深省，这才是一部优秀儿童剧必须具备的两个元素。结局不一定非要热闹，但一定要有韵味，值得回味。

二、儿童剧结构的一般原则

儿童剧和成人剧一样，在剧作结构上都要遵循艺术规律。不论是儿童戏剧，还是儿童电影、儿童电视剧，都要遵守必要的原则。

1. 结构和生活的关系：儿童剧的结构必须从生活出发，以剧中所反映的生活事件为依据，符合客观的生活真实，符合生活逻辑。切忌脱离生活，人为追求离奇效果而生编硬造。结构是在生活基础上的剪裁、组织和构建，不能做成空中楼阁。

2. 结构和主题的关系：儿童剧的结构必须服从于主题的需要。主题是行动的纲目，是剧作的中心。结构是表达主题的过程。结构本身是形式，是基于主题之下的结构，是对剧作主题的理解和阐释方式。结构的最终目的是为了塑造人物和突出主题，剧作的主题必然地对结构起着主导作用。

3. 结构和人物的关系：儿童剧的结构必须服从于塑造人物形象的需要，必须在矛盾冲突中紧紧围绕着对典型形象的塑造，即紧紧围绕着人物性格本身及其相互间的冲突去安排剧作的总体结构。人物性格的发展，也是剧作结构的依据之一。

4. 结构和素材的关系：儿童剧的结构是设计图纸，素材是建筑材料。可以根据建筑材料，来确定建筑物的样式；也可以根据设计图纸，去采购建筑材料。两者是相互依存，相互作用的关系。

5. 结构和观众的关系：儿童剧的结构以儿童的欣赏习惯和接受能力为前提，要适合儿童的接受能力。儿童观众的理解能力与成人不同，思考问题的角度也有自己的特点，注意力集中的时间有限，这就要求儿童剧结构相对简单、情节快速推进、高潮层层迭起。

我们在谈到儿童剧结构的时候，还有许多问题需要编剧在创作实践中慢慢体会。

例如，穿起三幕式结构的线索问题，是以人物的生活经历作为线索还是以人物的性格发展作为线索？是以某个事件作为线索还是以特定空间作为线索？是单一线索还是多线索？主线和副线是什么？明线和暗线又是什么？

再例如，故事的形式问题。日本剧作家舟桥和郎总结出几种常用的形式：

拧绳式，把几个故事穿插编织在一起，交错进展；

念珠式，把几个故事一个一个连在一起，最终组成一个故事；

公共汽车式，把几个独立的故事编成一个故事，之间没有因果关系；

旅途式，从 A 地点到 B 地点中间发生的各种各样的故事贯穿在一起；

大型旅馆式，以住在同一旅馆中的住客们发生的纠葛为基础而产生的各种故事。

编剧是一门以理论为指导，在实践中慢慢摸索的手艺。对于儿童剧的结构，我们可以总结出下面几句话：

编剧是“挖坑”的艺术。在剧本的开始先挖好一个坑，把自己心爱的主人公推进去，看着他（她）艰难地从坑底向上爬，等到他（她）快爬上来的时候，一脚把他（她）再踹下去，如此反复，直至主人公爬出编剧亲手挖的大坑。

编剧是“折腾”的艺术。俗话说，折腾来折腾去，折腾几回就是戏。

编剧是“困境”的艺术。开头是“把人物推入困境”，发展是“人物在困境中挣扎”，结局是“解决困境”。

编剧是“狠心”的艺术。心不狠做不了编剧。见不得自己的主人公受罪，看不了坏人洋洋得意，忍不了两难纠结的心情……，都很难成为一个好编剧。

第九章　儿童剧的人物塑造

第一节　儿童剧中的典型人物

2018 年 7 月 14 日，中国儿艺新排演的儿童剧《月亮草》作为开幕大戏，在第八届中国儿童戏剧节上精彩亮相。

儿童剧《月亮草》是 1993 年中国儿艺曾演出过的一部喜剧作品，由国家一级编剧徐葆齐创作，此次由优秀青年编剧杨硕担任改编。该剧讲述了性格迥异的两兄妹——唐妹勤劳善良，靠辛苦劳动过踏实日子；唐哥却好吃懒做，梦想得到神草月亮草，不劳而获。但没想到有了月亮草，唐哥却并没有过上幸福生活，反而大祸临头……

《月亮草》的主人公唐哥，爱贪小便宜，做什么事情总想走捷径，不是传统意义上完美的舞台形象。他得到月亮草之后一步走错、步步走错，在生死的教训中获得了真正的改变。演出后，主人公的“好坏”曾引起观众的争论。杨硕在《儿童剧主人公可以是“坏人”吗》一文中认为，从先抑后扬这样简单的创作理论出发，主角身上的毛病越多，后期获得改变的空间就越大，只要掌握好创作的尺度，主角虽有缺陷，但不失可爱，能真正用他的经历，给予观众非常切实的代入感。

其实，类似这样的例子还不少。例如，动画片《猪八戒吃西瓜》中的猪八戒，动画片《崂山道士》中的崂山道士，动画片《三个和尚》中的和尚。儿童剧的主人公应该是什么样子？必须是英勇机智的好少年吗？可不可以是“坏人”？儿童剧的人物怎样才能鲜活可信？这些问题，都涉及儿童剧人物塑

二、儿童剧典型人物的特点

儿童剧是讲故事的艺术。人物是故事的核心，典型人物塑造是剧本创作的核心环节。什么是典型人物？按照高满堂的说法：第一是不可复制；第二是人物命运的落点和情态别人不可比拟；第三是在艺术的画廊有保存价值、欣赏价值。在艺术创作中，主要人物是典型人物，次要人物也可以是典型人物。

我们在创作《快乐星球》第二部的时候，设置了一个姬老师，他是来自黑暗星球的机器人。姬老师虽然是个配角，但是很出彩，孩子们非常喜欢。这里面有两个原因，一方面是姬老师这个人物形象在以前的儿童电视剧中是从来没有过的，具有独特性。另一方面，扮演姬老师的演员是丁凯老师，他准确地抓住了这个人物的性格特征，略带夸张的表演使得剧中人活灵活现，赢得了小观众们的喜爱。所以说，不论是主要人物还是次要人物，只用你抓住了人物的本质特征，用心去揣摩，用心去描写，都可以成为典型艺术形象，给观众留下难忘的记忆。

我们把众多优秀儿童剧中塑造的典型人物分析一下，就会发现他们身上有一些共性，也就是我们说的儿童剧典型人物的特点。

第一，个性鲜明，说的是人物性格要清晰。儿童剧可以采用多种艺术手段、多个艺术角度来刻画典型人物。我们可以写典型人物的外貌、身份、经历，从外部特征揭示人物的个性。行动和语言是人物性格的外化，我们要把典型人物的行动、语言写准确、写鲜活，从本质上揭示人物的个性。典型事件是塑造典型人物的基础，也是对全剧的支撑。写好典型人物在典型事件中的所思所想、所作所为，是塑造人物的关键所在。个性鲜明，是对所有以写人为主的文学艺术作品的共性要求。儿童认知能力和审美能力都处于由不成熟转向成熟的阶段，对儿童剧中个性鲜明的典型人物有着更高的需求。

第二，善恶分明，说的是作者态度要明朗。儿童剧是陪伴孩子们成长的艺术，是儿童不可或缺的精神食粮，也是他们了解世界、认识世界的一扇窗户，具有重要的教育功能。儿童特定的生理、心理特征，要求我们在塑造儿童剧人物时一定要善恶分明。一是人物要善恶分明，好人就是好人，坏人就是坏人。

好人身上可以有缺点，但不能影响到这个人物的基调。坏人也是如此。二是人物的结局要善恶分明，作者的态度要十分清晰，好人有好报，坏人没有好下场。帮助孩子们树立正确的人生观、价值观。在这一点上，和成人剧有一些区别。在这里还需要强调一点，我们说的善恶分明是为了让孩子们更好地分辨真善美与假恶丑，并不是提倡暴力和以暴制暴的行为方式。

第三，逻辑严明，说的是戏剧行动要合理。行动是塑造人物性格最有力的工具。不同性格的人物，面对相同的情境，他们的思想和行动是不一样的。人物的性格决定了人物的行动。我们创作儿童剧，要依据人物性格来设计人物的行动，要合乎性格逻辑和生活逻辑。只有这样，人物形象才会真实生动、丰满可信，才具有典型性。如果我们为了达到某种戏剧效果，或者为了化解某个戏剧冲突，随心所欲地按照自己的想法去设置人物行动，编织故事情节，这就会使剧作偏离正确的航向，会导致人物行动与人物性格发生冲突，给儿童观众造成故事生硬虚假、人物莫名其妙的感觉。

我们在塑造儿童剧典型人物的时候，要认真分析儿童的审美心理，不能低估儿童的审美能力。我们既要遵循戏剧影视剧的普遍规律，又要掌握儿童剧人物的特点，这样才能塑造出一个真实可信、性格丰满，深受儿童喜爱的典型人物。

第二节　儿童剧人物塑造的常用技巧

通过上一节的阐述，我们对儿童剧人物的基本类型和特点有了一个初步的了解。创作一部儿童剧，想塑造一个能够长久地留在孩子们记忆中的人物形象，该从哪几个方面入手呢？这是本章节要谈的主要问题。

一、让你的人物有份简介

在许多关于编剧入门的书籍中都会讲到人物小传。你有了一个剧本的创意，进而思考清楚了故事发展的大致脉络，你为自己的天才想法兴奋不已、跃跃欲试。但是，当你匆匆忙忙打开电脑写下剧名和自己的名字之后，你却迟疑了，你感到底气不足，甚至会觉得无从下笔。这时候，有经验的编剧会建议你先静一静，写一个人物小传。

我们先来做一个假设，你剧本主人公是一个六年级的小学生，每天都要面对妈妈无休止的唠叨。这一天，因为一件很小很小的小事，妈妈又开始喋喋不休，他会怎么样？

1. 默默忍受，装作什么也听不见。

2. 大吵一架，母子进入冷战状态。

3. 避免冲突，然后给妈妈写一封信。

4. 拨打电话，向千里之外的爸爸求助。

……

高满堂曾说过，人物塑造最难的两个字是“准确”。对于同一件事情，人物可以有众多选择。如果你对这些选择拿不定主意，就说明你对你的人物还没有充分了解，更谈不上“准确”二字。如果硬着头皮写下去，常常会出现人物基调跑偏，人物行为前后矛盾的情况。一份清晰、准确的人物小传可以帮你“柳暗花明又一村”。

人物小传会告诉你，你的剧中人物是个什么样的人。成人剧的人物小传复杂一些，包含的信息也多，从几百字到几千字不等。儿童剧的人物相对简单一些，没有多重的性格和复杂的人际关系，所以我把儿童剧的人物小传称为人物简介。人物简介的文字可多可少，只要作者自己能看明白就行。儿童剧的人物简介应该包括：姓名、性别、年龄、外貌、家境，性格、理想、优缺点，人物关系（家庭、学校、社会）、教育背景，个人爱好，语言风格（语气、口头禅），人物历史。

除了人物简介，如果剧本中的人物比较多，人物关系复杂，制作方通常还会要求作者绘制一幅人物关系图。

下面是我创作的成人剧《四两拨千斤》的人物简介（部分）和人物关系图。虽说是成人剧，也可以作为儿童剧的参考。

陈士良：男，25 岁，因为出生时体重七斤四两，太极拳又有“四两拨千斤”一说，故取小名四两。上了一个不知名的大学，学了一个不喜欢的专业，大学还没毕业就远走他乡追逐自己的梦想。人聪明长得又帅，身边自然有不少追求者。为人仗义，做事有主见、有韧性，喜欢以大哥自居。生在武术世家，名为太极传人，但他不爱武术，不愿子承父业，爱音乐，在深圳做酒吧歌手，有自己的小乐队，交了一帮朋友，不算富足，却也过着随性、无忧的快乐生活。由于老爸在一次比赛中意外受伤，他被迫回到中原，接手陈家的百年基业——千斤堂太极武馆，担负起传承与发展陈氏太极的责任。上任之初，面对重重困难，他以退为进、化敌为友，使千斤堂顺利渡过第一次危机。和李丹妮因误会而结缘，因太极而相知，因磨难而相爱，一路磕磕绊绊，终成正果。在爱情与事业的双重挑战中，始终保持积极乐观的态度。渐渐领悟“四两拨千斤”的真谛，最终化解各种矛盾，朝着自己的梦想起航。

李丹妮：女，23 岁。出生在美国，接受的是西式教育。年轻美貌，心直口快，敢爱敢恨，敢作敢为。心地善良，有一个助养的儿子李理。自幼练习自由搏击，对中国文化十分喜爱。中华太极拳对她有一种莫名的吸引力。和陈士良在三亚偶遇，在千斤堂相知。两人不打不相识，越打越相爱。陈士良遇到困难时，是陈士良最有力的支持者。最终，李丹妮击败吕薇薇和董可心，与陈士良走在一起。

吕薇薇：女，21 岁，58 焦点网总裁的女儿。叛逆、桀骜不驯，爱耍小聪明。在深圳和陈士良同为酒吧歌手，常常一厢情愿地以陈的女朋友自居。利用一次醉酒的机会，要陈士良对她负责到底。陈士良回中原后，她尾随而至。当她发现李丹妮、董可心对她构成威胁时，恼羞成怒，处处与她们作对。她发现陈士良对李丹妮情有独钟，更把李丹妮视为眼中钉。在采取种种手段无效后，心灰意冷。后来，由于同情陈越的遭遇，与陈越牵手。

陈越：男，30 岁。千斤堂的总教练。身形高大，外表威猛，内心却心细如发。由于不知道自己的身世，内心有着强烈的自卑感。

一心想掌管千斤堂，因为陈士良的回归而落空，心生嫉妒。深深爱慕自己的小师妹董可心，而可心却痴心于陈士良，更让他把陈士良视为对手。在武功上胜过陈士良，使他有机会暂时执掌千斤堂。好大喜功，又给千斤堂造成损失。负债出走，后幡然悔悟，重回千斤堂。

董可心：女，22岁。小师妹，懂事乖巧，温柔善良。千斤堂的教练兼会计。擅长中医养生，对师父陈唯一照顾细致入微，深得师父喜爱。一心喜欢二师兄陈士良，可陈士良始终把她当作妹妹。后来，她面对威廉的猛烈追求不知所措。她总是在关键时刻帮助陈士良。

陈唯一：男，47岁，陈士良之父，千斤堂的掌门人，陈氏太极名师。性格古板，不苟言笑，喝酒、授拳是他主要生活内容。在与泰拳王的比武中被重伤下体，从此郁郁寡欢，终日烂醉如泥。后来在众人的帮助下，重新振作起来。

吴海燕：女，46岁，陈士良的妈妈，朝阳社区居委会主任。生性要强，说话爱打官腔，做事沉稳，对儿子有些溺爱。一心要把陈家的百年基业传给儿子。当年和师妹江飞雪都喜欢陈士良的爸爸陈唯一。如今，不得不重新面对当年的情敌。

江飞雪：女，45岁，又名薛飞。李丹妮的妈妈，吴海燕的师妹。出国多年，秉性未改。新潮，事儿妈，喜怒无常，更年期妇女。当年因爱生恨，和师兄李承志一起与陈家反目。君子报仇十年不晚，如今回国，有备而来，来者不善。

陈奶奶：女，70多岁，陈士良的奶奶。一口地道的河南话。当年是大队的妇女主任，如今是陈家的慈禧太后，在陈家有着至高无上的权威。

威廉：男，24岁，法国人。李丹妮的同学和追求者，也是一名中国文化的研究者。开朗活泼，有激情，喜欢浪漫。追随李丹妮来到中国，对董可心一见钟情，然后展开猛烈攻势。

吕中：男，40多岁，58焦点网总裁。有着商人的精明和机敏，商业眼光独到。对宝贝女儿言听计从。

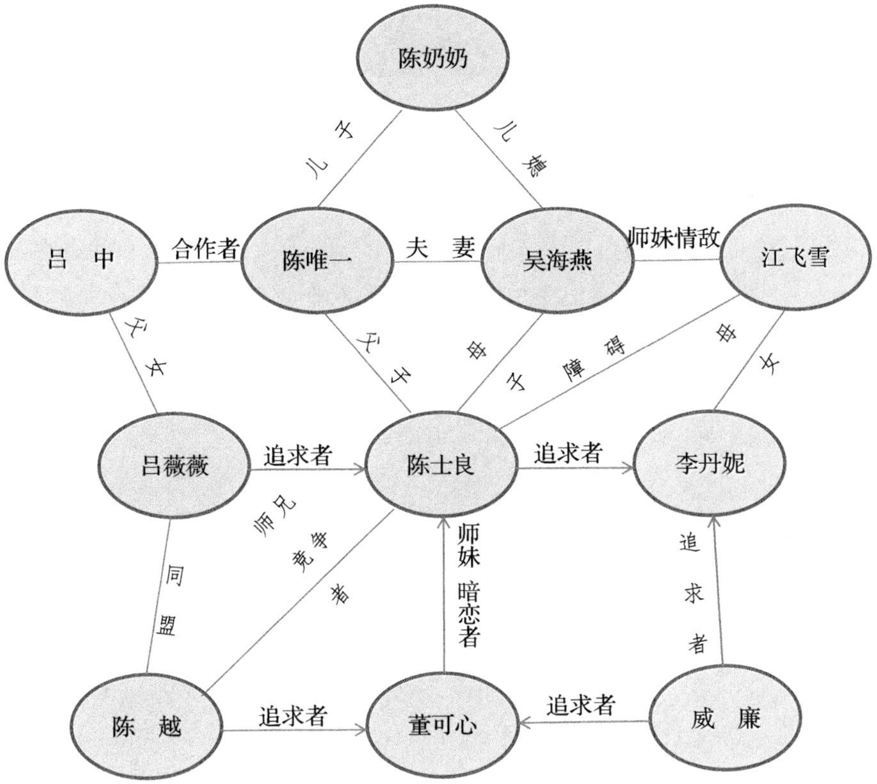

二、让你的人物闪亮登场

在文学艺术作品中，主要人物的出场备受重视。人物出场描写是展开故事情节，渲染气氛，塑造人物形象，表现主题的重要艺术手段。

中国传统戏曲人物出场，往往有一些程式化的东西，自报家门是常用的表现手法。剧中主角登场，先念几句“引子”，再来四句“定场诗”，然后是独白，简单介绍一下自己的姓名、籍贯、身世以及故事的前因或者即将发生的事情。这种人物出场的优点是开门见山，简单明了，让观众用最短的时间对人物和故事有一个直观的印象。剧作家李宝群的儿童剧《第七片花瓣》中，主人公司马亮老师的登场，就是活用了这种手法。

[优美的《青春花瓣之歌》的音乐。

[司马亮持教材上，其貌不扬衣着平凡头发花白。看上去风趣平和。

司马亮　教了大半辈子书，快退休了，教导处忽然通知我，说九班小王老师出国学习去了，让我来当一段带班老师。好久没有带班了，心里还真有点嘀咕，所以这些天我一直在准备，找科任老师找班干部了解情况，备课充实，这可是毕业班呢，马虎不得。

[上课铃声。同学们四下涌上，撞掉司马的眼镜，司马亮满地找眼镜……

寥寥几笔，不仅交代了主要人物和故事的起因，还确立了这部戏的轻喜剧风格。

在小说创作中，作家对主要人物的出场也非常重视。每次讲到最精彩的人物出场描写时，大家都会不约而同地想到《红楼梦》中林黛玉来到贾府，第一次见到王熙凤的场景。

一语未完，只听后院中有笑语声，说："我来迟了，不曾迎接远客！"林黛玉思忖道："这些人个个皆屏气如此，这来者是谁，这样放诞无礼？"心下想着，只见一群媳妇丫鬟拥着一个丽人，从后房进来。

这个人打扮与姑娘们不同，彩绣辉煌，恍若神仙妃子，头上戴着金丝八宝攒珠髻，绾着朝阳五凤挂珠钗；项上戴着赤金盘螭璎珞圈；身上穿着缕金百蝶穿花大红洋缎窄裉袄，外罩五彩刻丝石青银鼠褂；下着翡翠撒花洋绉裙。一双丹凤三角眼，两弯柳叶掉梢眉，身量苗条，体格风骚。粉面含春威不露，丹唇未启笑先闻。

人未到，笑声先到，未见其人，先闻其声。王熙凤的出场是先声夺人。接下来，黛玉看见王熙凤进来，连忙起身接见。贾母笑道："你不认得她，她是我们这里有名的一个泼皮破落儿”“你只叫她‘凤辣子’就是了。”黛玉忙赔笑见礼，以嫂呼之。这是借贾母之口，从侧面介绍了王熙凤的性格特点和她在贾府中的特殊地位。

见到黛玉后，王熙凤更是察言观色、八面玲珑。先是一笑：“天下真有这样标致的人物，我今儿才算见了！况且这通身的气派，竟不像老祖宗的外孙女儿，竟是个嫡亲的孙女。”接着一哭：“只可怜我这妹妹这样命苦，怎么姑妈偏就去世了！”最后是转悲为喜，对黛玉嘘寒问暖。通过这一系列简短的、有层次的描写，王熙凤的人物性格活脱脱地跃然纸上。

一个好的人物出场设置，应该做到下面几点。第一，要引人注目。主要人物登场，和次要人物的出场有所区别，要能够吸引观众的注意力。特别是儿童剧，主要人物一亮相，就要抓住小观众的眼球。第二，可以有铺垫。虽然开门见山是最常见的人物出场方式，但有些时候我们也可以做一些铺垫，让主要人物千呼万唤始出来。铺垫的尺度必须把握好，不要弄巧成拙。第三，要注意人物出场在影视和戏剧上的差别。不论是人物台词出场或者行动出场，也不论先声夺人或者气氛渲染，都要根据戏剧、影视的特点设计，不能生搬硬套。第四，要时刻牢记设计人物出场的目的。要让人物带着性格出来，让人物带着故事出来，让人物带着悬念出来，让人物带着情感出来。

三、让你的人物富有灵魂

挪威戏剧家亨利克·易卜生曾经说过：“我定了一个规矩，戏里的三个人物，每个都要和其他的有显著的区别。我是指人物性格，而不是处理的方式。”

仅有性格上的区别是不够的。一个主要人物，至少要有三个方面的特征：生理层面的、心理层面的和社会家庭层面的。对于儿童剧的主要人物来说，最显著的特征应该是心理层面的。具体地说，我们的小主人公要有能够引起观众共鸣的精神，要有发自人物内心的需求，还要有对待人和事的态度。下面我们以儿童电影《小兵张嘎》为例，做个简单的分析。

《小兵张嘎》是1963年北京电影制片厂摄制的，徐光耀编剧，崔嵬、欧阳红缨导演。《小兵张嘎》不论在思想上的深刻程度，人物性格塑造的丰富性以及艺术表现形式的探索都取得了很大成就，是改革开放前儿童电影的巅峰之作，也为当时以及后来的儿童影片树起了一面旗帜。

故事发生在抗日战争时期，生活在冀中白洋淀的小男孩张嘎与唯一的亲人奶奶相依为命。为了掩护在家养伤的八路军侦察连长钟亮，奶奶英勇地牺牲在日军的刺刀下，而钟亮也被敌人抓走。为替奶奶报仇和救出老钟叔，嘎子历经艰辛，找到了八路军，当上了一名小侦察员。他配合侦察排长罗金保执行任务时，表现得勇敢、机智。在一次战斗中，他缴获了敌人的一支手枪，偷偷把枪藏进老鸹窝里，没有上缴。为攻打敌人岗楼，他奉命进城侦察时被捕。当敌人拷问时，他勇猛反抗，坚强不屈。当部队攻打岗楼时，他设法在里面放火，发挥了很好的配合作用，最终里应外合，全歼敌人，救出了老钟叔，也替奶奶报了仇。战斗结束后，嘎子把藏在老鸹窝里的手枪主动拿出来交公，队长则正式宣布把手枪发给他使用。嘎子心满意足，便将自己珍爱的木制小手枪送给了好朋友胖墩。

看过这部电影的观众，都会被小主人公身上的“嘎劲儿”所吸引。嘎子倔头倔脑，不服输，百折不挠，认准的事情干到底。同时，他有正义感，对日本鬼子充满仇恨，勇敢机智，不怕苦、不怕难。正是张嘎身上集中体现出来的这些“嘎子”精神，和观众发生强烈共鸣，才使得嘎子这个人物形象受到一代又一代观众的喜爱。嘎子也成了迄今为止还难以被超越的经典的儿童剧人物形象。

在创作剧本的时候，我们要清楚，你的人物想要达到什么目的或得到什么东西？接下来，我们看看嘎子做事的动机是什么？需求是什么？嘎子的奶奶为了掩护八路军，面对敌人雪亮的刺刀，大义凛然、英勇就义。嘎子要为奶奶报仇，他还想要救出老钟叔。这时候，他的第一个需求就是找部队当八路。当了小八路后，罗排长送给嘎子一支木头手枪，可是木头枪是假的没办法用来报仇，他产生了第二个需求，搞到一把属于自己的真枪……

除了精神、需求之外，主要人物还要有态度。仍以嘎子为例，他对日本鬼子的态度是仇恨，他对罗金宝排长的态度是崇拜，他对胖墩的态度是轻视。当然，主要人物对人或事的态度不是一成不变的，往往要随着剧情的发展、人物的成长而变化。嘎子缴获一支手枪，然后藏在老鸹窝里，最后主动上缴手枪，这就是嘎子态度的变化，也是嘎子从一个乡村顽童成长为一名合格的八路军战士的过程。

在中国儿童剧创作历史上，嘎子无疑是最成功的人物形象之一。这个形象真实、鲜活、有独特个性。编剧徐光耀当年在创作《小兵张嘎》时的一些做法，今天依然值得我们借鉴。徐光耀回忆说：

> 我把平生所见所闻、所知所得的“嘎人嘎事”，广撒大网，尽力搜寻。桌上放张纸，想起一点记一点。不多几天，那具有情节功能的嘎人嘎事，竟拉成一个长长的单子。我把单子从头细看，加以去粗取精，编排调整，一个嘎眉嘎眼的嘎子形象，便站在眼前了。

四、让你的人物行动起来

人们常说，小说是叙述与描写的艺术，诗歌、散文是抒情的艺术，而戏剧则是行动的艺术。戏剧通过人物在戏剧冲突中的外在行动和内在行动而显现性格。亚里士多德认为“戏剧是行动的模仿，动作是支配戏剧的规律”，高尔基说戏剧要“由局中人用自己的语言、行动来表现自己的特征”，而乔治·贝克则强调“动作是戏剧的中心”。总之，没有行动，就没有戏剧。

戏剧的魅力也恰恰来源于行动。能把人物的性格、思想和目的最清楚地表现出来的是动作。戏剧行动是戏剧冲突的具体表现，是人物动机的产物和外化。英国导演戈登·克雷说过一句非常有道理的话：“观众来到剧场，不是为在两个小时里去听上万字的台词，而是去看行动。”所以说，一定要让人物行动起来。只有主要人物行动起来了，才能推动剧情的发展，才能吸引观众的注意力。没有哪个观众会喜欢一成不变的人物和死气沉沉的场景。

写剧本就是要写人物、写冲突。不同的人物有不同的性格、不同的处境、不同的需求。人物在实现自己需求的过程中，会遇到各种障碍，障碍越大，冲突就越激烈，戏也越好看。说白了，剧本就是写什么样的人，要做什么样的事，怎么样做这件事。主要人物来做事，就是行动。把主要人物的单个行动按照逻辑关系串起来，就是人物的行动线。下面，让我们以《快乐星球》第一部中的《智能足球鞋》为例，看看主人公乐乐在这一集里的行动。

四一班组建了一支足球队，因乐乐的球技太差，被金刚从班队中开除了，乐乐心情很沮丧。乐乐的爸爸也是个超级球迷，他建议乐乐再重新组建一个球队，并答应给他们做教练。

乐乐和马翔宇费了九牛二虎之力才说服胖哥、小九九、吴佳佳加入，并取名为快乐队。为了公平竞争，快乐队决定和金刚队来一次比赛。结果寡不敌众，被打得落花流水，遭到了同学们的嘲笑。

在快乐星球，多面体又新研制出了一种智能足球鞋，为了检验它的功效，多面体把它送给了乐乐。有了这双智能足球鞋，快乐队一举战胜了金刚队，快乐队因此士气大增，并赢得了参加全市比赛的机会。

在比赛前，马翔宇向东方老师道出了乐乐赢球的秘密。东方老师耐心地向大家讲述了体育运动精神的实质，并劝乐乐换下了智能足球鞋。

比赛输了，可乐乐并没有怪老师，因为他明白了，人类在成长过程中的感觉和快乐是任何高科技都替代不了的。

通过剧情梗概，我们可以看到乐乐都有哪些行动。

1. 四一班成立足球队，乐乐不能参加，心情郁闷；

2. 乐乐接受爸爸建议，要自己组建一支足球队；

3. 乐乐说服胖哥、小九九、吴佳佳参加自己的足球队；

4. 乐乐的球队与金刚的球队比赛，惨败，被同学们嘲笑；

5. 乐乐向多面体求助，得到了智能足球鞋；

6. 依靠智能足球鞋，乐乐队大胜金刚队，并且取得了参加全市比赛的资格；

7. 马翔宇告诉老师真相，老师教育大家。乐乐脱下了智能足球鞋；

8. 乐乐队的比赛输了。但是，他认识到一切要靠自己的努力，在成长过程中的快乐是任何高科技都不能替代的。

这集电视剧的线索很清晰，节奏也很明快。乐乐的行动有依据、有基础，符合生活逻辑。所以，虽然增加了科幻内容，但小观众们并没有觉得虚假，愿意接受这样一种艺术的真实。

在创作儿童剧的时候，我们严格按照塑造人物的流程，给主要人物写了简介，精心设计了人物的出场方式，尽量赋予人物独特的性格和精神，也表明了人物的需求和态度，并且让人物按照需求采取了行动。但是，还是出现了问题，我们的主人公很单薄，一点儿也不丰满，甚至还有点虚假。我们的主角不能吸引观众，也没能赢得观众的喜爱。我们开始疑惑，是不是我们说的这些方法是无效的呢？答案当然是否定的。那么，问题出在什么地方？

一切取决于你对人物的了解！

由于你对人物不了解，你的人物在剧本里可能是一个平面人物，只有骨架，没有血肉。

由于你对人物不了解，你没法写出更多、更鲜活的细节和语言。

由于你对人物不了解，你对人物的行动走向把握不准，游移不定。

怎么办？回到生活中寻找解决的办法，回到书本中寻找解决的办法。

观察人物，观察人物的思想、行动和语言。

然后，记着以下几点：

第一，你的主人公必须主动。一个消极被动、无所作为的主人公永远不能吸引小观众。他必须主动地追求，主动地进取，不管经历怎样的挫折，永不言败，直到取得最后的胜利。

第二，你的主人公必须有一个明确的目标。没有目标的主人公，就会像一只无头苍蝇一样嗡嗡乱飞。目标越清晰，越能引起小观众的关注。目标要能引起小观众的兴趣，带着他们一同前行。

第三，你的主人公必须经历磨难。没有观众喜欢一帆风顺的剧情和呼风唤雨、无所不能的主人公。让好人受罪，几乎是所有成功剧作的秘密。

第四，你的主人公必须有缺点。金无足赤，人无完人，不论是成人还是儿童，一个高大上没有任何缺点的人，不仅是不存在的，也是不可爱的。

第五，你的主人公必须有细节。没有细节支撑的人物就是一个符号。人物的个性要用丰富、独特的细节来表现。

儿童剧是以塑造典型人物形象为中心任务的，离开人物形象的塑造，即使故事编织得再离奇曲折，也难以成为一部优秀的艺术作品。创作优秀的儿童剧，为小观众留下一个或几个难忘的人物形象，应该是我们儿童剧工作者孜孜不倦的追求。

第十章　儿童剧的人物语言

第一节　儿童剧人物语言的特点

在谈儿童剧人物语言之前，我们先来看看老舍先生的一篇文章——《儿童剧的语言》（节选）。

儿童剧的语言不容易写好：既要简明易懂，又要用字不多，还要生动活泼，很不好办。

孩子们识字不多，掌握的语汇也不丰富，可是他们会以较少的语汇，来回调动，说出很有趣的话来。孩子们有此本领，儿童剧作者须学会此本领——用不多的词儿，短短的句子，而把事物巧妙地、有趣地述说出来，恰足以使孩子们爱听。

孩子们善于想象。他们能够从一个洋娃娃身上想象出很多很多事情来，而且一边玩一边说。儿童剧作者的特长之一恐怕就是能保持那颗童心，跟儿童一样天真活泼，能够写出浅显而生动的语言来。儿童剧作者若是急于正面地去教育儿童，用老老实实的话，板着面孔说大道理，恐怕就效果不大。反之，他们若还有一片童心，用孩子们的办法去启发儿童，儿童就更容易受到教育。想叫儿童欢迎我们的剧本，作者与儿童必须打成一片。儿童剧的作者应当首先体验儿童的心理状态，而后才能创作出浅明而有教育性的语言来。这种语言须合乎儿童生活上的要求，从而因势利导使儿童受到教育。

孩子们有幽默感，不愿听干巴巴的话。假若我们能够深入浅出，孩子们是会听出弦外之音的。孩子们爱听笑话与相声，爱猜谜语。孩子们肯用脑子去想他们所听到的。我们不要小看孩子们，我们应当向孩子们学习。

我们成人有时候只求用我们所掌握的语汇，一说就说一大片，而忽略了从简单的语言中找出诗情画意。我们或者以为给孩子们写东西，可以不必往深里钻。这不对。孩子会作诗。孩子们善于联想。我们必须学会充分利用联想，作出为儿童们所喜爱的诗来。这不简单！泛泛的语言不能满足孩子们的要求。

我们从老舍先生的短文里可以归纳出几点：

第一，儿童剧的语言不容易写好；

第二，儿童剧的语言要简明易懂，生动活泼；

第三，儿童剧的语言要巧妙、有趣；

第四，写儿童剧的语言要有童心；

第五，儿童剧的语言要幽默；

第六，儿童剧的语言要有诗情画意。

老舍先生不愧是语言大师，不仅写成人语言游刃有余，而且深谙儿童剧语言的奥秘。短短几百字的文章，把儿童剧语言的特点讲得清清楚楚，明明白白。

无独有偶，或者说英雄所见略同，俄国大作家列夫·托尔斯泰在《论大众读物的语言》一文里，对儿童文学提出了基本的要求："一、语言要易懂，大众化，不要滥用方言词语；二、内容要通俗，不抽象；三、不要一味追求教训人，而要寓教育于趣味的形式之中。"趣味性和通俗易懂是托尔斯泰反复强调的儿童文学语言的特征。他用自己的儿童文学作品《童年》《少年》（1852—1854）、《塞瓦斯托波尔故事》，为后人树立了鲜明、生动的儿童文学语言的榜样。

前面我们谈中国儿童戏剧发展史的时候讲到，新中国的成立为中国儿童戏剧带来了空前的繁荣，创作出一批高质量的儿童戏剧作品，不论是思想性还是艺术性都达到新的高度，中国儿童戏剧迎来第一个高峰。这里面有一个重要原因，一些有成就的作家、艺术家，主动关注儿童戏剧创作，为孩子们创作剧本、排演戏剧。老舍先生唯一的儿童剧作品《宝船》，就是在那个年代创作的。

《宝船》是老舍先生为中国儿艺量身定做的作品，创作于 1961 年，1963 年首演，1986 年复排。2014 年，作为第四届中国儿童戏剧节开幕大戏，中国儿艺再次复排该剧。几十年过去了，《宝船》依然保持着旺盛的生命力。《宝船》讲述的故事具有浓郁的中国传统文化特色，歌颂真善美，鞭挞假恶丑，赞美劳动，赞美勤劳，阐释了富有爱心的人才能得到别人的爱，才能获得幸福生活的道理。《宝船》的故事并不复杂：

> 善良勤劳的王小二在山中砍柴时，救起落水的老汉李八十，因此获赠一条小纸船和一篇口诀，可以将小纸船变成一条乘风破浪的大船。洪水来了，王小二驾着宝船，帮助很多动物脱离险境，并在大水中救起好吃懒做的张不三。洪水退去后，贪婪的张不三趁大家重建家园时，偷走宝船献给了皇帝。王小二在李八十和朋友们的帮助下，进皇宫夺回宝船，并让贪婪的张不三和愚蠢的皇帝受到了应有的惩罚。

在中国儿童戏剧发展史上，《宝船》与《马兰花》合称中国儿艺的“一花一船”。《宝船》陪伴了几代观众的成长，带给他们欢乐和启迪。《宝船》剧本创作的成功有很多因素，在这个章节里，我们依照儿童剧人物语言的特点，来看看老舍先生是怎样为我们做示范的。

儿童剧人物语言的第一个特点：简洁易懂。我们大人写儿童剧，是写给孩子们看的。人物语言首先要让儿童观众能够听清楚、听明白。孩子们受年龄、知识和生活阅历的影响，对生涩冷僻、佶屈聱牙的词汇很难理解，对逻辑关系复杂的长句子也不喜欢。所以，老舍先生把简洁易懂作为儿童剧语言的首要特点。

老舍先生对语言运用有自己独特的追求，他常说：“我不论写什么，我总

边际，却也真实可信，充满了童真童趣。

儿童剧人物语言的第三个特点：诙谐幽默。幽默能促进儿童良好个性品质的形成，能帮助儿童舒缓生活中和学习中的压力，能激发儿童的创新意识。儿童剧是为儿童服务的，所以，趣味性是儿童剧的艺术特征之一，“好玩”是儿童剧的创作原则之一。孩子们一般喜欢有趣的、引人发笑的、富于幽默感的作品，排斥那些枯燥的、呆板的、只讲大道理的作品。老舍先生熟悉并且尊重儿童的欣赏习惯，在写《宝船》的时候，诙谐幽默成为全剧的基调，从头到尾贯穿始终。

诙谐幽默是老舍先生语言艺术的一个重要特征，也是他在小说、戏剧创作中孜孜不倦的追求。对于什么样的文字才算幽默，老舍先生在《什么是幽默？》一文中有自己的见解：“幽默文字不是老老实实的文字，它运用智慧，聪明，与种种招笑的技巧，使人读了发笑，惊异，或啼笑皆非，受到教育。”“幽默的作家必是极会掌握语言文字学的作家，他必须写得俏皮，活泼，精辟。”

我们先来看看《宝船》里是怎样描写皇上的生活的——

李八十　好！好！好！可是，有朝一日发来大水，房子冲塌，树木冲倒，白茫茫一片，天连水，水连天，你的宝贝可有什么用呢？

王小二　老爷爷，会有那么一天吗？

李八十　会有，会有！你看，咱们的皇上多么懒哪！日上三竿他才起，先喝一大碗香油，然后吃好几大张葱花烙饼；吃完了就再睡，睡醒了再吃；既不修河，也不开渠，怎能不闹大水呢？

王小二　哎呀，那可怎么办呢？可恶的臭皇上，吃了睡，睡了吃，活像我家的大白猫！

李八十　大白猫还爱拿老鼠，咱们的皇上连臭虫都不肯拿……

我们再看看皇上出场是个什么样子——

［幕启：金殿内，皇上坐当中，二内侍两旁侍立。龙案上摆着一大堆葱花烙饼，一大盘子煮鸡蛋。他正在摆弄宝船。装宝船的小盒在案上放着。

皇　上　快长快长，乘风破浪！（船变大）好玩！好玩！哈哈哈！（拿起一个鸡蛋，在脑门上碰，蛋碰破了，即蘸点盐花，吃着）水落收船，快快还原！（船变小）好玩！好玩！哈哈哈！（又在脑门上碰一蛋，吃着）什么宝贝也没有这个好玩！

［卫兵上。

卫　兵　启万岁，有个王小二求见！

皇　上　没工夫！我这儿正玩得怪高兴！

卫　兵　他说，他会治公主的病。

皇　上　会治病啊？进来吧！（忙将宝船藏入怀里）

前有铺垫，后有照应。老舍先生只用了寥寥几笔，通过诙谐幽默、令人忍俊不禁的对话，把皇上好吃懒做、无所事事的形象活脱脱地勾画了出来。

儿童剧人物语言的第四个特点：诗情画意。儿童剧的人物语言应该是有色彩的、富有幻想的、优美的语言。语言简洁、朴实的背后要有意思，要耐人寻味，要能够引起人的思考。老舍先生在《人物，语言及其他》一文中强调：写东西一定要求精练，含蓄。俗语说："宁吃鲜桃一口，不吃烂杏一筐"，这话是很值得深思的。不要使人家读了作品以后，有"吃腻了"的感觉，要给人留出回味的余地，让人看了觉得：这两口还不错呀！我们现在有不少作品不太含蓄，直来直去，什么都说尽了，没有余味可嚼。

诗情画意的人物语言是优美的语言，包括了淋漓尽致的情感美、抑扬顿挫的音律美、富有想象的画面美和饱含诗意的意境美，是最容易引起孩子们共鸣，最容易打动观众的语言。我们写人物语言的时候，往往注意了语言的准确、幽默，忽略了语言的诗化，忽略了语言的韵味和音律。说起来朗朗上口的台词，演员喜欢说，观众喜欢听。在老舍先生的《宝船》里面，诗情画意的人物语言有很多。《宝船》的开篇是这样的——

［幕启：一片美丽的山景，比图画还更好看。山脚有一条溪涧，很深，上边有个独木桥，极难走。林中百鸟争喧。忽然鸟声静下来，自远而近传来歌声。这是王小二唱呢。他是个爱劳动的好孩子，背着柴下山，边走边唱。

王小二　（唱）清早上山去打柴，
　　太阳升，下山把柴卖。
　　早打柴，早去卖，
　　买盐买米，早早回家来。
　　盐米交给好妈妈，
　　妈妈夸我真可爱！

（走到桥头，把柴放下，休息一下，以便聚精会神地过桥。找了块平滑的大石，坐下，向林中说）小鸟儿，我不唱了，听你们的吧！（鸟声又起）你们这些小家伙，老唱那一个调儿，叽咕叽，叽咕叽的！用点心思，编点新歌儿不好吗？

大水过后，王小二他们要重新修建房屋，他和小伙伴们一起劳动的场面，老舍先生这样描写——

［王小二扛起柱子。鹤等又都抬着砖，挑着土，一块儿回来。

仙　鹤　小二哥，土够了，砖也够了，好不好再给外面的墙基砸砸夯啊？

王小二　对，等我放下柱子，就砸夯。根基不砸结实了，墙厚也不牢靠！

大白猫　唱夯歌不唱？

蜂　王　当然要唱！小二哥，你领唱！

［大家各拉一绳，王小二领唱。

王小二　（唱）大水下去，回到家乡。

大　家　夯来（“来”读如“赖”）！

王小二　（唱）又种庄稼又修房！
大　家　夯来！
王小二　（唱）蚂蚁浑身是力量！
大　家　夯来！
王小二　（唱）蜜蜂儿事事爱帮忙！
大　家　夯来！
王小二　（唱）仙鹤干活儿真稳当！
大　家　夯来！
王小二　（唱）大白猫背土啊，那么一小筐！
大　家　夯来！哈哈哈！

场面轻松欢快，语言富有节奏感和音乐性，生动地表现了王小二和小伙伴们的情谊，歌颂了劳动给人们带来的欢乐。

儿童剧人物语言的第五个特点：个性鲜明。语言是塑造人物的重要手段，个性鲜明的人物形象离不开个性鲜明的人物语言。我们要杜绝没有个性、似曾相识，成人化、概念化的人物语言。

艺术来源于生活。老舍先生爱养猫，他最喜欢的是一只大白猫，经常抱着它照相。后来，老舍先生把这只大白猫写进剧本里面，就是《宝船》里的那只大白猫，王小二的好朋友。这只猫有一个特点——好吃。

王妈妈　一定得把宝船要回来！宝船在咱们手里，不但能够救咱们自己的命，也能救别人！
王小二　现在我想明白了，宝船落在皇上手里就成了废物！皇上只会拿着它玩儿，想不到用它救人！好，我马上走！
仙　鹤　要去，大家一齐去；小二哥一个人去，我们不放心！
王小二　我一个人去，行！我有理，再留点神，还怕什么呢！
大白猫　都听妈妈的吧！妈妈怎说，咱们怎么办！大家去，我也去！可是，道儿远，在路上吃什么呢？
蜂　王　你呀，大白猫，老先想吃！

仙　鹤　不要紧，我天天捉一条大鱼喂你，还不行吗？

大白猫　顶好是鳜鱼，肉多，刺少！老太太，你说吧！

大白猫的语言很鲜活，很有个性，它是《宝船》里面最受孩子们喜爱的角色之一。王小二聪明、机智，在劳动中掌握了很多知识。《宝船》第三幕，他和皇上、张不三的对话，把他的个性活灵活现地展示出来了。

张不三　我没骨头，有脑子，咱们斗斗智！万岁，我出个谜语，王小二要是猜对了，给他宝船！猜不对，打八十大板！

皇　上　行啊！出个最难猜的！

张不三　王小二，听着！什么花儿热？

大白猫　瞎说八道！花儿没有热的！

王小二　红姐，听着！他难不倒咱们！

张不三　什么花儿热？什么花儿凉？什么花儿是木头？什么花儿噼里啪啦炒得香？

蜂　王　什么花儿我都认识，根本没有你说的这些花儿！

王小二　黄弟，别说话，让我好好地想想！

张不三　内侍，预备好大板子，他猜不上来！

王小二　张不三，听着！灯花儿烫手热！

仙鹤等　对呀！对！（鼓掌）

王小二　灯花儿烫手热，雪花儿片片凉！刨花是木头，玉米花儿炒得香！

仙鹤等　好哇！好哇！（欢跳）

王小二　皇上，拿宝船来！

皇　上　等等！你再猜猜我的！我有花两种，让你猜不着！你要猜不着，打你后脑勺！猜吧！

王小二　猜对了，给我宝船？

皇　上　对！

王小二　一猜就猜对，你的花两种：盐花儿蘸鸡蛋，葱花儿烙大饼！

仙鹤等　对！对！鸡蛋和烙饼，皇上是饭桶！

王小二　怎样？皇上！

皇　上　猜是猜对了！可是，他们说我是饭桶，该罚，我没收你的宝船！

作为儿童剧的创作者，怎样才能写出简洁易懂、童真童趣、诙谐幽默、诗情画意、个性鲜明的人物语言呢？老舍先生的创作经验告诉我们：首先，要读书，要博览群书，这是前提，是基础；其次，要勤于观察，善于观察；再次，要善于借鉴，从其他艺术门类汲取营养；最后，要学以致用，要把学到的知识应用到创作中去，在创作实践中提高自己的语言写作能力。

第二节　写好儿童剧人物语言的技巧

要想写好儿童剧的人物语言，我们首先要明白儿童剧人物语言的类型和作用。在我们常见的儿童戏剧、儿童电影、儿童电视剧和儿童广播剧中，人物语言包括对白、独白和旁白。对白指的是剧中两个或两个以上人物之间相互交流的语言。独白是指自己对自己说的话，用来抒发感情或表达个人愿望。旁白有两种：在儿童戏剧中，剧中人物在一旁评价他人言行、表述本人内心活动或直接说给观众听（假设不为同台其他人物听见）的话，在戏曲中称为“打背躬”；在儿童影视剧中，画面外的人声对影片的故事情节、人物心理加以叙述、抒情或议论，是画外音的一种。我们讨论的人物语言主要是剧中人物的对白和独白。

人物语言和行动是塑造人物的基本手段。俗话说，言为心声。剧作者对人物语言的把握，依赖于对人物性格的把握。我们只有对自己笔下的人物有了准确的理解和把握，符合人物生理、心理特征，符合人物社会属性的语言才会自然而然地涌现出来。

人物语言的重要性毋庸置疑。一部戏剧、电影或者电视剧中的经典台词，经过几年甚至几十年，仍然会留在人们的记忆里。

《阿甘正传》：生活就像一盒巧克力，你永远不知道你会得到什么。

《英雄本色》：有信心不一定会成功，没信心一定不会成功。

《笑傲江湖之东方不败》：有人就有恩怨，有恩怨就有江湖。人就是江湖，你怎么退出？

《东邪西毒》：最了解你的人不是你的朋友，而是你的敌人。

《天堂电影院》：如果你不出去走走，你就会以为这就是世界。

《魂断蓝桥》：我不希望看到你流泪，除非是为了幸福。

《绿野仙踪》：没有一个地方可以和家相提并论。

《教父》：让朋友低估你的优点，让敌人高估你的缺点。

像这样经典永流传的台词还有很多很多……

1974年10月1日，由八一电影制片厂拍摄的儿童电影《闪闪的红星》在全国上映，电影讲述了在20世纪30年代艰难困苦的恶劣环境中成长起来的、年仅八九岁的少年英雄潘冬子的故事。《闪闪的红星》由王愿坚、陆国柱编剧，李昂、李俊执导，祝新运、刘江等主演。电影上映后，受到全国观众的欢迎。剧中的潘冬子和胡汉三成了中国电影史上著名的银幕形象。胡汉三的那句经典台词，时隔四十多年，依然是很多人的口头禅——我胡汉三又回来了！拿了我的给我送回来，吃了我的给我吐出来！

从这些经典台词里面，我们可以感受到人物语言迷人的魅力。那么，语言在剧本创作中究竟有哪些作用呢？概括起来，有五个方面的作用。

一、叙述说明的作用

不论是戏剧还是影视剧，有些情况通过动作、场景无法表达或不便表达，比如主要人物的身世、某件事的作用或意义，这时候就需要一个人或几个人用台词来叙述清楚，让观众能够马上听明白。

《留守小孩》是剧作家薛梅创作的优秀儿童剧，曾荣获全国“五个一工程”奖。这部作品讲的是留守儿童小石头已经三年没能见到在外打工的爸爸，新年到了，他等来的却是爸爸受伤不能回家的消息，是同学和老师用爱的阳光温暖了小石头的心，使留守儿童与其他孩子一起健康成长的故事。在剧本的开始，艾老师就给大家宣布了成立“留守之家”的消息——

众　孩　（争先恐后）艾老师，上我们家过年！上我们家过年！

艾老师　（笑容可掬）好好好，我都去，我都去！现在，我向大家宣布一件事。（众孩安静下来）校长和村支书让我再多待几天。你们的爸爸妈妈还要过几天才陆陆续续回来呢，我们决定，临时组成一个“留守之家”。

众　孩　“留守之家”？

艾老师　对呀，要不你们没人管，还不闹翻天呀！

［众孩哈哈笑成一团，互相推挤着

雪爸爸　这下可好了，这帮野小子、野丫头有人管了。

艾老师　在“留守之家”，你们可以一块儿做作业，一块儿玩。我可以给你们讲故事，还可以教你们唱歌和画画。等你们的爸爸妈妈回来了，我把你们这些调皮捣蛋鬼，亲手交给他们，我再回家。

众　孩　耶！

作者借艾老师之口，通过简短的人物语言，说明了为什么要成立“留守之家”，在“留守之家”可以干什么。

二、推进情节的作用

语言和行动是人物的两个支点，也是情节构成的要件。一般来说，人物语言是人物心理的反映，人物与人物之间的矛盾冲突要靠语言和行动来展示。

精彩的人物语言，是在冲突的语境中说出来，并且制造新的冲突，从而推动情节向前发展。

我们仍以《留守小孩》为例：“留守之家”建起来之后，石头既想去又担心，在一旁不声不响地张望——

［石头在一旁不声不响地张望着，“留守之家”显然吸引了他。

艾老师　（发现石头，微笑着上前）哎，那位同学，你就是石头吧？欢迎你也来“留守之家”！

石　头　我……（欲上前）

大　壮　人家是“独行侠”，愿意一个人待着，才不稀罕跟我们一块儿呢！

［石头听出了大壮话里有话，欲上前的脚步止住了。

［帅哥趁机上前，添油加醋。

帅　哥　我们还不稀罕他呢！他要是来了我就走！

美　妞　对，我也走！

算　盘　我也走！

［众孩纷纷欲走。

艾老师　你们这是……

石　头　（看了一眼并不友好的众同学，变得冷冷地）哼，留……守，还……之家？什么破家！我才不来呢！（一甩头，唱起来）“走四方，路迢迢，水长长，迷迷茫茫一村又一庄……”

［石头拎起棍子扛在肩上，扬长而去。

艾老师　石头，石头……

［艾老师望着石头的背影发愣。

因为和小同学们言语冲突，石头负气离开，这才引起艾老师对他的关注，从而引出下面的剧情。

三、刻画人物的作用

不同的人物会说不同的话，同一个人面对不同的对手，也会说出不同的话，这是由每个人的性格差异所决定的。我们在写人物语言的时候，会根据人物的性格来反复推敲。通过人物语言，又展现出每个人不同的性格特点。同时，人物语言还是传达人物心理的途径之一，观众透过对白或者独白了解了人物的所思所想。所以说，有经验的剧作家都十分重视人物语言对人物的刻画作用，经常利用“神来之笔”的台词塑造出令人难以忘怀的人物形象。

石头和帅哥是《留守小孩》中的两个人物。石头是单亲家庭的留守小孩，性格倔强，自尊心强。帅哥的特点是穿着体面，骄纵任性，爱炫富。我们可以通过下面两个片段，看看石头和帅哥的语言有什么不同。

[光启。

[村头石桥边，石头从石桥上缓缓走来，坐在石墩上。

[雪爸爸走过来，从后面轻轻地扶住石头的肩头。

雪爸爸　石头，想爸爸了吧？

石　头　（点头又摇头）不想！别提他！我恨他！

雪爸爸　为什么？

石　头　他为啥就舍不得那点车票钱？！

雪爸爸　我想你爸爸是想早点儿把欠的债还了吧，石头……

石　头　（怨恨地）我还不值一张车票吗？（气得呼吸急促起来，猛地将雪爸爸推倒）你给我走开！

雪爸爸　（起身）嗐，这孩子！

众　孩　（急切地问）是啥？

帅　哥　（站到高处，亮出一个亮晶晶的手机）是它！

众　孩　（惊讶地发现）手机！

帅　哥　你们就知道手机、手机！告诉你们，这不叫手机……

众　孩　那叫啥？

帅　哥　这叫 4G！

众　孩　4G！那是啥？

帅　哥　（得意地）给谁打电话，谁的样儿就在上面出现。以后我可以和我爸爸面对面地通话了！

算　盘　真的？那你打打试试。

帅　哥　试试？

众　孩　试试！

帅　哥　那咱就试试。（拨打电话）喂……爸爸！是我！（众孩惊喜地围观）在哪儿？我在"留守之家"呢……

四、抒发情感的作用

我们常说，文艺作品要以情动人。一部优秀的文艺作品，作者总是在不同的程度上表达自己想要展示的现实生活和内心情感。在儿童剧创作中，情感要靠人物语言来体现，人物语言需要情感来支撑。没有情感的台词是苍白无力，很难引起儿童观众的共鸣。

《留守小孩》中的石头，三年没有见过爸爸的面，他想念爸爸，但是又无处诉说。艾老师的关心温暖了他，他把艾老师当作亲人，终于敞开了心扉——

[静场。

艾老师　跑啊，你接着跑啊！谁也追不上你，是不是？瞧瞧你，想干吗干吗，不到"留守之家"来，不和大家在一起。你说说，这几天你惹了多少事？摔手机，爬墙头，点人家爆竹，哪儿出事都有你。你就不能让大家省省心，让老师省省心？！

石　头　（委屈地）艾老师，对不起，我不是故意的。我没想偷帅哥家的爆竹。我听说我爸爸快回来了，我太高兴了……

艾老师　什么，你爸爸要回来了？真的？

石　头　嗯，和我爸爸一块儿干活的人刚回来说的。听到信儿，我就爬到帅哥家的墙头上去等爸爸。他家墙头修得高，爬上去能看好远好远呢。每次我爸回来，我都到那儿去望他，等他。我爸最后一次回来，还在几里外我就在墙头上看见他了。我飞快地跑着去接他。爸爸可高兴了，把我抱起来转了好几圈……打那以后，每次过年，我都会在那儿等他。可三年了，爸爸就再也没回来过。艾老师，我都好些日子不吃中午饭了。我把爸爸回来的路费都给他攒好了，可他还是没回来。艾老师，艾老师，他是不是不要我了？他是不是不要我了？

[这段台词情真意切，是石头第一次向艾老师敞开心扉。

[石头说完，扑在艾老师怀里哭了。

这一大段台词，让石头内心压抑许久的情感酣畅淋漓地迸发出来。每次演到这里，台上的演员哭了，台下的观众也在流泪，台上台下哭声一片。

五、设计动作的作用

戏剧是行动的艺术，人物语言是戏剧动作的基本形式，要服从戏剧行动，具备动作性特征。我们在这里说的设计动作，主要是指的人物的外部动作，也就是演员的形体动作。孩子们喜欢动态的、活泼的舞台。如果演员们坐在台上滔滔不绝地背诵大段枯燥乏味、静态化的台词，剧场里的小观众是难以忍受的。因此，我们在写人物语言的时候，一定要考虑到演员二度创造的需要，使演员在舞台上能动得起来，把角色的内心活动外化出来，形象地再现在观众面前。儿童剧的人物语言要有动作性，动作性强的台词才是好台词。

接下来，我们还是来看《留守小孩》，薛梅是怎样让舞台上的演员动起来的。

美　妞　罚艾老师唱个歌！

秀　才　罚艾老师跳个舞！

算　盘　我看，罚艾老师猪八戒背媳妇！

大　壮　（拍手大乐）好，让艾老师猪八戒背媳妇！

众　孩　好啊！

石　头　好！猪八戒背媳妇！

艾老师　背就背，媳妇儿，上！

［艾老师背起了石头，绕圆场。众孩大乐，边唱边跳。艾老师（放下石头）石头，你可真沉哪！

众　孩　（纷纷拥上）艾老师，也背背我！背背我！背背我！

［大家一拥而上，艾老师被大家簇拥着，嬉戏着，倒在地上。

算　盘　好了，好了，再来。石头、剪子、布，看谁是老鼠？

众　孩　石头、剪子、布，看谁是老鼠？

［帅哥成了老鼠，众孩乐不可支。

大　壮　帅哥！帅哥当老鼠！耶！

帅　哥　当就当，还不一定逮得住呢！来吧！

［两个小对手都想竭尽全力决出个输赢。

［气氛顿时紧张起来。经过几番折腾，石头瞅准机会，奋力扑过去将帅哥牢牢地抓住了。

［众孩大乐。

众　孩　（七嘴八舌）帅哥认罚！帅哥认罚！

大　壮　让帅哥学驴叫！（学驴叫，逗众笑）

帅　哥　我不学驴叫。

算　盘　让帅哥学狗在地上爬！

秀　才　让他爬三圈！

大　壮　不，让他爬十圈！

秀　才　好，让他学狗爬十圈！

帅　哥　爬就爬，谁让我倒霉！

［帅哥猛地趴在地上，飞快地爬起来。

［众孩拍手大乐。算盘乐得使劲跺脚，大壮乐得在地上打滚。

我们结合老舍先生的《宝船》，探讨了儿童剧人物语言的特点。我们又以剧作家薛梅女士的《留守小孩》为例，分析了儿童剧人物语言的作用。有了这些基础，我们再进一步研究写儿童剧人物语言的几个小技巧，还有怎样修改我们剧本的人物语言。

一、写好儿童剧人物语言的技巧

首先，我们在写儿童剧人物语言的时候，要注意几个基本的原则。

1. 语言的个性化。人物语言的依据是人物本身，不能信口开河，要符合人物性格。

2. 语言的情境化。到什么山上唱什么歌，不同的情境，人物语言也不一样。

3. 语言的生活化。不管是现实题材还是童话、科幻题材的儿童剧，人物语言都要接地气，有生活气息。用观众的话说就是“说人话”。

4. 语言的口语化。我们写的人物语言是让演员拿来说的，一定要让演员说得舒服，观众听得悦耳。

5. 语言的戏剧化。人物语言不是我们平时说话，不能把孩子们生活中的语言原封不动地搬到剧本里面来。要提炼、要加工，要加入剧作者自己的思考，

6. 语言的情绪化。人物语言要有感情色彩，要带着人物的情绪，这样才能更好地塑造人物。

7. 语言的动作化。不论是在舞台剧，还是影视剧里面，人物语言都需要有动作性，能够推动剧情的发展。

其次，我们在写儿童剧人物语言的时候，要善于运用一定的技巧。我把常用的技巧概括起来，就是一句话：有话不要好好说。我们看看这几句对话——

“你吃饭了吗？”

“吃了。”

“吃的什么？”

“吃的炸酱面。”

“哦。”

类似这样白开水般的对话，应该尽量避免出现在我们的剧本里。“有话不要好好说”的意思，是要我们写人物语言的时候不要平铺直叙，不要记流水账。对话要有波澜、有起伏，要有意思，要让观众意想不到。我们都有过这样的经历——猜台词。舞台上或银幕上的演员说了上句，我们会不由自主地猜个下句。如果猜对了，我们会有一丝得意。但是，如果大多数台词都被观众猜对了，这就是编剧的悲哀了。怎样才能写出有趣味、有戏剧效果、不容易被观众猜到的台词呢？下面介绍几个常用的台词技巧。

1. 答非所问　相声艺术中常用的一种对话方式。你说东，他说西，我说前门楼子，你说胯骨轴子。两个人的对话内容错位，毫不相干。

2. 话里有话　就是潜台词，用间接地、暗示的方法表达自己要说的内容，给观众遐想空间。有意犹未尽、引人思索的效果。

3. 正话反说　是一种说话的策略。人物说出来的话和本意完全相反，让听者自己去领悟，从而实现自己说话的意图。正话反说常常收到讽刺、幽默的效果。

4. 三翻四抖　也是相声艺术中常用的一种对话方式。经过再三铺垫、衬托、渲染，把气氛造足，最后将包袱抖开产生笑料，收到出人意料的效果。

5. 手舞足蹈　台词有动作感，使演员在说台词的时候有强烈的表演欲望，增强儿童剧的观赏性。

6. 消费流行　把当下的一些流行元素、流行语汇用到剧中人物的台词里。这种台词适合“短平快”的儿童剧作品，要注重实效性。不宜多用。

7. 致敬经典　是和消费流行相对应的一种台词技巧。把观众耳熟能详的经典作品词语或桥段，巧妙地用到剧中人物的语言中。

8. 口头禅　一方面，要为剧中的主要角色设计一个口头禅，帮助其更鲜明地展现自己的性格。另一方面，经典的台词，也会成为观众的口头禅。

9. 无厘头　以周星驰为代表的无厘头台词，依然遭到不少非议和排斥。但是，这种天马行空、不按常理出牌的语言风格，受到许多青少年观众的喜爱。其实，只要在内容上积极向上、有益无害，形式上还是百花齐放为好。

最后，我们在写儿童剧人物语言的时候，不要触犯十大禁忌。理查德·A. 布鲁姆（Richard A. Blum）在《电视与银幕写作》一书中，提出了对白设计的十大忌，对我们儿童剧人物语言很有指导意义。

1. 过于直截了当

有些对白就是照本宣科，直白得令人尴尬。听起来也有矫揉造作之感。

2. 过于零碎

这样的对白显得磕磕绊绊，一人一句，一句一两个词，如此回环往复，拖拖拉拉。纵观整个剧本，更像一部品特派风格的舞台剧，而不是地道的电影作品。

3. 过于重复

如果一个人用很多种方式反复自己的话，这样的对白就是过于重复。人物口中的赘余的信息和重复性的话语如同鸡肋。

4. 过于冗长

冗长的对白听起来就像是鸿篇大论或学术答辩。这不仅令人物行为停滞不前，而且还经常有啰唆说教之嫌。

5. 过于雷同

有时候每个人物的话听起来都大同小异。他们的对话也彼此雷同。照此下去，人物的个性必然丧失殆尽。

6. 过于呆板

这样的对白听起来就好像摘自历史书、诗歌、报纸或者语法书，但就不像人嘴里说出来的。

7. 过于说教

这个毛病是同“太过直接”“冗长”“长篇大论”和“过于呆板”联系起来。人物总是显得郑重其事、头头是道。他或她已经无法称之为一个立体的人，完全退化成编剧意识思想的代言人。

8. 过于内省

这个问题一般集中出现在某人自言自语的人物身上。

9. 过于缺乏连贯性

这意味着一个言行相抵，说着一些不符合自己个性的话。有些情况是由于故事中缺乏适当的过渡。

10. 过于虚假

这个条目中包括所有让剧中人听起来不真实的毛病。你可以通过大声朗读的方法来检验台词的真实度。它听起来就应该像一个真实的人对于所见所闻的反应。

剧本是改出来的，剧本中的人物语言也需要不断推敲、不断打磨。我们要拥有一颗童心，蹲下身子和孩子们交流，多听、多看、多写。把我们写好的剧本多朗读几遍，就会找出人物语言的瑕疵，继续精雕细刻，直至写出自己满意、观众满意的人物语言。

第十一章　儿童剧的戏剧冲突

第一节　儿童剧戏剧冲突的常见模式

孩子们不会说谎，他们的喜怒哀乐是最真实的情感表达。如果你认真观察过剧场里的小观众，你就会发现他们的表情神态，时而开怀大笑，时而泪流满面，时而怅然若失，时而屏气凝神，这一切和舞台上或者银幕上剧情发展是完全契合的。他们注意力最集中的时候，往往是剧中矛盾冲突最激烈的时候。那么，什么是戏剧冲突？戏剧冲突有什么特征？儿童剧中的戏剧冲突又有哪些常见的模式呢？

一、戏剧冲突的概念

在生活中，我们会遇到很多人，遇到很多事。但是，并不是每个人、每件事都能够成为我们的创作素材，这其中最重要的原因，就是我们遇到的人和事有没有戏剧冲突。

任何一种以讲故事为叙述形式的艺术，都离不开戏剧冲突。没有冲突就没有戏剧。戏剧冲突是人物塑造的手段，是情节发展的动力，是吸引观众的基础。

戏剧冲突，是指表现人与人之间矛盾关系和人的内心矛盾的特殊艺术形式。同时也是戏剧中矛盾产生、发展、解决的过程，通过戏剧动作体现出来。

“戏剧冲突”一词来源于拉丁文“conflitus”，译为分歧、争斗、冲突等，主要指剧中人物与人物之间、人物与环境之间以及人物内心各种因素彼此消长的过程。有部分戏剧理论家认为，戏剧冲突有广义和狭义之分。广义的戏剧冲突，是指主要人物或其他人物的意愿和行动（动作）受到了阻碍，以及受阻碍后的应对势态。包括三种形式：人与人之间的冲突，人与自然的冲突，人内心的冲突。狭义的戏剧冲突，是指人与人之间的冲突。重点是主要人物的意愿受到其他人物的阻碍，以及应对这些阻碍的势态。戏剧冲突还有其他分类方法，例如外部冲突和内部冲突，动作冲突和意愿冲突等。在本章节里，我们重点讨论的是人物与人物之间的冲突。

我们知道，戏剧性有三要素，即事件、动作、冲突。在开剧本研讨会时，经常挂在专家嘴边的一句话就是："这个戏有点儿平！"这是一句近乎"放之四海而皆准"的评论语，一般包含两个意思，一是人物情感不够，二是戏剧冲突不够。

戏剧没有情感不感人，戏剧没有冲突不引人。

"文似看山不喜平"。山有起伏，方显其雄奇峭拔；水有波澜，才见其汹涌澎湃。作为儿童剧，为了适应孩子们求新求变的欣赏习惯，更应该追求曲折蜿蜒、起伏跌宕、一波三折的戏剧冲突，使全剧由始至终充满强烈的戏剧性。在冲突和危机中牢牢地吸引他们的眼球，从而达到预期的艺术效果。

二、戏剧冲突的类型

在戏剧理论中，关于戏剧冲突的学说很多，从不同方面对戏剧冲突的地位、作用和形成原因进行阐释。常见的理论有：黑格尔的"性格冲突"说，布伦退尔的"意志冲突"说，J.H. 劳逊的社会性冲突理论，罗伯特·麦基的"欲望目标"理论，等等。

我们现在对戏剧冲突的分类，基本上是遵循了黑格尔关于矛盾冲突的理论，把戏剧冲突分为三种类型。

1. 人与人之间的冲突

表现为某一人物与一个或多个其他人物之间意志和性格的冲突，这是戏剧中最常见的冲突类型。意志冲突，是指由人物之间互相对立的目的和动机造成的戏剧冲突。性格冲突，是指由人物间对待事物的态度、追求的理想和采取手段的不同所引起的冲突。人物性格越典型，性格冲突就越激烈。意志冲突和性格冲突在戏剧中常常是紧密地结合在一起的，不能截然分开。

2. 人物与环境的冲突

这里说的环境，既包含自然环境，也包含社会环境。自然灾害和不可抗力等自然界的力量，都可以构成人物与自然环境的冲突。有时候，这种冲突会把人物陷入困境，甚至改变人物的命运。社会环境对人物的影响也十分巨大，不同的历史时期、不同的社会背景往往决定一个人的命运走向，人物面临的挑战和选择，是构成戏剧冲突的基础。人与人之间的冲突和人与环境的冲突，通常被称为外部冲突。

3. 人物内心的冲突

又称为内部冲突。表现为思想和价值观念的冲突，是一种内在的心理冲突。这种内心冲突往往使人物陷于不易摆脱的境地，在内心深处展开了激烈的斗争。

外部冲突以内在的心理冲突为基础，内部冲突需要通过外在行为和语言表现出来。外部冲突与内部冲突是一种互为表里的关系。在大多数时候，冲突由内部和外部的各种矛盾交替展开。

三、戏剧冲突的特征

观众评价一部戏剧或影视剧，常常会用到“有戏”“没戏”这种说法。制片人和导演在阅读剧本的时候，最关注的也是“有戏”或者“没戏”。所谓“戏”，就是指戏剧冲突。“有戏”指的是，人物之间的矛盾冲突尖锐激烈，解决矛盾的进程复杂曲折，矛盾始终高度集中，冲突扣人心弦、波澜起伏。“有戏”的要求，也就是戏剧冲突的基本特征。

1. 尖锐激烈

冲突由矛盾而生。当人物的希望由于各种原因而无法实现的时候，冲突就产生了。好的戏剧冲突，要求矛盾双方在戏剧中至少要势均力敌，甚至阻力大于动力。矛盾没有调和余地，并且有足够的冲击力。“戏”展开要迅速，发展要曲折，高潮要紧张，结束要巧妙。实践证明，尖锐激烈的戏剧冲突最能吸引观众。

2. 高度集中

戏剧和影视剧要在限定的时间内讲述完整的故事、塑造生动的人物，就必须把剧中每个事件、每个人物、每个冲突有机地组织在一起。在时间上、空间上巧妙地压缩，使戏剧冲突在有限的时空中高度集中，快速展开。

3. 扣人心弦

表现戏剧冲突的时候，要让观众处于紧张和期待的状态。这种状态，是引领观众跟随编剧、导演意图进行艺术欣赏的最佳状态。戏剧冲突要紧张，要惊心动魄，要扣人心弦，要注意戏剧冲突的节奏感。有时候，主要人物内心的矛盾，更容易激起冲突的波澜，更容易震撼人心。

4. 曲折多变

戏剧冲突不能是一条直线，一定要有变化，要有曲折、有反复。好的戏剧冲突不可能被观众一览无余，常常是“山重水复疑无路，柳暗花明又一村”。人物悲喜交加，故事起伏跌宕，结局出人意料，这是戏剧冲突的最高境界。

四、儿童剧戏剧冲突的常见模式

戏剧冲突是戏剧吸引观众的基石。抛开戏剧冲突，不论华美绚丽的场景、妙笔生花的台词，还是惟妙惟肖的表演、悦耳动听的音乐，都无力支撑起整个戏剧大厦。

和成人剧相比，儿童剧的主题更鲜明，情节更简单。儿童剧也不像成人剧那样，动辄就生离死别、阴阳相隔。但是，儿童剧的单纯性，并不代表儿童剧就不需要戏剧矛盾。恰恰相反，儿童剧的戏剧矛盾要符合儿童的审美习惯，照搬成人剧的现成模式是行不通的。这就对儿童剧创作者提出了更高的要求，既要熟悉戏剧冲突的一般规律，又要掌握儿童剧创作的基本原则，最大限度地满足孩子们的审美期待。了解儿童剧中戏剧冲突的常见模式，对我们写好儿童剧的戏剧冲突很有益处。

1. 儿童与儿童的冲突

这是儿童剧中最常见的戏剧冲突模式。儿童剧是以儿童为主体，专为儿童创作的。儿童剧的主人公一般是儿童。在日常生活中，孩子们接触最多的也是他们的同龄人。儿童剧中，和主人公发生冲突的另一方可能是同学，也可能是其他年龄相仿的孩子。戏剧冲突也常常是儿童生活中矛盾的提炼和加工。我们创作的《快乐星球》，虽然是科幻剧，但是剧中许多戏剧冲突都是来源于孩子们的日常生活，所以小观众看了很有亲切感。我们以《快乐星球》第四部中的《我不是坏女孩》为例，看看生活中同学之间的小冲突——

教学楼卫生区　　日外

几个同学在打扫卫生区。

吴小雨站在一旁，一边听MP3，一边嗑着瓜子儿。

卢森堡弯着腰扫到吴小雨面前，一个瓜子儿皮正吐到卢森堡头上，卢森堡直起身子：“你干什么？”

吴小雨眼睛一瞪：“你干什么？”

卢森堡：“我、我扫地，你干吗把瓜子儿皮吐我头上？”

吴小雨蛮不讲理地：“瓜子儿皮又没长眼睛，你怨我干吗？”

卢森堡忍住怒气：“你！好男不跟女斗。”转身就走。

吴小雨挑衅地：“哎，卢森堡，这儿你还没扫干净呢。”

卢森堡生气地把扫把一扔：“你自己吐了一地，自己扫吧。”

吴小雨捡起扫把：“别生气，别生气。”把扫把塞到卢森堡手里。

卢森堡接过扫把，不知道该怎么办。

吴小雨故意地："你把这儿扫干净了，本小姐给你十块钱。"

卢森堡把扫把一摔："你，侮辱人。我告段小西去。"

吴小雨夸张地："哎呀，我好怕怕。"

2. 学生和老师的冲突

校园生活是儿童剧的常见题材，师生矛盾也是儿童剧中的常见冲突模式。从哲学层面讲，老师和学生是对立统一的矛盾关系。在生活中，师生之间的磕磕碰碰、大小摩擦也是屡见不鲜，为儿童剧创作提供了鲜活的素材。仍以《我不是坏女孩》为例——

六一班教室　　日内

令狐老师在黑板上写了一道题："哪位同学上来把这道题做一下？"

同学们纷纷举手。

令狐老师环视一周，目光最后落在卢森堡身上："卢森堡，你上来。"

卢森堡站起身，走上讲台做题。

教室后排，吴小雨偷偷拿出一个手机，在上面按了几个数字。

卢森堡把题做完了，回到座位上。

令狐老师看了一下："现在我找一位同学，说说卢森堡同学做得对不对。"

吴小雨低着头玩手机。

令狐老师："吴小雨同学。"

吴小雨慌忙把手机塞到抽屉里。

令狐老师又重复一遍："吴小雨同学！"

吴小雨站起来："是叫我吗？"

令狐老师指着黑板："小雨同学，你看看黑板上卢森堡这道题做得是不是正确。"

吴小雨看也没看："不对。"

全班一阵骚动。

步平凡的心声："这题做得没错呀。"

令狐老师："你给大家说说，他哪一点做得不对。"

吴小雨干脆地："不知道。"

令狐老师奇怪地："那你凭什么说他做得不对？"

吴小雨大声地："因为我讨厌他。"

令狐老师惊讶地："这……"

全班同学哗然。

卢森堡转过身狠狠地瞪了吴小雨一眼。

吴小雨嚣张地："看什么看？再看，小心我找人扁你！"

陶小龙的心声："妈呀，比我还厉害。"

令狐老师生气地："吴小雨，你坐下！"

吴小雨坐下，满不在乎地看着令狐老师。

令狐老师转过身子，擦掉黑板上的题。

令狐老师的心声："这是公然的挑衅，我得给她点儿颜色瞧瞧。不行，万一她当着这么多学生的面给我顶撞起来，我这张脸往哪儿搁呀。忍，一定要忍。"

……

令狐老师："今天我们讲的这种题型……"

吴小雨把手机轻轻一按。

令狐老师的手机响了，他连忙取出手机："不好意思……"走出教室。

吴小雨得意地看着令狐老师的背影。

教室外　　日外

令狐老师拿着手机："喂，喂，喂，你怎么不说话？"

六一班教室　　日内

吴小雨玩着手里的手机。

步平凡下意识转过身，看看吴小雨。

吴小雨一副若无其事的样子。

教室外　　日外

令狐老师挂了手机，仔细看看来电号码："这是谁的电话？"

六一班教室　　日内

令狐老师把手机改为振动，放在讲桌上："下面我们接着讲……"

话音未落，手机在讲桌上振动起来。

同学们偷偷地笑了。

吴小雨得意地看着令狐老师。

令狐老师的手刚碰到手机，手机的振动停止了。

吴小雨看看手里的手机。

令狐老师："下面我们接着讲……"

手机又开始振动。

同学们都忍不住笑了起来。

陶小龙大声地："令狐老师，把手机关了吧。"

令狐老师拿起手机："不行啊，我女儿正在参加钢琴考级，我要在第一时间知道结果。"

吴小雨听了令狐老师的话，把手机放进了书包里。

令狐老师看看手机上的号码，又把全班同学扫视一遍，突然，他按动手机拨号键。

吴小雨的书包里响起了手机铃声。

同学们的目光齐刷刷地射向吴小雨。

手机铃声还在响个不停。

令狐老师满脸怒气，一步一步向吴小雨走过来。

3. 孩子和家长的冲突

家长和孩子又是一对矛盾的统一体。在儿童剧中，家长和孩子的戏剧冲突不仅能引起孩子的共鸣，也能引起大人的关注。儿童电视剧《家有儿女》就是一个很好的例子。《家有儿女》是一部少儿题材的情景轻喜剧，讲述了两个离异家庭结合后发生在父母和三个孩子间的各种有趣故事。剧情不用细说，我们只要看看《家有儿女》人物表，就能想象这个家庭有多热闹——

刘梅（宋丹丹饰）

一家的女主人。某医院护士长。一家家务都由她来做。她爱家，爱孩子们，关注孩子们的成长。有时有点急躁，有时有些唠叨。刀子嘴豆腐心，容易心软。有些传统意义上的好家长的意思，相对比较偏爱听话的孩子，但毫无疑问也是爱着每一个孩子的。她好奇心很旺盛，常想知道几个孩子的想法和所作所为，以便帮助他们。

夏东海（高亚麟饰）

一家的男主人。原是儿童剧院编导，后来因为自己剧本的选角问题辞职，后被一少儿杂志社聘为编辑（第二部剧情）。他教导有方，很少发脾气，为人幽默风趣，平时爱看书学习。但他不擅长做饭，家务事不太熟悉，唱歌易跑调，有时会有些懒散。教育孩子注重平等、尊重、理解，不过有时会过头而出现意想不到的后果……

夏雪（杨紫饰）

夏东海长女。高中生，成绩优秀，性格独立，有很强的自信心。有时也有点娇气和傲气，会给父母制造出一些高级麻烦。刚来到新家时还曾打算给后母刘梅一个“下马威”，制造“早恋”吓唬父母。

刘星（张一山饰）

刘梅之子。初中生，成绩（尤其化学）常令刘梅头痛。却也聪明机灵，想象力丰富。看似瘦弱，体育倒很好。爱好广泛但大多三分钟热度。家中活宝，调皮捣蛋，大多数麻烦的制造者。本性却也真实善良，重情重义，朴实可爱。常有些新奇的想法，有好主意也有馊主意。也开始经历各种新的问题。获得奖时很诚实，不撒谎。

夏雨（尤浩然饰）

夏东海小儿子。小学生。在美国长大，以“小海归”自居。也因此时常不明白一些成语而闹笑话。继刘星之后潜在的麻烦制造者。喜欢在同学面前炫耀，导致夏东海有时不得不想办法圆他的话。小小年纪已经学会讲条件。他贪吃贪玩，由于身材有些肥胖，体育课成绩不理想，不时会逃避体育课。不擅长打架，有时会找刘星来帮忙“摆平”。

（以上资料摘自网络）

4. 正义和邪恶的冲突

我们在前面讲过，正义战胜邪恶是儿童剧常见的主题，这类儿童剧有古代的、现代的、当代的，也可以是未来的。许多根据经典童话改编的儿童剧，也是这个类型。在这种类型儿童剧中，小主人公通常代表正义一方，经过和邪恶一方激烈的较量，最终都能取得胜利。这样的例子有很多，像《小兵张嘎》中的嘎子和日本鬼子、汉奸的冲突，《哈利·波特》中哈利·波特与伏地魔的冲突，《快乐星球》第二部中艾克和008的冲突，《小鬼当家》中凯文和笨贼的冲突……

这种冲突模式很受儿童观众的欢迎，需要我们儿童剧创作者认真加以研究和应用。

第二节　儿童剧构建戏剧冲突的常用技巧

我们知道了冲突很重要，没有冲突就没有戏剧。我们明白了戏剧冲突的目的是为了塑造人物、吸引观众。我们了解了儿童剧常见的冲突模式。但是，问题来了，我们在创作儿童剧，特别是当代题材儿童剧的时候，没有坏人怎么办？是不是把孩子们争吵、打架搬上舞台，就是激烈冲突呢？要回答这些问题，我们还需要探讨戏剧冲突的来源和构建戏剧冲突的常用技巧。

一、戏剧冲突的来源

戏剧冲突产生的根源在于人物，人物的性格、愿望、境遇、利益等是戏剧冲突产生的根本原因。著名编剧陈秋平在《怎样写戏剧冲突》讲座中，把戏剧冲突的主要来源归纳了十四条（节选）。

1. 冲突来源于动作与反动作，或者是不同动作的撞击。找到动作，找到反动作，冲突就来了。找不到动作的时候，要问人物想干什么，然后设置障碍，冲突就来了。

2. 冲突来源于意愿。你找不到动作就找愿望，任何人内心都有愿望，找到愿望就去打击，打击就有反弹，所以，冲突来源于意愿。

3. 冲突来源于观念的差异。有的时候没有动作意愿，观念的差异就可以形成冲突。不同的评价就形成了冲突，文化、宗教、地域、男女，任何观念差异都可以形成矛盾冲突。

4. 冲突来源于信息的错位。虽然信息很多，但有可能错位不对称。

5. 冲突来源于性格的偏执型。一根筋，不善变通。文艺作品中我们常这样设计，因为生活中有这种人，这种人才容易营造氛围，编织矛盾冲突。所以我们写的时候，可以突出偏执性。他的理是对的，但他过于强调，人们都不喜欢他，这就是矛盾。

6. 来源于竞争和竞赛。有功利的为竞争，胜负之争为竞赛。不管竞争竞赛，你引入事件，马上就会有冲突了。

7. 冲突来源于误会。注意要慎用。因为误会引起的冲突说到底是假冲突，误会解开，冲突就没有了。但这还是常常会见到的。它有一定戏剧性，但不要滥用。

8. 冲突来源于人物之间的性格差异。内向外向，主动被动，这就是性格差异。

9. 冲突来源于力量的失衡。力量均衡不会有冲突，失衡或者倾斜就很容易有冲突。

10. 冲突来源于沟通不畅，我们说过了信息错位，多沟通就会少很多烦恼，但隔膜怀疑猜忌等常常出现，包括代沟，这就让他们沟通不畅，引起冲突。

11. 来源于对未知的恐惧。对未知的恐惧是人的本能，人对黑暗，不懂的，一些生物会恐惧，因为你未知。好的惊悚片就是要调动对未知的恐惧感，造成人的神经质，会溃败逃逸，或者进攻。

12. 冲突来源于对规则秩序的破坏。社会是有规则的，需要遵循的，你破坏交通规则，可能就会撞车。打破宁静，突破道德底线，都是如此。

13. 冲突来源于人负面的本能。占有、贪婪、好胜、妒忌，和别人利益形成碰撞，就会形成冲突。

14. 冲突来源于具有戏剧性因果联系的人物关系的设计。设计好人物关系，就好比找到永动机。

知道了戏剧冲突的主要来源，我们在创作儿童剧剧本的时候，就可以通过设计、整合、挖掘剧中人物身上的冲突因子，科学合理地设置戏剧冲突。

二、构建儿童剧戏剧冲突的常用技巧

构建儿童剧戏剧冲突需要注意：第一，戏剧冲突必须真实合理，符合生活逻辑，不能胡编乱造、随心所欲；第二，戏剧冲突必须服从和展现人物的性格与价值观，不能强迫人物去发生冲突；第三，戏剧冲突必须有力度和冲击力，要激化、升级矛盾，不断对观众形成冲击，减少观众的审美疲劳；第四，戏剧冲突必须有因果，冲突要有扎实的起因和铺垫，不能凭空从天而降。同时，冲突也有合理的结果，满足观众的审美期待，不能有头无尾，或者虎头蛇尾。

故事是矛盾不断产生与解决的过程，戏剧矛盾是故事发展的决定性原因。构建戏剧矛盾的技巧，也是怎样把故事讲得更精彩的技巧之一。矛盾的产生、发展，是伴随着戏剧人物的行动而展开的。所以，构建儿童剧的戏剧矛盾，应该从以下五个方面多动脑筋。

1. 在设计人物上动脑筋

不论是人与人、人与环境还是人自身的冲突，主体都是剧中的人物。设计一个有个性、有冲突基因的主要人物，并且这个人物能得到观众的喜爱，引起观众的共鸣，戏剧冲突就成功了一半。

引起观众共鸣的人物

《快乐星球》受到孩子们的喜爱，原因之一是设计了一个能够引起孩子们共鸣的主人公丁凯乐。著名的新浪博主言小夫在博文《盘点十大最有趣寓教于乐的儿童剧》中指出——

> 《快乐星球》每每假期都成为孩子们必看的经典剧集，甚至连北大的一名博士都直言该剧精彩无比。为何该剧有如此大的魅力？除了科幻元素和新颖的情节设置之外，其关于学生成长内容也引发小朋友的共鸣。剧中的小主角“丁凯乐”代表着千千万万普通的学生，他的烦恼也是小观众的烦恼，他想要获得的快乐也是小观众能够感同身受的。所以如何快乐学习快乐成长，克服困难学会坚强，是小主角的成长也是孩子们共同的关注。

博得观众同情的人物

在儿童剧里，应该有一个让小观众产生同情的人物。就像当年万人空巷的电视剧《渴望》中的刘慧芳一样，在剧中遭受痛苦和磨难。这类人物讨巧，容易得到观众的喜爱。“苦戏”永远在收视率排行榜上占有一席之地。作为编剧，对这个人物心越狠，戏就越足，矛盾冲突特别是情感冲突就越尖锐。在儿童剧《留守小孩》中，小石头就是这样一个令观众同情的小主人公。

激发观众兴趣的人物

与众不同，才能激发观众的兴趣。获得奥斯卡奖的影片，给电影史上留下了众多独特、有个性的人物形象。《阿甘正传》中的阿甘，《雨人》中的雷蒙，《国王的演讲》中的乔治六世……

塑造具有独特个性的人物是非常困难的工作，也正因为困难，才是最有价值的工作。儿童剧的创新，很大程度上是人物形象的创新。在《快乐星球》第四部的《我不是坏女孩》中，我尝试着写了一个不同以往的小学生形象吴小雨——

> 学校新转来一名学生吴小雨，校长想把吴小雨转到上官老师的班里，面对这个问题学生上官老师一口答应了。吴小雨在学校不守纪律，把同学们和上官老师不放在眼里。电视台记者来学校做关于学生的教育问题的节目。正巧吴小雨戏弄令狐老师，令狐老师一气之下罚吴小雨站，被记者看到……
>
> 步平凡把吴小雨的事情告诉了父母。学校开会讨论吴小雨这件事，令狐老师对教育学生的问题出现了困惑。上官老师不主张将吴小雨开除，希望给吴小雨一个机会。上官老师将吴小雨单独叫出来，吴小雨内心起了巨大波澜。步平凡通过棒棒得知吴小雨是因为不想让父亲得到监护权才故意犯错的……

吴小雨是个富二代，个性叛逆，行为古怪。她的所作所为不仅令剧中同学反感，也使观众感到意外，甚至讨厌。随着剧情发展，这种讨厌不断升级，观众产生了要弄明白“她为什么这样”的兴趣。结尾的时候，讨厌变成了同情，吴小雨的形象也就成功地立了起来。

推动矛盾发展的人物

人物的戏剧动作有主动和被动之分，人物的主动动作是塑造人物的重要元素。首先要设定恰当的人物关系，然后才会有推动矛盾发展的人物。故事的发展进程，也是各个人物不断做出选择的过程。矛盾双方的选择可以有多种形式，如果是没有利害冲突的选择，就不能推动矛盾向前发展，矛盾依然处于相对静止状态。这个时候，就需要主要人物作出一个有利害冲突的选择，并且这个选择不可调和。这时，矛盾的另一方也会做出相对应的选择，两个选择的碰撞又会激发出新的选择。戏剧矛盾就是在这样的选择中，产生、发展直至高潮。所以，如果剧中没有能够推动矛盾发展的人物，剧情就会停滞不前，观众也会昏昏欲睡。

《西游记》中孙悟空三打白骨精的故事，是一个非常精彩的案例。孙悟空就是那个推动矛盾发展的主要人物。

只见那行者自南山顶上，摘了几个桃子，托着钵盂，一筋斗，点将回来，睁火眼金睛观看，认得那女子是个妖精，放下钵盂，掣铁棒，当头就打。唬得个长老用手扯住道："悟空！你走将来打谁？"行者道："师父，你面前这个女子，莫当作个好人。他是个妖精，要来骗你哩。"……行者又发起性来，掣铁棒，望妖精劈脸一下。（一打）

好妖精，按落阴云，在那前山坡下，摇身一变，变作个老妇人，年满八旬，手拄着一根弯头竹杖，一步一声的哭着走来。……行者认得他是妖精，更不理论，举棒照头便打。（二打）

好妖怪，按耸阴风，在山坡下摇身一变，变成一个老公公。……行者掣出棒来，自忖思道："若要不打他，显得他倒弄个风儿；若要打他，又怕师父念那话儿咒语。"又思量道："不打杀他，他一时抄空儿把师父捞了去，却不又费心劳力去救他？还打的是！就一棍子打杀他，师父念起那咒，常言道，虎毒不吃儿。凭着我巧言花语，嘴伶舌便，哄他一哄，好道也罢了。"好大圣，念动咒语叫当坊土地、本处山神道："这妖精三番来戏弄我师父，这一番却要打杀他。你与我在半空中作证，不许走了。"众神听令，谁敢不从？都在云端里照应。那大圣棍起处，打倒妖魔，才断绝了灵光。（三打）

孙悟空面对白骨精的三次变化，作出了三次选择。这三次选择层层递进，他和唐僧的矛盾不断激化。特别是孙悟空在作第三次选择之前的心理活动，吴承恩写得惟妙惟肖，既符合孙悟空的性格，又为推进矛盾发展做了准备，可谓是颇具匠心。

2. 在设置障碍上动脑筋

我们前面说过，编剧是"挖坑"的艺术。给自己笔下的人物挖一个坑，坑挖得越深，剧中人物爬得越艰难，观众就越揪心，剧情就越吸引人。“挖坑”就是给主要人物设置障碍。我们有许多作品不好看，原因之一是主要人物太容易了，想要的东西很容易得到了，面对的困难很轻松解决了，这种无所不能的主人公很难赢得观众的喜爱。

我们在讲戏剧结构的时候，讲了“起承转合”，或者是“建置、对抗、结局”。戏剧矛盾的产生、发展，也遵循这个规律。我们这里说的给主人公设置障碍，主要指在矛盾的对抗阶段。讲戏剧矛盾，不能不提人物需求和戏剧动作。美国的悉德·菲尔德认为：“所谓的需求就是剧本中什么是你主人公想要赢得、获取和期望达到的目标。”而戏剧动作则是主人公树立目标之后，向着目标不断前进的行为。“你就可以为这一需求设置障碍，这样这个故事就成为主人公持续不断地克服一个又一个障碍从而达到他或者她的目的，实现自己的需求的过程”（悉德·菲尔德）

举个例子:《快乐星球》第一部中有一集《吹出来的童话节》，讲的是乐乐吹牛吹出来的麻烦——

由于课外活动太少，同学们纷纷抱怨。乐乐吹牛说，他要在六一班举办一次童话节。但是，活动提议首先遭到了东方老师的反对。乐乐写了一封信，悄悄放在校长的办公桌上。在莲蓉包的帮助下，校长看到了乐乐的信，却没有反应。于是，乐乐和多面体他们又使用了“信息轰炸”，校长的四周到处都是童话节的幻影。校长经过反思，认识到自己的不足，决定把班级童话节变为校园童话节。童话节开幕那天，校园变成了欢乐的海洋……

因为吹牛，乐乐被迫有了一个目标。在向这个目标前进的过程中，他遇到了同学的冷嘲热讽，东方老师的耐心教育，教导主任的严厉批评，校长的视而不见……但是，他在多面体和莲蓉包的帮助下，克服了这一系列困难，终于实现了自己的愿望。

3. 在营造情境上动脑筋

戏剧情境（situation of play），是指戏剧的情势与境况。情势，是指戏剧冲突的时间状况；境况，是指戏剧冲突的空间状况。谭霈生先生在《戏剧艺术的特性》中认为：“特定的环境、特定的情况、特定的关系，这三者相互关系，构成特定情境。”

戏剧情境与戏剧冲突密不可分。戏剧冲突在戏剧中重要性无须多言，而戏剧情境则是戏剧冲突的前提和基础。有经验的剧作家常说，“有戏”“没戏”的诀窍在于戏剧情境的营造，好的戏剧情境能够准确反映编剧的创作意图。

戏剧情境对于戏剧冲突重要性在于，它是戏剧冲突产生、激化、解决的依据和动力。离开了特定时间、特定环境和特定人物，戏剧冲突就无从谈起。戏剧情境的营造，要真实，要迅速、简洁，要有利于戏剧冲突的发展和激化。

还以《快乐星球》第一部为例，其中有一集《危险的克隆》，讲的是莲蓉包被克隆的故事——

多面体为了参加克隆技术研讨会，决定制造一个克隆人。他把莲蓉包作为克隆目标。由于莲蓉包的失误，克隆出来的海若身上携带着邪恶的基因。海若的诞生，给快乐星球带来许多麻烦……，甚至发展到海若要消灭莲蓉包。海若和莲蓉包真假难辨，多面体一筹莫展。还是乐乐心生一计，分辨出了真假，海若被关进电子监狱。

海若利用多面体的同情心，逃出电子监狱，绑架了多面体，准备把快乐星球变成克隆人的天下。危急时刻，老顽童爷爷救下了多面体，海若逃往地球。在地球上，海若继续四处破坏……

最后，乐乐和多面体他们齐心协力，困住了海若。海若误吸了自杀气体，结束了生命。

在这一集里，有许多莲蓉包和海若同时出现的戏剧情境，增强了矛盾的尖锐性和戏剧效果。

4. 在运用技法上动脑筋

我们在构建戏剧冲突时，还可以适当地运用一些戏剧技法，使矛盾冲突更具有戏剧性。

巧合 俗话说“无巧不成书”，巧合就是现实生活中发生概率很小的事件在戏剧中偶然发生，这是戏剧创作中常用的技法。巧合有助于促成戏剧矛盾的发生与激化，有助于完成人物性格的塑造。在有的时候，没有巧合，戏剧中的冲突就无法完成。

误会 是一个人对人或事物出现误判，也是一种常用的戏剧创作技法。误会源于人与人之间或人对事物的错误理解。巧妙设置误会，可以避免冲突的平铺直叙，营造出跌宕起伏的效果，增强戏剧的趣味性。

悬念 是悬而未决的矛盾冲突。希区柯克曾用一个著名的例子说明了什么是悬念：如果你要表现一群人围着一张桌子玩牌，然后突然一声爆炸，那么你便只能拍到一个十分呆板的炸后一惊的场面。另一方面，虽然你是表现这同一场面，但是在打牌开始之前，先表现桌子下面的定时炸弹，那么你就造成了悬念，并牵动观众。

两难 人们对于善与恶、是与非、生与死、爱与恨等二元对立的选择，当两善必须舍弃一个，两恶必须保留一个时，人物所处的就是两难困境。无论作出哪种选择，人物都十分为难。两难困境，是彰显人物性格和精神品质的有力武器。

危难 从字面上讲，就是危险和灾难。在戏剧中，是人物处于生死攸关的情境之中，考验人物求生的本能和力量。主要人物在面对异常危险的困境（自然灾害、恐怖事件、可怕的对手等），能否化险为夷，怎样摆脱困境，就像一条无形的绳索牵着观众的心。

5. 在加强限制上动脑筋

在戏剧创作中，“限制”是常用的增强戏剧性的手法。

限制时间 如果剧中人物必须在规定的最后期限前完成任务，剧情会变得十分紧张。我们在许多电影中看到过这样的场面：主人公拆除定时炸弹，计时器上的数字在不断的变化，观众的心情随着时间的减少而越来越紧张。

限制空间　在特定空间发生的故事，往往会有不一样的效果。例如，大家都被困在一个孤岛上等待救援。或者像《肖申克的救赎》中的安迪一样，被囚禁在监狱里。或者像《泰坦尼克号》那样，一群人同在一条即将沉没的船上。这个时候的戏剧冲突，会显现出独有的特色。

限制选择　在故事的开始，主人公可能会面临许多种选择，随着戏剧冲突的进展，主人公的选择被毫不留情地剥夺。最终，把主人公推到山穷水尽、无路可走的困境。当然，戏剧结尾的时候，编剧要凭借智慧，为主人公找到一条生路，做到“柳暗花明又一村”。

戏剧冲突的优劣，是一部儿童剧成功与否的关键因素。遵循戏剧创作规律，构建出真实、尖锐、激烈的戏剧冲突，是我们儿童剧创作者的基本功。

第十二章　一部儿童剧的诞生

第一节　磨刀不误砍柴工

在前面的章节，我们系统地了解了儿童剧的理论知识，比如儿童剧的概念和发展历史，儿童剧的受众特点和艺术特征，儿童剧的社会意义和创作原则。我们还了解了一些实用的儿童剧创作技巧，比如怎样选择题材和结构剧本，怎样塑造人物和突出语言风格，怎样描写冲突。基础知识和创作技巧，为我们的儿童剧创作实践提供了理论支撑和技术支持。现在，我们看到本章节的标题，是不是已经摩拳擦掌，准备开始创作一部儿童剧了？且慢，俗话说“磨刀不误砍柴工”，还有一些基本的东西，需要我们动笔之前有个了解。

一、儿童剧剧本的格式

格式很重要，格式很重要，格式很重要——重要的事情说三遍。制片人、导演拿到你的剧本，第一眼看到的，不是你精巧的构思、深邃的主题和幽默的语言，他看到的是剧本的格式。如果格式不正确，你剧本的价值就会在他心里减分。如果再看到你的剧本错别字连篇，可以肯定地说，就算是一块金子，也只能到别的地方发光了。这绝对不是我们想要的结果。

1. 儿童戏剧剧本的格式

以下是著名剧作家李宝群创作的儿童剧《渔夫和金鱼》（节选），我们以此为例，来了解一下儿童话剧的基本格式。

人物

老头儿

老太婆

小金鱼

众海浪（歌队）

管家

仆人

大臣

卫兵

宫女们

[蓝色的大海边，一所破旧的泥棚内外。

[老头儿在整理渔网准备出海打鱼。老太婆在纺纱结线。

老太婆　（叨叨着）整整三十三年！我跟你过了整整三十三年，纺了三十三年线，做了三十三年饭，过的还是这穷得叮当响的苦日子，真不知道什么时候是个头？——老东西，你磨磨蹭蹭干啥哪？该出海了，早点打些鱼回来，不然今晚上又没得吃了。

老头儿　知道了。

老太婆　知道了知道了，一点儿能耐都没有，人家刘二一样出海打鱼，天天回来舱里满满的，大鱼小鱼，大虾小虾，刘二家的女人穿的戴的样样都比我强，家里的桶都换新的了！——你可好，这段日子哪次出去都打不到多少鱼。今天你再像往常那样，就别回这个家，别进这个家门！

老头儿　知道了。

老太婆　知道了知道了，你就会说知道了！你看这破房子，刮风漏风下雨漏雨，东倒西歪，门不像门样，窗户不像窗户样，要是赶上场大风暴，兴许都能把我压死。唉，过的什么日子呀！——你快着点行不？

老头儿　知道了！——这个老太婆。

老太婆　哎，你说啥哪？

老头儿　我说知道了。

［他背起渔网，拿起桨，出门。

老头儿　唉，真是没办法，年老体弱，手脚都不如从前那样有劲了，运气也不好，打的鱼越来越少，老太婆还从早到晚地唠叨，再这么下去，我真要疯了！——老天爷，但愿你今天开开恩，让我多打到点鱼，老天保佑！

［收光。

从上面节选的剧本可以看到，剧本一般分成两部分内容：舞台提示和台词。

舞台提示包含：

第一，人物表。在剧本正文的前面一般会有一份人物表，有的只列出登台人物。有的会对人物做一个简要介绍，说明人物的性别、年龄、身份和主要性格特征。人物表通常按照人物的主次顺序排列，也有按照出场顺序排列的。

第二，时代背景。简要介绍故事发生的时间、地点和历史背景。如果是大家熟知的故事，或者不便说明时代背景的，这一项会省略。

第三，舞台设计。对故事发生的场景做简要描述，一般包括舞美、灯光、道具、音效等。

第四，人物设计。对出场人物的化妆、服装和外部形态做简要描述。

第五，人物动作。对出场人物的舞台动作做简要提示。动作包括外部动作和内部动作。外部动作即形体动作，是人物在舞台上的主要动作；内部动作即心理动作，是人物内心情绪的外化，表现人物的心理活动和性格。

台词包含：

第一，对白。人物的对话，是台词的主要形式。也是剧本的主要内容。

第二，独白。出场人物的自言自语，是展示人物内心世界，和观众进行思想交流的一种方式。

第三，旁白。剧中人跳出戏剧情境说给观众听的话，也可以是剧外人对剧情发展的叙述或者评价。

儿童戏曲、儿童音乐剧和儿童话剧在格式上稍有差别，主要体现在唱词的处理上面。下面我们来看看李宝群、刘立烈创作的儿童音乐剧《笨笨之歌》（节选）。

人物

笨　笨　一只到处流浪、酷爱做梦，活在美丽梦想中的灰鹤。

雪　儿　（女）丹顶鹤家族中最美丽的雌鹤。

天　羽　丹顶鹤家族中最矫健的雄鹤。

鸟　神　（女）

小鹤甲　（女）

小鹤乙　（女）

老　鹤　（女）

众丹顶鹤

第一幕

［大片夜雾弥动，月色迷蒙，天地混沌。

［空际飘来幽幽的萨克斯和无字轻声哼唱，美妙柔软，回绕盘旋。

［湖畔，林中，晨曦透入，蒸腾的雾气。

［笨笨睡在一束光中。

［笨笨醒来了，无字轻声哼唱若隐若现。

笨　笨　（揉着睡眼，打哈欠，伸懒腰，四下张看）这是什么地方？怎么在这睡着了？这，（听）是谁在唱歌？喂，谁在那儿？

［雪儿和众多丹顶鹤出现在弥动缥渺的云雾中，一组组一队

队自由散落。对水梳妆的，采花扑蝶嬉戏玩耍的，练声唱歌练舞步的，谈情说爱的颈相交，振翼飞。她们伴着音乐轻柔地哼唱。

雪　儿　（唱）飘呀飘呀飘，轻轻地飘，
飘在美妙早晨。

群　鹤　（唱）飞呀飞呀飞，轻轻地飞，
飞在美妙早晨。

雪　儿　（唱）是谁赐予这阳光？

群　鹤　（唱）呜……

雪　儿　（唱）是谁赐予这微风？

群　鹤　（唱）呜……
美妙的早晨呀，
美妙阳光，飘飘飘，飞飞飞，飞飞飞飞呀飞。

男　声　（唱）享受这美妙美妙的早晨，早晨，

群　鹤　（唱）美妙早晨呀，美妙阳光，
飘飘飘，飞飞飞，飞飞飞飞呀飞。

男　声　（唱）享受这美妙美妙的早晨，早晨。

［歌声中，众鹤起落飞……笨笨如入仙境，恍恍惚惚，四望。

［可爱的小鹤甲、乙展翅飞至，围住笨笨，好奇地打量他。

小鹤甲　喂！你是谁？怎么从没见过你？

小鹤乙　这样子真好玩！你叫什么？

笨　笨　嘿嘿，我，我叫笨笨，一觉醒来就跑到这儿来了。你们是……

小鹤甲　我是姐姐小白，她是妹妹小灰！你不要怕，到了这儿就是我们的客人！走，我俩带你去见雪儿姐姐。走啊！

［笨笨晕晕跟随，四下看。如梦如幻的音乐中，丹顶鹤一组组跳着轻松明快的舞蹈。

笨　笨　（轻快，兴奋地唱《流浪鹤的早晨》）
走进了一个美妙的早晨，

看见了一群美丽的仙鹤，
闪亮啊许多闪亮的白羽，
迷人啊声声迷人的轻歌。
哈哈哈朋友，哈哈哈伙伴，
再不会孤单，再不会寂寞。
流浪，流浪，流浪，
流浪，流浪，流浪，
走过了千山，走过了万壑，
我是一只欢乐的笨笨鹤，
欢乐的笨笨鹤。

[策策不由自主憨舞于自由嬉戏的群鹤之中，舞姿笨拙得可爱。

[雪儿伫立水畔梳妆歌唱。

儿童戏曲、儿童音乐剧中的唱段要单独标注清晰，便于后面做音乐设计。舞台表演中的舞蹈部分也会比儿童话剧多，在剧本中也应该作简单提示，使导演明白编剧的意图。

2. 儿童影视剧本的格式

儿童电影、儿童电视剧剧本的格式是一致的，我们合并为儿童影视剧本格式。影视剧本有三种：第一种是文学剧本，也就是由编剧完成的最初的剧本。第二种是分镜头剧本，是导演的工作台本。第三种是实拍镜头记录本，是对实地拍摄的记录，是场记的工作台本，主要为后期编辑时提供依据。我们通常说的剧本都是指的第一种，即文学剧本。

下面是《快乐星球》第四部第 34 集《我不是坏女孩》剧本（节选），我们以此为例，来了解一下儿童影视剧本的基本格式。

第三十四集　我不是坏女孩（上）

1. 片头黑场字幕

大型科幻少儿电视剧《快乐星球》第四部（50集）

第三十四集

我不是坏女孩（上）（动画、人形变字形）

淡隐，转黑场。

2. 棒棒的实验室　　日　内

防火墙在操纵搜索仪。

棒棒站在一旁：“还没有找到？”

防火墙严肃地摇摇头。

棒棒：“用不着那么紧张，她们两个是一对笨蛋，对我们构不成威胁……”

防火墙的眼睛仍然紧紧盯着搜索仪。

棒棒：“防火墙，放松一下，我给你出一个脑筋急转弯。”

防火墙没有说话。

棒棒：“汽车，防火墙，汽车你见过吧？”

防火墙点点头：“见过。”

棒棒：“汽车右转弯的时候，听好了，是右转弯，汽车右转弯的时候，汽车哪只轮胎没有转？”

防火墙：“汽车……右转弯……，不知道。”

棒棒：“是备用胎啊，哈哈哈哈。”（笑）

防火墙：“先别得意，我问你一个，地球上最大的土豆长在哪里？”

棒棒：“地球上最大的土豆……这我需要搜索一下。”

防火墙：“用不着，我告诉你，地球上最大的土豆……长在土里。”（笑）

棒棒："是步平凡教你的？"

防火墙："咱俩是一个老师。"

棒棒抱怨着："这个步平凡，说好了只教我不教你的，一点儿都不讲诚信。"

突然，防火墙兴奋地："我找到她们了。"

棒棒："立刻锁定她们的位置。"

3. 学校门口　　日 外

一辆豪华轿车开过来，停在学校门口。

吴经理从车上下来，打开后门："到了，下来吧，这就是你的新学校。"

车内的吴小雨染着彩色头发，穿着牛仔短裤，口里嚼着口香糖，耳朵上还挂着耳机，她的身体随着音乐的节奏不停地颤动着。

吴经理一把扯下吴小雨的耳机："你看看你，像个什么样子？"

吴小雨眼睛一瞪："我的样子比你强多了。"

吴经理举起右手："我……"

吴小雨把头往前一伸："你打呀，敢碰我一下，我打110报警。"

吴经理："我是你爸爸。"

吴小雨："法律面前人人平等。"

吴经理无奈地："哎呀，爸爸还有个非常重要的谈判……"

吴小雨："你谈判跟我有什么关系？"

吴经理："我不把你安排好了，我能放心去谈判吗？"

吴小雨："又不是我要转学，还不是因为……"

吴经理："好好好，我的小祖宗，爸爸求求你了，你就赶快下车吧。"

吴小雨把手一伸："拿来。"

吴经理一怔："什么？"

吴小雨："你让我下车，总得有点表示吧？"

吴经理连忙拿出钱夹："有、有……"抽出一张百元票子过去。

吴小雨用手比了个“二”。

吴经理又慌忙抽出一张。

吴小雨顺手把钞票塞进口袋里，用命令的口气：“拿书包。”

吴经理：“好、好、好，我拿，我拿……”

悉德·菲尔德曾说过，“电影剧本究竟是什么？一部电影剧本就是一个由画面讲述出来的故事。”画面感，是电影剧本需要注意的首要问题。

苏牧在《荣誉》一书中认为，一个合格的电影剧本应该做到以下几点：

第一，可视性强，用画面叙事。

第二，画面力求具体，避免过于笼统。

第三，努力运用声音元素。

第四，文字清爽、干净。

第五，以场分段，以场景来划分文字的自然段落。

第六，注意“段”与“段”之间的“转场处理”。

第七，每段开头注明场号、地点、时间。

第八，不用或少用专业电影术语。

在写影视剧本的时候，我们应该按照约定俗成的剧本格式来写，一方面方便其他人阅读，另一方面证明你不是个什么都不懂的新手。

一般说来，首先要写清楚场景序号、时间、地点，用“内”表示室内景，用“外”表示户外景，用“日”表示白天，用“夜”表示晚上。用黑体字，单独成行，使人一目了然。

其次，要简明扼要地写清楚人物动作。

第一，要清楚标明人物台词，不同人物的对话要另起一行。

第二，对镜头有特殊要求的，也可以标注一下。

第三，特殊场景的转换，也应标注清楚。

第四，如果出现画外音、旁白、闪回、幻想、梦境等，都需要标明。

儿童广播剧剧本格式和影视剧剧本相仿，可以参考影视剧本的格式要求，在这里就不再赘述。

二、保护好自己的合法权益

做编剧不容易，要耐得住寂寞，受得了煎熬。辛辛苦苦写出一个剧本，也只能说成功了一半。接下来至少还有两件事情要做。

第一，保护劳动成果不被剽窃。现在，我们国家关于知识产权方面的法律越来越健全，人们的法制意识越来越强。在剧本售出之前，著作权登记是保护我们权益的有力武器。不仅已经完成的剧本可以登记，前期的故事大纲、分集大纲都可以进行著作权登记。下图是我创作的电视剧《四两拨千斤》故事大纲的登记证书，每个省都有这样的版权登记机构，并且是免费的。

作品登记证书

登记号：16-01-2015-A-290
作品/制品名：《四两拨千斤》故事大纲　　作品类别：文字
作　　者：胡红兵　　著作权人：胡红兵
首次创作/制作完成时间：2015年2月26日　　首次发表日期：

以上事项，由　胡红兵　申请，经　河南省版权局　审核，根据《作品自愿登记试行办法》规定，予以登记。

登记日期：　二〇一五年五月二十一日

登记机构签章
作品登记专用章

注：此作品登记为免费登记

第二，签好合同。合同是我们编剧利益的保障，直接关系到自己的切身利益，很多编剧由于对合同的忽视和不了解，吃了很多哑巴亏。签合同时需要注意以下几点。

1. 选好签约方。尽可能寻找口碑好、有诚信、没有不良记录的合作方。

2. 坚持商业原则。不要羞于谈钱，要把自己当作商人。如果实在拉不下脸面，也可以委托经纪人办理。

3. 重视著作权和署名权问题。这是最容易引起纠纷的地方，一定要在合同里面写得清清楚楚、明明白白。

4. 明确缴税方。签合同时，要在合同里写明稿酬是税前还是税后。不要到付费时再引起纠纷。

5. 注意合同细节。要看仔细，里面是否有霸王条款，是否清楚写明付款方式和付款时间，违约条款是否合理等。

下面为大家推荐一份中国电影文学学会的合同示范本，供大家参考。

影视文学剧本委托创作合同

（中国电影文学学会推荐示范本）

委托人（甲方）：

公司名称：

法定代表人：

公司地址：

联系电话：

受托人（乙方）：

编剧姓名：

身份证号：

联系电话：

常住地址：

合同签订地：

合同签订日期：

甲乙双方经充分协商，就甲方委托乙方创作电影 / 电视剧剧本事宜，根据中华人民共和国《著作权法》及《合同法》等法律法规的规定，达成以下协议，双方共同恪守执行。

第一章　剧本

第一条　甲方委托乙方创作如下剧本：

1. 剧本名称：

2. 剧本类型：

3. 剧本的每集长度及集数（电视剧剧本）/ 长度（电影剧本）

4. 剧本设计：（基本创意阐述、简单大纲，见附件）

5.【可选项，如果是改编剧本】剧本依据《　　　》（原作品）进行改编，原作品作者授权书由甲方提供（见附件）。

第二章　剧本著作权

第二条　剧本著作权归属原则：

依据《著作权法》第十条、第十七条等相关条款，双方约定，在履行本合同第四章相关付酬条款基础上，在本合同约定的条件范围内，该剧本著作权可以约定由甲方（委托方）享有，亦可约定由乙方（受托方）享有。享有方自剧本交付之日起，在5/10/20……50年之内对该剧本拥有相应著作权利。（如下第三条、第四条是选择条款）

第三条　剧本著作权归属甲方　　【乙方（创作者）仅是劳务付出，非权利人】

1. 甲方拥有本合同约定创作剧本的著作权

发表权，即决定该剧本是否公之于众、以何种形式公之于众。

修改权，在创作过程中，因乙方的创作不能达到本合同第十四条约定标准和要求时，甲方在支付相关阶段稿酬后，有权按自己的需要自行 / 重新安排他人对该剧本修改（或续写、改编）；摄制权，将该剧本拍摄成电影 / 电视剧的权利；复制发行权，该剧本在全球范围内、以各种语言文种、各种出版物形式（含图书、报刊、电子出版物等形式）出版并发行的权利。

表演权，对该剧本进行公开表演的权利。

广播权，对该剧本通过各类电台、电视台广播的权利。

信息网络传播权，将该剧本以任何形式在互联网上传播，使公众可以在其个人选定的时间和地点获得作品的权利。

改编权，在该剧本基础上进行改变，创作出具有独创性的新作品的权利。

翻译权，将该剧本从中国汉语转换成其他语言文字（含中国地区少数民族语言文字）的权利。

需要约定的其他著作权利。

2. 乙方对创作剧本著作权的保留

双方约定，在不影响甲方合法行使本合同第三条第一款权利的前提下，乙方（创作者）拥有以下权利，即乙方保留以下权利：

署名权，乙方（创作者）有权在该剧本上署名，署名方式为编剧 / 剧本策划 / 改编（剧本改编者）/ 第几编剧……，乙方有权排除未经其许可的、任何未参与创作的其他人在剧本上署名。甲方对该剧不享有署名权。或：甲方享有署名权，其署名顺序为第二……

如甲方中途安排他人续写、修改和改编时，续写 / 修改 / 改编人有权以编剧 / 改编者方式署名，但不得损害乙方的署名权，署名的先后顺序依据创作部分的比例大小确定。

获得酬劳权，依本合同第四章之约定获得相应足额稿酬 .

第四条 剧本著作权归属乙方 【乙方（创作者）是权利人，委托方获得许可，仅有使用权】

1. 甲方对本合同约定剧本著作权获得的授权范围：

摄制权，将该剧本拍摄成电影 / 电视剧的权利；

发表权，即决定该剧本是否公之于众、以何种形式公之于众；

修改权，在创作过程中，因乙方的创作不能达到本合同第十六条约定标准和要求时，甲方在支付相关阶段稿酬后，有权按自己的需要自行 / 重新安排他人对该剧本修改（或续写、改编）；

复制发行权，该剧本在全球范围内、以各种语言文种、各种出版物形式（含图书、报刊、电子出版物等形式）出版并发行的权利；

广播权，对该剧本通过各类电台、电视台广播的权利；

信息网络传播权，将该剧本以任何形式在互联网上传播，使公众可以在其个人选定的时间和地点获得作品的权利；

改编权，在该剧本基础上进行改变，创作出具有独创性的新作品的权利；

翻译权，将该剧本从中国汉语转换成其他语言文字（含中国地区少数民族语言文字）的权利。

需要约定的其他著作权利

2. 甲方对创作剧本著作权的行使和乙方的权利限制：

双方约定，甲方在履行本合同第四章付酬条款基础上，乙方就自己创作的剧本（独创的部分），在本合同第四条第一款授权范围内，授权甲方行使著作权。

为保证剧本的质量，甲方可以安排他人对该剧本续写、修改和改编，并给予续写 / 修改 / 改编人以编剧 / 改编者方式署名；但不得损害乙方的署名权，署名的先后顺序依据创作部分的比例大小确定。

第三章　双方其他权利义务

第五条　甲方保证与承诺：

1. 甲方担保并声明甲方有完整之权利及授权签署本合同；

2. 甲方保证于本合同存续期间内，不签署任何与本合同权益相冲突之合同；

3. 甲方保证在本合同签署后　　　年内使用该剧本（拍摄及发行、广播等）；

4. 甲方保证在影视剧音像产品上市初赠送乙方音像制品 10 套，剧照 15 张，海报 5 张；

5. 其他。

第六条　乙方保证与承诺：

1. 乙方担保并声明乙方有完整之权利及授权签署本合同，依本合同约定创作的剧本不含有侵犯他人著作权和其他权益的内容。

如因上述权利的行使侵犯他人著作权或其他权益，经仲裁机构或者人民法院裁决认定，甲方因此造成的经济损失（给第三方的赔付等），由乙方负责赔偿。

2. 乙方保证甲方在本合同生效后在授权地区拥有本合同规定之权利，包括在本合同签订前，未接受任何第三方以与甲方相同的方式创作合同约定之剧本，也不在本合同有效期内为任何第三人创作相同题材的剧本。

第七条　荣誉的共享

1. 如果该剧获奖，乙方有权参加颁奖仪式，差旅费由　　方承担，甲方应按照国家规定，将有关奖金按照　% 比例分配给乙方；

2. 影片在国内首映、研讨，或参加国内外电影节展出、竞赛等活动时，甲方应邀请乙方参加，差旅费由　　方承担。

第八条　影视作品审查报批环节的授权书与本合同的关系

基于国家影视审查许可相关法规，甲方在项目报批阶段，需要提交乙方剧本授权书，若此时甲方尚未全额支付本合同约定之报酬，则此授权书并不代表甲方真正获得本合同授予之相关著作权，甲方不得使用剧本拍摄和发行影视剧，否则乙方有权要求甲方停止拍摄，并按照本合同第四章约定之报酬给予双倍赔偿。

第四章　报　酬

第九条　本合同采取第 ________ 种方式支付报酬：

1. 甲方分四次支付稿酬（适用于电影）；

2. 甲方分五次以上支付稿酬（适用于电视剧）

第十条　采取本合同第十一条第 1 种方式支付的：

1. 稿酬总额为：人民币　　　　　　　　万元。

2. 稿酬支付方式为：

双方签订合同三日内，甲方支付定金　　　元整；（10%）

乙方完成第一阶段初稿工作，甲方认可后，支付一期稿酬　　　元整（40%），支付时间　　　年　　　月　　　日；

乙方完成第二阶段修改工作，甲方认可后，支付二期稿酬　　　元整；（30%），支付时间　　　年　　　月　　　日；

乙方完成第三阶段工作，提交剧本修改定稿，甲方认可后，支付稿酬　　　元整；（20%），支付时间　　　年　　　月　　　日。

第十一条　采取本合同第十一条第2种方式支付的：

1. 稿酬总额为：人民币　　　元（RMB　）；

2. 电视剧每集：　　　元；

3. 稿酬支付方式为：

双方签订合同三日内，甲方支付定金　　　元整；（10%）；

乙方完成第一阶段工作，提交全剧故事大纲和人物设计，甲方认可以后，要求支付一期稿酬　　　元整（10%）；

乙方完成第二阶段工作，提交分集故事大纲，甲方认可后，支付二期稿酬　　　元整（15%）；

乙方第三阶段工作分　　次结算，每次提交正式对白剧本（剧情时长不少于45分钟）　集，甲方认可后，支付稿酬　　　元（　%）　　　次共计　　　元整（60%）；

乙方完成第四阶段工作，提交剧本修改定稿，甲方认可后，支付稿酬　　　元整（5%）。

第十二条　纳税

本合同约定之乙方报酬，均为税后报酬。甲方应为乙方代扣代缴有关税款。

第五章　剧本交付与认可

第十三条　剧本交付：

1. 交付剧本规格：

（注：电子版或纸介版，电子版要注明邮箱）

2. 交付确认：

剧本发到指定邮箱后，甲方应回复确认函件，若一周内没有答复，则视为甲方已经收到，以乙方电子邮件发件箱信息为准。

第十四条 剧本认可：

1. 乙方在完成各个阶段创作，将成果提交给甲方后，甲方应分别在一周内提出书面修改意见，否则，即视为甲方认可乙方提交之剧本；

2. 双方对剧本最后定稿的认定标准，在不存在重大争议分歧时，以相互诚信协商确定；

3. 可以上级审查机关的通过，如国家新闻出版广电总局重大革命和历史题材审查小组的意见；

4. 可以剧本参赛征文获奖的标准认定；

5. 可以通过邀请　　　　位双方认可的影视剧本专家组织论证会，以客观标准评定。

第十五条 剧本修改：

1. 在本合同约定的每一个工作的阶段完成后，乙方根据甲方的合理意见，对本阶段工作成果进行必要的修改和调整，并且在得到甲方的书面通过后，方继续进行下一阶段的创作；

2. 由于乙方每一阶段都是在经过双方通过的上一阶段成果基础上进行工作，若甲方要求对已经书面通过的创作成果进行修改，须与乙方协商解决，若改动过大，乙方可要求追加报酬，或终止合同而不承担任何责任。

第十六条 交付时间：

1. 双方商定的创作日程为：

第一阶段工作，在　　年　　月　　日前完成；

第二阶段工作，在甲方支付一期稿酬后　　日内完成；

第三阶段工作，每次提交剧本均在收到上一期稿酬后　　　日内完成；

第四阶段工作，在甲方支付三期稿酬后　　　日内完成。

第六章　保密

第十七条　剧本内容保密：

双方约定，对于剧本（电子版或纸介版）均负有保密不对外泄露的责任。

第十八条　其他商业秘密的保密：

甲乙双方承诺关于双方往来期间所获知的对方之商业、财务信息等往来资料、文件、图片、档案，无论口头或书面，均不得对第三人泄露，也不利用其做本合同以外目的使用，此约定于本合同终止后仍然有效。

第七章　合同终止

第十九条　提前终止本合同：

本合同有效期间内，遇到下列情况之一，合同终止自书面通知发出后 3 日内生效。

1. 因不可抗力事件，无法继续履行本合同的；

2. 一方严重违反合同有关条款，另一（守约）方可以单方面解除本合同（包含但不仅限于本合同第二十、二十一条之情况）；

3. 根据合同规定行使单方合同解除权，并不表明其放弃向违约方追索违约金和赔偿金。

第二十条　甲方单方面终止合同：

1. 若乙方工作不能达到甲方要求，导致本合同不能继续履行时，甲方有权单方面终止合同；

2. 甲方单方面终止合同后，乙方已收的款项不再退还甲方，甲方已经支付报酬的剧本或半成品及相关著作权归甲方所有；

3. 甲方有权委托其他编剧进行进一步创作。

第二十一条 乙方单方面终止合同：

1. 乙方提交创作成果后，甲方未能在约定时间内给予乙方修改意见，并且未能在乙方提交创作成果两周内支付相关稿酬，乙方有权单方面终止合同；

2. 乙方单方面终止合同后，已收的款项不再退还甲方，乙方创作的剧本或半成品著作权归乙方所有；

3. 合同终止后甲方不得再行使本合同之权利。

第八章 违约责任

第二十二条 违约责任：

除不可抗力因素外，任何一方如严重违反本合同之约定，另一方有权解除合同，并要求对方赔偿造成的实际损失及救济的合理支出费用。

第九章 其他约定

第二十三条 前期费用：

有关为写作剧本要求深入生活采访的费用及前期创作必需资料的购买费用，经双方商定，由　　　方承担，支付费用　　　　　　　元。

第二十四条 不可抗力：

因战争、叛乱、火灾、爆炸、地震、天灾、洪水、干旱或恶劣天气，以至于无法送达、无法供给、无法生产，或者政府法令，而造成之破坏、损失、迟延等耗损，双方各自的损失自行负担，直至不可抗力事件结束为止。

第二十五条 合同修改：

本合同非经甲乙双方书面同意，不得任意修改或变更，如需修改或变更，双方应通过协商达成一致后签订补充合同，作为本合同附件。

第二十六条　法律适用：

本合同适用中华人民共和国相关法律，有关本合同的解释、履行等相关事宜皆适用中华人民共和国法律。

第二十七条　争议解决：

双方因合同的解释或履行发生争议，由双方协商解决。协商不成，采用下列第　　种方式解决：

1. 由 _______ 仲裁委员会仲裁；

2. 向原告住所地或合同签署地或合同履行地等具有管辖权的人民法院起诉。

第二十八条　特别约定：

1. 若甲方根据乙方剧本拍摄完成之电视剧的实际集数，超出本合同约定集数。甲方应按照本合同约定之每集剧本单价，按照实际集数补充支付乙方超出部分稿酬，方视为支付完全部稿酬；

2. 对于甲方由该剧的衍生产品，乙方将主张一定比例的分成　　　%；

3. 影片在超出授权外地区和国家发行收入，乙方将获得　　　% 的利润分成。

第二十九条

本合同一式两份，自合同签订之日时生效，附件与本合同具有相同法律效力。

（委托方）甲方：	（受托方）乙方：
住址：	住址：
法定代表人：	法定代表人：
授权签字人：	授权签字人：
年　　月　　日	年　月　　日

第二节　大家一起写剧本

好了，我们终于可以开始写剧本了。不同的剧作家有不同的创作习惯，但是，剧本创作的流程基本上大同小异。下面就以我创作的儿童电影《漫画女孩》为例，大家一起来写这剧本，看看一部儿童剧是怎样诞生的。

《漫画女孩》是应某影视公司委托创作的。他们老总和我谈的时候，有一个很粗略的想法：写小学生，写女孩，要和漫画有关。经过两次交流，双方都有合作意向，于是签了合同，正式进入创作阶段。我的创作过程一般分作六个步骤。

第一步，搜集素材。因为做了多年的儿童剧，对小学生还是比较熟悉的。但是，对于漫画，就有些陌生了。所以，在搜集素材阶段，主要工作是补短板。通过查找资料，包括文字资料和影视资料，了解一些漫画的基础知识。与此同时，还要思考漫画如何与小女孩结合起来，漫画在电影中起什么作用？

第二步，确定人物。人物，是儿童剧创作的关键。如果主要人物有特点，能够得到孩子们的喜爱，其他的事情就简单多了。反之，你做再多的努力，也是徒劳无功。根据投资方的要求，首先要有一个小女孩，我给她起了个名字叫刘岩。然后，又给她设计了一个好朋友上官雪儿。这时候，就要考虑矛盾冲突的另一方了，我设计了一个小男孩，叫作唐飞。并且给唐飞一个特殊的身份——校长的儿子。三个人物定下来之后，觉得还应该再有一个正面的男生，就又设计了一个转学生杨默。下面是一个简单的人物表——

刘岩——女，11 岁，一个普通的不能再普通的六年级小学生，性格内向腼腆；酷爱漫画也颇有功底。和上官雪儿曾经是很要好的朋友。

杨默——男，12 岁，一个帅气阳光的插班生，性格开朗外向，敢作敢为；为人热情，很讲义气，爱打抱不平。他的到来，打破了六一班原来的格局。

唐飞——男，12 岁，校长的儿子，自认为“官二代”“富二代”。在班里飞扬跋扈，身边总有一些追随者。爱面子，不能容人，视杨默为自己的竞争对手。

上官雪儿——女，12 岁，各方面都很出色的女孩。人漂亮，学习好，深得老师宠爱；是班长，家庭条件也不错，有一种与生俱来的优越感。

齐校长——女，44 岁，私立学校校长。为了事业，30 多岁才有了唐飞。成熟稳重，精明干练，把全部的爱都奉献给了她的学生们。由于工作忙，忽略了对唐飞的关心教育。一个称职的校长，一名不称职的妈妈。

王主任——男，36 岁，教导主任，善于察言观色。唐飞的保护伞。

陈静——女，23 岁，热情有余、经验不足的年轻教师。

大胖——男，12 岁，肥胖有余聪明不足，唐飞的跟班。

一百五——男，11 岁，瘦小机灵，据说智商高达 150，唐飞的军师。

范若兰——女，11 岁，娇小姐一枚。

李小慧——女，12 岁，高大威猛，口无遮拦。

林奕——女，36 岁，杨默的妈妈，豁达开明，教子有方。

刘岩妈妈、刘岩爸爸、马教官等。

第三步，确立主题。其实，在设计人物的时候，电影的主题已经在脑子里有个大致的轮廓了。这个阶段，就是要把模糊的想法清晰化。结合人物，根据脑子里的故事雏形，把想要表达的主题想清楚，说明白。最终形成一句话：这是一个关于朋友和友谊的故事，也是一个丑小鸭变身白天鹅的故事。

第四步，撰写大纲。有的创作者从来不写大纲，他们的大纲在脑子里。按照现在流行的做法，投资方会要求编剧先写一个简单的梗概，几百字就行。让他们知道你准备写什么。

《漫画女孩》故事梗概

这是一个关于朋友和友谊的故事，也是一个丑小鸭变身白天鹅的故事。

刘岩是一个性格内向的小女孩，她不爱说话，胆小甚至有些懦弱，常常受到唐飞等人的欺负。她有一个爱好——画漫画，在自己的营造的漫画世界里，有公主、有大侠，有着她向往的美好东西。她就这样游走在现实和虚幻之间，

插班生杨默的出现，打破了六一班的平静。帅气的外表、敢作敢为的性格、幽默机智的言语，使他立刻成为同学中的焦点。他为刘岩打抱不平，不仅让唐飞感到难堪，也对唐飞在班里的老大地位造成强烈冲击。唐飞决定在军训中教训杨默。刘岩对杨默由感激到崇拜，在她的漫画里，杨默成了玉树临风的Y大侠。看着刘岩和杨默成为好朋友，班长上官雪儿有了一点点嫉妒。

在训练基地，唐飞寻机挑衅杨默和刘岩，都被一一化解。刘岩在训练中的表现赢得了同学们的赞誉。在杨默的带动下，刘岩慢慢开朗起来。唐飞的手机丢了，他怀疑是杨默干的，对杨默出言不逊。杨默忍无可忍，决定和唐飞单挑……杨默以德报怨，令唐飞既意外又羞愧。

军训结束了，一波未平又起一波。一次事关升学推荐的漫画比赛，使刘岩和上官雪儿成了竞争对手……

梗概得到认可之后，还需要再写一个比较详细的大纲，除了故事的开端、发展、结局以外，还要包括更多的细节。这份大纲也会成为今后创作的提纲，把握创作方向不至于偏航。

《漫画女孩》故事大纲

这是一个关于朋友和友谊的故事，也是一个丑小鸭变身白天鹅的故事。

刘岩是一个性格内向的小女孩，她不爱说话，胆小甚至有些懦

弱，常常受到唐飞等人的欺负。她有一个爱好——画漫画，在自己营造的漫画世界里，有公主、有大侠，有着她向往的美好东西。她就这样游走在现实和虚幻之间。

插班生杨默的出现，打破了六一班的平静。帅气的外表、敢作敢为的性格、幽默机智的言语，使他立刻成为同学中的焦点。他为刘岩打抱不平，不仅让唐飞感到难堪，也对唐飞在班里的老大地位造成强烈冲击。唐飞决定在军训中教训杨默。刘岩对杨默由感激到崇拜，在她的漫画里，杨默成了玉树临风的Y大侠。看着刘岩和杨默成为好朋友，班长上官雪儿有了一点点嫉妒。

在训练基地，唐飞寻机挑衅杨默和刘岩，都被一一化解。刘岩在训练中的表现赢得了同学们的赞誉。在杨默的带动下，刘岩慢慢开朗起来。唐飞的手机丢了，他怀疑是杨默干的，对杨默出言不逊。杨默忍无可忍，决定和唐飞单挑……。杨默以德报怨，令唐飞既意外又羞愧。

军训结束了，一波未平又起一波。一次事关升学推荐的漫画比赛，使刘岩左右为难。刘岩妈妈劝女儿抓住机会，一定要拿到这个推荐名额。刘岩不愿意和好朋友上官雪儿成为竞争对手，她选择了放弃。刘岩把自己的烦恼告诉了杨默。课堂上，杨默把刘岩送给他的漫画展示给同学们，力挺刘岩参赛。上官雪儿自知水平不及刘岩，选择退出竞争。

在小区里，刘岩偶遇实话实说栏目组记者。面对记者关于“你幸福吗”的提问，她吐露了自己的心声：面对沉重的升学压力，你幸福吗？每天有写不完的作业，你幸福吗？每天没有一点玩的时间，你幸福吗？考试成绩不好，老师家长一起批评你，你幸福吗？学习成绩不好，在班里受歧视，你幸福吗……

强烈的好奇心让上官雪儿偷偷拿走了刘岩的漫画本。唐飞和杨默帮助刘岩在班里寻找漫画本。即将搜到上官雪儿的书包，她的心情极度紧张。王主任的出现，为上官雪儿解了围。王主任对刘岩在电视上的言论非常生气，认为她给学校带来了极大的负面影响，宣布取消刘岩参加漫画比赛的资格。刘岩感到很委屈。

上官雪儿看了刘岩的漫画本。她发现在刘岩的漫画里，自己是一个美少女，就像一只洁白的天鹅，是刘岩最好的朋友。上官雪儿觉得愧对刘岩，决定当面向刘岩承认错误。就在这时，刘岩失踪了。

全班同学焦急万分。杨默和上官雪儿说他们知道刘岩在哪里。在滨河公园，老师和同学们找到了刘岩。上官雪儿向刘岩道歉，刘岩告诉她：朋友之间不需要说对不起。曾经的好朋友又重归于好。

齐校长回来了，决定实名推荐刘岩保送重点中学。

刘岩觉得幸福来得太突然了，她决定在漫画里再增加一个人物——老Q。

第五步，创作剧本。准备工作做好以后，就可以开始写剧本了。在写剧本的时候，我们前面讲过的理论知识和创作技巧都要用上去。比如，人物怎么出场——

1. 梦境（漫画）

在一片原始大森林里，一个公主打扮的小女孩慌慌张张地跑着，不时回头张望。

突然，一个胖大的怪兽挡住小女孩的去路。

惊恐的小女孩转身就跑。

一个精瘦的怪兽拦在小女孩面前。

小女孩慌不择路，在丛林里乱跑。

两个怪兽在后面紧追不舍。

慌乱中，小女孩摔倒在地上。

一个武士打扮的小男孩闪现在小女孩身边，一脸坏笑。

小女孩绝望地看着小男孩。

就在这时，电闪雷鸣，一个蒙面大侠从天而降……

2. 刘岩的房间　　日 内

刘岩从梦中醒来，惊魂未定。

枕边放着一个精致的漫画本。

3. 一条窄巷　　日 外

巷子不宽，上班的人和车混在一起。

刘岩小心翼翼地骑着单车，一个塞得满满的、拉不上拉链书包放在车筐里。“叮铃铃”，一串清脆的车铃声响起来。

一个外表和衣着都很酷的男孩骑在单车上，双手撒把，大摇大摆地飞驰过来，他的名字叫杨默。

听到铃声，刘岩回过头，看到杨默的单车冲着自己追上来，心里一慌，车把晃动了几下，连人带车倒在路边。

书包摔在地上，里面的书散落一地。一本精致的漫画本格外引人注目。

杨默慌忙跳下车，扶起刘岩，捡起漫画本交到刘岩手里，一脸歉意。

刘岩偷偷瞄了杨默一眼，慌乱地收拾好书包，骑上车匆匆忙忙走了。

杨默看着刘岩的背影，无奈地笑了一下。

林奕骑车赶上来，停在杨默身旁。

杨默做个鬼脸，耸了耸肩膀。

定格。

一支画笔在纸上飞快地画出漫画风格的人物形象。

推出片名：漫画女孩

随着画笔的移动，显现演职员表。

比如，人物的个性语言——

4. 六一班教室　　日　内

杨默站在讲台上：我叫杨默，杨是杨家将的杨，默是沉默的默，初来乍到，请多关照。

刘岩抬起头，目光和杨默撞在一起，慌忙把头低下。

刘岩 OS：是他？

陈静：同学们，从现在开始，杨默就成为我们六一班的一员，让我们用掌声欢迎他的加入！

同学们热烈鼓掌。

李小慧悄声地：班长，新来的好帅呀。

上官雪儿：花痴！

陈静：杨默，你和刘岩坐同桌……

杨默看看陈静，小声地：老师，哪个是刘岩？

陈静：哦，就是低着头那个。刘岩，请站起来，认识一下新同桌。

刘岩站起来，依然低着头。

杨默走过去，大方地伸出手：你好，请多关照。

刘岩慌不择言：谢谢……

同学们哄堂大笑。

唐飞看着杨默，脸上闪过一丝不悦。

还要尽快为主人公设定一个目标——

13. 刘岩的房间　　夜　内

一阵敲门声。

刘岩慌忙收起漫画本，把作业本摊在面前。

刘岩妈妈从外面进来，手里端着一杯热牛奶：岩岩，该喝牛奶了。

刘岩：妈妈，下个月咱别订牛奶了，我不想喝了。

刘岩妈妈：那怎么行？你学习这么紧张，又是长身体的阶段，专家说，每天一杯牛奶，才能保证足够的营养。

刘岩：我爸爸他下岗了……

刘岩妈妈：他下岗又不是天塌了，这个家，妈妈一个人也撑得起来。

刘岩：妈妈，我不想你太辛苦。

刘岩妈妈：现在，妈妈再苦再累都没关系，只要我的乖女儿将来有出息，考上个好大学，嫁个好人家，光光鲜鲜地往人前一站，看我们厂里那些姐妹们谁敢瞧不起我。

刘岩：妈……

刘岩妈妈：这是妈妈的长远规划。眼前的目标就是上实验中学，我听说你们学校有五个推荐名额，你一定要争取。

刘岩：比我优秀的同学那么多……

刘岩妈妈：古人说得好，世上无难事，只怕有心人。只要功夫深，铁杵磨成针。岩岩，妈妈相信你，妈妈支持你！

刘岩：妈妈，我压力好大啊。

刘岩妈妈：要把压力变成动力，女儿，喝了这杯奶，加油！

还要设置一个悬念——

17. 校园里　　日　外

陈静拿着一张学生信息登记表：王主任，杨默的信息表中，父亲这一栏是空白，你知道什么原因吗？

王主任：哦，杨默妈妈给我和齐校长解释过这个问题，她希望我们能为她保守这个秘密。

陈静：是吗？

王主任：杨默的爸爸是个桥梁工程师……

友谊的小船说翻就翻——

22. 放学路上　　日　外

杨默、上官雪儿和刘岩并排骑车过来。

杨默和刘岩聊得很投机。

上官雪儿不时看看他俩。

杨默和刘岩时而爆发出欢快的笑声。

上官雪儿有意落在他俩后面。

杨默和刘岩丝毫没有注意到上官雪儿的异常。

上官雪儿满脸失落，用力蹬了几下车子，丢下杨默和刘岩先走了。

杨默看看刘岩：她怎么了？

刘岩一脸茫然：哎，雪儿！

主人公的心声无人可说——

24. 刘岩的房间　　夜 内

刘岩在漫画本上画漫画。

刘岩 OS：今天我真高兴，Y 主动留下来等我一起回家，我们在路上有说有笑，聊得很开心。没想到他的漫画知识比我还丰富，好多我没有看过的漫画他都看过……

刘岩在漫画本上画出她心目中的侠士——Y。

刘岩 OS：但是，不知道为什么，S 生气了。她把车子骑得飞快，好像在参加自行车比赛，我和 Y 都觉得莫名其妙，搞不懂我们什么地方得罪她了。S 可是我最好的姐们儿，我不能失去她。朋友之间应该无话不说，下周一我一定问个清楚。

刘岩合上漫画本，又把漫画本打开。

刘岩笔下出现 T 的形象。

刘岩：T 这两天不欺负我了，见到我总是带着一丝坏笑，很吓人，我怀疑他在策划一起新的阴谋。可能是针对我，也可能是针对 Y。

由朋友变成了竞争对手，主人公的障碍出现了——

45. 女生寝室　　夜 内

刘岩在指导上官雪儿画漫画。

上官雪儿沮丧地：你说我是不特笨啊？

刘岩：才不是呢，你是我们班里最聪明的人，你样样都比我做得好。只要你用心，用不了多久，你的漫画一定比我画的出色。

上官雪儿：谢谢你刘岩，你真好！

刘岩：不客气，咱俩是朋友……不是吗？

上官雪儿：是最好的朋友。

刘岩舒心地笑了。

范若兰和李小慧从外面进来。

李小慧：哎，雪儿，还用功呢？你不会是想成为宫崎骏第二吧？

上官雪儿：才不是呢，爱好而已。

小冲突也要有——

47. 餐厅　　日 内

刘岩端着餐盘在前面走。

大胖端着餐盘追过来，故意把饭菜撒在刘岩身上。

刘岩回头看到是大胖，眼前立刻浮现出胖怪兽的形象，吓得没敢说话。

大胖：看什么看！你挡我路了，你没长眼睛！

刘岩委屈地：我……我在前面走……

大胖：在前面走你还不走快点，追尾，懂吧？快，给我道歉！

刘岩眼里噙着泪：对不起……

杨默走过来：刘岩，不用向他道歉。

又有几个同学围上来，唐飞和一百五站在大胖身后为他助威。

大胖：杨默，关你什么事儿？多管闲事！

杨默：明明是你欺负刘岩，还猪八戒倒打一耙。大胖，事情的经过我都看到了，你是故意的，你应该向刘岩道歉。

大胖看看唐飞。

唐飞上前一步：哟，英雄救美，杨默，你是不是看上刘岩了，真是这样，哥们儿成全你！

杨默：流氓！

唐飞：我流氓？你们两个天天一起上下学，卿卿我我，算不算流氓啊？

杨默：你再胡说！

唐飞：我说了，你能把我怎么样？

杨默忍无可忍，一把揪住唐飞。

唐飞拽着杨默：你想动手！

上官雪儿急急忙忙赶来：都住手！放开，你俩想干什么！

杨默和唐飞互不相让。

上官雪儿：再不放手，我报告陈老师。

唐飞和杨默松开手，互相瞪了一眼。

刘岩感激地看着杨默。

再来一个大冲突——

45. 男生寝室　　夜 内

唐飞和大胖、一百五从外面进来。

大胖：累死我了。老大，你的计划又被杨默那小子给搅了。

唐飞脱下上衣往床上一扔：不说了，找机会跟他算账。真可惜刚才没拿手机，不然拍几张照片发我微博上，我的粉丝还得涨。

一百五：老大，你现在有多少粉丝？

唐飞：快一千了。哎，我手机呢？

一百五：你不塞枕头底下了吗？

唐飞：是呀，现在怎么没了？

一百五：报告陈老师吧？

唐飞：你傻呀？军训不让带手机你不知道？我去报案，自投罗网。

一百五：手机又没长翅膀，肯定还在这间屋子里，再找找吧。

唐飞继续寻找手机。

杨默从外面进来。

唐飞：哎，你见我手机没有？

杨默：没见。

唐飞看着杨默：你没见？我怀疑是你偷了我的手机。

杨默：你不要诬陷人，说话要有证据。

唐飞：证据？证据会有的。你们两个帮我搜一下。

杨默：你敢！凭什么动我东西？

唐飞：你不让搜就是做贼心虚，我的手机就是你偷了。

杨默：哼，我不跟你废话，我去找陈老师。

唐飞：不许去！咱们寝室里的事情，咱们自己解决。

大胖、一百五把门堵上。

杨默：你们让开！

唐飞：杨默，别以为有几个女生追捧你，你就可以做六一班的老大。就凭你，差远了。自从你到了六一班，处处跟我作对。我大人不计小人过，对你一忍再忍。今天，你竟敢偷我手机，我是忍无可忍。

杨默：唐飞，我再跟你说一遍，我没见你的手机。你们闪开！

杨默推开大胖、一百五。

唐飞从身后一把揪住杨默：杨默，你一个劳改犯的儿子，你还这么嚣张！

听到唐飞的话，杨默怔住了。

大胖、一百五也同时愣住了。

杨默转过身，眼里像喷火一样。

唐飞有些害怕。

杨默：你再说一遍！

唐飞：你、你敢说你老爸没有在监狱里？

杨默：我爸是冤枉的！

唐飞：冤枉也是劳改犯。

杨默爆发地：我不许你说我老爸！

杨默一把将唐飞推倒在床上。

唐飞和杨默扭在一起。

大胖劝解：别打了，别打了。

唐飞和杨默仍纠缠在一起。

一百五：老师来了！

唐飞和杨默分开了。

一百五：寝室不是打架的地方，让老师发现，我们的分就被扣完了。

杨默看看唐飞：找时间，我和你单挑！

唐飞：单挑就单挑，谁怕谁呀！

悬念要一步一步解开——

49. 女生寝室　　夜　内

熄灯了，四个女生躺在床上聊天。

范若兰：哎，你们听说没有？杨默的爸爸是个劳改犯。

上官雪儿：你听谁说的？这种事儿千万别瞎说。

范若兰：他们男生都传遍了，好像是唐飞说的。

上官雪儿：他爸爸犯的什么事儿？

范若兰：他们也说不清楚，好像是他爸爸主持设计了一座大桥，后来不知道怎么回事儿就塌了，再后来他爸爸就进去了，到现在还没有出来。

刘岩 OS：怪不得杨默从来没有提起他过爸爸。

上官雪儿：好了好了，别说了，睡觉，明天还要训练呢。

寝室里安静下来。

刘岩瞪着眼睛在想心事。

经过军训，杨默和唐飞的矛盾消除了，唐飞还认为杨默挺仗义。但是，不能让大家消停，还要有新的矛盾出现——

63. 六一班教室　　日　外

陈静老师：同学们，再有两个月你们就该毕业了。升入实验中学可能是你们每一个人的梦想。你们知道，我们学校有五个推荐名额，由齐校长实名推荐。这五个名额竞争的激烈程度不亚于考入清华北大……

上官雪儿注视着陈静老师。

陈静老师：现在，有一个机会摆在你们面前……

同学们都看着陈静老师，不知道她要说什么。

陈静老师停了片刻：最近，市里面要举行漫画比赛，咱们学校先进行选拔，每个班一个参赛名额，自荐或者推荐都可以。

范若兰看看上官雪儿。

李小慧 OS：怪不得她突然急着学漫画，原来如此。

杨默看看刘岩。

陈静老师：最重要的一点，在市里获得一等奖的同学，将直接获得五个保送名额中的一个……

同学们窃窃私语。

大胖：早知道我还学什么奥数啊，我学画漫画多好啊。

陈静老师：好了，同学们不要议论了，你们回去考虑一下，明天早读时间，我们再进行推荐。现在开始上课……

刘岩 OS：一个保送名额，太吸引人了。

面对自己的好朋友，刘岩主动退却了——

67. 六一班教室　　日　内

自习课上。

刘岩坐在教室里魂不守舍，时而偷偷地看看上官雪儿。

上官雪儿冲刘岩甜甜地一笑。

刘岩慌忙避开上官雪儿的眼睛。

上官雪儿写了一张纸条传给刘岩。

刘岩打开纸条，上面写着：刘岩，你想参赛吗?

刘岩在纸条上写了一个“想”字，然后传给上官雪儿。

上官雪儿写了几个字，又传给刘岩。

刘岩看到纸条上面写着：我也想参赛，我不想姐妹自相残杀。

刘岩犹豫了半天，在纸条上写下：我放弃。

纸条传到上官雪儿手里，上官雪儿脸上露出了笑容。

事情发生了突转——

71. 六一班教室　　日　内

陈静老师：你们考虑好没有，谁可以代表我们班参赛?

范若兰举起手。

陈静老师：范若兰。

范若兰站起来：上官雪儿可以，她的漫画画的可好了。

陈静老师点点头：嗯，你请坐。

范若兰坐下。

陈静老师：还有没有其他人选……

刘岩低着头。

杨默看看刘岩，刘岩把头埋得更低。

陈静老师：如果没有其他人选，我们就……

杨默举起手。

陈静老师：杨默，你说。

杨默站起来：我推荐刘岩。

刘岩慌张地：我不行。

杨默：你可以。

刘岩：我真不行。

同学们一阵骚动。

陈静老师：杨默，说说你的推荐理由。

杨默从书包里拿出刘岩送他的那张画：陈老师，这张画就是理由。

陈静老师：你拿上来吧。

杨默走到讲台前，把漫画展现给同学们。

同学们爆发出一片赞叹声。

杨默：陈老师，刘岩，还有一个漫画本……

刘岩：没有，你别听他的，我没有。

上官雪儿的脸色很难看。

陈静老师：雪儿，把你的作品也拿出来展示一下。

上官雪儿：我……我放弃，让刘岩去参赛吧。刘岩，我支持你。

同学们热烈鼓掌。

刘岩感激地看着上官雪儿。

事情向着有利于主人公的方向在前进。不行，如果这样下去，主人公就太顺利了。接着，发生了两件事：刘岩面对记者，坦言现在的小学生不幸福；好奇害死猫，上官雪儿偷偷拿走了刘岩的漫画本。

王主任：耻辱，这是我们学校的耻辱。有一个同学，她对电视台记者说，在我们这个学校很不幸福。她还用了一连串的反问句，呵呵，语文学得很好嘛，用学校里学到的知识诋毁你的学校……

刘岩突然意识到王主任说的是自己，惶恐地低下头。

王主任：还说什么面对沉重的升学压力，你幸福吗？每天有写不完的作业，你幸福吗？没有压力你来我们学校干什么？不写作业你怎么掌握知识？

杨默看看身旁的刘岩。

刘岩满脸通红，眼眶里含着眼泪。

王主任：鉴于刘岩同学的言论给我们学校带来极坏的影响，现在我宣布，取消刘岩参加漫画比赛的资格，至于其他处罚，等今天晚上齐校长回来以后再决定。

刘岩的眼泪流了下来。

双重打击击垮了我们的主人公，她选择了逃避——

83. 小区门口　　日　外

陈静老师带着四个男生来到小区门口。

刘岩妈妈和刘岩爸爸迎上来。

刘岩爸爸：小区里已经找遍了，没有。通过监控录像知道，刘岩下午一点四十分从这个门出了小区，没有带书包，也没有骑自行车。

陈静老师：给亲戚家打电话没有？

刘岩妈妈：能想起来的电话都打过了，没有。

陈静老师：下午她根本就没有去学校，她能到哪里去呢？

刘岩妈妈：能想到的地方都让亲戚们去找过了……万一她……

陈静老师：不会，不会，刘岩是个懂事的孩子。

刘岩：昨天晚上还高高兴兴告诉我要参加漫画比赛。今天中午回来，就像变了个人似的，问她什么都不说……

因为漫画，两个小女生结怨；因为漫画，两个好朋友冰释前嫌；因为漫画，同学们找到了刘岩——

86. 滨河公园　　日　外

刘岩坐在凉亭里，呆呆地望着缓缓流淌的小河。

杨默带着众人来到凉亭外面。

陈静老师：刘岩，刘岩！

刘岩意外地：陈老师？爸爸，妈妈？

刘岩妈妈：女儿，你要吓死我们了！

刘岩：妈，我没事儿，我就是觉得心里堵得慌，想一个人静一静。

陈静老师：刘岩，在人生的道路上，我们每个人都会遇到挫折，只有战胜挫折的人，才能强大起来。

刘岩：老师，我明白。

陈静老师：刘岩，老师和同学们都认为你讲真话没有错……

刘岩：老师你们不怪我？

陈静老师：不怪你，等明天见了齐校长，我还要以六一班全体同学的名义，推荐你参加学校的漫画比赛。

刘岩：谢谢老师！可是，比赛马上就要开始了，我的漫画本……

远远地，上官雪儿举着刘岩的漫画本向这边跑来：刘岩！

刘岩大声地：雪儿！

上官雪儿把漫画本郑重地交给刘岩。

刘岩拉着上官雪儿的手。

上官雪儿小声地：其实，其实我就是好奇，想看看你都画了些什么……

刘岩：想看，为什么不告诉我？

上官雪儿：你愿意让我看？

刘岩：当然了，我们是朋友嘛。

上官雪儿：你一直把我当朋友？

刘岩点点头：最要好的朋友。

上官雪儿：刘岩，对不起，我……

刘岩：朋友之间，不需要说对不起。

上官雪儿和刘岩紧紧拥抱在一起。

唐飞趁机夺走漫画本：让我看看画的什么，我们也是朋友，对吧？

刘岩：看了你可不许生气啊！

儿童剧的结局当然是皆大欢喜——

87. 六一班教室　　日　内

齐校长站在讲台上。

王主任和陈静老师站在讲台两侧。

齐校长：刘岩的事情我已经知道了。现在，我宣布三项决定，第一，我代表学校接受刘岩的批评，以后我会改进办学理念，给同学们创造一个宽松、愉快的学习环境，还大家一个快乐童年！

同学们热烈鼓掌。

齐校长：第二，学校决定推荐刘岩同学代表我们学校参加全市中小学生漫画比赛……

上官雪儿看看刘岩，带头鼓掌。

齐校长：第三，我决定实名推荐刘岩同学保送实验中学。

刘岩意外地看着齐校长。

同学们纷纷看着刘岩。

刘岩 OS：哇，天上掉馅儿饼，幸福来得太突然了。我的漫画里应该再增加一个人物，老 Q……

定格。

第六步，修改提高。在这个阶段，要注意两点：第一，要虚心接受意见。一般情况下，专家提出的修改意见都是有参考价值的，要根据大家的意见制定修改方案，好剧本是改出来的。第二，要保持定力。自己看得准的东西，要坚持。不能人云亦云，没有主见。

经过上面六个步骤，一部儿童剧剧本就诞生了。怎么样，写儿童剧并没有想象的那么难。如果能够通过这本书，让更多的人关注儿童剧，更多的人愿意为孩子们创作剧本，我的目的就达到了。

希望优秀的儿童剧越来越多！

下篇

儿童剧作品选读

儿童话剧

第七片花瓣

编剧：李宝群

谨以此剧献给当代中学生和他们的老师们！

时间：现代

地点：北方某大城市

人物表

司马亮	郑帅	赵晓月（女）
胡小民	小贝	琳琳（女）
靓靓（女）	郑帅妈（女）	小民父
赵明亮	白玲（女）	杜姗姗（女）
众男生女生		

（一）

［优美的《青春花瓣之歌》的音乐。

［司马亮持教材上，其貌不扬衣着平凡头发花白。看上去风趣平和。

司马亮　教了大半辈子书，快退休了，教导处忽然通知我，说九班小王老师出国学习去了，让我来当一段带班老师。好久没有带班了，心里还真有点嘀咕，所以这些天我一直在准备，找科任老师找班干部了解情况，备课充实，这可是毕业班呢，马虎不得。

［上课铃声。同学们四下涌上，撞掉司马的眼镜，司马亮满地找眼镜……

（二）

［教室。数同学在议论。

小　贝　哎哎哎，我全打听清楚了，新来的老师五十多岁，马上就快退休了！

靓　靓　听我说，听我说，你这已经不是什么新闻了。我还知道，他爱人去世以后他一直没结婚，孩子都在外地，所以他一直是一个人！经常吃方便面，啃面包，根本就没有人管他。

琳　琳　哎！晓月，你是班长，比较了解情况，你和大家说说吧。

赵晓月　有很多人都觉得这个老头很古怪。

靓　靓　对！我也听说他教学特别古怪。

赵晓月　可我听说，他可是咱们学校资历最老、讲课最活的语文老师，曾经带过很多优秀班，培养了不少好学生呢！

琳　琳　如果真是这样，那可太好了！

小　贝　好什么哪？就算是，那也是过去式了！你们也不想想，一个五十多岁的老头，连个主任都没当过，这就特说明问题……是吧？郑帅。

郑　帅　关键咱们现在是毕业班，让这样的老师带我们，成绩下降怎么办？考不上好的学校谁来负责？

小　贝　郑帅就是郑帅，一说就说到点子上。不过，我小贝就不紧张……可是我们班怎么办呢？

郑　帅　我有个办法。——你们过来！（与众同学低语）就这样，知道了吗？

众学生　好！

［司马上。

司马亮　同学们好！

胡小民　（起立）老师……（回看众人，其他同学无人起立）

司马亮　……是这样！同学们，由于你们班的小王老师出国了，学校决定这学期由我来当你们的班主任老师。我先自我介绍一下，我叫司马亮，《史记》作者司马迁的司马，《三国演义》里诸葛亮的亮，很好记，“司马迁加诸葛亮”，大家记住了吗？

胡小民　（本能地）记住……（见众人无反应，赶紧止住）

司马亮　同学们，你们也来做一下自我介绍，你的理想、爱好等等等等，随便说。

胡小民　老师，我叫……（又赶紧止住）

司马亮　——这是要给我来个下马威呀！（不慌不忙地）——郭琳琳，父母都是机关干部，上学期统考你是全班第八名，英语课代表。你最大的理想是考上名牌大学。——胡小民，你是上个学期刚从平江县中学转来的，父母都在这里打工。——刘贝贝，父亲是建筑公司的副总，母亲无职业，你家里还养了 5 条外国名犬和 1 只纯种的波斯猫。你自己给自己起了个外号，叫中国的贝克汉姆，是班级的活跃分子。——张靓靓，你既是张靓颖的张，又是张靓颖的靓，你喜欢唱歌，号称班里的张靓颖。你最大的梦想是当歌星。——赵明亮、杜姗姗、白玲……赵晓月，本班班长，父亲是医生，母亲是教师。你还是班级的文艺骨干。——郑帅，父亲在外地工作，母亲是普通工人，上学期统考你是全班第三名，喜欢音乐，篮球打得也不错。哦！对了，你的吉他弹得很棒，去年联欢会上你和刘贝贝的吉他联奏，轰动了全校，真是无人不知、无人不晓啊！

赵晓月　哇塞！太棒了！都对！

司马亮　同学们，这个学期我们的学习任务是很重的，上学期我们班在年级里是排名第七。这个学期我希望通过大家的共同努力争取闯进前五名。

同学们　好！

司马亮　同时，我也希望大家在学习之余不能忘了全面发展，最近我们学校要搞一次艺术节，我希望大家在不影响学习的情况下，到艺术节上露一手。

小　贝　（兴奋地）好啊！郑帅，今年艺术节咱俩还上！再震他们一把！

郑　帅　你有病啊！今年艺术节我说什么也不参加，要去你自己去！

赵晓月　为什么？郑帅，这次机会多难得，难得有老师支持我们搞艺术节……

琳　琳　对呀！

胡小民　（唱）天上星光日月星……司马老师，我也想参加艺术节。（一片哄笑声）

司马亮　好啊！同学们，不管是谁，只要大家有热情，都可以参加。好了同学们，现在我要讲课了。不过在我讲课之前，我想先给大家讲一个我最喜欢的童话故事。当然了，也可能大家对这个童话都很熟悉，所以在我讲的时候熟悉的同学可以随时给我补充。这个童话说的是……这个童话说的是……有一个小女孩，她买了一串面包圈，被一条狗给叼去了……

郑　帅　——老师，你这也太幼稚了吧？你真拿我们当成三岁小孩了。要么您就讲课本上的知识，要么就请您备好课再来，好吗？

靓　靓　哎，郑帅，你听过这个故事吗？

郑　帅　我当然听过。小时候我爸经常给我讲，讲得可比他好多了。

靓　靓　那你给我们大家讲讲吧！

郑　帅　（倒背如流地）这个故事就是说：从前有一个小女孩，得到了七色花。她许了七个愿望：第一个愿望回到了家；第二个愿望复原了一个打碎的花瓶；第三个她去了北极；第四个她从北极回来；第五个她要了很多的玩具；第六个她让所有的玩具都消失了；第七个她救了一个受伤的小男孩，他们成了好朋友。

靓　靓　哇塞！好好听呦！

胡小民　——那后来呢？

司马亮　既然有位同学对这个童话这么熟悉，现在，我想提几个问题。第一，珍妮为什么把第七片花瓣送给了残疾的小男孩？——郑帅，你来说说。

郑　帅　献爱心。

小　贝　YES！

靓　靓　酷毙了！

司马亮　第二，前几片花瓣为什么白白地浪费掉？第三，珍妮为什么有了七色花瓣她却不快活？同学们，这就是我今天要给大家留的作业，以“七色花”为题，每人写一首诗或者一篇散文。可以叙事，可以抒情，可以议论。

[众同学埋头写的，说话的……下课铃声响起……

司马亮　好，今天不急交，明天统一收上来交给我。——同学们，学校规定放学以后要进行大扫除！晓月，你分一下工，也包括我。

赵晓月　好的，第一组打扫教室卫生！第二组打扫……（一些同学干起来）

郑　帅　（已收拾好书包）老师，我请假！（说着背上书包就奔出去）

司马亮　那你的这活谁干呢？——郑帅！郑帅！

靓　靓　哇塞！我太崇拜你啦！

小　贝　哎哟，我肚子疼，郑帅，郑帅！（捂着肚子装病，追下）

靓　靓　（打手机）喂，怎么还没来？我们都要大扫除了。（合上手机）——老师，我也先走了，我参加个补习班，接我的车已经到楼下了。老师再见！

[只有赵晓月、胡小民等几个人打扫着教室……收光。

[升光，郑帅大步走着。小贝从后追上。靓靓等一些同学也在往外走。

小　贝　郑帅！郑帅！

郑　帅　我才没时间陪那个老头儿玩。（走去）

小　贝　就是，我从来都不做扫除的。——郑帅，等会儿我。（追去）

靓　靓　——还做什么大扫除，烦人！各位，拜拜！（走去）

[学生们陆续走去。

[一束光光射向司马亮。

司马亮　——不知道是我不了解现在的孩子们，还是他们……现在的孩子们聪明，知识面也广，但我总觉得他们好像还缺少点什么。他们整天都在想些什么？

[收光。

（三）

[晚，司马亮家，司马亮一个人在喝闷酒。

[外，赵晓月上，琳琳跟在后边。

赵晓月　琳琳！你怎么了？

琳　琳　我，我就不进去了。

赵晓月　你——不说好了吗？走！——司马老师！

司马亮　（忙藏好酒瓶）等等，来了，——呦，是晓月，快进来吧！来，坐、坐。

赵晓月　您在喝酒？

司马亮　呵，你的鼻子挺灵啊，这是我一点业余爱好！——我正要找你们俩呢，跟你们商量商量这个艺术节的事。我想搞个大合唱，全班同学都要参加，这个歌词咱们就以“七色花”为题，怎么样？

琳　琳　嗯！

司马亮　你们倒是说话呀！

赵晓月　你说！

琳　琳　你说！

赵晓月　你先说！

琳　琳　我不说，你先说！

赵晓月　说好你先说的！

琳　琳　我不先说，你说，你说！

赵晓月　老师，今天我们俩是来辞职的。

琳　琳　嗯！

司马亮　辞职？辞什么职？

赵晓月　我不想当班长了。

琳　琳　嗯！我也不想当学习委员了。

赵晓月　我们也不想参加艺术节了。

琳　琳　嗯！

司马亮　能告诉我为什么吗？

琳　琳　嗯！因为郑帅不参加艺术节，大家就都不参加了，咱们班这次艺术节肯定没希望了。

赵晓月　而且，现在学习任务这么重，我们也不想因为艺术节耽误了学习。

琳　琳　嗯！

司马亮　哈哈……不是这个样子的，适当的校园生活不会影响学生学习的，再说学生应该是全面发展。——不就是因为郑帅吗？把他交给我啦！

赵晓月　老师，您不知道。郑帅现在和以前不一样了。

琳　琳　嗯！

赵晓月　我从小学的时候就和他在一个班，而且还是一个合唱团的。

琳　琳　嗯！

赵晓月　那个时候的他学习好，歌唱得好，琴弹得也好，总是笑呵呵的。

琳　琳　嗯！

赵晓月　可自从上了初中以后，也不知道为什么他就变了，变得又狂又傲，总是一副不可一世的样子。

琳　琳　嗯！

司马亮　晓月，咱们打个赌怎么样。

赵晓月　打赌？

司马亮　打赌！如果我说服不了郑帅，我同意你们辞职，也可以不参加艺术节。

赵晓月　好吧！

琳　琳　嗯！

司马亮　如果我说服了郑帅呢？

赵晓月　您说服不了！要真是那样，那我们就继续干下去，并且参加艺术节。

琳　琳　嗯！

司马亮　这可是你们说的？

琳　琳　嗯！

司马亮　空口无凭，来！拉钩！（伸出手指）

赵晓月　拉钩就拉钩！（也伸出手指，琳琳也伸出手指）

三　人　（同时）拉钩上吊，一百年不许变！

司马亮　不过晓月，你还得帮我个忙。

赵晓月　什么忙？

司马亮　带我去做个家访。

[收光。

（四）

[夜，郑帅家。

[郑帅在打电话。

郑　帅　喂，爸，是我。爸，过几天我生日不是到了嘛，您回来一趟吧。爸，您答应要给我买个飞机模型的，那您就回来吧。（听到声音）一会儿再说。

[郑帅妈自内端饭菜出

郑　帅　郑帅，干吗呢？

郑　帅　妈，我收拾桌子呢。（收拾着）

郑帅妈　快帮妈妈端菜，我们吃饭。

郑　帅　来啦！（进出端菜）——上菜啦！我妈的招牌菜鱼香肉丝。（坐下吃）妈，您这鱼香肉丝做得比隔壁饭店的大厨好吃多啦！

郑帅妈　那你就多吃！（为郑帅夹菜）刚才你和谁打电话？

郑　帅　哦，我同学小贝。妈，你知道嘉年华吗？

郑帅妈　嘉年华？什么是嘉年华？

郑　帅　嘉年华就是一个超级大的游乐场，里面特别多刺激的东西，特别好玩，最最刺激的是一种椅子，人往椅子上一坐，倒数 3，2，1，一按按钮，嗖，就上天了。

郑帅妈　有这么神？

郑　帅　真的！

郑帅妈　郑帅，你是不是想告诉妈妈，礼拜天是你的生日呀？

郑　帅　妈，你没把我生日给忘了呀？

郑帅妈　傻儿子，你的生日妈妈能忘吗？说吧，礼拜天你想怎么过？

郑　帅　妈，我早就想好了。礼拜天我也要 3，2，1，一按按钮——嗖！

郑帅妈　好好好，那礼拜天妈妈就陪你去那个嘉年华。

郑　帅　妈，你不行。

郑帅妈　怎么和妈妈说话呢？妈怎么就不行啊？

郑　帅　人家赵明亮是他爸爸带着去的，我也想让我爸……

郑帅妈　郑帅，刚才那个电话是你爸爸打来的？是不是？

郑　帅　——是我打给我爸的。

郑帅妈　郑帅，你是不是觉得跟妈妈在一起过日子很委屈？——是，妈挣钱少，你想要的许多东西妈都买不起，可是你爸爸他行，既然你想他了，那还是让他陪你去吧。

郑　帅　妈，我不是这个意思。我刚刚都是说着玩的。其实我愿意让你一个人和我过……这鱼香肉丝真好吃。

郑帅妈　儿子，你是不是想你爸了？

郑　帅　我是想我爸了，我想让你和我爸一起带我出去玩。我想有一个完整的家！

郑帅妈　唉，妈就知道……那就给你爸爸好好打个电话，让他礼拜天过来，我们一起陪你去嘉年华。

郑　帅　真的？妈！你太好了！

郑帅妈　时间不早了，妈要去上班了。你也早点睡吧，明天还要上课。妈走了！

［郑帅妈吃好饭，提上包，下。

郑　帅　妈，你慢走，我不睡觉了，我要看书，我要看一夜的书！

［郑帅又打起电话。

郑　帅　喂，爸，是我。爸，过几天你一定要回来，必须回来，是我妈让你回来的。真的！那可说好了，你一定得回来！好，那谢谢爸！（放下电话）

［司马亮和赵晓月上。赵晓月指点郑帅家，不愿进去。司马亮走过去。

司马亮　郑帅，在家哪！

郑　帅　司马老师？——您有什么事？

司马亮　怎么？不欢迎我啊？我能进来吧？——其实没什么重要的事，随便做个家访，想了解了解你的家庭情况。（环视）这是你的小屋啊？

郑　帅　是我的房间。

司马亮　条件还不错，挺好。

郑　帅　（敌意地）司马老师，我看您不是来家访的，是来告状的吧？

司马亮　告状？你这孩子，我告什么状呀？

郑　帅　司马老师，真有您的，这种招您都能想得出来，真够厉害的！

司马亮　郑帅，我看你是误会我了！

郑　帅　不就是因为没有大扫除吗？您就来找家长，至于吗？

司马亮　郑帅，我看你是真的误会我了。

郑　帅　误会，现在的告状全部都美其名曰“家访”，可惜，我爸妈都不在家，我看您是白跑一趟了。

司马亮　你看你这孩子……

郑　帅　真对不起老师，您要是真的想“家访”的话，只有等下一次了。

［司马亮一脸无奈走出郑帅家，走入一片月光中。

［郑帅则在另一束光中。

司马亮　（独白）这，这——怎么可以这样，怎么可以这样？

郑　帅　（独白）一看见他，我就两个字：崩溃！讲童话，家访告状，全是上个世纪，不，上上个世纪玩滥了的老一套，一点新意都没有，真受不了，我怎么遇上这么个老师？

司马亮　（独白）我怎么遇上这么个学生？——我不会放弃的，不会！

郑　帅　（独白）满腔热情地帮助我，教育我，耐心细致的思想工作，这都什么年代了？我郑帅根本不需要什么帮助！——拜托了老爷爷，拿了工资上好你的课教好你的书就 OK 了——做什么秀！！！

［郑帅的光暗。

司马亮　（气得乱转，向内喊）告诉你郑帅，我还会再来的！我，我一定会赢的！

赵晓月　（走过来）——两分四十秒，比我预计的还要快。老师，闭门羹好吃吗？——您别走，别走啊！您的家在那边。您不生气呀？

司马亮　我生什么气？

赵晓月　真的不生气？

司马亮　我跟一个小孩子我生什么气？不生气！我不生气！我不生气才怪呢！！！一个小小的年纪怎么能对上年纪的人这样呢？我活了大半辈子，从来就没尝过闭门羹的滋味，更没有让别人从家里轰出来过。——我不生气！我能不生气嘛？！

［收光。

（五）

［教室。同学们在等着上课。

［小贝急急跑上。

小　贝　郑帅，郑帅……

郑　帅　眼镜拿到了没有？

小　贝　拿到了！你瞧！（拿出司马亮的眼镜）郑帅，咱们这么做是不是有点过分了？

郑　帅　没事。出了事，我负责！

赵晓月　你们两个鬼鬼祟祟的干什么了？

小　贝　没干什么！

［司马亮夹教案，拿着小提琴、船舵等物件上，没有戴眼镜。

赵晓月　司马老师！

司马亮　我迟到了，呵呵，刚刚我的眼镜长腿给跑了，我追了半天没追到它——你们不知道，我这眼睛离开了眼镜，就像天使离开了翅膀，不能飞了，——同学们，今天我们上一堂戏剧课。

同学们　啊？戏剧课？

司马亮　内容是根据历史上一场著名的海难演绎出的一个动人的故事。我们节选的这部分：主要是描写男女主人公杰克和洛斯这对青年人在沉船后的生离死别。——请翻到语文书 55 页，第 8 课泰坦尼克号。

小　贝　老师，您没戴眼镜，看不清。——这是带星号的课文，不用讲了。

司马亮　同学们，我觉得这课是很有意义的。

郑　帅　——这有什么有意义的？这不过就是一篇简单的爱情故事。

小　贝　没错，而且还是一篇肤浅的爱情故事。

司马亮　同学们，你们认为泰坦尼克号只是个爱情故事吗？

郑　帅　那您认为它还有点别的什么吗？

赵明亮　当然有啦！它还是一个深刻的爱情故事。

司马亮　我不这么认为！泰坦尼克，仅仅停留在爱情层面，爱情，非本文价值之所在。大家想，泰坦尼克号最大的价值是什么？

小　贝　是爱情呗！

司马亮　不，是人！泰坦尼克号最大的价值是人性。——同学们，巨轮即将沉没，船长和船员们组织妇女和儿童进行先行的撤离，每个人都顾着逃命，而乐队仍在继续演奏着优美的旋律；来不及逃生的妈妈，坐在已经浸泡的床边，为一双儿女还在讲着美丽的童话故事……

郑　帅　那杰克和露丝总该是爱情了吧？

司马亮　是！但是杰克和露丝的爱，是在茫茫的大海中经受了生离死别的考验，如果这是爱情，那也是最高境界的爱情！同学们，今天我不但要讲这节课，而且为了能让你们有新的感受，我们大家要共同表演这堂课的内容。

靓　靓　我说吧！我说吧！他教学这么古怪，你们都还不信呢！

司马亮　（进入情境表演状态）——好冷啊！

靓　靓　老师说他冷！

司马亮　——怎么这么冷？

杜姗姗　老师，您是不是病了？

司马亮　——越来越冷了！

白　玲　老师，您发烧了吧？

司马亮　——冰山！冰山！冰山离我们越来越近了……有人在吗？谁来帮帮我？——晓月，胡小民，快来帮我，我要掌不住舵了。来不及了，来不及了。

胡小民　老师，您没事吧？

司马亮　——不要管我，快去掌舵。

［胡小民，赵晓月被感染，进入情境，上前“掌舵”。

司马亮　——一号舱进水了——二号舱也进水了——还有什么地方进水了吗？

琳　琳　（也被感染）三号船舱也进水了！

司马亮　——大点声，我听不清。

众同学　三号船舱进水了。

司马亮　——船要沉了，船要沉了，救生艇，救生艇不够怎么办？快！放下救生艇。（吃力地表演放救生艇）——谁来帮帮我，小贝，快来帮帮我。

众学生　老师，我也来帮你。（七手八脚，加入其中）

司马亮　好，大家一起来。水，水都淹过来了，快把桌子拼起来。——杰克，露丝，说，快说词。

赵晓月　——杰克，我爱你。

众同学　哈哈……

司马亮　还不好意思啦？——说，说下去！

赵晓月　——杰克，我……

胡小民　（接）你别说啦！

司马亮　——你投入点好不好？

赵晓月　——杰克，我爱你！

胡小民　——不，不要告别，不要放弃。

赵晓月　——可是我太冷了。

众同学　——我们也很冷！哈哈……

胡小民　——你会摆脱困境的，你会活下去，你会生儿育女，看着他们长大成人，你会成为老太太死在暖和的床上。而不是这儿，你明白我说的话？

司马亮　——好多了，好多了。你们要真的用心去感受。你们想一想：——在这漆黑的夜晚，在这冰冷的海水中，每个人都面临着死亡，难以逃生，现在唯一支撑你们的就是爱的力量！

赵明亮　——老师，那我们能做些什么吗？

琳　琳　——我们赶快逃吧。

杜姗姗　——海水淹过来了，咱往哪逃啊？

白　玲　——我可不想死，我还想我爸，想我妈。

靓　靓　——我也不想死，我还没成名呢，我不能死。

小　贝　——哎呀！你别啰唆了，咱们想想办法吧。

众同学　——你说怎么办？想什么办法呀？我们怎么办呀……

司马亮　你们看，前面漂过来一张门板，无论谁上去就会安全，可是这么多人，谁上去呢？

众同学　我……我上去……

［司马拉起小提琴，琴声飘动……

小　贝　——老师，船都要沉了，您还拉什么琴啊？

靓　靓　——是呀老师，赶快逃命吧！

赵明亮　——老师，再不走就来不及了。

琳　琳　——老师，别再拉什么小提琴了。

司马亮　死亡并不可怕，可怕的是等待死亡的那一刻，音乐，会让人们忘记死亡，就让我为你们演奏我人生的最后一段乐曲吧。

赵明亮　——天啊！真的遇见冰山了！

众同学　——真的遇见冰山啦？！

赵明亮　小心冰山！左转舵……右转舵……后退……前进……

同学一　——一号船舱进水啦！

同学二　——二号船舱进水啦！

司马亮　我们船上的工程师告诉我，已经没有办法了，大家各自逃命吧。

赵明亮　——大家快逃命吧！快走呀！快逃命呀！

靓　靓　——孩子！我的孩子呢？看见我孩子了吗？谁看见我的孩子啦？我的孩子在哪呀？

同学一　——你的孩子在这！

靓　靓　——我的孩子！不怕不怕！宝宝乖！来，给妈妈笑一个。——啊！真好！你看，这是我的孩子。不怕不怕！有妈妈在呢。妈妈给你讲个故事听。从前，有个小女孩叫珍妮，她买了一串面包圈，被狗给叼走了，她追呀，追呀，追……追着追着迷路了，她很害怕……孩子，我的孩子，谁救救我的孩子？救救孩子！来人哪！孩子呢？我的孩子！

赵晓月　——杰克，我爱你！杰克！

胡小民　——不……不要告别，不要放弃。

赵晓月　——可是，可是我太冷了。

胡小民　——听着，你会摆脱困境的……你会活下去，你会生儿育女，看着他们长大成人，你会成为老太太死在暖和的床上。而不是这儿，明白我说的话吗？

赵晓月　——可是杰克，我已经感觉不到自己的身体了。

胡小民　——听着，赢得这张船票是我有生以来遇到过的最好的事情。答应我，不管发生什么事情，不管怎样有困难，都不要放弃。

赵晓月　——我答应。

胡小民　——洛斯，不要放弃，不要放弃。

赵晓月　——我不放弃！杰克，杰克。

众同学　——杰克——杰克！

司马亮　——很好，非常好！这就是爱情的力量，那接下来你们该做些什么呢？

小　贝　——同学们，咱们还是把门板让给那个快被淹死的人吧！

众同学　——是呀，郑帅！你快点上门板吧！

郑　帅　我，我不需要。

赵晓月　——我看，咱们还是把那张门板让给老师吧。

众　人　——是呀！老师，您快上门板吧。

司马亮　——谢谢！谢谢你们。无论这张门板救的是谁，他都要感谢这张门板，因为它为你满足了愿望。这不是一张门板，它就是一片花瓣，一片最美的花瓣。

靓　靓　我帮助了别人？

琳　琳　我第一次有了幸福感。

司马亮　你幸福吗？

琳　琳　我很幸福。

司马亮　你们幸福吗？

四同学　我们也很幸福。

司马亮　你们大家都很幸福吗？

全　体　我们大家都很幸福。

司马亮　——太好了，同学们，你们演的真是太好了，你们是世界上最棒的演员。

小　贝　老师，我错了，我只想和你开个玩笑，（取出眼镜）这眼镜……是我……

司马亮　（接过眼镜）我就知道你是个好孩子。（戴上）你们看，我这不是又能飞了！

众同学　老师，您就是我们的船长！

司马亮　——你们听，这茫茫的大海，小提琴的琴声在飘动……

［司马亮拉起琴来。琴声。

［一束光射向郑帅。

郑　帅　（独白）真可笑！不过是一大片儿，还都当真了！幸福，爱，花瓣，人和人之间互助互救，全是虚构的，是幻觉！现实生活中有吗？在哪？男人抛弃家庭，父亲抛弃孩子，亲人之间还说假话谎言哪！如果真有那样的花瓣自己还用不过来哪，谁会用来帮助别人？谁愿意相信谁信，我什么都不相信！（痛楚地）我心中的那条船已经沉了，沉到海底了！

司马亮　（独白）唉，这个郑帅，他总是这么怪，这么……我就不信我们之间真就隔着一片茫茫大海？就算是隔着大海，本船长也要驾船开过去！——郑帅，你到我办公室来。

郑　帅　司马老师，找我什么事？

司马亮　叫你过来你就过来。

郑　帅　我还有事，我——（跟上）

［二人来到另一片光区中。

司马亮　郑帅，知道为什么叫你到办公室吗？私自偷取老师物品，是什么行为？

郑　帅　老师，那，那就是和您开个玩笑。

司马亮　玩笑？怕是给我来个下马威吧？——告诉你，老师很生气，后果很严重。你还笑？看你这个态度，对你的错误就没有认识，告诉你，我不会就这么算了的！我要上报教务处。——教务处肯定会请家长吧？

郑　帅　司马老师，我错了，我认错，我一定改。

司马亮　我凭什么相信你？

郑　帅　犯人犯了罪还有改过自新的机会，您就给我一次机会。我一定改！

司马亮　行，别说我不给你机会，参加艺术节。

郑　帅　艺术节？

司马亮　嗯，而且咱们班参赛歌曲的歌词还得由你来填写。我知道你能写歌词。

郑　帅　不是吧？司马老师。

司马亮　——那就请家长了？

郑　帅　别别别！我参加艺术节，我也写歌词。行了吧？

司马亮　——看看你表现再说吧，你先回去上课吧。

［郑帅下。

［一束光升起，赵晓月、琳琳出现其中。

司马亮　哈哈！哦了！——晓月，琳琳，你们别忘了咱们打的赌。

赵晓月　看来这个赌咱们算是打输了！

琳　琳　嗯！

［收光。

（六）

［学校操场。

［郑帅玩着篮球，小贝弹新吉他，赵晓月等同学们都在休息。

小　贝　郑帅！我爸新给我买的这把吉他不错吧？要不你给我们弹一个吧！

［胡小民气喘吁吁拿着矿泉水跑上。

胡小民　——水买来啦！（递矿泉水给大伙）赵明亮，给！——给，靓靓！郑帅的！——小贝，还有你的！——这是找回来的零钱。

小　贝　算了，给你吧！

胡小民　不要不要！

小　贝　收着，收着。这是劳务费。

［郑帅拿过吉他，很帅地弹起来，大家随着歌声翩翩起舞。

小　贝　郑帅，去年艺术节你借了把旧吉他，咱们的演出全“震”，今年说什么，你也要让你爸给你买把这样的吉他。

靓　靓　对对，让你爸也买一把这样的吉他！

胡小民　——就是！郑帅，你让你爸给你买把吉他，我让我爸也给我……

郑　帅　（蔑视地）小贝，艺术节我不参加了，要去你让胡小民去！呵，他上艺术节，我就能上星光大道上春晚了！

胡小民　——你！

郑　帅　就你这样的，报名参加山寨春晚，恐怕都没人要！

胡小民　你……你！郑帅，你也太过分了！

小　贝　拜托，小民工，你别在这捣乱了行不行！郑帅，你可是咱学校的第一把吉他，你要是不参加，咱班肯定没戏！

赵晓月　就是呀郑帅！我可听司马老师说，你已经答应参加艺术节了。这次还是你弹琴我指挥，咱们就像小时候在合唱团里唱歌时那样，好好震震他们！

众同学　就是！震震他们！

赵晓月　好，小贝和郑帅，你们两个人练吉他。同学们，我们这就准备排练。

［众人开始排练。胡小民怅然地望着……

胡小民　——明天让我爸也给我买把吉他！明天说啥也要让我爸给我买把吉他！

（七）

［胡小民的家。

［胡小民父腿裹着石膏躺在床上。胡小民背着装有易拉罐的袋子奔上。

胡小民　爸！我回来了。

小民父　娃，回来了。

胡小民　（看见父亲）——爸，腿还疼吗？

小民父　不疼了！不疼了！大夫不是说了吗，过两天就没事了。

胡小民　我才不信哪！——都怪我！

小民父　——哭啥？我还没死呢！

胡小民　——就是怪我，要不是因为我，你就不会替班钱攒钱，要不是因为我，你就不会从楼上摔下来，把腿给摔断了。就怪我！爸，买吉他的事不用家里给我买了，我自己买！

小民父　你买？呵呵，就用拣的这些瓶瓶罐罐去买！

胡小民　你咋知道的？

小民父　我咋不知道？我这床底下都是瓶瓶罐罐，连放鞋的地儿都没了。爸问过了，那吉他得八百多块钱呢，靠你拣这些瓶瓶罐罐，得捡到啥时候？

胡小民　八百多咋了？八百多我也能自己买。

小民父　好！你买，你……

胡小民　爸，腿又疼了？

小民父　好了好了！娃呀！爸听说，这几天你已经和班上的同学玩到一块儿去，你这小子可真行呀！

胡小民　好啥呀？他们根本就不要我。

小民父　咋了？

胡小民　我哪知道！你说，全校的艺术节我要能参加多好啊，我从小就爱唱歌，可他们嫌我唱得难听；他们一起弹吉他，可我就是……我要是小贝就好了。爸，小贝他爸给他买的那把吉他，可好看啦，咖啡色的，还镶着金边，弹出来的动静可好听啦！还有，我们班的郑帅，听说只要他往台上一站，大幕一打开，下边的男生女生全都给他鼓掌。爸，你说我要是也能站在那舞台上，下面是老师、校长……那我胡小民就火啦！

小民父　对！火啦！

胡小民　唉，我算是瞧出来了，咱就是再怎么努力，人家也瞧不起咱！——爸，咱们还是回家吧。

小民父　你说啥？

胡小民　爸，咱回老家吧！咱老家有大瓦房大院子，那么宽敞，我想干啥就干啥。咱一家三口和爷爷奶奶在一起过，平平安安的比啥都强！

爸，我还记得，我从村口出来的时候，我奶就站在那冲我招手，她说小民，出门在外多加小心，平安是福。……我想咱家门前那条小河，想咱家的小黑子，想狗胜、石头他们。爸，咱回家吧。

小民父　娃呀，咱来城里是为了啥呀？还不是为了你在这好好上学，将来考个好大学，有个好工作，几年以后，咱就和城里人一样。

胡小民　爸！

［外，司马亮带赵晓月等几男女同学上。

司马亮　家里有人吗？小民！胡小民！

小民父　——快看看谁来了？

胡小民　司马老师！爸，司马老师来了。

小民父　——司马老师！

司马亮　胡师傅，您别动！听说您受伤了，我们大家来看看您。

众同学　——叔叔好！

小民父　好好好！小民，快让大家坐，老师坐。司马老师，您来得正好，我正好有件事想求求您！

司马亮　哎呀！胡师傅，瞧您说的，什么求不求的，您说！

小民父　俺家小民在乡下时可爱演节目了，听说学校有个啥节来着？

司马亮　您是说艺术节吧？

小民父　俺娃为了攒钱买那把吉他，他到处捡人家扔的瓶瓶罐罐……

胡小民　爸，你说这个干啥呀？

小民父　司马老师，能不能在艺术节上给俺娃留个节目，俺求求您了。

司马亮　胡师傅，您别这样！——这次的艺术节我们全班同学都要参加，不瞒您说，小民不参加都不行，您放心！

胡小民　不，老师，我不参加艺术节了，我也不想再去上学了，我打工，我赚钱，我不想让我爸整天这么苦了。

小民父　臭小子，你找抽呀！

司马亮　胡师傅！——小民，你怎么能这么想呢？你爸不就是希望你能念好书将来能有出息吗？

胡小民　老师，我想好好学习，我做梦都想，想和班里每个同学成为好朋友，想和大家一起打球一起唱歌一起演节目，我喜欢这个班，喜欢这些同学，我也想让你们能喜欢我，能把我当朋友。我是乡下孩子、是农民工的孩子，可咱们是一样的人！可——凭什么那么说我，我怎么就连山寨春晚都上不了？有他这么损人的吗？

司马亮　小民，郑帅那些话老师都知道了，我代他向你，向你们父子俩道歉！（上前深鞠一躬）

［音乐起。

民、父　老师——

小　贝　小民，你别难过，这事我帮你想办法，瞧我的。

众同学　对，还有我们！

［收光。

（八）

［小贝抱着一大堆可乐、雪碧、矿泉水追着赵明亮上。

小　贝　——赵明亮，等会儿我。

赵明亮　刘贝贝，我实在喝不下去了。

小　贝　——为了胡小民，你再喝一个，最后一个。快点呀！

赵明亮　这，好吧！我喝！（接过一瓶，拼命往下灌）

［赵晓月等一些同学上，有的在喝饮料，有的在拣空瓶子。

晓月等　哎呀！撑死了……

小　贝　来，为了胡小民！再喝一个。

众　　　啊！还喝呀？

小　贝　为了胡小民，来吧。

［司马亮和胡小民上。司马亮也拎着一些空瓶子空罐子。

赵晓月　司马老师！

胡小民　（看着，感动地）小贝！赵明亮，你们——

司马亮　同学们！

众学生　司马老师！

司马亮　　嚯，大家捡了这么多。小民呀，可能是上年纪了，不过我已经尽力了。

胡小民　　——司马老师！

司马亮　　来，同学们咱们把瓶子放一起，数数有多少个了，好不好？

众同学　　好！1，2，3，4，5，6，——10，20，30——

［舞台上，许多空瓶子，空罐子从天而降，如雨一般，滚了满地……

胡小民　　同学们，谢谢，谢谢！（哭号起来）

司马亮　　好了好了，都大小伙子了，掉什么金豆子呀？不哭了！

胡小民　　——我不哭，我高兴。司马老师。我太幸福了！（向远处大喊）爸，我有吉他了！——我有朋友了！——你放心吧！

［追光射向司马亮。

司马亮　　（欣慰地）好啊，真是些好孩子！这才是我的学生！呵呵呵，太好了！（跳起舞来，满台旋转，停住）——郑帅在哪？怎么没看见他的影子？这种时候，怎么总是看不到他……

赵晓月　　郑帅这两天不知道为什么一直没来排练——老师，你还是没赢！

司马亮　　——哎，赌还没打完哪！走，跟我再去郑帅家！

［收光。

（九）

［郑帅家。星期日，也是郑帅过生日的日子。

［郑帅正在收拾房间，桌上有饭菜。他轻快地哼着歌，将航模摆到桌上。

郑　帅　　——爸坐这，妈坐这，再近点！——爸，今天我们一家三口又到一起了，这一天我盼了好长时间了。——怎么样，我安排得不错吧？——来，我给你们都倒满，咱仨干一杯！（让三只杯子碰杯——看表）爸怎么还不到？该来了。妈也没回来？（向外张看）

［司马和晓月走来。按门铃。

郑　帅　　（一跃而起）来了来了！（疾奔过去开门，见司马亮失望地）是你？

司马亮　呵呵，是我！我又来了。

郑　帅　对不起，我家今天有重要事！

司马亮　怎么，又想让我走？

赵晓月　郑帅，你别太过分了，司马老师是特意……

郑　帅　（打断）不好意思二位，今天我家不欢迎外人，请两位改天再来吧。

司马亮　你……（坐下）我既然来了，就不会轻易走的，今天我必须见见你……

郑　帅　——对不起，星期天是属于本人个人时间，而且我妈妈也不在家。请吧！

司马亮　好你个郑帅，那我就和你谈谈！

郑　帅　我说了，今天我家有事，有重要事！闲人免进，请勿打扰！——真崩溃！

［司马亮和赵晓月对视，无奈，苦笑，向外走。

赵晓月　郑帅，你怎么这样？

郑　帅　我就这样！抱歉，我马上要去接个人。（关门，锁门）回见二位！

［郑帅下。司马亮气得不行。小月也气得发抖！

司马亮　这个小混球！他这是想气死我呀！

赵晓月　老师，咱们走！这种人根本不值得你这么对他！

司马亮　我不走，我在这等！我不会认输的，这个赌我非打到底不可！你先走吧，按咱们说好的回去准备。我留在这。

［赵晓月下。司马在门口坐下来。

司马亮　（取出小酒瓶，喝酒）这什么学生？起码的尊重都不懂，就是查电表的也得让进屋啊！（再喝一口）不放弃，绝不放弃，我一定要赢！我这么大岁数，什么酒没喝过？苦的甜的酸的辣的，我都能对付，今天你小郑帅这杯酒，我还喝定了！（唱起来）喝了这碗酒呀，上下通气……

［郑母上，提着生日礼物，走过去开门。

司马亮　（急上前，追上几步）对不起，我——

郑帅妈　你是谁？怎么坐在这儿？

司马亮　我是——

郑帅妈　（闻味，皱眉）哪来的酒鬼？小区保安怎么看的门？麻烦你离开这好吗？

司马亮　得，把我当酒鬼了，对不起。（收起酒瓶）我要到你家坐坐——

郑帅妈　还要到我家坐坐？——你快走开，再不走我喊保安了！保安！保安！

司马亮　别别，我忘自我介绍了，我叫司马亮，郑帅的老师，我是来你家家访的。

郑帅妈　老师——你开什么玩笑？有你这样的老师吗？（上下打量）

司马亮　对不起，我先做个自我检讨，我不该家访时喝酒，外头有点冷我——（拿出工作证）这是我的工作证（递上）——没错吧？

郑帅妈　（看）那，请进吧。

［二人入内。

郑帅妈　是不是我们家郑帅在学校出了什么事？

司马亮　没，没有，不过我倒是想知道你们家里出了什么事？

郑帅妈　对不起，我不想谈这个。

司马亮　这——那好，咱们换个话题，我特意查了郑帅的档案，今天是郑帅的生日，没错吧？看你买了这么多好吃的，准备给他庆祝一下？他爸爸哪？

郑帅妈　对不起，我说了我不想谈这个。

司马亮　可我就要和你谈这个！郑帅是我们班上最特别的一个学生，据同学们反映，他非常不愿意同学问他家里的事，更不愿意和别人谈父母，这到底——是不是你和郑帅爸爸之间——？

郑帅妈　唉，我和他爸爸离婚了！郑帅一直不接受这个现实，一直希望我和他爸爸——可那已经不可能了。我们离婚以后，这孩子就变了一个人，对什么都冷冰冰的，对谁都不信任。——看着他那样子，我的心都——真不知该拿他怎么办好。（痛楚地）以前他是个多么开朗的孩子，弹琴唱歌打篮球，一天到晚都笑呵呵的，上小学那会儿谁都说他是个阳光少年，现在，他笑的时候都很少——都是我，我对不起他！

司马亮　（震撼地）是这样——（抚看着那只航模）这是——

郑帅妈　（抹泪）这是郑帅参加少年宫合唱团在全市得奖时他爸爸给他买的，那个春天，漫天飘着花瓣，他们合唱团得了第一名，回家的路上他捧着奖杯，又蹦又跳乐得不行！他爸爸特意给他买了这个模型飞机，他一直想要这个，他喜欢极了，谁都不让碰，天天放在床头——我们离婚以后，他经常看着这个东西出神。

司马亮　唉，来晚了！我该早一点来，早一点——你别哭，和我仔细说说。

［音乐飘动，司马亮和郑帅妈交流。

［光暗。

［一束追光，郑帅一个人在路口守望。

郑　帅　（独白）爸，说好的你要回来，我在等你知道吗？！我相信了你，可你又撒谎了，又在骗我——哈哈，真可笑，我真可笑！——爸，我恨你！

［收光。

（十）

［教室内。

［小贝在教小民弹吉他，赵晓月和一群同学在商议。

赵晓月　今天是郑帅的生日，按咱们说好的，一会咱们……

靓　靓　——哎呀！小民你歇会行吗？

胡小民　琳琳，我是不是弹的可难听了？

琳　琳　嗯！

赵明亮　——班长，来了，来了，郑帅来了！

［郑帅上，带着醉态。他刚刚喝过酒，脚步踉跄，摔倒。众同学围上去。

赵晓月　郑帅，你喝酒了？

小　贝　郑帅，你怎么喝了这么多酒呀？

赵晓月　是呀郑帅，你这是干什么呀？初中生是不允许喝酒的，你喝成这个样子，太不像话了。你起来！——郑帅，我和你说话呢，你起来——

［郑帅用力推倒赵晓月。

众同学　——晓月！

琳　琳　郑帅，你什么意思呀？晓月她也是关心你，你马上和晓月道歉。

众同学　是啊，你太过分了，赶快道歉！

郑　帅　——你们——都给我闭嘴！

小　贝　哥们，你这是咋了？是不出啥不顺心的事了？有啥事说出来就痛快。

郑　帅　……都给我滚开！滚开！

［众同学扶着赵晓月，散开。

胡小民　（一直在练习弹吉他）——这首歌真好听，我咋就不会弹呢？——郑帅，你来教教我，你就教教我吧，我学会了，弹给同学们听，弹给我爸爸听。

郑　帅　——你爸你爸你爸，除了你爸，你能不能说点别的？

胡小民　郑帅，你——这是咋回事？

郑　帅　——再提你爸，我就撕烂你的嘴！

胡小民　你！你怎么蛮不讲理呀，我提我爸怎么了？我就提了。爸爸爸爸爸……

众同学　小民，你别说了……

［郑帅痛打胡小民一拳，又夺过他的新琴，用力砸。

众同学　郑帅，你……

胡小民　（扑上去）你个大疯子，你赔我琴！（推倒郑帅）

小　贝　郑帅，你混蛋！！！你有什么了不起？你凭什么欺负胡小民？太过分了！

胡小民　（抱起残琴）——我的吉他，我的吉他！

小　贝　小民，你别难过，有什么呀！我爸有钱，我明天让我爸给你买两个，三个，我明天就拿来！

靓　靓　——郑帅，我一直特别崇拜你，可是你——头几天你那么说小民就特过分，今天——你太让我们大家伤心了，以后，我再也不会崇拜你了！

赵晓月　郑帅，今天是你的生日，司马老师特意让我们全班同学为你准备了一个生日会，想给你一个惊喜，我们给你准备了蛋糕，准备了礼物。这里的每个人都是真心真意地对你，可你呢？你是怎么对待大家的呢？那把吉他是全班同学送给胡小民的，是我们大家的心意，你在践踏我们的心哪！

琳　琳　——各位，我正式提议，马上召开一个班会，商量一下怎么处治郑帅。

白　玲　我同意！咱们开上下两院议会，一起弹劾他。

赵晓月　好！现在我们就召开一个紧急班会，讨论郑帅的问题！

赵明亮　没什么好讨论的！以后他在这就是不受欢迎的人！

白　玲　把他从艺术节踢出去！

杜姗姗　我同意！就算这次校艺术节咱班获不了奖，也绝不求你这大爷！

琳　琳　没错！以前尽是咱们求他哄他，以后咱们谁也不给他笑脸！

赵晓月　好，本班长决定：投票表决！大家都过来，同意把郑帅踢出局的举手！

［众同学举手。有人迟疑，最后还是举起手……

［司马亮上，看着这一切。

赵晓月　——全票通过！

司马亮　晓月，你过来。你这是——？

赵晓月　司马老师，您可能觉得我们这么做过分了，可这是我们全班同学的决定。希望您尊重我们的决定。

众同学　对！

郑　帅　（从地上爬起来）哈哈，不要我了，都不要我了，那我留在这还有什么意思？我走……

小　贝　郑帅，你走吧，走得越远越好！

赵明亮　对，没有人愿意你留下来！

杜珊珊　对！走了就再也不要回来了！

白　玲　你走吧！走吧！

靓　靓　郑帅，我讨厌你！

司马亮　郑帅！

［郑帅踉跄而下。

司马亮　同学们，你们这是干什么呀？你们知道吗？郑帅的父母离婚了。他本想借今天他生日让他爸爸回家，希望父母能破镜重圆，可他爸爸没有回来，他想要个完整的家，你们明白吗？他渴望有一个完整的三口之家，你们知道吗？——郑帅刚才的做法是不对，可你们只看到他反常的样子，却不想想他为什么变成这个样子？你们有谁关心过他内心出了什么事，他内心有多痛苦，多绝望？没有了家庭的温暖，又失去了你们的友谊，他该有多难过？——（沉痛自责）我这个当老师的也有责任！该批评的首先就是我！——同学们，你们还记得我刚到咱们班第一节课给你们讲的那个《七色花》的童话吗？

众同学　记得！

司马亮　——那是我上中学时，我的老师经常给我们讲的一个童话。他是突发心脏病死在了讲台上的。他教过很多的学生，每带一个新班他都要讲这个童话，老奶奶告诉小女孩，这七片花瓣可以满足她七个愿望，珍妮就用第一片花瓣把自己变回了家……

赵晓月　——她用第二片花瓣复原了打碎的花瓶。后来，为了不再孤独，她就用第三片花瓣把自己送到了北极，终于她见到了美丽的冰山和可爱的北极熊……

靓　靓　——后来，只剩下最后一片花瓣了，她就用这第七片花瓣帮助了一位和自己一样孤独的拄着拐杖的残疾男孩，男孩奇迹般丢下了拐杖。

琳　琳　——从此，珍妮获得了友谊，找到了伙伴，她再也不孤独了，她感到从来没有过的快乐！

司马亮　对！同学们，郑帅等待的就是这片花瓣。

［郑帅妈奔上，拿着一张纸和损坏了的航模。

郑帅妈　司马老师在哪？

司马亮　郑帅妈妈，你怎么来了？

郑帅妈　司马老师，郑帅不见了，你看，这是孩子留下的。

司马亮　（接过，念）——妈妈，我走了，这里没有什么值得我留恋的，您不要找我，多多保重。

郑帅妈　（捧起那个被损坏的航模）你看，他把这个都给——这可是他最喜欢的——孩子们，阿姨知道你们是郑帅最好的朋友，求求你们，帮我找找郑帅吧。司马老师，你一定要帮我，一定要帮我找到孩子。

司马亮　好好！你放心，我们一定会找到的！

赵晓月　——同学们，我们还站在这干什么？大家赶快分头去找找。

众同学　好！

司马亮　——对，同学们，凡是郑帅去过的地方我们都要去找。

众同学　好！咱们走！

［收光。

（十一）

［雨夜。

［一束光。郑帅妈出现在光中。

郑帅妈　——郑帅，你快回来，快回来呀！外面在下雨，现在，你能到哪去呀？儿子，你快回来，快回来！

［一束光，郑帅出现，从远处望着妈妈。

郑　帅　——妈，对不起！（跑下）

［一束光，一排同学持着各样的雨伞出现在光中，走着，找着，喊着。

众同学　——郑帅！郑帅！你在哪？

［一束光，司马亮出现在急雨中，走着，找着。

司马亮　（气喘吁吁地）——都怪我呀，是我失职了，我该早点去他家了解他家的情况，要是早点知道那些事就不会——司马亮，你算什么优秀教师？你根本就是个混球！老糊涂蛋！——郑帅，你可千万别出事呀！——无论如何要找到他，我一定要找到他！

［赵晓月和数同学奔向司马亮。

司马亮　——晓月，找到了没有？

赵晓月　还没有！

司马亮　我们大家再仔细地找一找。

众同学　（喊）——郑帅！——郑帅！

［追光中，郑帅出现在一座桥的桥头。

郑　帅　——我爸不要我了，同学们也不要我了，老师也不要我了，在这个世界上，我没有朋友，我没有家人，我留在这个世界上还有什么意思！

众同学　——郑帅！——郑帅！——你在哪呀？

赵明亮　——晓月，看那！

司马亮　——晓月，怎么样？

赵晓月　——老师，您看！

［郑帅站在桥头上，追光射向他。

司马亮　（带头奔过去）——郑帅！

郑　帅　你们谁都别过来！别过来！

赵晓月　——怎么办？老师！

司马亮　孩子们，你们都别过去，危险！（一步步走向郑帅）

众同学　——司马老师！您要注意安全！要小心呀！

郑　帅　——你别过来，你要过来，我就跳下去！

司马亮　郑帅，你坐下，坐下来——我不过去，我也不劝你了。你呀，想出走就出走，你想跳下去就跳下去，我找你找得有点累了，我坐这儿歇会就走。（坐下来，坐在郑帅不远处）——累死我了！这人呀，上了年纪这两条腿就不受支配了。（捶着腿）

［追光照着师生二人。

司马亮　我想起我读大学的那个时候，当时我回回考试都得第一，比你那成绩可好多了，班里边就没有别人尝过第一的滋味。所有人都认为我将来肯定能留在大学里教书，我自己也是这么觉得。毕业时候，我信心满满，可没想到把我分到了中学教书。——别提我当时的感觉了，就像从天堂掉进了地狱！刚工作的那几年，怎么也想不开，没心思好好工作，连吃饭都觉得没滋味，我怀疑我当时得了抑郁症，就觉得所有人都对不起我，对了，现在不是才流行抑郁吗？我那时可够超前的了。——郑帅，你千万别跟别人说，我当时就有轻生的念头，也挺前卫吧？

郑　帅　你——

司马亮　差点就一命呜呼了。现在想起来，整个一个二百五再加一个二百五。你猜我当时爬的有多高吗？比这可高多了，那是学校最高的一个教学楼，我在楼顶上站了几个小时，当我这一只脚刚要往下迈的时候……

郑　帅　司马老师！

司马亮　我抬头这么一看呀！哇塞！满天的繁星，唰唰地照着我，还有那圆圆的月亮，也唰唰地照着我，真是美啊！我就想，我要是跳下去，就再也看不见这么美的星空了。突然，这心里就敞亮了，怨气也没了，脑子也转过弯来了，还是活着好呀！——好好活着比什么都强！等我想明白，再往楼下一看，我的妈呀！那个眼晕，脚脖子都转筋，我这是中了什么邪了呢？——本来我是有恐高症的，怎么会爬得那么高呢？我都吓坏了！——从那以后，我这工作也有劲头了，生活也有目标了，就这么一年一年的干下来，我教过的学生，连我自己都数不清——不是我夸我自已，我的学生各个都特优秀，我敢说，我那些在大学当教授的同学都没有我有成就感，我的学生年年都回来看我……嘿，一想到这个，我这心里头就倍儿美。所以说，人有得就有失，有失就有得。我没能当上大学教授，是一种损失，可我当上了中学老师，桃李满天下，这就是收获啊。

郑　帅　老师，你——

司马亮　哎，你看，我跟你叨叨这么多，没影响你吧？不聊啦，我该走了，明天还有课呢。你也别坐太久，想好怎么做就赶紧做。——哦，我这脑子，差点给忘了，今天是你的生日吧？我为你准备了一个小小的生日礼物。（从怀里取出一个很小的飞机模型，递过去）祝你生日快乐！

郑　帅　司马老师，你，你怎么知道我喜欢飞机模型？

司马亮　喜欢就好，你可千万别把它掉下去。——以前我也喜欢领学生做这个，还在市里得过大奖哪！——哎，这可是我亲手做的，我的得意之作，它飞起来时特帅特酷特牛！——全世界独一无二啊！

［感人的音乐飘动，郑帅紧紧捧着飞机航模。

司马亮　郑帅，航模也好，人也好，翅膀受伤了折断了，就得把他修好，修好了还要照样飞！当年你爸送你航模，是希望他的郑帅能飞起来，今天老师也希望你接着往前飞！你可以玩冷酷，可以不相信老师说的是真心话，可老师——老师真想用我这颗心把你托起来！让你重新飞起来呀！你爸送你航模的时候是春天，满天飞着花瓣——春天还在，花瓣还在飞！

郑　帅　司马老师！

［音乐，满台花瓣飞动，春光涌动。

［高处，一色彩绚丽的飞机航模飞翔着。

众同学　——司马老师！

司马亮　哎，我在这。

众同学　——司马老师！

司马亮　郑帅，跟我下去吧，你看看，同学们还都在下面等着你呢！

胡小民　——郑帅！你快下来吧，我还要跟你学吉他呢！

赵晓月　——郑帅！以前是我不了解你的感受，对不起！

白　玲　——郑帅！对不起，我再也不弹劾你了！

赵明亮　——郑帅！我们还要一起去嘉年华！

琳　琳　——郑帅！你的礼物我还给你留着呢！

杜珊珊　——郑帅！咱班的艺术节没有你就获不了奖了！

小　贝　——郑帅！要不你打我一拳得了！

靓　靓　——郑帅！我永远是你的粉丝！

郑　帅　——我——来——啦！

［郑帅和司马亮一前一后走向众同学。郑帅妈奔上。

众同学　下来啦！太好啦！

郑　帅　——司马老师！

郑帅妈　郑帅！儿子，你可把妈妈吓死了！来，让妈妈看看，伤着哪儿没有……

赵晓月　——郑帅！欢迎你回来。

众同学　——欢迎你回来！

胡小民　——郑帅！（上前拥抱郑帅）

郑　帅　谢谢，谢谢你们！是你们给了我第七片花瓣，今天我也要把我的第七片花瓣送给你们。（走入追光之中，唱起了《第七片花瓣》）

（唱）有一个童话非常美丽，
有一片花瓣飘来飘去，
它帮我找到回家的路，
它帮我复原打碎的世界，
它带我去那冰雪北极，
听企鹅唱歌看白熊起舞……

众同学　（唱）有一个童话非常美丽，
有一片花瓣非常神奇，
我把它轻轻托在手里，
我把它送给受伤的你，
你不再孤独我不再寂寞，
我们一起走进那缤纷花雨。

［歌声中，许多飞机航模从天际飞过，划出一道道美丽的弧线，曼妙的灯光追射着它们，每个航模上都有一个木偶少年，构成一道浪漫的舞台风景。

[台上花瓣飘舞，纷纷扬扬……

[歌声中缓缓收光。

（十二）

[教室内，坐满同学。教室外。司马亮拿着本子上。

司马亮　（白）时间过得真快呀，一晃一个学期过去了，同学们的成绩都有了提高，全班的总成绩还真的闯进了前五名，艺术节获了大奖，电脑比赛篮球比赛都排在了全校的前几名，真给我这个老头子做脸啊！说句心里话，我没教够，没教够啊！不过，这一个学期来跟头把式的折腾，也真是够累的，该歇歇了。（走进教室）

众同学　——司马老师好！

郑　帅　司马老师，我们全班同学都非常感谢您这一个学期以来对于我们大家的关心和帮助，我们都想对您说，我们长大了，懂事了。

司马亮　我也要感谢大家，感谢同学们这一个学期以来对我工作的支持和理解！你们这些小花瓣，是那么的年轻那么的有活力！

众同学　——老师，您也是一片花瓣！

司马亮　是，我是一片老花瓣！我这片老花瓣和你们这些小花瓣相处得还很好！

郑　帅　——不是一般的好！

众同学　——是“相当”的好！

司马亮　——相当的好！既然是相当的好，我这片老花瓣有个请求，我想请大家别忘了你们的司马老师！

众同学　——司马迁加诸葛亮！

司马亮　快退休了，我这片即将自然脱落的花瓣会永远留在校园里的。无论何时何地，我都会怀念这段日子，我会想你们，会梦见你们，郑帅，胡小民，还有赵晓月，刘贝贝，赵明亮，靓靓……你们都是世界上最可爱的孩子！

郑　帅　——司马老师！我爱你！

众同学　——司马老师，我们爱你！（齐声唱起来）

（唱）有一个童话非常美丽，
有一片花瓣飘来飘去，
它帮我找到回家的路，
它帮我复原打碎的世界，
它带我去那冰雪北极，
听企鹅唱歌看白熊起舞……

（唱）有一个童话非常美丽，
有一片花瓣非常神奇，
我把它轻轻托在手里，
我把它送给受伤的你，
你不再孤独我不再寂寞，
我们一起走进那缤纷花雨……

——剧终

儿童音乐剧

壮壮快跑

编剧：胡红一

时　间：当下

地　点：现实、梦境

人　物

壮　壮——九岁盲童

当　当——落难王子

蝙蝠王——大独裁者

跟屁虫——跟班弄臣

婆　婆——许愿婆婆

扯谎猫——撒谎的猫

背叛狗——背叛的狗

大灰狼——扮狼老鼠

小灰狼——扮狼小鼠

木偶记者、各色水果、群狼众鼠、花草精灵等

序

[黑暗中，传来画外音。

广播声　校园运动会即将开始，同学们请跟我一起倒数，五、四、三、二……

[光影凝聚成巨大脚印，沿剧场两侧墙壁朝舞台迈进，随着“一”字出口，在天幕铿锵定格。

[发令枪响，舞台光启。

[几个戴墨镜的小运动员，在奋力奔跑。

[壮壮几经努力率先冲线，欢呼声中挥臂定格。

广播声　我宣布，百米冠军获得者是五年级（4）班的壮壮同学！

[欢呼声，收光。

[台侧出现电视画框，壮壮和小记者化身杖头木偶。

小记者　壮壮同学，我是学校电视台的小记者，能问你一个问题吗？

壮　壮　（喘息未定）好呀，请问吧。

小记者　你的眼睛看不见，平时一定遇到很多困难吧？

壮　壮　没有呀，我会记步子定位置，能找到家里任何一样东西呢。

小记者　那你平时在家里，最喜欢做什么呀？

壮　壮　我喜欢一边听音乐，一边在跑步机上跑步，想象着自己奔跑在残奥会赛场上的样子，在心里默默鼓励自己：壮壮呀，只要奋力向前奔跑，总有一天，会到达心中最想去的地方。

小记者　说得真好！只要奋力向前奔跑，总有一天，会到达心中最想去的地方。

[收光。

第一场　恶魔来访

[壮壮家。

［随着开门声，光启。

［壮壮胸前挂着奖牌，收盲杖，放书包。

壮　壮　妈妈，我回来了。

［不见回应，壮壮来到茶几前摸索着喝水，播放答录机。

妈　妈　（画外音）壮壮，妈妈今天有事儿加班，饭菜给你做好了，别忘了热一热再吃啊。

壮　壮　知道啦。（手摸奖牌，兴奋地一屁股坐在沙发上，传出富有魔性的电子笑声）当当，你怎么跑这儿来啦？（亲昵地抱起小木偶）我明白了，你知道我得了百米冠军，特地坐这里等我的，对不对呀？好吧，那我就让你也戴一戴奖牌……（给当当挂奖牌）是不是很神气啊？嗯，你提醒的对，我这就把好消息告诉妈妈。

［壮壮拨打电话，传出忙音。

画外音　您拨打的电话，暂时无法接通。

壮　壮　电话打不通，妈妈她肯定在忙工作呢，那我们也不能闲着，该去给阳台上的小花小草浇水喽，等浇完水，我就给你讲许愿婆婆的故事……

［壮壮抱着当当，走出客厅。

［雾霭升腾，蝙蝠王率跟屁虫和众蝙蝠，破窗而入。

［歌曲一:《我是蝙蝠王》

蝙蝠王　（唱）我是蝙蝠王，
剽窃所有人的梦想。
一定要找到失踪的小王子，
他若臣服我至高无上。

跟屁虫　（唱）他是蝙蝠王，
拥有不可思议的力量。
只要能抓到逃跑的小木偶，
就能霸占更多的梦想。

合　唱　（唱）为抓王子当当，
布下天罗地网。

从此独霸梦想王国，

谁不俯首称王？

［跟屁虫东张西望，有些走神儿。

蝙蝠王　跟屁虫……（打跟屁虫脑袋）想什么呢？

跟屁虫　大王……大王你平时总骂我没脑子，我脑子里想的自然是怎样才能像蝙蝠大王您一样长个聪明绝顶的好脑子……嗷！

［跟屁虫一口气说完，险些背过气去。

蝙蝠王　少拍马屁，壮壮的妈妈呢？

跟屁虫　启禀大王，壮壮的妈妈在水晶瓶里呢……（手中水晶瓶猛烈摇摆）她就是有点不老实。

妈　妈　（画外音）放我出去，快放我出去……

蝙蝠王　不老实？待我施展魔法，让她安静下来（开始作法念咒），茄子辣椒西红柿！

跟屁虫　还是大王的咒语厉害啊……（转身嘟囔）我就是想不明白，抓当当就抓当当呗，费那么大劲去抓壮壮的妈妈干什么？

蝙蝠王　你懂什么！（打跟屁虫脑袋）在当当身上，有一股神奇的力量，除非他自愿配合，否则的话……（做触电痉挛状）简直不堪设想啊。

跟屁虫　嘻嘻，真是个倒霉蛋。

蝙蝠王　你说什么？

跟屁虫　请注意时间！我们从魔宫穿越而来，以大王您现在的电池储量嘛，最多只能停留三分钟。

蝙蝠王　怎么不早说，我们干吗来了？

跟屁虫　抓当当。

蝙蝠王　为什么要抓当当？

跟屁虫　只有抓到当当，才能彻底统治梦想王国。

蝙蝠王　当当呢？

跟屁虫　跟壮壮在一起。

蝙蝠王　那还等什么，赶快去找啊。壮壮……

跟屁虫　壮壮……

［壮壮怀抱当当，手拎花洒上。

壮　壮　谁呀？

跟屁虫　我们是蝙……

蝙蝠王　蝙……（手捂跟屁虫嘴巴，胡诌起河南戏）编、编、编花篮，编个花篮装心愿，心愿送到壮壮眼前……我是专门来给你派送礼物的。

壮　壮　派送礼物？难道……你就是童话书里的许愿婆婆？

蝙蝠王　对对对，（捏起嗓子）我就是许愿婆婆呀，壮壮，听说你得了百米冠军，专门前来为你……

跟屁虫　实现一个最美丽的愿望。

蝙蝠王　（打跟屁虫，低声呵斥）敢抢我台词？

壮　壮　谢谢许愿婆婆，那我现在可以许愿了吗？

蝙蝠王　等等，世间万物都讲公平，当你想要得到一样东西时，也得拿你最珍贵的东西，来进行交换。

壮　壮　交换？

跟屁虫　快把当当交出来。

壮　壮　当当？

蝙蝠王　对，就是他！

壮　壮　那可不行，当当是我最好的朋友。

跟屁虫　别忘了你的美丽愿望。

壮　壮　如果要用好朋友来交换，那我宁可什么都不要了。

［传出嘀嘀报警声，跟屁虫惊慌失措。

跟屁虫　蝙蝠王，还剩最后三十秒啦！

壮　壮　蝙蝠王？你不是许愿婆婆……

跟屁虫　完了，我们全露馅啦。

蝙蝠王　（咆哮着喷火）露馅又怎么样？快告诉他我是谁。

跟屁虫　（做主持人状）女士们先生们，人见人吐花见花枯，梦想王国终极霸主——蝙蝠大王，新鲜出锅！

蝙蝠王　出锅？

跟屁虫　　啊不，出炉。

壮　壮　　不管出锅还是出炉，反正都是熟食，只可惜我不爱吃蝙蝠。

蝙蝠王　　竟敢讽刺本大王？我说壮壮啊，你妈妈已经被我用魔法吸进水晶瓶里，你若交出当当，我就放了你妈妈。否则的话嘛，你会白天看不见妈妈，夜里梦不到妈妈，后果相当相当严重哦……music。

跟屁虫　　mu……sic……

蝙蝠王　　（踢跟屁虫）音乐。

跟屁虫　　（忙做歌星状）世上只有妈妈好，没妈的孩子像根草……

妈　妈　　（画外音）放我出去，快放我出去……

壮　壮　　妈妈！你们这些大坏蛋，快放了我妈妈。

蝙蝠王　　大坏蛋？那好吧，给他来点儿真格的……

［跟屁虫会意，用力摇晃水晶瓶。

妈　妈　　（画外音）我的头好晕、胸好闷，放我出去……

［壮壮循声欲救妈妈，被捉弄得团团乱转。

［传来急促报警声。

跟屁虫　　大王，你完啦。

蝙蝠王　　嗯？

跟屁虫　　你的电量快用完啦。

蝙蝠王　　小屁孩儿，快把当当交出来！

壮　壮　　不给。

蝙蝠王　　你再说一遍？

壮　壮　　重要的事情说三遍：不给、不给、就是不给。

蝙蝠王　　你可真是个死心眼儿，当当不就是个木偶玩具嘛？

壮　壮　　你说错了，当当是我的好朋友、好伙伴！

蝙蝠王　　哼，你不给，我就抢！（被当当电得浑身痉挛）跟屁虫，快来救我……

跟屁虫　　大王，我来了……（上前拉扯蝙蝠王，也跟着一起哆嗦）大王快跑……

［跟屁虫拉着蝙蝠王哀号逃遁，传来妈妈画外音。

妈　妈　（画外音）壮壮，妈妈不在家的时候，你要保护好自己……

壮　壮　妈——妈——

［壮壮追赶中摔倒，无助地哭泣。

［仙乐飘飘，许愿婆婆浮现。

婆　婆　壮壮，别哭。

壮　壮　你是谁？

婆　婆　我是许愿婆婆呀。

壮　壮　可恨的蝙蝠王又来骗人，快把妈妈还给我……

［婆婆挥动法杖，霎时灵光四射，让壮壮倍感温暖。

壮　壮　你真是许愿婆婆！许愿婆婆，快救救我妈妈吧，她被蝙蝠王抓走啦。

婆　婆　我都知道了，梦想王国本是最神奇、最美丽、最快乐的地方，可自从来了蝙蝠王之后，那里变得是非颠倒黑白不分，他还剽窃天下所有小朋友的梦想，囚禁在魔宫的水晶瓶里。

壮　壮　许愿婆婆，我该怎么办？

婆　婆　只要你拥有诚实、勇敢和智慧，就能打败蝙蝠王救回妈妈，放飞所有小朋友的梦想。

壮　壮　嗯，我知道了……（不顾一切往外跑）我要去救妈妈。

婆　婆　等等，要想救出妈妈，必须抵消蝙蝠王的魔法。

壮　壮　怎样才能抵消蝙蝠王的魔法？

婆　婆　向前奔跑。

壮　壮　向前奔跑？

婆　婆　对，你跑得越快，就会离妈妈越近，如果停下来，妈妈就会离你越来越远。记着，一定要在太阳升起之前，打败蝙蝠王，不然的话，你将永远见不到妈妈。

壮　壮　可是……（有些绝望）我看不见太阳什么时候升起来。

婆　婆　先睡一会儿吧，在梦里你也许会找到答案的。

壮　壮　睡一会儿？可我妈妈她……

婆　婆　睡吧孩子。

[婆婆挥动法杖，壮壮被催眠。

[一弯月牙儿升起，繁星铺满视野。

[歌曲二:《妈妈，你在哪儿》

合　唱　（唱）星星眼睛眨，
月亮不说话。
黑夜看不透，
儿子想妈妈。

壮　壮　（唱）妈妈你在哪儿，
一切都好吗?
妈妈我想你啦，
我带你回家。

[收光。

[壮壮化身木偶形象，在纱幕上奔跑，当当紧随其后。

[歌曲三:《壮壮快跑》

合　唱　（唱）速度等于心跳，
远方就是目标。
用心把爱寻找，
奋力向前奔跑。
为了找到妈妈，
我要争分夺秒。
克服重重困难，
不怕路远山高。

第二场　穿越谎言

[梦境。

[水果乐园，水果们色彩混淆，无精打采。

[正中耸立巨石，上插一把宝剑。

[壮壮兴奋跑上，身后紧追的当当，化为真人大小。

壮　壮　天呐，我居然能看见东西啦，这到底是哪里呀？

当　当　我们是在你的梦境里。

壮　壮　梦境里？你是……

当　当　我是当当呀。

壮　壮　当当？快让我摸摸你，嗯，还真是我的好当当，你怎么长这么大了？居然比我还高。

当　当　因为这里是梦想王国，我出生的地方。

壮　壮　怪不得，我们的当当一回到家乡，就成了变形金刚。

当　当　那当然，否则，我怎么帮你去救妈妈呀。

壮　壮　谢谢你，这些年一直形影不离，陪伴着我。

当　当　不用谢，别忘了我们可是好朋友好伙伴。

壮　壮　吔，这是什么？

当　当　香蕉。

壮　壮　妈妈说过，香蕉是黄色的，原来这个就是黄色？

当　当　不对，这是绿色。

壮　壮　绿色？哎，这是什么？

当　当　柠檬。

壮　壮　那这个肯定是黄色。

当　当　也不对，这是紫色。

壮　壮　紫色？

当　当　不知为什么，这里所有水果的颜色，都是相反的。

壮　壮　反的？

众水果　哎，反的。

［水果们由静变动，梦游般嬉闹。

［歌曲四:《你说荒不荒诞》

合　唱　（唱）眼前的水果乐园，
颜色为何相反？
听到的都是谎言，
脸上戴着假面。

面对这颠倒世界，
你说荒不荒诞？

当　当　这里到底发生了什么？

[扯谎猫和背叛狗揉着眼睛，从巨石后走出。

猫和狗　吵死啦，吵死啦！

当　当　诚实猫和忠心狗。

猫和狗　你是谁呀？

壮　壮　猫妹妹狗弟弟，我想问你们……

猫和狗　你到底问谁呀？

当　当　壮壮让我来，就问诚实猫吧。

背叛狗　我叫扯谎猫。

当　当　那你……

扯谎猫　我叫背叛狗。

壮　壮　把我都搞糊涂了，你们俩到底谁是狗谁是猫呀？

扯谎猫　我是背叛狗。

背叛狗　我是扯谎猫。

当　当　不管什么猫和什么狗，你们可以回答我的问题吗？这里的太阳从哪边升起，又从哪边落下？

扯谎猫　太阳当然从西边升起……

背叛狗　再从东边落下。

壮　壮　你们吃撑和挨饿的时候，肚子有什么变化？

扯谎猫　吃撑的时候，肚子嘛很瘪很瘪。

背叛狗　挨饿的时候，这肚子嘛……（打个饱嗝）好胀好胀。

壮　壮　当当，怎么回事呀？它们嘴里怎么没有一句实话？

当　当　在我记忆中，水果乐园是梦想出发的地方，从不撒谎的。（顿时悲从中来）诚实猫忠心狗，你们真的不认识我啦？

扯谎猫　莫非你是……（睁眼打量）当当？

背叛狗　我们失踪多时的小王子……

猫和狗　你终于回家啦！

［猫和狗喜极而泣，扑进当当怀里。

当　当　都别哭了，这里到底发生了什么？

猫和狗　自从小王子……

众水果　嘘！

［猫和狗拉起当当，躲到一旁。

扯谎猫　自从小王子离开之后……

背叛狗　这里再没人敢讲真话了，我忠心狗现在叫扯谎猫。

扯谎猫　我诚实猫现在叫背叛狗，这里的水果都变了颜色，一切都是反的，我们作为水果乐园的守护者……

猫和狗　心里好难受啊。

壮　壮　为什么会变成这样？

背叛狗　都是因为那个蝙蝠王，当它霸占了梦想王国之后……

扯谎猫　就给美丽的水果乐园，下了一道邪恶的咒语，把所有的水果，都催眠了。

当　当　哼，又是这个蝙蝠王……

［雾霾弥漫，电闪雷鸣。

［蝙蝠王口念咒语，将宝剑插进巨石中。

蝙蝠王　茄子辣椒西红柿，咒语加密完毕。

跟屁虫　哇塞，大王居然能把诚实宝剑，插进石头里……

蝙蝠王　笨蛋！（打跟屁虫）这是石头吗？它叫棉花。

跟屁虫　对对对，棉花。

蝙蝠王　从不撒谎的水果乐园，从现在起都得给我讲假话，真叫本大王爽歪歪啊。

跟屁虫　爽歪歪啊爽歪歪，大王，那什么时候才能讲真话呢？

蝙蝠王　除非有人，能把诚实宝剑拔出来。

跟屁虫　插进石头……（赶紧自打嘴巴）哦不棉花，插进棉花里的诚实宝剑，谁能拔得出来？大王可真是文韬武略天下第一啊。

［蝙蝠王狞笑隐去。

［猫和狗继续讲述。

扯谎猫　打那以后呀，我们的水果乐园……

背叛狗　就变成谎言乐园了。

壮　壮　难道就没有办法解除咒语吗？

扯谎猫　办法倒有一个……

背叛狗　除非……把诚实宝剑拔出来。

壮　壮　我去试试。

猫和狗　唉，没有用的……

［壮壮爬上巨石用力拔剑，宝剑却纹丝不动。

［众水果打个哈欠，又陷入沉睡。

［猫和狗看到希望，鼓励壮壮。

猫和狗　加油啊，壮壮……

［壮壮再次拔剑，仍然无济于事。

当　当　壮壮快看，这石头上刻的有字。（念出声来）若要拔出诚实宝剑，必须在十秒钟内，说上一百句：我再也不撒谎了。

扯谎猫　可是，没有人能在十秒钟内……

背叛狗　说上一百句话呀。

众水果　这可怎么办？

壮　壮　大家不要慌，办法总比困难多。（转念一想，茅塞顿开）哎，要是一百个人一起说，一人一句不就行了？

扯谎猫　在这荒郊野岭的……

背叛狗　上哪儿去找一百个人呐？

众水果　是啊。

壮　壮　我有办法了，（跑到台前，真诚求助）台下的小朋友们，我要去打败蝙蝠王救回妈妈，现在遇到了困难，你们愿意帮助我吗？

小观众　愿意。

壮　壮　谢谢你们！我从一数到三，大家一起说：我再也不撒谎了……好吗？

小观众　好。

壮　壮　一、二、三……

小观众　我再也不撒谎啦！

［壮壮鞠躬致谢，转身跑向巨石。

当　当　小朋友们，你们真是太棒啦！为了帮助壮壮拔出诚实宝剑、救回妈妈、拯救水果乐园，让我们再说一遍，好吗？

小观众　好。

当　当　一、二、三……

小观众　我再也不撒谎啦！

［壮壮奋力拔出宝剑，众水果恢复本来面目，兴高采烈。

［歌曲五:《做回自己》

合　唱　（唱）你就是你我就是我，
柠檬不是大苹果。
香蕉不是猕猴桃，
你要做回你我要做回我。
你就是你我就是我，
柠檬不是大苹果。
赤橙黄绿青蓝紫，
自己的颜色最独特。

众水果　壮壮，谢谢你——

猫和狗　我们终于可以做回自己了。

当　当　诚实猫忠心狗，水果乐园就交给你们了，我要去帮助壮壮打败蝙蝠王救回妈妈，再见。

诚实猫　等等，既然现在可以讲实话了，我想奉劝你们一句……

忠心狗　前面太危险，你们根本不是蝙蝠王的对手。

壮　壮　不，无论怎样，我都要去救妈妈。

当　当　对，无论怎样，我都跟壮壮在一起。

诚实猫　唉，你们永远无法想象，那个蝙蝠王有多厉害……

忠心狗　除非……

壮　壮　除非什么，快说？

［诚实猫大惊失色，赶紧捂住忠心狗的嘴巴。

［歌曲六:《猫和狗，我问你》

壮　壮　（唱）诚实猫我问你，
我的妈妈在哪里？

诚实猫　（唱）诚实猫我告诉你，
藏在蝙蝠王的水晶瓶里。

壮　壮　（唱）忠心狗我来问你，
水晶瓶挂在哪里？

忠心狗　（唱）忠心狗我告诉你，
在蝙蝠王的宫殿里。

壮　壮　（唱）猫和狗我来问你，
妈妈怎样才能救回去？

猫和狗　（唱）想救妈妈很容易，
交出当当就可以。

壮　壮　交出当当？

诚实猫　只有将小王子交给蝙蝠王，才有可能救出你的妈妈。

当　当　壮壮，在天亮之前，必须要打败蝙蝠王，否则，你将再也见不到妈妈了……

猫和狗　所有小朋友，也将永远失去梦想。

当　当　壮壮，你快把我交给蝙蝠王吧。

壮　壮　不行，我们是好朋友，怎么能背叛友谊呢？

当　当　既然是好朋友，我更应该帮你救回妈妈，再晚，可就真的来不及啦。

壮　壮　别说了当当，我们再想其他办法吧，难道你忘了？只要奋力向前奔跑，总有一天，会到达心中最想去的地方。

［壮壮手持宝剑，大步跑下。

［一束追光，笼罩着面对抉择的当当。

［蝙蝠王的画外音，骤然响起。

蝙蝠王　小屁孩儿，快把当当交出来！

壮　壮　不给。

蝙蝠王　你再说一遍？

壮　壮　重要的事情说三遍：不给、不给、就是不给。

蝙蝠王　你可真是个死心眼儿，当当不就是个木偶玩具嘛？

壮　壮　你错了，当当是我的好朋友、好伙伴！

［歌曲七：《好朋友，好伙伴》

当　当　（唱）好朋友好伙伴，
肩并肩迎着朝阳。
好朋友好伙伴，
手牵手无话不讲。
好朋友好伙伴，
有快乐彼此分享。
好朋友好伙伴，
遇困难相互担当。

［当当决心已下，返身走开。

［壮壮奔跑中不见当当，赶紧寻找。

［光影交错，当当躲避着焦急呼唤的壮壮。

［魔宫门口，跟屁虫迎面撞见当当，大惊失色。

跟屁虫　当当当当当当……

蝙蝠王　当什么当？（打跟屁虫脑袋）敲钟呢还是打铃儿呢？

跟屁虫　是当当来了，大王快看。

蝙蝠王　啊呀呀，（倒吸一口凉气）我费尽心机吃尽苦头都抓不到的小王子，居然孤身一个赤手空拳自送上门？跟屁虫，换你会这么做吗？

跟屁虫　除非……我的脑袋被大王打坏了。

当　当　蝙蝠王，只要你放了壮壮的妈妈，我就任你处置。

蝙蝠王　（本能痉挛）你不会是专门来电我的吧？

当　当　你要不信，那就算了。

蝙蝠王　成交。

当　当　君子一言？

跟屁虫　死马难追。

蝙蝠王　又抢台词！说的还是错别字儿……（打跟屁虫脑袋）不是死马是驷马，驷马难追。

当　当　我有一个条件。

蝙蝠王　讲。

当　当　你必须释放所有小朋友们的梦想。

跟屁虫　这怎么可能？（一时忘乎所以）蝙蝠王天生没有原创能力，只有靠剽窃他人的梦想才能生存，你这不是要他的命嘛！

蝙蝠王　跟屁虫……（恼羞成怒，痛打跟屁虫）你竟敢……泄露国家机密！

［跟屁虫倒地求饶，当当质问蝙蝠王。

当　当　痛快点儿，你到底同不同意？

蝙蝠王　同意同意，快跟我走吧。

当　当　我还有一个条件。

蝙蝠王　你怎么这么多条件呐？

当　当　蝙蝠王，虽然你来自噩梦世界，但是请你善待梦想王国的每一位子民，你要知道，多行不义必自毙。还有……

蝙蝠王　够了，我再不要听什么条件啦，水晶瓶——

跟屁虫　水晶瓶来了。

蝙蝠王　茄子辣椒西红柿。

［蝙蝠王念咒施法，一束邪光罩牢当当，瞬间消失。

跟屁虫　大王，当当被吸进水晶瓶了。

蝙蝠王　哈哈哈哈，梦想王国彻底属于我啦。

跟屁虫　大王。

蝙蝠王　干什么？

跟屁虫　该释放壮壮的妈妈了。

蝙蝠王　我什么时候答应过？

跟屁虫　你刚才答应的。

蝙蝠王　你哪只耳朵听见了？

跟屁虫　我两只耳朵都听见了。

蝙蝠王　你八只耳朵听见也不行，我蝙蝠王什么时候说话算过数？

跟屁虫　对啊，（恍然大悟）大蝙蝠王说话，从来都不算数的。

［蝙蝠王大声狂笑。

［跟屁虫小心翼翼地赔笑。

［收光。

第三场　与狼共舞

［梦境。

［野狼谷，氛围诡谲。

［壮壮苦寻当当，体力渐渐透支。

壮　壮　当当，你到底去哪儿啦？我的头好晕，我的脚好软……

［壮壮摇晃倒地，许愿婆婆浮现。

婆　婆　壮壮，快醒醒。

壮　壮　许愿婆婆……

婆　婆　孩子，你这是怎么啦？

壮　壮　实在是跑不动了，我想睡一会儿。

婆　婆　你不去放飞小朋友们的梦想啦？

壮　壮　想去，可我实在爬不起来了。

婆　婆　那你还想找回自己的妈妈吗？

壮　壮　妈妈……（无论怎么挣扎都爬不起来，使劲捶腿哭出声来）妈妈，对不起，我救不了你啦……

婆　婆　你还记得吗？只要奋力向前奔跑，总有一天，会到达心中最想去的地方！孩子，你的时间不多了。

壮　壮　时间……

［壮壮昏睡过去，婆婆叹气隐身。

［黑暗中，一群拟人化的小花小草，来给壮壮加油鼓劲。

［歌曲九:《小花儿小草能睡觉吗》

众花草　（唱）小花小草能睡觉吗？

睡吧睡吧睡吧。

小狗小猫能睡觉吗？
睡吧睡吧睡吧。
小朋友壮壮能睡觉吗？
睡不得睡不得千万睡不得呀，
壮壮要是睡着了，
妈妈的模样在梦里就再也看不到啦。
壮壮是怎样长大的啊？
是妈妈用奶水一口一口喂大。
壮壮是怎样识字的呀？
是妈妈用指头一笔一画在手心写呀念啊。
家里有勤劳的妈妈忙碌，
爸爸在远方就安心了。
梦里有慈爱的妈妈守护，
壮壮快长成男子汉吧。

［纱幕投射木偶剪影，再现母子情深的细节。

［壮壮似被神秘力量召唤，挣扎站起。

壮　壮　妈妈，我来救你！

［壮壮继续前行，群狼张牙舞爪蹿出。

［歌曲八：《狼来了》

群　狼　（唱）狼来了，
好吓人。
黑爪白牙绿眼睛，
看一眼丢了魂。
狼来了，
快藏身。

大灰狼　此路是我开此树是我栽，若想从此过留下梦想来。我乃拳打南山猛虎脚踢北海蛟龙，威震八方之野狼谷总舵主——大灰狼是也。

壮　壮　起那么长的网名干吗，你不就是一匹狼嘛。

大灰狼　错，我可是大大大……大灰狼。

壮　壮　那又怎么样？

［壮壮拔出宝剑，熠熠闪光。

大灰狼　弟兄们……（硬撑着发号施令）给我上。

［群狼推搡，混乱中大灰狼被撞倒地，露出鼠形。

壮　壮　哈哈哈哈……（剑指大老鼠，笑出声来）只听说过披着羊皮的大灰狼，真没有想到，竟然还有披着狼皮的大老鼠。

大灰狼　英雄明察，好汉饶命……

群　狼　饶命啊。

壮　壮　大老鼠，以后还敢披着狼皮，干坏事吗？

大灰狼　不敢了，再也不敢了……

群　狼　不敢了。

壮　壮　一群披着狼皮干坏事的大老鼠，叫我怎么才能相信你们呢？

大灰狼　说实话……（捡起狼头，本能地戴在头上）我们都是被逼无奈啊。

群　狼　无奈啊。

壮　壮　别动，舍不得这身狼皮，就是还想继续骗人……我问你，现在你们到底是大灰狼，还是大老鼠？

大灰狼　我我我……

群　狼　快表态啊。

大灰狼　我是……（鼓起勇气，扔掉狼头）大老鼠！

群　狼　（欢呼雀跃）老鼠好啊。

壮　壮　既然这么喜欢做老鼠，干吗非要冒充大灰狼呢？

大老鼠　说起来都是泪啊……

群　狼　泪啊。

大老鼠　蝙蝠王为了逼我帮他干坏事，就抓走了我的独生儿子小灰和他的妈妈，关在魔宫水晶瓶里充当人质……

壮　壮　你为什么不去救他们？

大老鼠　蝙蝠王太可怕啦，我实在打不过他……

壮　壮　我就不信，没有人能够打败他！

大老鼠　有，那个人就是……梦想救星。

众　鼠　　梦想救星？

　　　　［歌曲十：《古老的预言》

大老鼠　　（唱）梦想王国有个古老的预言，

　　　　　　在月圆之夜救星会来到面前。

　　　　　　他怀揣救母孝心，

　　　　　　他手拿诚实宝剑。

　　　　　　他不怕艰难困苦，

　　　　　　他的朋友们都很勇敢。

　　　　　　这个古老的预言，

　　　　　　如果能实现。

　　　　　　就能彻底打败蝙蝠王，

　　　　　　为梦想王国迎来美好的明天。

　　　　［刹那间，天边的月牙儿，变成一轮圆月。

　　　　［群鼠惊奇万分，大老鼠上下打量壮壮。

大老鼠　　怀揣救母之心，手拿诚实宝剑，不怕艰难困苦……（恍然大悟）这个人不就是你吗？

群　鼠　　不对，还少一样，勇敢的朋友呢？

壮　壮　　勇敢的朋友……就是你们呐。

众　鼠　　我们？

壮　壮　　对，能脱下狼的外衣和虚荣，承认自己的老鼠身份，这本身就是最勇敢的行为。

群　鼠　　好自豪啊。

大老鼠　　小的们，从现在起，我们要跟壮壮并肩战斗啦。

壮　壮　　好，就让我们齐心协力，去打败蝙蝠王。

群　鼠　　打败蝙蝠王！

　　　　［壮壮率领群鼠，斗志昂扬向前奔跑。

　　　　［歌曲十一：《奔跑，奔跑吧》

合　唱　　如果你想强壮，

　　　　奔跑奔跑吧。

如果你有梦想，
奔跑奔跑吧。
如果你要希望，
奔跑奔跑吧。
如果思念亲人的脸庞，
奔跑奔跑吧。
想要找回欢乐时光，
奔跑吧奔跑吧向前奔跑吧。
[收光。

第四场　放飞梦想

[梦境。
[魔宫幽暗，蝙蝠纷飞。
[半空中，悬挂着璀璨的水晶瓶。

跟屁虫　大王，坏啦坏啦坏啦坏啦坏啦……

蝙蝠王　没看见我正在思考重要问题吗？（打跟屁虫脑袋）你脑袋被门夹坏啦？

跟屁虫　壮壮带领大队人马，杀过来了。

蝙蝠王　来得正好，看我怎么收拾他们。

跟屁虫　大王且慢，还记得那个古老的预言吗？

蝙蝠王　古老预言……

跟屁虫　有个怀揣救母之心的孩子……

蝙蝠王　手拿诚实宝剑……

跟屁虫　带着勇敢朋友……

跟屁虫　他就是传说中的梦想救星啊。

蝙蝠王　这不可能……

跟屁虫　连傻瓜都能看得出来啊，大王。

蝙蝠王　哼，想跟我斗？

跟屁虫　对……（趁机怂恿）给他来个鱼死网破。

蝙蝠王　我才不跟他斗呢……跑！

［蝙蝠王逃下高大王座，被壮壮仗剑堵住退路。

壮　壮　蝙蝠王，你往哪里逃。

群　鼠　哪里逃。

蝙蝠王　（怒斥群鼠）叛徒！

群　鼠　（不再畏惧）哼！

蝙蝠王　啊……（施法念咒）

壮　壮　别装神弄鬼啦，不就是茄子辣椒西红柿嘛。

群　鼠　哈哈哈哈，茄子辣椒西红柿。

蝙蝠王　欺人太甚，我要给你们一点颜色瞧瞧。

［蝙蝠王咆哮喷火，无数蝙蝠被烧焦坠地。

跟屁虫　大王，小蝙蝠都变成烧烤啦。

蝙蝠王　啊，我要你们偿命……

［蝙蝠王疯狂反扑，壮壮挥剑奋力抵抗。

［眼看招架不住，大老鼠率领群鼠搭起梯子，让壮壮踩着它们的身躯高高跃起，一剑刺中蝙蝠王的要害。

［魔宫崩塌，烟雾弥漫，蝙蝠王摇晃着栽倒在王座上。

［硝烟散尽，壮壮剑挑蝙蝠王躯壳，大吃一惊。

壮　壮　不好，蝙蝠王逃跑了。

大老鼠　它太狡猾了，只留下一副躯壳。

群　鼠　怎么办呐？

壮　壮　没翅膀的蝙蝠跑不远，大家分头去找。

群　鼠　是。

壮　壮　台下的小朋友们，要是你们遇见了蝙蝠王，千万不要被他的甜言蜜语所蒙骗，一定要告诉我们，好不好？

小观众　好。

［脱壳变小的蝙蝠王，出现台下讨好观众。

蝙蝠王　各位小朋友你们好，我就是刚才那个蝙蝠王呀，嘘，请不要告诉壮壮，我就藏在这里哦，我给你们糖果和礼物……

小观众　壮壮，蝙蝠王在这里……

壮　壮　谢谢小朋友们，（吩咐大老鼠）快把它抓上来。

［群鼠涌下，将蝙蝠王押到台上。

蝙蝠王　叛徒，快放开我。

壮　壮　蝙蝠王，我要把你关起来，永远无法出来害人。

蝙蝠王　哼，你怎么关我？

壮　壮　我把你……（灵机一动）也吸进水晶瓶里。

蝙蝠王　痴心妄想，你们永远都找不到水晶瓶，我敢保证……

跟屁虫　谁说找不到的？（手举水晶瓶，从王座后冒出来）水晶瓶在这儿呢。

蝙蝠王　跟屁虫太棒啦，快把水晶瓶拿来，我把他们……（环视四周）还有台下的小朋友们，统统收进去。

跟屁虫　给你？

蝙蝠王　对对对，快拿来……

跟屁虫　跟你以后……（来到蝙蝠王跟前，突然半途收手）你会接着打我……

蝙蝠王　不打了不打了，我向你保证……

跟屁虫　你这个大骗子！谁不知道，蝙蝠王说话是从来都不算数的……（转手将水晶瓶交给壮壮）拿着。

壮　壮　（不敢相信）给我？（赶紧接过水晶瓶）谢谢……

蝙蝠王　跟屁虫！（勃然大怒）你吃我的喝我的穿我的用我的，关键的时候又背叛我。我算是看透你了，你这辈子是跟屁虫，下辈子还是跟屁虫，老小上下祖宗十八代都是跟屁虫，跟屁虫跟屁虫跟屁虫……

跟屁虫　（怒打蝙蝠王脑袋）我讨厌你叫我跟屁虫……我更讨厌你总是打我的脑袋（变本加厉地暴打对方）……从现在起，我要跟邪恶势力一刀两断划清界限，站在正义的一边。

壮　壮　欢迎你，知错就改好样的！

跟屁虫　壮壮，快把水晶瓶打开吧。

壮　壮　是不是打开了水晶瓶，关在里边的人就能回家了？

跟屁虫　对，所有小朋友们的梦想，也可以放飞啦。

蝙蝠王　不要啊……

壮　壮　我偏要。

［壮壮打开手中的水晶瓶，半空所有水晶瓶都被点亮放飞。

［群鼠欢呼，蝙蝠王趁机想要溜走。

跟屁虫　不好，蝙蝠王想要逃跑……

壮　壮　哪里逃！（将蝙蝠王吸进水晶瓶）你们听，不可一世的蝙蝠王，终于求饶啦。

蝙蝠王　（画外音）我的头好晕，我的胸好闷，求求你们啦，快放我出去吧……

壮　壮　蝙蝠王啊蝙蝠王——

群　鼠　你也有今天！

［群鼠欢呼，当当跑上拥抱壮壮。

当　当　成功了，是你拯救了梦想王国，壮壮，你是我们的英雄。

壮　壮　千万不要这么说，没有你和大家的帮助，我什么也做不到的，你们才是真正的英雄。

群　鼠　英雄？

壮　壮　对呀，还有台下的小朋友们，是你们帮我拔出了诚实宝剑，抓到邪恶狡诈的蝙蝠王，你们都是我心目中的英雄！

［歌曲十二：《你就是我的英雄》

合　唱　（唱）因为有你同行，

一路脚步匆匆。

穿过黑暗风雨，

迎来美丽彩虹。

只要永不放弃心中的梦，

你就是我的英雄。

［收光。

［暗转现实。

［客厅，一弯月牙儿，繁星点点。

合　唱　（唱）星星眼睛眨，
月亮不说话。
黑夜看不透，
儿子想妈妈。
妈妈你在哪儿，
一切都好吗？
妈妈我想你了，
赶快回家吧。

［壮壮醒来，顿感浑身酸痛，轻轻捶打双腿。

［当当趴在沙发上，捧腮凝望壮壮。

［许愿婆婆浮现。

婆　婆　壮壮。

壮　壮　许愿婆婆……

婆　婆　你用诚实、勇敢和智慧救回妈妈，放飞了小朋友的梦想，现在，我也要为你实现一个愿望。

壮　壮　为我实现一个愿望？

婆　婆　对，你快说吧孩子。

［壮壮胸膛起伏，眼眶湿润。

壮　壮　我的愿望是——

［歌曲十三：《我有一个梦想》

壮　壮　（唱）我有一个愿望，
想知道妈妈的模样。
是她给了我生命，
我却看不到那张美丽脸庞。
我有一个梦想，
想看看妈妈的模样。
哪怕只有一分钟，
哪怕只是一眨眼的时光。

我愿付出所有所有，
去实现这个梦想。

婆　婆　那你，先把眼睛闭上……

壮　壮　（乖乖闭眼）好。

婆　婆　（挥动魔杖）睁开眼吧，妈妈的照片就在桌子上。

壮　壮　妈妈……（含泪凝视照片，当当近前安慰）当当，过一会儿，我就看不见这么大个的你啦，让我再抱抱你，当当你怎么哭啦？别哭别哭，我们都是男子汉，我都不怕一会儿眼睛看不见，你也别怕再变成小木偶，我会永远记着你高大的模样的……（放下妈妈照片，心满意足地闭上眼睛）许愿婆婆，请把我的光明，收回去吧。

婆　婆　孩子，你不想再多看一会儿了？

壮　壮　想，可是做人要守信用，说好只看一眼，就一眼。

婆　婆　好。

［当当上前，用手势向许愿婆婆表达着什么。

［许愿婆婆挥动魔杖，当当瞬间消失。

壮　壮　许愿婆婆，我能把眼睛睁开了吗？

婆　婆　睁开吧。

壮　壮　啊，为什么我还能看得见，当当呢？

婆　婆　当当，去实现自己的愿望了。

壮　壮　当当他……（沮丧失望地）肯定是回梦想王国，当他的王子去了。

婆　婆　不，就在刚才，当当向我许下的愿望是——从此变成你的眼睛，永远给你光明。

壮　壮　当当……（手捂眼睛，感动落泪）

婆　婆　好了壮壮，我该走了，你的妈妈就要下班回来了。记住，只要奋力向前奔跑，总有一天，会到达心中最想去的地方。

壮　壮　嗯，我记住啦。

［许愿婆婆隐去，门外响起妈妈的脚步声。

壮　壮　妈妈回来了！妈妈——

［壮壮跑出门去，张开双臂，拥抱妈妈。

［一轮红日，冉冉升起。

合　唱　（唱）速度等于心跳，
远方就是目标。
用心把爱寻找，
奋力向前奔跑。
为了找到妈妈，
我要争分夺秒。
克服重重困难，
不怕路远山高。
壮壮快跑……

［人们紧跟壮壮，越跑越快。

［壮壮奔跑的身影，定格在太阳里。

［剧终。

儿童科幻电影

科技馆的秘密

编剧：胡红兵

1. 科技馆内　　日

年轻漂亮的讲解员正在给小同学们作解说。

一个小同学心不在焉，左顾右盼。

彬彬伸出胖乎乎的小手拉拉他："壮壮，壮壮，认真听，回去还要写作文呢。"

壮壮："怕什么？科技馆的资料网上海了去了，抄呗。"

雯雯回过头："嘘，小声点儿，我都听不见了。"

壮壮："听不见？那应该是大声点儿啊。"

雯雯："少来，谁听你们瞎嘀咕呀，你看看人家奇奇，你们就不能跟人家学着点儿？"

在讲解员的旁边，奇奇认真地记着笔记。

讲解员："同学们，我们现在看到的是太空飞船的模型，这个模型和我们'神舟'飞船结构非常相似。我有一个问题要问问你们，谁知道太空飞船的作用是什么？"

话音未落，科技馆里骚动起来，人们纷纷向外面跑去。

壮壮拉起彬彬就跑："快，出事了！"

同学们互相询问着："怎么了？怎么了？"

有人大声喊着："UFO，UFO！"

听到这个声音，同学们全跑出去了，只剩下奇奇还在低头记笔记。

讲解员："小朋友，你们同学都去看 UFO 了，你为什么不去？"

奇奇："我跟他们不一样，他们少见多怪……阿姨，你说他们去看什么？"

讲解员："UFO……"

奇奇把笔记本一扔，飞也似的跑了。

讲解员捡起笔记来本："哎，你的东西……"

2. 科技馆外　　日

科技馆门前的台阶上挤满了小同学。

壮壮伸手指着："在那儿，我看见了，在那儿！"

天空中，一个 UFO 若隐若现。

同学们纷纷拿出相机，对着天空一通乱照。

彬彬举着相机，慢吞吞地："哪儿呢？我什么也没看见。"

壮壮一把抢过相机："哎呀，真笨，我帮你照。"举着相机，选择拍摄角度。

奇奇从科技馆里跑出来，边挤边问："UFO，UFO 在哪儿？"

因为奇奇这么一挤，同学们纷纷避让，壮壮被人一撞，差点摔倒。

"咔嚓"一声，壮壮按动了相机的快门。

壮壮回过头，恼怒地："谁挤我？"

众人都看着奇奇，奇奇若无其事地往后面看。

壮壮："奇奇，是不是你？"

奇奇："不是我……还能是谁呀？"

壮壮看着相机的取景屏："看，都怪你，这哪是 UFO 啊，整个我的一大脚丫子。"

同学们都笑了，奇奇也笑了。

壮壮："你们还笑？奇奇，你还好意思笑？"

奇奇一本正经地："别生气，我这是救你呢。你没看新闻啊，凡是拍到 UFO 照片的人，不是莫名其妙的失踪，就是得一种怪病，叫作外星人综合征……"

同学们纷纷看着自己手里的相机。

壮壮半信半疑：“真有这事儿？”

雯雯：“别听他的，他骗你们呢。”

壮壮：“好啊，你敢耍我！”追赶奇奇。

雯雯：“哎呀，你们别闹了，UFO都被你们吓走了。”

壮壮和奇奇停了下来，抬头看看天空。

天空中，UFO已经不见踪影。

3. 六一班教室内　　日

徐老师：“同学们，明天就是国庆节了，在这个假期里，老师不给你们布置作业……”

同学们高兴地鼓起掌来。

徐老师：“没有作业，这么高兴？”

同学们笑了。

徐老师：“虽然不布置作业，但是老师还要对你们提几点要求。第一，要注意安全；第二，要多参加有意义的活动；第三，我们昨天参观了科技馆，把你们参观的感想写出来，等长假之后交给雯雯，我们还要进行一次评比……”

奇奇举起手。

徐老师：“奇奇，你说。”

奇奇：“徐老师，在十一长假里，我们兴趣小组能不能自己组织点儿活动？”

徐老师：“完全可以，但是你们一定要注意安全。”

下课铃响了。

徐老师：“好了，祝你们过一个愉快的黄金周，下课。”

4. 校园　　日

彬彬：“壮壮，你说假期里咱们去哪玩呀？”

壮壮：“那还用说，玩游戏呗。”

彬彬：“你爸爸让你玩？”

壮壮："去你家玩呀。"

彬彬："我爸爸也不让玩。"

壮壮："那就去网吧。"

雯雯："不行，小学生不能进网吧。"

壮壮："我知道一个地方，没人管。"

雯雯："那也不行，徐老师说了……"

壮壮："好好好，不去网吧，你们说去干什么？"

彬彬："我家门口有个川菜馆开业大酬宾……"

壮壮："就知道吃，再吃你都变成那个什么了。"

奇奇："我有个主意。"

壮壮："有主意就说，藏着掖着等升值啊。"

奇奇："青龙山风景区你们知道吧？那儿新开了一个恐龙博物馆，十一期间对我们小学生免费，你们有没有兴趣？"

壮壮："还行。"

奇奇："那我们明天上午九点钟，在恐龙博物馆门口，不见不散。"

5. 奇奇的房间　　夜

奇奇在电脑上写日记："昨天我们班去参观科技馆，虽然我以前也去过好多次，但每次去都有新的收获。比如说，讲解员阿姨给我们讲了宇宙空间站的作用，还有宇宙飞船的构造……"

奇奇叔叔悄悄推门进来。

奇奇全然不知："……对了，同学们都说他们看到了 UFO，可惜，我出来晚了，什么也没看见……"

奇奇叔叔站在奇奇身后："你没看见，我看见了。"

奇奇："啊？叔叔，你要吓死我啊。"

奇奇叔叔："我告诉你，我看见 UFO 了，有这么大个，扁扁的、圆圆的，像……像个盘子，在空中一会儿看得见，一会儿又看不见，后来，唰的一下就没了。嗨，如果能让我多看两眼，没准就把 UFO 的秘密解开了，你想，那对人类是多大的贡献啊，诺贝尔奖得一下给我俩，哎，你说，诺贝尔奖的奖金能有多少？够我买套小别墅了吧？”

奇奇：“叔叔，你做梦呢你？”

奇奇叔叔：“你还不知道吧？从今天开始，叔叔已经把宇宙空间作为自己今后的研究方向了。”

奇奇：“呵，你这转型还真够快，昨天还在网吧玩游戏呢，今天就成科学家了。”

奇奇叔叔：“时间不等人啊，如果等他们抢先把科研成果拿出来，我就没戏了。”

奇奇：“谁呀，你跟谁在那儿比呢。”

奇奇叔叔：“中国科学院，美国航天局。”

奇奇：“我晕了。叔叔，我要睡觉了，晚安。”

奇奇叔叔：“别，我话还没说完呢。”

奇奇：“有什么话，留着明天说吧。”

奇奇叔叔：“不行，这个长假你爸爸妈妈把你交给我，我要对你负责。说，明天你准备干什么？”

奇奇：“去恐龙博物馆。”

6. 恐龙博物馆外　　日

奇奇看看表，焦急地四处张望。

不少家长带着孩子走进博物馆。

奇奇来到一个公用电话前面，拨打电话：“喂，是壮壮家吗？”

7. 恐龙博物馆后面　　日

一个穿着怪异的小男孩疲惫地靠在一棵大树上，他身旁放着一个包。

8. 恐龙博物馆外　　日

奇奇失望地把电话挂了：“哼，都不讲信用。一个人看没意思，回家。”走了几步，他又停下来，“这么早回去，叔叔准该笑话我了，还是进去看看吧。”

9. 恐龙博物馆后面　　日

小男孩（特特）艰难地从包里拿出一个管状食物倒进嘴里。

一阵风吹来，特特脸上露出痛苦的表情。

10. 网吧内　　日

奇奇叔叔专心致志地玩着游戏。

壮壮在他旁边的空位上坐下来："嗨，你好，早来了。"

奇奇叔叔："来一会儿了。你晚了二十分钟。"

壮壮："嗐，别提了，我老爸看我跟看贼似的。"

奇奇叔叔："你怎么逃出来的？"

壮壮："我跟我老爸说，我们同学约好了去参观恐龙博物馆，他才放我出来。"

奇奇叔叔："行啊，说谎话都不用打草稿了，佩服，佩服。"

壮壮："哪呀，我们真约好了。"

奇奇叔叔："那你可失约了。"

壮壮："恐龙有什么看头，哪有玩游戏爽啊。不说了，咱们开始比赛吧，老规矩，谁输谁付账。"

奇奇叔叔："OK。"

11. 恐龙博物馆外　　日

奇奇从博物馆里出来，看看太阳又看看手表，自言自语地："时间还早啊，随便转转吧。"

12. 网吧内　　日

壮壮："你输了。"

奇奇叔叔："这局不算，再来一局。"

壮壮："再来你也白给。"

奇奇叔叔："我就不信了，我今天赢不了你。"

壮壮："我让你输得心服口服。"

13. 恐龙博物馆后面　　日

奇奇漫无目的地走过来。

特特看到有人过来，立刻按动手腕上的控制器，他隐身了。

奇奇看见树下面放着一个包，奇怪地："哎，这是谁的东西，没人要我可拾金不昧了。"

隐身中的特特说了一句谁也听不懂的话。

奇奇吓了一跳："谁，谁，你出来。"

没有人回应。

奇奇壮着胆子："我胆子大，我不怕你，你快出来！"试探着接近那个包。

隐身中的特特把包稍稍挪动了一下。

奇奇大惊："啊！有鬼啊！"

特特从隐身状态恢复过来，一字一句地："你别跑！"

奇奇惊魂未定："你，你是谁？你从哪儿蹦出来的？"

特特："别害怕，我不是坏人。"

奇奇强作镇定："我什么时候害怕了？我像害怕的样子吗？"

特特："像。你很害怕。"

奇奇："你，你怎么知道？"

特特："你的心跳超过正常速率的 80%。"

奇奇："你到底是什么人？"

特特："我是阿尔法星球的探险家。"

奇奇一下子吓昏了过去。

14. 网吧内　　日

奇奇叔叔生气地把鼠标一摔。

壮壮："服不服气？"

奇奇叔叔："不服！"

壮壮："不服？让我再灭你一局。"

奇奇叔叔："谁胜谁负还不一定呢。"

壮壮："呵呵，嘴还挺硬。来吧，开始。"

15. 恐龙博物馆后面　　日

奇奇靠在特特身边："你说的都是真的？"

特特："我们阿尔法星球的人从来不骗人。"

奇奇："我们地球人也不骗人。"

特特："那我们可以成为好朋友。"

奇奇："对，我们应该成为好朋友。"

特特伸出右手。

奇奇迟疑着。

特特："没事，没有危险。"

奇奇一把握着特特的手，久久不愿松开。

特特奇怪地："你干什么？"

奇奇："我长这么大，第一次握外星人的手，我要好好体会一下。哎，你是不是第一次？"

特特："什么第一次？"

奇奇："和外星人握手啊。"

特特："不是，我到过很多星球。我在好多星球上都有好朋友。不过，在地球上，你是我的第一个朋友。"

奇奇："很多星球上都有生命吗？"

特特："是呀，宇宙中的很多星球上面都有生命，只不过他们的外表，还有文明程度不一样。"

奇奇："对了，我叫奇奇，你叫什么名字？"

特特又说了一句让人听不懂的话。

奇奇："你说什么？"

特特："我说的是阿尔法星球的语言，翻译成地球语言应该是'特特'。"

奇奇："特特，这个名字很好听。"

突然，特特的表情极其难受。

奇奇："特特，你怎么了？"

特特："奇奇，我需要你的帮助。"

16. 网吧内　　日

壮壮：“我该回家了。”

奇奇叔叔：“再玩儿一会儿嘛。”

壮壮：“不行，回去晚了，我老爸准得打我屁股。”

奇奇叔叔：“好吧，我侄子也该回来了。走。”

壮壮：“你还没结账呢。”

奇奇叔叔：“大伟。”

服务员大伟过来：“还是记账？”

奇奇叔叔：“聪明。走吧。”

大伟：“已经欠一千多了，什么时候还呢？”

奇奇叔叔：“放心，奥运会开幕前准还你。”

大伟：“说清楚，哪届奥运会啊？”

17. 恐龙博物馆后面　　日

奇奇：“特特，你先跟我回家吧，这几天家里只有我和叔叔两个人。”

特特：“好吧。”

奇奇：“不过你穿这身衣服可不行，我们大街上没人穿这种衣服。”

特特：“我们大街上都穿这样的衣服，这叫时尚。”

奇奇：“现在是在我们大街上，你要入乡随俗。”

特特：“好吧，我会隐身，你把这个包拿着。”

奇奇：“特特，这里面是什么呀？”

特特：“是我带给外星人的礼物。”

奇奇：“哦，外星人？我算不算外星人？”

特特：“你当然就是外星人了。”

18. 奇奇家客厅　　日

奇奇叔叔从外面进来：“奇奇，奇奇，嘿，还真能玩儿。”从茶几下面找出几包方便面，“今天的午饭就是它了。”

19. 公交车上 日

奇奇站在一个空座位旁边，手里拎着包。

一个中年男子："小朋友，你坐不坐？"

奇奇："我……坐，不坐。"

中年男子："你不坐，我可坐了啊。"

奇奇："叔叔，你不能坐。"

中年男子："我为什么不能坐？"

奇奇："因为……因为……这座位坏了。"

中年男子："明明是好的嘛，干吗非要让它空着。"

奇奇："空着……对，是给老爷爷老奶奶空着的。叔叔，你看您这身板儿，跟姚明……不，刘翔，刘翔，跟刘翔都不差上下，您往这一站，一来锻炼身体，二来……也展示一下您健壮的身躯……"

中年男子笑了："小朋友，你不去说相声有点儿屈才。"

奇奇："您这建议我可以考虑。"

隐身中的特特："什么是相声？"

乘客纷纷奇怪地看着空座位。

奇奇尴尬地笑着。

汽车到站了。

奇奇悄悄地："下车了。"和特特一起下车。

中年男子："这小朋友，有意思。"

20. 大街上 日

奇奇对着隐身中的特特："我告诉你特特，我不让你说话的时候，你千万别说话，明白吗？因为你是隐形人，如果你说话，会引起混乱，搞得我很尴尬，知道吗？"

特特："这么麻烦，我不隐身了。"

奇奇："别别别，你再坚持一会儿就到家了，到家里我给你找一套衣服换上，你就可以自由了。"

特特："是不是要我穿得跟你们一样？"

奇奇："对。"

特特："我不穿，太难看了。"

奇奇："难看也得穿，入乡随俗。"

21. 奇奇家的客厅　　日

奇奇打开房门："叔叔，我回来了。"

奇奇叔叔的画外音："桌上有方便面，你自己泡一包，我先睡觉了。"

奇奇大声地："知道了。"拉着特特进来。

22. 奇奇的房间　　日

奇奇找出一身衣服："来，换上。"

特特犹豫着："我？穿这个？"

奇奇："快换上，我去给我同学打个电话。"

23. 大街上　　日

壮壮："彬彬，你说奇奇搞什么鬼？"

彬彬："不知道，不会是因为我们上午都没去，故意整我们吧？"

壮壮："他敢？哎，你上午干什么去了？"

彬彬："哪儿也没去，在家美美地睡了一觉。"

壮壮："奇奇没给你家打电话。"

彬彬："我早有防备，我把电话线给拔了。"

壮壮："你够损的你。"

彬彬："哎，那不是雯雯吗？雯雯——"

24. 奇奇的房间　　日

特特穿着奇奇的衣服，显得有些大。

奇奇进来，看到特特滑稽的样子，忍不住笑了："你，你……"

特特："我说不穿嘛。"

奇奇："没事，挺好。一会儿，我那几个同学来了，他们也一定说好。"

门铃响了。

奇奇："来了，来了。"

25. 网吧内　　日

老板翻着账本："大伟，你过来。"

大伟连忙跑过来："老板。"

老板："这人欠的可不少啊。"

大伟："他是咱这儿的常客。"

老板："他有工作吗？"

大伟："一无业游民。"

老板："那他从哪儿来钱呢？"

大伟："他说他正搞科研呢，等得了诺贝尔奖就还咱们。"

老板："呸！你脑子进水了，你打听打听，哪个得诺贝尔奖的是在网吧里泡出来的？他欠这么多钱，你还让他来玩儿？"

大伟："他来玩儿，咱还有指望；你不让他来，咱上哪儿要钱去？老板，您别急，咱有账。"

老板："行，这就是你这个月工资，你看着办吧。"

大伟："哎，啊？！"

26. 奇奇的房间　　日

壮壮、彬彬和雯雯围着特特，左看右看。

特特不好意思地："你们不要这样看着我，我们阿尔法星球人也会害羞嘛。"

壮壮："你真是外星人？"

彬彬："你怎么会说我们的语言？"

雯雯："那天我们看到的UFO，是不是你的飞行器？"

壮壮："还有，你来我们地球上的任务是什么？"

特特："你们别着急，我一个一个问题来回答你们。第一个问题，我是外星人，我是阿尔法星球的小探险家；第二个问题，我们星球有很先进的语言学习系统，我会很多星球的语言；第三，你们那天看到的飞行器是我的星际飞船；最后一个问题，我本来没打算到地球来，地球是我下一个目的地，但是，因为我的星际飞船的导航系统发生了故障，我才被带到地球来。”

壮壮：“你的飞船在哪儿，快带我们去看看。”

特特：“我的飞船在降落的时候已经坠毁了。”

壮壮：“残骸呢？总要留下点什么东西吧？”

特特：“我们的飞船都装置有自动销毁系统，一旦发生意外，飞船就会自动销毁，不留下一点痕迹。”

奇奇：“哦，我明白 UFO 为什么那么神秘了。”

壮壮：“我还是不相信你就是外星人。”

特特：“不管你信不信，现在我遇到了三个麻烦，需要你们帮助。”

壮壮：“我一贯喜欢助人为乐。”

特特：“第一个麻烦，我体内的能量越来越少，如果低于警戒线，我的生命就会有危险。”

彬彬：“这问题好解决，我家门口有个川菜馆开业大酬宾……”

特特：“我不能吃你们的食物。”

雯雯：“你出来探险，自己就没有准备一点食物？”

特特：“我的食物都在飞船上，可是……”

奇奇：“我明白了，在我们地球上，有没有能为你补充能量的东西。”

特特：“我需要搜索一下。”他打开手腕上的微型电脑。

孩子们好奇地看着特特。

特特：“木槿花，木槿花的提取液可以应急。”

奇奇：“好，我们明天就去找木槿花。”

特特：“第二个麻烦，你们地球大气中的污染成分太多，如果让我一直待在这种环境里，我的身体就完了。”

奇奇：“这问题解决起来有点麻烦。”

特特：“还有更麻烦的，我的星际飞船毁了，你们要想办法帮我回到阿尔法星球。”

众人目瞪口呆：“啊？”

27. 奇奇家的客厅　　日

奇奇叔叔懒洋洋地来到客厅，听到奇奇房间有说话的声音，他蹑手蹑脚来到门前，把耳朵贴在门上。

28. 奇奇的房间　　日

特特：“你们为什么都不说话？是不是我的问题太难了？”

奇奇：“第一个问题好办，第二个问题我们也能想办法，可是第三个问题，我们真的是无能为力啊。”

雯雯：“就是，别说飞船，我们连航模飞机也不会造。”

壮壮：“先别说那么多了，我们先去找木槿花。”

特特：“对了，对于我的身份，你们一定要保密。万一泄露出去，我就会很危险。”

壮壮：“明白，你落到大人们的手里，肯定被当作实验品。”

突然，特特虚弱地摇晃一下。

奇奇连忙扶着特特躺到床上：“别说那么多话了，快休息休息。”

壮壮：“咱们走，让特特休息吧。”

特特：“我的事就拜托你们了。”

壮壮：“没问题，有我壮壮在，什么事都没问题。”

彬彬：“我们走了，拜拜。”

雯雯：“特特，明天我再来看你。我给你带身衣服，准保比这套合身。”

特特：“谢谢。”

奇奇：“你躺着别动，我送送他们。”

29. 奇奇房间外　　日

奇奇叔叔慌忙躲回自己的房间。

奇奇送同学们出去。

奇奇叔叔从自己房间里出来，向奇奇的房间里探头张望。

奇奇房间里空无一人。

奇奇叔叔失望地：“他们到底在商量什么事儿呢？”

奇奇回来了："叔叔，你干什么呢？"

奇奇叔叔："啊，没干什么。你们同学都走了？"

奇奇敷衍着："走了。"

奇奇叔叔："你们上午去看恐龙，有意思吗？"

奇奇："他们都没去。"

奇奇叔叔："哎，约好怎么能不去呢？不守信用。"

奇奇："他们都有事儿。"

奇奇叔叔："有事儿也得给你打个电话呀。"

奇奇："叔叔，我还有事儿，回头再跟你说吧。"说着，把房门关上了。

奇奇叔叔："你有事？我还有事呢。奇奇，晚饭我不在家吃了，冰箱里有速冻饺子，你自己下点儿得了。"

奇奇的画外音："放心吧，我能照顾自己。"

30. 奇奇的房间　　日

奇奇小声地："特特，特特……"

房间内发出"嘀、嘀"的声音。

奇奇紧张地："特特，你快出来。"

床上，特特显出身形，手腕上的控制器不断发出报警的声音。

奇奇："你怎么了，这东西干吗一直响啊？"

特特："我的能量已经降到警戒线了，这是报警的声音。"

奇奇："我这就去给他们打电话，给你找木槿花，你再坚持一会儿，我马上回来。"

特特虚弱地点点头。

报警声的节奏越来越快。

31. 奇奇家的客厅　　日

奇奇抓着电话："快点，我怕他等不及了，对，我和雯雯去西城公园，你们去东城公园，找到了马上回来，对，越快越好……"

32. 网吧内　　日

奇奇叔叔和壮壮在玩游戏。

大伟站在他们后面:“哎，你欠的钱到底什么时候能还呀？”

奇奇叔叔:“真啰唆，不就几个钱吗？我这么大个人还能不还你？”

大伟:“不是，我们老板已经恼了，你要是不还钱，我这个月就白干了。”

奇奇叔叔:“噢，是这样，把账本拿来。”

大伟:“好、好。”把账本拿过来。

奇奇叔叔:“看看我欠了多少钱。”

大伟:“1888 块，这数太吉利了。”

奇奇叔叔:“1888，我一下子还不了这么多呀。”

大伟:“那你多少总得还点儿吧。”

奇奇叔叔:“行，还你这个数。”用手比了个“八”字。

大伟喜出望外:“八百？”

奇奇叔叔:“八块。”

大伟:“你拿我开涮呢你？”

33. 公园门口　　日

雯雯已经等在那儿了，看到奇奇过来，急忙召唤:“奇奇，我在这儿呢。”

奇奇急切地:“快点儿，我看特特的情形很危险。”

雯雯:“怎么会这样？刚才还好好的。”

奇奇:“我也不知道。咱们得抓紧时间。”

雯雯:“你告诉彬彬他们了？”

奇奇:“跟他们说过了，让他们去东城。”

34. 网吧内　　日

奇奇叔叔把口袋里的钱全掏出来:“就这么多，你全拿走。”

大伟犹豫了一下，把钱全拿走了。

奇奇叔叔:“哎，给我记上账啊。”

壮壮:“你这么大个人，也忒惨点儿吧。”

奇奇叔叔："这年头，钱不好挣啊。"

壮壮："回头，我给你找个挣钱的道儿。"

奇奇叔叔："你？不会是让我抢银行吧？"

壮壮："不会，我给你说的是正道儿……"

彬彬从外面跑进来："壮壮，不好了，特特出事了。"

壮壮："快走！"

奇奇叔叔："哎，你还没告诉我挣钱……"

壮壮边走边说："等我，晚上告诉你。"

35. 公园门口　　　日

奇奇提了一袋子木槿花。

雯雯："看花房的老爷爷真好。"

奇奇："就是，明天我们还来他这儿摘。"

雯雯："也不知道这够不够？"

奇奇："没关系，还有壮壮他们呢。"

36. 公园苗圃　　　日

彬彬在望风，壮壮钻进苗圃里摘了一大包木槿花。

远远地，一个老花匠朝这边走过来。

彬彬连忙低声地："壮壮，有情况。"

壮壮只顾摘花，没有听到彬彬的警告。

老花匠走近了："那是谁呀？谁在那掐花呢？"

彬彬大喊："奇奇，快跑！"

壮壮一愣，钻出苗圃就跑，不留神衣服被扯了个口子。

老花匠："你们给我站住，站住。"

彬彬和壮壮飞也似的跑了。

壮壮怀里紧紧抱住一大包木槿花。

老花匠看着秃秃的花草，心疼地："哎哟，我的花儿呀！"

37. 大街上　　日

壮壮："彬彬，刚才真危险。老爷爷一来，把你吓得都管我叫奇奇了。"
彬彬得意地："你以为我是吓得？我是故意的。"
壮壮："为什么？"
彬彬："万一被老爷爷抓住了，我就说你叫奇奇。"
壮壮明白过来了："你呀，没看出来还挺损。我叫奇奇，你叫什么？"
彬彬："我叫特特。"
壮壮："也不知道特特怎么样了？"

38. 奇奇的房间　　日

特特已经昏迷了。
奇奇拿着勺子把木槿花的汁液慢慢灌进特特的嘴里。
雯雯焦急地看着特特。
门铃响个不停。
奇奇："是壮壮他们，你去开门。"
雯雯出去了。
奇奇轻声呼唤着："特特，特特，你醒醒。"
雯雯他们进来了。
壮壮关切地："他怎么样？我们没耽误吧？"
奇奇又把一勺液体灌进特特嘴里。
众人都紧张地盯着特特。
特特轻轻地动了一下。
壮壮兴奋地："他动了，他动了。"
奇奇："特特，特特，你看，我们给你找来了好多好多木槿花。"
特特缓缓睁开眼睛："谢谢你们。"
壮壮："别客气，我们是朋友。"
奇奇："对，如果我们到了阿尔法星球，你也会这样帮我们的。"
特特点点头。
彬彬："不过，到了你们阿尔法星球，我可不要喝什么木槿花提取液，我要喝可乐。”

特特笑了。

奇奇：“让他先休息一会儿，你们几个，来，我们商量件事儿。”

壮壮他们跟着奇奇来到客厅。

39. 奇奇家的客厅　　日

奇奇：“困难暂时解决了。下面我们面临的问题是，到哪儿去给特特找一个适合的环境。”

彬彬：“把特特放到大森林里，森林里的空气质量比较高。”

奇奇：“不行，他现在几乎没有自理能力，把他放到大森林里，是让他去送死。”

雯雯白了彬彬一眼：“医院怎么样？医院的无菌室。”

奇奇：“也不行，医院的无菌室管理很严格，我们进不去。”

壮壮：“给他买一个防毒面具。”

奇奇：“这主意好，可是咱们去哪儿买呀？”

众人都沉默了。

奇奇：“晚上回去都再好好想想，明天上午来我这儿碰头。”

众人点点头。

40. 奇奇的房间　　夜

特特眼角挂着眼泪。

奇奇：“特特，你别哭啊。”

特特：“你们对我太好了。”

奇奇：“这没什么，因为我们是朋友啊。”

特特：“我去过好多星球，只有你们地球人帮助别人不求回报。”

奇奇：“是吗？他们帮你，还要你报答他们？”

特特：“去年在一个星球上，我向他们问路，他们就要我拿礼物来交换。有一次我迷路了，我把身上的宝贝全给他们了，也没把道路问明白。”

奇奇：“那你怎么办？”

特特："我一生气，直接命令我的星际飞船过来，把我从那个星球带走了。那种地方，我一分钟也不想待。还有一次，在一个星球上，那里的居民总说谎话，让你搞不明白到底该听谁的……"

奇奇："你太幸福了，你去的地方真多。"

特特："你也可以啊，等你长大，开着飞船到我们阿尔法星球作客。"

奇奇："我……行吗？"

特特："行，一定行。"

奇奇："其实，我特别喜欢天文学，对宇宙太空中任何事情都有兴趣。我经常去科技馆，那儿好多航天科技的展览……"

41. 网吧内　　夜

奇奇叔叔："告诉我那挣钱的道儿，我还等着呢。"

壮壮："我给你一张珍贵的照片，你拿到报社去，肯定能卖个大价钱。"

奇奇叔叔："真的？"

壮壮："骗你是小狗。"

奇奇叔叔："咳，天上掉馅饼了诶，有这好事儿，你干吗不去啊？"

壮壮："因为我是小孩儿，跟他们说了他们不信。"

奇奇叔叔："哦，那照片呢？"

壮壮："还没照呢。"

奇奇叔叔："嘿，真有你的。"

壮壮："我看你经常陪我玩游戏，我才答应帮你，换了别人，我才懒得搭理他呢。拜拜，明天下午还在这儿，记住了，过期不候。"站起来走了。

大伟拍拍奇奇叔叔的肩膀："他刚才跟你说什么？什么照片？"

奇奇叔叔："一张珍贵的照片。"

大伟："他的话，你信？"

奇奇叔叔："信。记账。"

42. 科技馆内　　日

讲解员正在为游客讲解。

雯雯过来："小姨，小姨。"

讲解员示意雯雯："嘘，等一下。下面，我为你们介绍的机器人乐队，这个指挥家叫罗伯特……"

雯雯跟在游客的后面。

讲解员："……这个机器人由计算机程序控制，能模仿人的32个动作……"

43. 奇奇的房间　　日

壮壮："特特，我给你照个相，留个纪念吧。"

特特："好啊，奇奇，来，我们两个照一张。"

壮壮按动快门："OK。特特，给你单独来一张。"

特特摆了一个很酷的姿势。

壮壮再次按动快门："好，奇奇，帮个忙，给我们俩也来一张。"

奇奇："没问题。"

彬彬在一旁："我也要来一张。"

44. 科技馆内　　日

雯雯："小姨，你们这儿有没有防毒面具？"

讲解员："有啊，怎么了？"

雯雯："能不能借给我用两天？"

讲解员："不行，那是展品，不能外借。"

雯雯："哦，那你能不能带我去看看？"

讲解员："当然可以，跟我来吧。"她带着雯雯来到生化防护用品展区。

雯雯看着防毒面具出神。

讲解员："雯雯，你要防毒面具干什么？"

雯雯："我们兴趣小组要做一个实验。"

讲解员："不好意思，小姨帮不了你了。"

雯雯："这个面具整天都在这儿，没人动吧？"

讲解员："我们的展品一般是不许人动的。"

雯雯若有所思。

讲解员："雯雯，你在这里看吧，小姨还有工作，不陪你了。"

雯雯："小姨再见。"

讲解员："再见。"

45. 奇奇的房间　　日

壮壮收起相机："雯雯怎么还不来？"

奇奇："她不会失信的。"

彬彬："那天去恐龙馆，她不也没去吗？"

奇奇："那天是因为她妈妈非要让她去听一位钢琴大师的讲座，她没有办法。"

壮壮："你们在这儿等她吧，我去把照片洗出来。"

奇奇："行，你快点回来，我们还得商量事呢。"

特特："记着把照片给我一张。"

壮壮："忘不了。"

46. 科技馆内　　日

雯雯看着防毒面具思考了一会儿："就是这儿了。"

47. 彩扩中心　　日

壮壮："阿姨，把这个单人的多洗一张。"

营业员："是这个吗？"

壮壮："对，什么时候能取？"

营业员："过一个小时来取。"

壮壮："好吧。"

48. 奇奇的房间　　日

雯雯累得上气不接下气。

奇奇："什么事儿这么着急？看把你累的。"

雯雯："我找到防毒面具了。"

奇奇："真的？在哪儿？"

雯雯："科技馆。"

奇奇："科技馆的东西，他们会让咱们用吗？"

雯雯胸有成竹地："我有办法。特特，咱们走吧。"

特特打开自己的包："我有两件礼物送给你们。"

奇奇："我们帮你，不是为了要你的礼物。"

特特："我知道，可这是我的一点心意。这是一副透视眼镜，这是一双智能鞋，算是我给你们的纪念品吧。"

奇奇："那我们谢谢你了。"

雯雯："快走吧，趁中午这会儿人少。"

彬彬："不等壮壮了？"

奇奇："等回来再告诉他。"

特特："记着问他要我的照片。"

49. 彩扩中心　　日

壮壮端详着特特的照片。

营业员："这小孩是谁呀？长得挺逗的。"

壮壮："外星人。"

营业员："外星人？他要是外星人，我们大家都是外星人了。"

壮壮："爱信不信。"

50. 科技馆内　　日

雯雯："就是这儿。特特戴上防毒面具，然后隐身，没人能发现你。"

特特："这地方挺好玩。"

雯雯："快进去试试。"

特特把防毒面具戴在头上，嘴巴一张一合。

奇奇："你说什么？我们听不见。"

特特摘了面具："戴上它，舒服极了。"

奇奇："那你就先在这儿待着吧，我们会按时把木槿花提取液给你送来。"

特特："又要麻烦你们了，我真不好意思。"

彬彬："你还这么客气呀。"

雯雯："有人过来了，你快进去。"

特特隐身了，防毒面具在空中飘回原位。

几个参观者过来了。

奇奇冲防毒面具摆摆手："拜拜，我们会来看你的。"

参观者看着他们，莫名其妙。

51. 网吧门口　　日

壮壮把特特的照片交给奇奇叔叔。

奇奇叔叔翻来覆去地看着照片："这张照片值多少钱？"

壮壮："最少值一万。"

奇奇叔叔把照片交给大伟："他说这照片值一万。"

大伟："这照片值一万，我大伟的照片就是无价之宝了。"

奇奇叔叔："小朋友，你这玩笑开得太大了。"

壮壮："如果我告诉你他是外星人，你还认为我是在开玩笑吗？"

奇奇叔叔和大伟一愣："外星人？"

壮壮："对，他的名字叫特特……"

52. 奇奇的房间　　日

彬彬："我对透视眼镜没兴趣，把这智能球鞋让我穿两天吧。"

奇奇："行，你拿去吧。"

彬彬："你说这球鞋有什么特别的地方？"

奇奇："特特没说，我也不知道。雯雯，这透视眼镜送给你吧。"

雯雯："我不要。"

奇奇："雯雯，以后给特特送食物的任务就交给你了。"

雯雯："行。但是，特特不能永远待在科技馆里面，我们怎样才能帮他返回阿尔法星球呢？"

奇奇和彬彬都陷入了沉思。

53. 报社编辑部　　日

总编看看特特的照片，又看看奇奇叔叔和大伟："你们说他叫特特？"

奇奇叔叔："对。"

总编："你们说他是阿尔法星人？"

大伟："对。"

总编："你们说这张照片值一万。"

奇奇叔叔和大伟异口同声："对。"

总编把照片还给奇奇叔叔。

奇奇叔叔不解地看着总编："你这是……"

总编："新闻的第一要求就是真实。现在，所有的一切都是你们在说，证据呢？你们要有证据来证明你们说的每一句话都是真实的。如果你们能够证明这张照片的真实性，这张照片，我出一百万……"

奇奇叔叔喜出望外："真的？"

总编："但是，在你们拿出有力证据之前，这张照片，一文不值。"

54. 大街上　　日

奇奇叔叔："听到没有？这张照片值一百万。"

大伟："人家要的是证据。"

奇奇叔叔看着照片："证据……证据……，哎，这背景我看着眼熟。"

大伟："拉倒吧，再看会儿，照片上的小孩你还眼熟呢。"

奇奇叔叔："等等，你让我想想……对了，就是那儿。"说完，拔腿就跑。

大伟："哎，你说的是哪儿呀？"

奇奇叔叔头也不回："我们家。"

大伟："想钱想疯了，都是一百万给闹的。"

55. 奇奇的房间　　日

奇奇叔叔冲进房间，拿着照片仔细地比对着。

照片上的背景和房间里一模一样。

奇奇叔叔兴奋地："没错，是这儿！一百万，我的一百万。"疯狂地吻着照片。

奇奇站在门口：“叔叔，你干吗呢。”

奇奇叔叔激动地：“奇奇，我问你，一百万，不，这照片上的人你见过吗？”

奇奇看到照片，猛然愣住了：“这照片谁给你的？”

奇奇叔叔：“这就是说，这照片上的人你认识？”

奇奇眼珠一转：“认识。”

奇奇叔叔：“他是不是叫特特？”

奇奇：“对，是叫特特。”

奇奇叔叔：“发财了，发财了。”

奇奇：“叔叔，你着什么魔了？”

奇奇叔叔：“快告诉我，他是不是外星人？”

奇奇：“是，他的外号就叫外星人。”

奇奇叔叔：“什么？外号？”

奇奇：“对呀，我们都叫他外星人。”

奇奇叔叔：“完了，完了，一百万哪，我的一百万哪。”

奇奇：“叔叔，你还没告诉我，谁给你这张照片。”

奇奇叔叔：“跟你年龄差不多，经常去网吧打游戏。”

奇奇：“壮壮。”

奇奇叔叔：“应该是你们同学吧。”

56. 科技馆内　　夜

特特摘下防毒面具：“这东西还挺重。”他从展览区出来，顺着展厅边走边看。

黑夜里，特特的脚步声很响。

楼下的值班人员听到响动，拿手电向上面照照：“谁？”

特特连忙躲起来。

值班人员来到楼上，用手电四处照射。

特特连忙隐身。

值班人员来到防毒面具展区看了看，没有发现什么异常，才放心地离开了。

特特回来，从暗处拿出一个饮料瓶，把里面的液体一饮而尽。

57. 六一班教室　　日

下课了，同学们在教室里跑来跑去。

奇奇、雯雯和彬彬在一起说话。

壮壮：“奇奇，奇奇。”

奇奇把脸转过一边。

壮壮：“彬彬，昨天……”

彬彬也把头扭到另一侧。

壮壮心虚地：“你们这是怎么了？”

雯雯：“你还有脸问？照片是怎么回事？”

壮壮：“什么照片？”

奇奇：“明知故问。咱们走。”雯雯和彬彬跟着奇奇走了。

壮壮：“怪了，照片的事他们怎么知道了？”

58. 学校运动场　　日

球场上，一帮同学在踢足球。

奇奇看着彬彬脚上的新球鞋：“上去试试。”

彬彬：“哎。”

远远的，壮壮一个人站在那里，向这边张望。

彬彬来到球场上，和大家打了个招呼，就加入比赛中。

59. 网吧　　日

奇奇叔叔把照片拍到吧台上：“我们被那小子给骗了。”

大伟：“我说他的话不靠谱，你还不信。”

老板走过来，拿起照片看看：“你们说什么呢？”

奇奇叔叔：“那小子说这小孩是外星人。”

老板感兴趣地：“哦？说说看。”

60. 学校运动场　　　日

足球滚到彬彬脚下，他飞起一脚，足球划了一道漂亮的弧线飞进网窝。

同学们纷纷喝彩。

彬彬惊奇地看着脚上球鞋。

场外，奇奇："嘿，神了哎，贝克汉姆也不过如此。"

雯雯："你的透视眼镜有什么用？"

奇奇："我试了，好像没什么特别的地方。"

雯雯："是不是可以隔着墙看到另一间屋子。"

奇奇："不行，看不到。"

雯雯："那为什么叫透视眼镜？"

奇奇摇摇头。

场上，彬彬又是一脚漂亮的射门。

同学们都向他表示祝贺。

彬彬得意地朝这边挥挥手。

远处，壮壮低着头走了。

61. 网吧　　　夜

老板眯着眼睛，久久地凝视着手中的照片。

大伟："老板，你已经看了半个小时了。"

老板："半个小时能看出来一百万，还不值吗？"

大伟："你相信他是外星人？"

老板："深信不疑。"

大伟："老板，你……"

老板："我们现在来分析一下，第一，那个给你们照片的小男孩为什么要说谎？没有道理嘛，他完全可以不给你们这张照片。我猜想，他的确是想帮一把他的这个大朋友；第二，你还记得前几天的新闻吗？我们这座城市的上空出现了 UFO，如果把这两件事连起来看……"

大伟："老板，您分析的有道理。"

老板："还有最重要的一点，就是他的那个侄子，说什么这小孩外号叫外星人，分明是在欺骗他的叔叔。这我们就不得不考虑，他在隐瞒什么？”

大伟：“老板，您都赶上福尔摩斯了。”

老板：“遇到事情要动脑子，这就是为什么我可以当老板，而你却是个打工仔的原因。不过，现在机会来了，你帮我把这件事情做好了，这个网吧我就送给你。”

大伟意外地：“真的？”

老板点点头。

大伟：“老板，您要我做什么，只要不是杀人放火，您尽管吩咐。”

老板：“我们要把这个外星人给找出来，到那个时候，一百万？一千万，我们都嫌太少了。”

大伟：“但是，我们从哪儿入手呢？”

老板冷笑着：“哼哼，我有办法。”

62. 奇奇的房间　　夜

奇奇在电脑上写日记：“今天，我们都不理壮壮了，他不该出卖特特。他这样做，太丢我们的人了，如果让特特知道了，他对地球人的美好印象就全毁了。对了，放学后我们三个去科技馆看特特了，因为人多，我们没和特特说话。不过，特特一定看到我们了，因为我看到防毒面具微微动了一下，那一定是特特跟我们打招呼呢……”

一阵敲门声。

奇奇连忙关了日记：“进来。”

奇奇叔叔：“奇奇，叔叔还是想不明白，你那个同学，就是壮壮，为什么要骗我呢？”

奇奇：“想不明白你去问他呀。”

奇奇叔叔：“如果再见到他，我是要问问他。哎，你没写日记啊？”

奇奇：“没有。”

奇奇叔叔：“那你早点睡吧，明天还得上课呢。”

奇奇：“你也早点睡，别净想外星人了，昨天晚上你发呓症还是跟外星人吵架呢。”

奇奇叔叔："是吗？我一点都不知道。"

63. 学校校园　　日

奇奇："彬彬，你昨天那几脚球简直神了。"

彬彬得意地："我是咱们学校当之无愧的球王。"

奇奇盯着彬彬的球鞋。

彬彬不好意思地："这秘密你可不要告诉别人。"

奇奇："放心吧，咱们是朋友。"

壮壮从后面追上来："奇奇，彬彬，我想给你们解释……"

奇奇："我没时间听，你有时间吗？"

彬彬："我也没时间。"

壮壮失望地转身走了。

64. 六一班教室内　　日

徐老师："谁知道壮壮为什么没来上课？"

同学们纷纷摇头。

徐老师："奇奇，你们是好朋友，你知道吗？"

奇奇："不知道。"

徐老师看着彬彬。

彬彬连忙回答："我也不知道。"

徐老师："好，我们先上课。奇奇，彬彬，放学后老师有话跟你们说。"

雯雯回过头看看奇奇和彬彬。

65. 网吧内　　日

奇奇叔叔："壮壮……"

壮壮："我不想理你。"

奇奇叔叔："咱们一块儿玩游戏。"

壮壮："我没心情。"

奇奇叔叔："其实，你给我那张照片……"

壮壮："是我骗你的，行了吧？"

奇奇叔叔："他们都不相信，我才给奇奇看……"

壮壮："你以后别再我面前提照片的事。"

奇奇叔叔无言以对了。

66. 校园门口　　　日

奇奇："雯雯，今天你自己去吧，我们两个去不了了。"

雯雯："放心吧，我一个人能行。"

不远的地方，大伟躲在暗处向这边张望。

奇奇："路上多加小心，晚上给我打电话。"

雯雯："再见。"

奇奇和彬彬："再见。"

不远的地方，大伟小声打着电话："老板……"

看着雯雯走远了，奇奇和彬彬转身向校园里走。

彬彬担心地："徐老师不是要批评咱们吧？"

奇奇："我们又没办什么坏事，凭什么批评我们？"

徐老师站在他们面前："不批评你们，和你们谈谈心总可以吧。"

奇奇和彬彬："徐老师。"

徐老师关心地："奇奇，彬彬，你们是不是和壮壮闹矛盾了？"

奇奇掩饰地："没……没有。"

彬彬附和着："对，我们还跟从前一样，好着呢。"

徐老师："撒谎，你们那点儿小秘密，瞒不过老师的眼睛。"

奇奇和彬彬不好意思地低下了头。

67. 科技馆外　　　日

雯雯拿着一个饮料瓶来到入口。

大伟跟在雯雯身后。

雯雯和检票员说了几句，检票员让她进去了。

大伟想跟着进去，被检票员拦住："同志，您的票。"

大伟：“票？还要买票？”

检票员：“售票处在大门口。”

68. 科技馆内　　　日

防毒面具展区前围了很多人。

雯雯没有机会把饮料瓶交给特特，只好站在人群后面。

大伟来到这里，悄悄躲在雯雯身后。

69. 网吧　　　日

奇奇叔叔：“大伟，记账。”

老板过来：“今天我高兴，你的账不用记了。”

奇奇叔叔：“嘿，太阳打西边出来了。”

壮壮伸个懒腰：“放学了，我也该回家了，结账。”

老板：“你的账，也免了。”

壮壮：“那谢谢了。”

70. 学校校园　　　日

徐老师：“……就算壮壮有错误，你们也不该孤立他。好朋友犯了错误，我们要帮助他认识错误、改正错误，你们说对吗？”

奇奇和彬彬还是低着头。

徐老师：“老师的话，你们回去再考虑考虑，我想你们一定能够明白这个道理。”

彬彬：“徐老师，我知道壮壮在什么地方。”

徐老师：“是吗？你怎么不早说？”

彬彬：“嘿嘿，我也去那儿玩过。”

徐老师：“走，带老师去看看。”

彬彬：“哎。”

71. 科技馆内　　日

雯雯趁人不注意，把饮料瓶塞到一个角落里。

大伟密切注视着雯雯的一举一动。

雯雯冲防毒面具眨眨眼睛。

防毒面具微微动了一下。

雯雯放心地走了。

大伟盯着防毒面具看了一会儿，也走了。

72. 网吧内　　日

老板："你说你的学生在我这里，你把他找出来呀。"

彬彬："壮壮可能回家了。"

老板："没有证据，就不要在这里无理取闹。现在是法制社会，一切都要讲证据。"

徐老师："我一定会找到证据，不能让你再挣这昧心钱。"

老板："好啊，我随时奉陪。"

奇奇："徐老师，你别生气，证据我帮你找。"

大伟进来了："老板，他们是……"

老板："自己的学生看不住，来咱们这要人来了。"

徐老师："咱们走。"

看着徐老师他们走了，大伟才神秘地："我发现了一个秘密……"

73. 科技馆内　　日

清洁工看到饮料瓶，立刻捡起来。

隐身中的特特着急地直跺脚。

清洁工拿着饮料瓶走了。

特特的心声："咳，今天该挨饿了。"

74. 科技馆外　　日

大伟和老板急匆匆来到门口。

检票员："对不起，我们马上就要闭馆了，你们明天再来吧。"

老板："你就让我们进去看一分钟……"

检票员："不行，我们有规定。"

老板："你看，能不能通融通融？"

检票员："不行。"

讲解员从里面出来："还没下班呢？"

检票员："这不，他们两个非要现在进去。"

讲解员："里面灯都关了，明天再来吧。"

老板看看大伟："走。"

75. 奇奇的房间　　　夜

奇奇摆弄着透视眼镜。

奇奇叔叔进来："还没睡呢？"

奇奇："叔叔，你是不是经常去北大街那家网吧？"

奇奇叔叔："是呀。"

奇奇："他们那儿有没有未成年人？"

奇奇叔叔："有，你们同学壮壮就经常去。"

奇奇："我们老师打算举报他们，你能不能给我们当个证人？"

奇奇叔叔犹豫着："我？不合适吧？"

奇奇顺手戴上透视眼镜，眼前突然出现了一幅画面：网吧老板拿着刀威胁奇奇叔叔。

奇奇叔叔："其实，他们挣点钱也不容易。"

奇奇："不对，你是怕那个老板报复你。"

奇奇叔叔："没有，绝对没有。"

奇奇摘下眼镜，眼前的画面消失了。

76. 科技馆内　　　夜

特特对着手腕上的电脑："特特呼叫总部，特特呼叫总部，听到了请回答，听到请回答。"

没有回应。

特特来到三层的法拉第笼前面，看着它出神。

77. 奇奇的房间　　日

奇奇叔叔打开电脑，找到奇奇的日记软件。

奇奇的日记显示在电脑上面。

奇奇叔叔一边看一边喃喃自语："阿尔法星球，特特，啊？这都是真的。科技馆，防毒面具，隐身……"他关了电脑，急忙走出房间。

房门开了，奇奇叔叔又从抽屉里翻出几张照片。

78. 学校校园　　日

奇奇兴奋地："我知道透视眼镜有什么作用了？"

雯雯："快说。"

奇奇："它可以看到人的思维。"

雯雯："我不明白。"

奇奇："怎么跟你说呢，它能把你想什么翻译成一幅图画，明白吗？"

雯雯点点头，又摇摇头。

奇奇："哎呀，你戴上试试就明白了。"

雯雯戴上透视眼镜，眼前出现一幅画面：特特的图像。

奇奇："看明白了吗？"

雯雯试探地："你在想特特？"

奇奇："对呀，透视眼镜就是这么用的。"

雯雯："真是太神奇了。奇奇，我也想特特了，明天是周六，我们把他接回来玩一天吧。"

奇奇："好主意，白天把他接出来，晚上再把他送回去。"

雯雯："要是壮壮能一起去就好了。"

彬彬："徐老师昨天批评我们了，我觉得徐老师说的有道理。"

雯雯："那我们去找壮壮？"

奇奇："要去你们去……"

雯雯："奇奇，你还生壮壮的气呀？"

奇奇："他出卖好朋友……"

雯雯："咱们四个是一个兴趣小组，壮壮有错误，我们不帮他谁帮他？奇奇，你是男子汉，心胸应该大一点嘛。"

奇奇："好吧，看在你的面子上，我就原谅他这一次。"

79. 网吧门口　　日

壮壮来到网吧门口。

大伟拦住他："我说小祖宗，你以后别来了。"

壮壮："我又不欠你们钱。"

大伟："不是钱不钱的问题，你们那个老师太厉害了，你再来玩，我们这个网吧就该关门了。"

壮壮什么也没说，转身走了。

一辆轿车停在门前，老板探出头："大伟，上车。"

大伟上了轿车。

80. 科技馆内　　日

奇奇叔叔看看来到防毒面具展区，看看四下无人，小声地："特特，特特……"

防毒面具后面的特特奇怪地看着他。

奇奇叔叔："特特，我是奇奇的叔叔，亲叔叔，不信，你看！"说着，把照片举到防毒面具前面。

照片上是奇奇叔叔和奇奇的合影。

几个参观者过来，奇奇叔叔连忙收起照片，若无其事地左顾右盼。

参观者走了。

奇奇叔叔："特特，奇奇他们让我把你接出去，他们在公园等你……"

特特警惕地："你怎么知道我？"

奇奇叔叔："当然是奇奇告诉我的。他告诉我你是阿尔法星球的小探险家，会隐身，木槿花的提取液是你的食物……"

特特："好吧，我相信你。"

奇奇叔叔："趁现在没人，咱们快走吧。"

81. 科技馆外　　日

大伟和老板来到门口。

老板："这回我们来的不晚吧？"

检票员："不晚，您请进。"

老板和大伟进入科技馆。

奇奇叔叔带着隐身的特特与他们擦肩而过。

大伟："老板，你看。"

老板："别管他，我们走。"

82. 大街上　　日

壮壮在漫无目的地游荡。

雯雯、奇奇和彬彬发现壮壮，向他跑来。

壮壮撒腿就跑。

雯雯、奇奇和彬彬在后面紧追不舍。

83. 科技馆内　　日

老板和大伟来到防毒面具展区。

大伟对老板耳语几句。

老板在防毒面具前后左右摸了摸，向大伟摇摇头。

大伟凑上来："会不会是他？"

老板："我们来晚了，快追！"

84. 大街上　　日

雯雯、奇奇、彬彬和壮壮面对面站着，大家都喘息着。

雯雯："壮壮，你跑什么呀？"

壮壮："你们追，我才跑。"

彬彬：“壮壮，我们追你，是向你承认错误。”

壮壮：“向我承认错误？”

彬彬：“对，徐老师批评我们了，不管因为什么原因，我们都不该对你采取那种态度。”

奇奇：“壮壮，责任都在我，你能原谅我吗？”

彬彬：“我也不对，也请你原谅。”

壮壮：“你们没错，是因为我把特特的照片给了你叔叔，你们才不理我的，是我先犯错误。”

雯雯：“以前的事，我们都不说了，以后我们还是好朋友，好吗？”

壮壮郑重地点点头。

奇奇伸出手，彬彬握了上去，壮壮也把手搭在上面。

雯雯：“壮壮，我们还有一个要求。”

壮壮：“你们说。”

雯雯：“以后别再去网吧了，行吗？”

壮壮：“行。”

85. 科技馆门口　　日

奇奇叔叔领着已经显形的特特上了一辆出租车。

轿车内，老板：“大伟，跟上他们。”

出租车启动了，大伟开着轿车跟在后面。

86. 出租车内　　日

特特：“奇奇他们为什么没有来？”

奇奇叔叔：“他们……他们在公园给你采集木槿花。”

特特：“太好了，我一天一夜没吃东西，都快饿死了……”

出租司机奇怪地看了他们一眼。

特特连忙闭上嘴。

特特："我去过很多星球，我能分辨谁是好人，谁是坏蛋。"

大伟悄悄打开背包，拽出一张网。

老板："特特，既然你不愿意见我们，那我们就告辞了。"

特特："你们走吧，我不送你们了。"

大伟循着声音把网一撒。

特特被罩在网里面："啊？你们放我出去。"

大伟把网收好，特特在里面挣扎着。

老板得意地："谁能想到，最古老的捕鱼工具却可以用来对付最先进的隐身技术，哈哈哈哈……"

大伟："老板，我们快走吧。"

老板："特特，委屈你了。大伟，去把车开过来。"

92. 公园门口　　日

一辆汽车停下来，从上面下来了总编和一群记者。

奇奇叔叔："哎呀，总算把你们等来了。"

总编："外星人在哪儿？"

奇奇叔叔："你们跟我来。"

众人跟着奇奇叔叔走。

老板的轿车从公园里面开了出来。

奇奇叔叔下意识地向车里看了一眼。

93. 公园凉亭外　　日

凉亭内空无一人。

记者们端着相机尴尬地站在那里。

总编气愤地："同志，你这玩笑开得也太大了。"

奇奇叔叔："刚才，刚才还在这里……"

一个记者："总编，您看这篇报道……"

总编没好气地："回去。"

一个记者："那空出来的版面……"

总编："发广告。"

众人走了，只有奇奇叔叔还呆呆地站在那里。突然，他的眼前浮现出老板的汽车："是他！"

94. 奇奇家的客厅　　日

奇奇在打电话："喂，壮壮，准备好了没有，一会儿我们在科技馆门口见。"

奇奇叔叔："你又要去科技馆？"

奇奇边拨电话边回答："是呀，科技馆的内容太丰富了，让我去多少次我也不会烦。"

奇奇叔叔话里有话地："这次去，恐怕要让你失望了。"

奇奇的电话接通了："喂，彬彬……已经走了？好好，阿姨再见。"放下电话。

奇奇叔叔："你走，我也要走了。"

奇奇："又去网吧玩游戏？"

奇奇叔叔："对，不过这次玩的是真人游戏。"

奇奇："什么游戏我都没兴趣，叔叔，再见。"

奇奇叔叔："再见。"

95. 科技馆外　　日

雯雯："我小姨都替咱们说好了，进去吧。"

检票员："雯雯，今天又来了？"

雯雯："不好意思，又麻烦您了。"

检票员："你们是不是在做什么科技活动啊，要不然，你会天天往这儿跑？"

雯雯："阿姨，您猜得真准。我们先进去了。"

检票员："能在这儿学点知识，咱们建这个科技馆的目的也就达到了。"

96. 科技馆内　　日

奇奇看看周围人不多，轻声地："特特，特特，我们来接你回去。"

壮壮："对，让你回去玩一天。"

彬彬："听到没有，听到了你就点点头。"

防毒面具没有一点反应。

奇奇："不对，特特好像不在这里。"

彬彬："不会吧，不在这儿他能去哪儿？"

壮壮："我去摸摸看。"说着就要上前。

讲解员："小朋友，你不能动展品。"

雯雯："小姨。"

讲解员："雯雯，他们是你的同学？"

雯雯："对，我们兴趣小组在做一个课题，跟这个防毒面具有关。"

讲解员："是不是关于大气污染的课题？"

雯雯："对，对，小姨，你就让我们仔细看看防毒面具的构造吧。"

讲解员："行，你们小心点，别给碰坏了。"

壮壮抢上前一摸，冲他们摇摇头。

奇奇的表情严肃起来。

97. 网吧内　　日

奇奇叔叔径直来到吧台前："大伟，我要见你们老板。"

大伟："他很忙，他没时间见你。如果你想还账，找我就行了。"

奇奇叔叔："我想跟他谈谈昨天傍晚发生的事情。"

大伟一愣："他在后面，你跟我来。"

奇奇叔叔跟着大伟走了。

98. 科技馆外　　日

奇奇他们坐在台阶上，谁也没有说话。

彬彬忍不住了："你们说怎么办嘛。"

奇奇："壮壮，我问你，特特的照片，除了我叔叔，你还让什么人看过。"

壮壮："除了你叔叔，还有网吧的服务生大伟，听你叔叔说，他们还把照片拿给报社的总编看了。"

彬彬："就算他们知道特特，他们也不可能找到科技馆来呀。"

奇奇点点头："走，回去问问我叔叔。"

雯雯："特特不会有危险吧？"

奇奇："不知道。"

雯雯又看着壮壮。

壮壮："我也不知道。"

雯雯又转向彬彬。

彬彬："别看我，我更不知道。"

雯雯着急地："你们都说不知道，但是我想立刻就知道啊。"

奇奇："找到我叔叔，事情就好办了。"

99. 办公室　　　日

老板站起身："请坐，请坐。"

奇奇叔叔："不必客气。昨天傍晚的事，希望你能给个说法。"

老板故意地："昨天傍晚有什么事？"

奇奇叔叔："你不要装糊涂了，大家都是明白人，打开天窗说亮话，你把特特弄哪儿了？"

老板："我不明白你在说什么。"

奇奇叔叔："不瞒你说，特特是被我带到公园里的。"

老板："好。说吧，你有什么条件？"

奇奇叔叔的心声："嘿嘿，没想到这一招兵不厌诈还真灵。"

老板："说呀，有什么条件？"

奇奇叔叔："第一，你要保证特特的安全。"

老板："这点请你放心，我不会伤害特特一丝一毫。"

奇奇叔叔："第二，我要和你五五分账。"

老板强压怒火："还有第三吗？"

奇奇叔叔："第三，我们挣够一百万，就把特特放了。"

老板："如果我不答应呢？"

奇奇叔叔："我立刻报警。"

老板："哈哈哈哈，好，我们成交。大伟，去把我那瓶陈年好酒拿来，预祝我们合作愉快。"

大伟进到里间，端着一个托盘出来，上面放着两杯酒。

老板向大伟使个眼色："来我们干了这杯酒。"说着，伸手去端一只酒杯。

大伟："老板，这只杯子才是您的。"

奇奇叔叔抢先端起那只酒杯："我喝这杯酒。"

老板尴尬地："啊？好、好。"端起另一只酒杯。

奇奇叔叔把杯中酒一饮而尽："老板，喝呀。"

老板问大伟："我还用喝吗？"

奇奇叔叔头一晕："这杯酒里有药？"

老板："这就叫聪明反被聪明误。大伟，把他拖到里屋去。"

大伟："是。"

100. 奇奇家的客厅　　日

奇奇放下电话："他的电话已经关机了。"

彬彬："会不会出什么事呀？"

奇奇又回想起和叔叔的对话。

（闪回）

奇奇边拨电话边回答："是呀，科技馆的内容太丰富了，让我去多少次我也不会烦。"

奇奇叔叔话里有话地："这次去，恐怕要让你失望了。"

奇奇的电话接通了："喂，彬彬……已经走了？好好，阿姨再见。"放下电话。

奇奇叔叔："你走，我也要走了。"

奇奇："又去网吧玩游戏？"

奇奇叔叔："对，不过这次玩的是真人游戏。"

（闪回毕）

奇奇："我们去网吧。"

101. 办公室　　日

大伟："老板，我们下一步干什么？"

老板："我已经联系好了一个国际财团，把人交给他们，他们肯出这个数。"伸出一个手指。

大伟："一百万？"

老板摇摇头。

大伟："一千万？"

老板："一个亿，美元。"

大伟："老板，这次您发大财了。"

老板："不是我，是我们两个。"

大伟激动地："谢谢老板。"

老板看看表："我该去机场迎接我们的财神了。"

大伟："我送您去机场。"

老板："不用，你在这里好好看着他们。"

大伟："我明白了。"

老板："好了，从现在开始，你一步也不要离开这间屋子，直到我们把钱拿到手。"

大伟："是。"

老板打开办公室的房门。

四个孩子正气凛然地站在门口。

老板意外地："你们……想干什么？"

奇奇："干什么，你比我们清楚。"

老板满脸堆笑："小朋友，自从上次你们老师来教育过我以后，我这网吧里没有接待过一个未成年人，不信，你问他。"

壮壮："你少装蒜，把特特交出来！"

老板："我哪见过什么特特，你们不要血口喷人。"

奇奇戴上透视眼镜："你想溜。"

老板："没有，我哪儿都不去。"

奇奇盯着老板的脑袋："不对，你想去飞机场。"

老板："没有的事，我去飞机场干什么？"

奇奇："你准备编理由骗我们。"

老板有些慌乱："你、你怎么知道？"

奇奇："现在你的脑子很乱，什么也想不出来了。"

老板："你会魔法，你是人是鬼？"

奇奇："这不是魔法是科学，这是可以翻译人脑思维信号的透视眼镜。壮壮，问他把特特藏在什么地方了。"

壮壮："咳，你把特特藏哪儿了？"

老板："不知道。"

奇奇："在里面。"

老板："你怎么知道？"

奇奇："你嘴上可以不说，脑子里却不能不想。注意，他要让大伟来打我们了。"

老板："大伟，你还不上，他已经把我想的说出来了。"

大伟："是。"一步步逼近孩子们。

孩子们一步步后退，退到门边，再没有退路了。

大伟："我不想欺负小孩，你们自己乖乖地出去吧。要不然，别怪我不客气。"说着，向彬彬扑来。

彬彬抬腿就是一脚。

大伟像皮球一样划了一道弧线飞进里屋。

彬彬拍拍鞋上的尘土："我也不想欺负大人。"

老板见势不妙，连忙求饶："这、这，不关我的事，都是他干的。"

奇奇："编，接着编。"

老板像泄了气的皮球一样瘫软在地："我什么也不说了，你们想怎么着就怎么着吧。"

奇奇："这句还是真心话。壮壮，彬彬，你们去把特特背出来。"

壮壮和彬彬去了里屋。

彬彬的画外音："奇奇，你叔叔也在这儿呢。"

奇奇："你们把他弄出来呀。"

彬彬的画外音："不行，他太重，我背不动。"

奇奇看着老板。

老板连忙爬起来："明白，明白，我去背，我去背。"

102. 奇奇的房间　　日

特特慢慢睁开眼睛："谢谢你们，又一次救了我。"

奇奇："你又客气了。"

彬彬："特特，你不知道，这次能救你，多亏了你送我们的这双智能球鞋。"

奇奇："还有这副透视眼镜。"

特特突然问道："现在是星期几？"

雯雯："星期天。"

特特着急地："几点了。"

壮壮："下午四点了。"

特特："快，快送我去科技馆。"

奇奇："干吗这么着急，你都昏迷一天了，刚醒过来，再休息一会儿。"

特特："不行，这是我最后的机会了。"

奇奇："什么最后机会？"

特特翻身下床："路上再跟你们解释。"

奇奇他们一起出去了。

奇奇叔叔拿着个相机跑过来："咳，都走了？我得去追他们。"

103. 网吧内　　日

老板："大伟，跟我走。"

大伟："去哪儿？"

老板："科技馆。"

大伟："还去科技馆？"

老板："今天晚上七点，特特就要回阿尔法星球。我们必须阻止他，这是我们最后的机会。"

大伟："你还不死心？"

老板："你怎么敢这样跟我说话？"

大伟："我不愿意再助纣为虐。"

老板："你，你被解雇了！"

大伟："好啊，拜拜。现在我就去文化局举报你。"

老板："你！"

104. 科技馆外　　　日

雯雯走在最前面："阿姨，我们有急事。"

检票员："进去吧。"

奇奇他们鱼贯而入。

奇奇叔叔正准备进去。

检票员："你的票。"

奇奇叔叔："我是他们家长。"

检票员："家长更得买票啊。"

105. 科技馆内　　　日

科技馆内已经没有游客了。

特特来到法拉第笼前面："一会儿，时空隧道的入口会停在这个笼子的上方，你们几个合力把这个笼子扔起来，时空隧道的引力就会把这个笼子吸进去。"

雯雯："你为什么要钻进这个笼子里面？"

特特："因为时空隧道里有很强的高压电流，我需要法拉第笼做我的防护服。"

奇奇："你回去，还会再来吗？"

特特："会，我一定会再来地球。"

壮壮："对不起，因为我让你遭遇那么多危险。"

特特："朋友之间不需要说对不起，经历危险也是一种财富。"

彬彬："特特，你要走了，我很难过。"

特特："别难过，我说过了，我还会再来的。"

彬彬："下次再来，记着给我带一副智能手套，我想打篮球。"

奇奇："彬彬，你太贪心了。"

特特："是朋友，就该实话实说。"

彬彬："还是特特说得对。"

特特看看手腕上的电脑："时间马上就到了，我们准备吧。"

小朋友们都低着头，默默地为特特做着准备。

特特："别这样，我也舍不得你们，看你们这样，我就想掉眼泪。"

雯雯忍不住哭了起来，小朋友们哭作一团。

暗处，奇奇叔叔也不住地抹着眼泪。

总部的声音响起来了："特特，时空隧道即将开启，请你立刻做好准备。"

特特和每个人握握手，钻进法拉第笼。

法拉第笼的门缓缓合上了。

总部的声音："现在进入倒计时，十、九、八、七、六、五、四、三、二、一！"

法拉第笼上方出现一条金光闪闪的隧道。

小朋友们惊奇地："哇！"

特特在笼子里面："奇奇，你们向上用力扔。"

小朋友们用力一扔，笼子纹丝没动。

特特："你们再加把劲儿。"

奇奇他们再次举起笼子，可是离隧道入口还有一些距离。

奇奇："特特，这笼子太重了，我们没有办法。"

特特着急地："哎呀，时间不多了。"

老板的画外音："别折腾了，特特，你是我的财神，我不会放你走。"

众人回头看，老板站在电梯口。

奇奇叔叔从暗处蹿出来："别怕，我来对付他。"

奇奇："叔叔，你也在这儿？"

奇奇叔叔："英雄总是出现在最紧要的关头。"

壮壮："别废话了，一会儿就没时间了。"

小朋友们再次抬起法拉第笼。

106. 科技馆电梯口　　日

奇奇叔叔挡在老板面前，两个人虎视眈眈。

老板："让开！"

奇奇叔叔："没门！"

老板："抓住特特，我跟你五五开。"

奇奇叔叔："别做梦了，我现在是好人。"

老板："哼，谁都别想挡着我的一个亿……美元。"

奇奇叔叔摆好架势："来吧。"

老板扑了上去。

107. 科技馆内　　日

奇奇："听我口令，一、二、三……"

彬彬："等等。"

奇奇："你干什么？"

彬彬："我腰带松了。"

奇奇："你快点快点。"

彬彬整好腰带。

奇奇叔叔的画外音："你们快点，我快顶不住了。"

那边传来打斗的声音。

奇奇："叔叔，再坚持一会儿，坚持就是胜利。注意，一、二、三，起！"

众人把法拉第笼扔向空中，可惜还差了一段距离。

总部的声音："时空隧道进入关闭倒计时，十、九、八……"

众人面面相觑。

特特已经彻底绝望了。

打斗的声音越来越大。

总部的声音："……七、六、五……"

彬彬推开众人："你们让开，我来！"

总部的声音："……四、三……"

彬彬飞起一脚，法拉第笼应声而起。由于用力过猛，智能球鞋也一同进入了时空隧道。

特特的画外音："谢谢你们，我会想念你们的。"

108. 科技馆电梯口　　日

老板和奇奇叔叔鼻青脸肿，躺在地上。

奇奇叔叔挥挥手："特特，再见！"

109. 科技馆内　　日

雯雯："好像做了一场梦。"

彬彬："可惜，少了一只智能球鞋。"

壮壮抽动着鼻子："什么味儿？"

众人都盯着彬彬。

奇奇一脸坏笑："彬彬……"

彬彬看着自己的右脚："英雄也不会十全十美。"

全剧终

儿童电视剧

《快乐星球》第一部之失踪的四驱车

编剧：胡红兵

1. 多面体实验室　　日

乐乐："小明和他奶奶住在一起。每天晚上，他只要听到一点什么声音，他就以为是小偷，赶紧把奶奶叫起来……"

莲蓉包："小偷根本就不会弄出声音。"

乐乐："小明的奶奶也这么说。从那以后，只要小明听不到任何声音，他就把奶奶叫起来……"

莲蓉包："啊？"

2. 教室　　日

胖哥手里拿着个四驱车："小九九，就等你了。"

乐乐也拿着四驱车："你还参加不参加比赛了？"

小九九在桌子里翻着，大惊失色："我的四驱车！我的四驱车不见了！"

乐乐和胖哥："啊？"

马翔宇从教室外跑进来，手里也拿着四驱车："磨蹭什么呢，你们？白让我等了半天。"

乐乐："小九九的四驱车不见了。"

胖哥:“谁这么缺德，偷你的‘冲锋战神’呀？”

金刚满头大汗，站在教室门口:“出什么事儿了？”

乐乐:“小九九的‘冲锋战神’丢了。”

众人一起把目光转向金刚。

金刚一愣，连忙把手背在身后，有些不自然地:“你们看我干什么？”

3. 乐乐家的客厅　　夜

乐乐爸爸一边看报纸一边听乐乐说话。

乐乐:“前天下午，我们几个凑在一块，商量着搞一个四驱车比赛，我们问小九九有没有四驱车，小九九说他有一个‘冲锋战神’……”

4. 校园　　日（闪回）

胖哥:“‘冲锋战神’？一百多块呢，比我的‘奥迪双钻’还贵。”

马翔宇:“‘冲锋战神’参加比赛，肯定是第一。”

小九九得意地:“我的车和你们那些，不是一个档次。”

乐乐:“你爸真舍得给你买这么贵的车？别是吹牛吧？”

小九九着急地:“你不信？”

马翔宇:“这有什么信不信的，后天下午拿来我们赛一场不就完了。”

胖哥:“这主意好，谁输了谁请客。”

乐乐:“一言为定。”

小九九:“一言为定。”

（闪回结束）

5. 乐乐家的客厅　　夜

乐乐:“为了比赛，胖哥昨天又给他的车加了龙头凤尾，马翔宇把他的车换了个马达……”

乐乐爸爸:“你给你的车添了点什么东西？”

乐乐:“我的‘超级音速’没动，就是再加东西也是白费，肯定比不过‘冲锋战神’。不过，我的车也垫不了底儿，有马翔宇的在那儿顶着呢。”

乐乐爸爸："还没比赛，结果就出来了，那你们的比赛还有什么意思？"

乐乐："其实，我们就是想看看小九九的'冲锋战神'到底有多快。听人说，'冲锋战神'的时速比真的汽车还快两倍呢。"

乐乐爸爸："好好的，他的车怎么会丢了呢？"

乐乐："下午第二节是体育课，教室里没人。等我们回教室，小九九的车就不见了。小九九都快急疯了，唉，丢了车，他爸爸还不知道怎么打他呢。"

乐乐爸爸："在你们教室里丢东西，有怀疑对象了吗？"

乐乐："有一个……"

6. 校园　　日

马翔宇："肯定是他！"

胖哥和乐乐："谁？"

马翔宇："金刚！"

小九九："不会吧？"

胖哥："我看有可能，昨天咱们一说你的车丢了，他就有些紧张。"

乐乐："他为什么要偷小九九的车，动机呢？作案总得有个动机呀。"

马翔宇："动机可以有好多种。比方说把车拿去换钱，咱们学校旁边的那个小店就给换；再比方说，用'冲锋战神'去赢钱，马路对面那个四驱车专卖店每星期都搞比赛，第一可以得五十块钱……"

乐乐："听你这么一说，好像有点道理。不过，按你这种推理方法，咱们三个也有作案动机呀。"

胖哥："什么？我们为什么要偷他的四驱车？"

乐乐："也可以去换钱、赢钱，而且还多了一条，不用请客啦。"

马翔宇："转了半天，你会怀疑到我们自己身上。"

乐乐："在事情水落石出之前，谁都可以是怀疑对象。"

7. 多面体实验室　　日

莲蓉包把一个小仪器拆开，零件扔了一实验台。

多面体："莲蓉包，你干什么？"

莲蓉包：“我也在搞发明啊。我要把你的测谎仪改造一下，改造成一个会说话的测谎仪。”

多面体怀疑地：“你行吗？”

莲蓉包充满自信地：“等着瞧吧！”

8. 校园一角　　日

金刚背着书包坐在一个石凳上，他看着手里的“冲锋战神”出神。

吴佳佳走过来：“金刚！”

金刚吓了一跳，连忙把四驱车塞进书包里。

吴佳佳：“金刚，你一个人躲这干什么呢？”

金刚：“没干什么。”

吴佳佳：“东方老师让你去她办公室一趟。”

金刚：“我不想去，哎，你就说没找到我。”

吴佳佳：“那不行，我不能撒谎。”

金刚站起身：“真没办法。”说完，独自走了。

吴佳佳：“心里没鬼，你怕什么？”

9. 校园　　日

马翔宇：“既然这件事儿，是因为我们引起的，我们就应该凭自己的力量，帮小九九把‘冲锋战神’找回来。”

乐乐：“我同意。”

胖哥：“行啊。小九九，昨天回去，你爸打你没有？”

小九九：“我还没敢告诉他呢。”

10. 办公室　　日

东方老师：“金刚，我刚才跟你说的只是同学们的一些反映，你回去再好好想一想……”

金刚：“东方老师，我真的没拿小九九的‘冲锋战神’，我敢发誓！”

东方老师：“金刚，老师给你讲一个故事。从前，有一个外国小孩子叫作牛顿。有一天，牛顿在院子里玩儿，一不小心把一棵小树苗折断了，牛顿当时也是很慌忙，但他非常诚实地承认了错误，并把折断了的树苗重新栽种。他的爸爸没有责怪他，还表扬了牛顿能知错就改。”

金刚失望地：“东方老师，你还是不相信我。”

东方老师：“想让人相信你，一定要拿出证据，证明你是清白的。”

金刚：“我会有办法的。”

11. 乐乐家的餐厅　　夜

乐乐妈妈在收拾桌子。

乐乐爸爸：“乐乐，你们班的‘四驱车失窃案’破了没有？”

乐乐：“哪有那么容易啊？职业侦探破个案子，没有十天八天也拿不下来，你想着我们个个都是福尔摩斯呀。”

乐乐妈妈：“不就是一个四驱车吗？值得那么大惊小怪吗？”

乐乐：“这事儿关系到我们四一班的名誉问题。也不知道谁嘴快，教导主任都知道了，他要让学校保卫科跟着掺和，我们东方老师没同意，还立了军令状，一个星期破案。”

乐乐妈妈：“破案，有线索吗？”

乐乐：“我们准备全面撒网。”

12. 校园一角　　日

金刚揪住胖哥的衣领：“说，是不是你拿了小九九的‘冲锋战神’？”

胖哥被揪得喘不过气：“你，你先放、放手。”

金刚松开胖哥：“老实说，别以为我不知道。”

胖哥：“我没拿。我想要‘冲锋战神’，跟我老爸说一声就得了，还用偷？”

金刚：“不是你，你说是谁？”

胖哥：“同学们都说是你！”

金刚：“不许瞎说，再瞎说我揍你！”

胖哥：“不是我说的，是马翔宇和乐乐他们说的。”

金刚：“谁说也不行！”

小九九背着书包往这边走来，看到这种情形，连忙绕道走了。

13. 办公室　　日

东方老师："你多找几个同学了解了解情况，也许能找到一点线索。"

马翔宇："我敢肯定，就是金刚干的。"

东方老师："你是班长，说话不能这么随随便便，信口开河。"

马翔宇："我没有信口开河。第一，金刚有作案的动机，他家里穷，他作案的主要目的是为了钱；第二，他有作案的时间，上体育课的时候，他后半节课都不在操场；第三，他这两天表现很反常……"

东方老师："既然是这样，你就把注意力主要放在金刚身上，最好能在一个星期之内，把问题搞个水落石出。"

马翔宇："您就放心吧。"

14. 学校门口　　日

金刚急匆匆地走出校门。

远远的，马翔宇悄悄地跟踪金刚。

15. 教室　　日

教室里只有吴佳佳和乐乐。

吴佳佳："乐乐，你相信金刚是小偷吗？"

乐乐："不好说。"

吴佳佳："我不相信。金刚平时虽然表现不是太好，但是他本质不坏，有时候还挺有正义感、挺有同情心的。上一回他和六年级的学生打架，不就是因为他们欺负一个小女孩，金刚看不过眼，才和他们打起来的嘛。"

乐乐："按马翔宇的分析，金刚是因为他爸爸妈妈离婚，他爸不给他零花钱才偷四驱车的，作案的动机是为了钱。依我看，假如金刚真的偷了'冲锋战神'，他的动机也不会这么简单。"

吴佳佳："你是说，他不会是仅仅为了钱去偷四驱车。"

乐乐："对，他的动机肯定不是为了钱。"

吴佳佳:“那是为什么呢?”

马翔宇从外边冲进来:“重大发现!”

吴佳佳:“什么?你快说呀!”

马翔宇:“‘冲锋战神’在金刚手里。”

乐乐:“你亲眼见了?”

马翔宇:“不是,你们听我慢慢说。我从东方老师办公室出来,就一路跟着金刚……”

16. 校外　　日(闪回)

金刚走在前边,不时警惕地向后望望。

马翔宇机敏地利用建筑物躲藏着。

17. 小店外　　日(闪回)

金刚来到一个小店外,和老板打了个招呼,又警觉地看看四周。

在一个拐角,马翔宇向这边窥视。

金刚从书包里拿出“冲锋战神”,和老板交谈起来,最后,他又把四驱车装回书包里走了。

马翔宇从拐角处现出身子,急忙向小店走去。

(闪回结束)

18. 教室　　日

马翔宇:“……那个老板说,金刚想把‘冲锋战神’卖给他,因为嫌他出的价钱太低,金刚最后又不卖了……”

乐乐:“老板看清楚了,真是‘冲锋战神’?”

马翔宇:“老板非常肯定,这种车子在小学生手里不多见,所以他看得格外仔细。”

乐乐:“看来,金刚真有问题。”

马翔宇:“我这就向东方老师报告。”

吴佳佳:“别急,即使金刚有‘冲锋战神’,也不能认定就是小九九的那个呀。”

乐乐：“我看还是有了更确凿的证据，再跟东方老师说吧。”

马翔宇：“你们到底还要什么证据？”看乐乐和吴佳佳没有回答，想了一下，自信地说，“明天，我就再给你们一个证据。”

19. 多面体实验室　　日

莲蓉包把最后一个零件装上去，测谎仪组装成功了，从外形上看，比多面体原来的测谎仪更小巧、更精致。

莲蓉包伸了个懒腰：“多面体，冰柠檬，你们都躲哪儿去了？”

没有人回答。

莲蓉包：“真没意思，成功的喜悦也没人分享。”

莲蓉包在实验室里转了一圈，把测谎仪打开：“我是多面体。”

测谎仪：“你撒谎了。”

莲蓉包得意地笑了。

20. 教室　　日

马翔宇站在讲台上：“同学们，四驱车失窃案在各位同学大力配合下，经过我们周密的侦察，已经知道谁是小偷了……”

同学们议论纷纷。

小九九和金刚脸上都掠过一丝不易察觉的惶惑。

马翔宇：“现在承认错误还来得及，如果错过了最后的机会，我会把他的名字写在这个值日记录本上，让每一个同学都知道，课间操时间是最后期限。”

21. 办公室　　日

教导主任：“东方老师，你们班那件事儿，怎么样了？”

东方老师：“听马翔宇说，有一些眉目了。”

教导主任：“是不是金刚？”

东方老师点点头。

教导主任：“东方老师，这件事你处理得非常恰当。让同学们自己解决自己的问题，对他们是一个锻炼，我看马翔宇这孩子不错，好好培养培养，到了五年级，完全可以胜任大队长的工作。”

东方老师：“他倒是个当大队长的苗子。”

教导主任：“最近，马翔宇他爸爸有没有和你联系过？”

东方老师：“马局长经常打电话，问马翔宇的学习情况。”

教导主任：“你也可以顺便把我们学校的情况，向领导汇报汇报嘛。”

22. 教室　　日

眼保健操的音乐结束了，同学们纷纷走出教室。

马翔宇走到讲台上，在值日记录本上写了几个字。

金刚故意落在最后，等马翔宇出了教室，他迅速跑上讲台，打开值日记录本。

值日记录本上：你就是小偷！

金刚意识到上当了，想走已经来不及了。

马翔宇和几个同学堵在门口。

马翔宇：“金刚，你还有什么说的？”

金刚：“我不是小偷！”

马翔宇：“不是小偷，你为什么偷看记录本，这不是那个什么心虚是什么？”

金刚把记录本一摔，冲出了教室。

几个同学：“班长，真有你的！”

马翔宇开心地笑了。

23. 办公室　　日

外面是广播体操的音乐。

东方老师看着记录本上“你就是小偷！”几个字。

马翔宇：“我觉着现在已经水落石出了。”

东方老师：“四驱车呢？四驱车现在在哪里？”

马翔宇：“如果我没猜错的话，应该在金刚的书包里。”

东方老师:“为什么？”

马翔宇:“因为金刚的爸爸对金刚很凶，他不敢把偷来的东西拿回家，所以，放在书包里还是比较安全的。东方老师，我们现在就去搜搜他的书包。”

东方老师:“不行，我们没有权力搜他的书包。”

马翔宇:“你是老师呀？”

东方老师:“老师也不行。老师也不能侵犯同学们的权利。”

马翔宇:“那怎么办？他要是死不承认，我们不是没一点办法了吗？”

东方老师:“能不能让他自己把四驱车拿出来？我们应该帮助每一个同学，也包括犯了错误的同学。”

马翔宇:“我再想想办法吧。”

东方老师拍拍马翔宇的肩膀:“老师相信你。”

24. 教室　　日

上课铃响了，同学们坐在自己的座位上。

金刚走进教室，分明感到同学们冷漠的目光，他急匆匆地走向自己的座位。

马翔宇在一张座位图上胡乱画着，把金刚和小九九连了起来。

胖哥看了金刚一眼，赶忙把头低下。

金刚悄悄摸了摸书包里的四驱车。

25. 公园　　日

一座假山上，金刚孤独地靠在一棵大树下，看着落日斜阳。

几只小鸟在他的上空飞来飞去。

金刚从书包里拿出“冲锋战神”，打开开关，听着它马达的鸣叫。

一会儿，四驱车的电池没电了，高速旋转的轮子渐渐停了下来。

金刚看着四驱车，仿佛看到全班同学的鄙夷的眼神。

耳边的幻觉:“你是小偷！你是小偷！”

金刚举起四驱车准备扔出去，停了半晌，他又把四驱车收回来，轻轻在衣服上擦了擦，爱惜地放回到书包里。

26. 校园　　日

马翔宇："你们快帮我想想办法嘛，我的头都大了。"

吴佳佳："我还是不相信金刚会是小偷。"

乐乐："让金刚自己把四驱车拿出来，难！"

马翔宇："容易我还找你们干吗？"

吴佳佳边想边说："金刚做事一向是敢做敢当，这一回如果真是他拿了小九九的四驱车，他为什么会不承认呢？"

马翔宇："你怎么处处护着金刚？这事儿放你身上，你也不会承认，你愿意落个小偷的帽子一直戴着呀？"

乐乐："吴佳佳，你不是说金刚挺有同情心吗？我们就再给他一个机会，如果他……"

乐乐和马翔宇、吴佳佳低声耳语。

马翔宇："我担心你这办法没用。"

吴佳佳："没用我也同意试一试。"

27. 办公室外　　日

小九九犹犹豫豫地来到办公室外边。

停了一会儿，小九九喊了一声："报告！"

东方老师的画外音："请进。"

小九九推门进去了。

28. 办公室内　　日

小九九进来，看到教导主任也在，他有些意外。

教导主任："……对于爱说谎的学生，就要严厉处罚，直到他们把说谎的毛病改掉；对于那些犯了错误还死不承认的学生，比如说金刚，我看可以给一个处分……"

小九九："别、别，别处分金刚。"

东方老师和教导主任一起把眼睛盯着他。

小九九胆怯地："四驱车，我不要了。"

教导主任："小同学，你不要害怕。现在不是你要不要四驱车的问题，而是我们应该如何挽救一个犯了错误的学生，如果他还是执迷不悟，等待他的只能是严厉的处罚。"

小九九："如果他把四驱车还我，能不给他处分吗？"

东方老师："处分不是目的，如果金刚知错改错，我们还是能原谅他的。小九九，你怎么知道他会把四驱车还给你？"

小九九："乐乐给我出了一个主意，叫作苦肉计……"

29. 乐乐家的客厅　　夜

乐乐妈妈："乐乐，小九九的四驱车找到了吗？"

乐乐从自己的卧室出来："找到了，是金刚拿的。"

乐乐爸爸关切地："金刚承认了？"

乐乐："没那么简单。不过，我敢保证，明天金刚会主动把四驱车还给小九九。"

乐乐妈妈："金刚这孩子，也怪可怜的，妈妈跟个大款跑了，他爸爸三天两头喝酒，就是不着家，好不容易回家一趟，看着金刚不顺眼，拉过来就打，他奶奶心疼得直掉眼泪……"

乐乐爸爸："这事儿你怎么知道这么清楚？"

乐乐妈妈："我们单位小张跟金刚他们住一个楼，隔三岔五的就听见金刚爸爸打孩子，金刚这孩子也真有骨气，一声都没哭过。"

乐乐爸爸："单亲家庭的孩子，不容易呀。哎，乐乐，你们不会冤枉金刚吧？"

乐乐："不会，明天你就知道了。"

30. 校园一角　　日

胖哥拿着一根树枝："打了，我可打了啊。"

小九九把胳膊伸出来，头扭向一旁，紧张地闭着眼睛。

胖哥手里的树枝不住地抖动着："打了，我可真打了啊！"

乐乐、马翔宇和吴佳佳在一旁紧张地看着。

胖哥举了举树枝，又放了下去："我下不了毒手。"

乐乐："咳，我来！"接过树枝，试了几回，"我也下不了毒手。"

吴佳佳："亏你们还都是男子汉呢，丢人。"一把夺过树枝，高高举起来，看着小九九紧张的样子，心肠也软了，"你们都不行，我更下不了毒手。"

马翔宇："就你们这水平，当特务都不合格。看我的吧。"

小九九："求求你，我都紧张三回了。"

马翔宇举起树枝，眼睛一闭，狠命地打了下去。

众人都紧张地闭上眼睛。

小九九"哎哟"一声。

树枝折成两段。

众人拉着小九九的胳膊："我看看，我看看。"

小九九光滑的手臂上没有任何伤痕。

胖哥："马翔宇，你打哪儿了？"

马翔宇一指身旁的一棵小树。

众人："啊？"

乐乐："再想别的办法吧。"

31. 办公室外　　日

几个孩子贴在办公室的窗户上往里看，办公室没有人。

乐乐眼睛盯着办公桌上的一瓶红墨水。

胖哥："咱们不算小偷吧？"

乐乐："咱们这是做好事。"

马翔宇："东方老师不会批评咱们吧？"

乐乐："表扬还来不及呢。"

小九九："谁进去？"

众人一起看着乐乐。

乐乐："好，我进。你们放风。"

胖哥："放风？听着怎么还像是做贼呀？"

乐乐悄悄溜进办公室，拿了一个红墨水瓶慌慌张张跑出来。

小九九："东方老师来了。"
众人撒腿就跑。

32. 校园一角　　日

孩子们跑过来，惊魂未定。
吴佳佳："太刺激了！"
乐乐："还刺激，差一点我就被抓住了。"
胖哥："抓住你，你肯定把我们都供出来。"
乐乐："不会，我是地下党，打死我也不说。"
马翔宇："我看你像叛徒。"
吴佳佳："别废话了，快准备吧。"
乐乐摇摇墨水瓶："啊？空的！"
众人不满地看着乐乐。
吴佳佳："我有办法。"

33. 学校门口　　日

金刚没精打采地走进校门，看看四周没人注意他，遂向学校花园走去。
上学的同学陆陆续续走进校门。
教导主任跟在金刚后面。

34. 校园一角　　日

一支红色水彩笔在小九九的手臂上画着，
吴佳佳停下手中的笔，端详了一会儿："像吗？"
胖哥摇摇头。
吴佳佳轻轻擦了一下，又重新画。
小九九好奇地看着自己的手臂。
吴佳佳："像吗？"
马翔宇："差不多了。"
吴佳佳又认真画起来。

35. 学校花园　　日

金刚走到花园外边，掏出四驱车准备藏起来。

教导主任的身影一闪。

金刚警觉地把四驱车塞进书包，头也不回地走了。

教导主任过来看了一下，没有发现异常：“莫名其妙。”

36. 教室　　日

上课前，教室里乱糟糟的。

乐乐看到小九九手臂上的伤痕，故意大声地：“小九九，你挨打了？”

胖哥也凑过来：“谁把你打成这样？也太狠了吧！”

吴佳佳轻轻摸了一下小九九的“伤口”：“疼吗？”

小九九立刻倒吸一口凉气，装作很疼的样子，把手臂慌忙收回来，

马翔宇：“我知道了，是你爸爸打的。”

小九九点点头。

这边的喧哗，吸引了金刚的注意力，他极力想听清楚他们的对话。

乐乐大声地：“什么？你爸爸妈妈吵架了？”

小九九带着哭腔：“嗯。”

马翔宇大声地：“因为你丢了‘冲锋战神’，你爸爸才打你，对吗？”

小九九：“我爸和我妈因为这事儿，一中午都不说话……”

胖哥：“别怕，他们是怄气呢，我爸我妈生气的时候也那样。过一会儿就没事了。”

小九九担心地：“他们是真生气了。下午来我上学的时候，还听见他们吵着说，‘过不成就离’。我害怕……”

乐乐劝解道：“不会，他们那是气话，不会为了一个四驱车就离婚。”

听到“离婚”两个字，金刚的眉头皱了起来。

小九九：“他们会离婚。因为我爸爸给我买四驱车，我妈妈不知道。现在，我把它丢了，我爸我妈都很生气，我真怕他们在气头上……”

胖哥长叹一声：“唉，又一个单亲家庭即将诞生了。”

吴佳佳愤怒地：“死胖子，你怎么说话呢！”

胖哥："我说的是实话。"

金刚听得出了神。

上课铃响了。

同学们纷纷回到自己的座位上。

东方老师走上讲台："上课！"

马翔宇："起立！"

同学们站起来："老师好！"

东方老师："同学们好！请坐下。"

金刚坐下来，神色黯然，伸手摸着书包里的四驱车，耳边不停地响起"离婚、离婚、离婚……"的吵闹声。

37. 校园　　日

夏日的校园，知了在枝头鸣叫。

花园里的花草在微风中摇曳。

38. 教室　　日

下课铃响了，东方老师收拾一下课本走出教室。

马翔宇站起来："下一节课，全体同学到电脑教室听讲座。"

同学们兴奋地欢呼起来。

乐乐过来拉起小九九："别伤心了，走，出去玩一会儿。"

教室里的同学都出去了。

金刚拿出"冲锋战神"，轻轻地抚摩着。

突然，胖哥闯进来："金刚，讲座快开始了，你还不去。"

金刚："你先走吧，我马上就去。"

胖哥走了。

39. 教室外　　日

乐乐、马翔宇、吴佳佳和胖哥藏在教室外面向里偷看。

东方老师过来了。

东方老师：“乐乐，你这个测谎仪是从哪儿弄来的？”

乐乐临时编了个谎话：“我叔叔在科学院工作，这是他们最新的科学成果。”

吴佳佳：“我见电影里的测谎仪有好多连线，你这怎么一根线也看不见呢？”

乐乐：“这种测谎仪至少比你在电影里见的先进一百年。它根本不需要连线。”

东方老师有兴趣地：“不需要连线？那怎么分析一个人是不是说谎？”

乐乐：“它是根据声波原理发明的。一个人说真话时候的声波和说假话时候的声波不一样，通过测试，就可以得出结论。”

胖哥：“这玩意儿灵吗？”

乐乐打开测谎仪：“灵不灵你可以试试。”

胖哥对着测谎仪：“我是最苗条的人。”

测谎仪：“你说谎了。”

胖哥不好意思地挠挠头。

众人哈哈大笑。

马翔宇在办公室外边喊：“报告。”

东方老师：“请进。”

马翔宇和金刚走进来，金刚手里拿着“冲锋战神”。

东方老师：“第三节我还有个会，咱们抓紧时间开始。金刚，乐乐他问你什么，你就回答什么，听明白了吗？”

金刚点点头。

东方老师：“开始吧。”

乐乐：“好，我问第一个问题，金刚，你手里的‘冲锋战神’是你的吗？”

金刚：“是我的。”

测谎仪：“你说谎了。”

金刚一愣：“我没说谎！”

测谎仪：“你说谎了。”

乐乐：“不要激动。我现在问你第二个问题，既然你说这个‘冲锋战神’是你的，请你告诉我，是谁给你买的？”

金刚犹豫了一下：“是我舅舅给我买的，是我的生日礼物。”

测谎仪："你说谎了。"

金刚有些愤怒了。

乐乐："金刚，现在我问你第三个问题，你的这个'冲锋战神'是不是小九九的？"

金刚脱口而出："不是！"

测谎仪："你说谎了。"

金刚："不信，你问小九九。"

小九九接过"冲锋战神"看了一下："这个，不是我的。"

众人都有些意外。

金刚得意地："怎么样，现在问题水落石出了吧？"

乐乐把测谎仪往小九九面前一推："小九九，你再说一遍。"

小九九重复道："这个'冲锋战神'不是我的。"

测谎仪："你说谎了。"

东方老师："好了，事情已经很清楚了。"

乐乐把测谎仪关掉，金刚仇视地瞪着乐乐。

东方老师："金刚，你不承认也没有用，我们要相信科学。你回去写个检查，听候学校处理。"

小九九着急地："那个真不是我的！"

东方老师："小九九，你不用害怕，没有人敢打击报复你。好了，都回去吧。"

同学们各怀心事，走出了办公室。

43. 乐乐家的客厅　　日

乐乐如释重负地："唉，'四驱车失窃案'终于结束了。"

乐乐妈妈："金刚承认了？"

乐乐："没有，不管承认不承认，都可以结案了。"

乐乐爸爸："你们要有足够的证据，不能随便冤枉一个好人。"

乐乐："你没看新闻上说了，测谎仪的测试结果，可以作为证据。"

乐乐爸爸："测谎仪，你们哪来的测谎仪？"

乐乐随口胡诌："吴佳佳他爸爸帮我们借的。经过测试，金刚说的全是谎话。”

乐乐妈妈：“别管真话谎话，赶紧把心思给我放到学习上，学习成绩上不去，说什么话都是废话。”

乐乐冲爸爸一吐舌头：“Yes，Madam。”

44. 乐乐的卧室　　夜

夜已经深了，乐乐仍然兴奋地睡不着，他为破了一个大案而高兴。

床头的闹钟“嘀嗒、嘀嗒”地走着。

乐乐悄悄爬起来，从书包里拿出来测谎仪，爱不释手地把玩着。

乐乐把测谎仪打开，对着测谎仪：“我今天真高兴！”

测谎仪：“你说谎了。”

乐乐一愣：“对，不光高兴，还替金刚难过。”

测谎仪：“你说谎了。”

乐乐奇怪地：“没说谎呀。”

床头的闹钟指着十一点五分。

乐乐：“现在是十一点五分。”

测谎仪：“你说谎了。”

乐乐连忙纠正：“现在是北京时间二十三点零五分。”

测谎仪：“你说谎了。”

乐乐有些担心了，轻轻地：“我是乐乐。”

测谎仪：“你说谎了。”

乐乐：“我是丁凯乐。”

测谎仪：“你说谎了。”

乐乐气急败坏：“你就会这一句啊！”

测谎仪：“你说谎了。”

乐乐：“这个莲蓉包，害死我了。”连忙跑出卧室。

45. 乐乐家的客厅　　夜

乐乐拿着电话：“……东方老师，我们可能冤枉金刚了，那个测谎仪是……

假冒伪劣产品，对，只会说一句‘你说谎了’……对，好，好，明天我跟金刚说。晚安。”

放下电话，乐乐长长舒了一口气。

46. 教室　日

东方老师站在讲台上。

金刚的座位上空无一人。

乐乐不时担心地回过头看看。

东方老师：“哪位同学知道，金刚同学为什么没有来？”

同学们你看我、我看你，没有人回答。

突然，门口出现了一个一年级的小同学。

东方老师走到门口：“小同学，你有什么事儿吗？”

小同学把一张纸条往东方老师手里一塞，不等东方老师说话，转身跑了。

东方老师打开纸条一看，立刻紧张起来：“马翔宇、吴佳佳、乐乐，你们跟我来，其余同学上自习。”

马翔宇他们急忙出来。

小九九脸上现出惶恐的表情。

47. 校园　日

东方老师急匆匆地边走边说：“金刚跑了。还留下了一封信。”

马翔宇接过信匆匆看了一眼，交给吴佳佳。

吴佳佳也看了一下交给乐乐。

马翔宇：“东方老师，我们现在去哪？”

东方老师：“火车站。”

48. 出租车上　日

乐乐看信。

金刚的画外音：“东方老师，当你看到这封信的时候，我已经坐上火车了。我知道我说什么你们也不相信。不过我还要说，我没有撒谎，我不是小偷。

东方老师，在你的心里头只有好学生，根本就没有我的位置，我不想上学了，反正上学也没什么意思，同学们都认为我是小偷，没人信我。我要去少林寺，学功夫，等我成了大侠，我一定把真正的小偷都找出来，不让一个人受冤枉。我再说一遍，我不是小偷！”

出租车停下来了，司机：“前边就是火车站。”

东方老师付了钱赶忙下车。

乐乐他们也从后门跳下来。

他们急匆匆走向售票大厅。

49. 售票大厅　　日

不断更新的车次显示屏。

吴佳佳焦急地看着大屏幕。

东方老师回来了，失望地摇摇头。

乐乐和马翔宇也没有找到人。

吴佳佳都快急哭了：“东方老师，怎么办哪？”

东方老师一时也没了主意。

突然，乐乐对大家说：“你们等一下。”他匆匆忙忙跑了。

50. 候车室　　日

一个僻静的角落。

乐乐取出项坠：“乐乐呼叫多面体，乐乐呼叫多面体……”

多面体的画外音：“多面体听到，请回答。”

乐乐语无伦次地：“金刚丢了，你快把我，不，是把他帮我找出来。”

多面体的画外音：“多面体明白，多面体明白。”

51. 多面体实验室　　日

显示屏上：星际定位扫描仪在工作。

多面体紧张地注视着屏幕。

屏幕上一个红点不停地闪烁，闪烁的区域被放大。

多面体兴奋地："找到了，找到了。"

52. 售票大厅　　日

东方老师他们心神不宁地等待着。

乐乐跑过来："快，金刚在人民公园的假山上。"

东方老师："我们快走。"

马翔宇奇怪地："乐乐，你怎么知道？"

乐乐："我叔叔他们科学院有全球定位系统。"

吴佳佳："又是你叔叔，这回不会骗我们了吧？"

53. 公园　　日

假山上，金刚靠着一棵树睡着了，手里还拿着"冲锋战神"。

东方老师他们来到树下，看着金刚脏兮兮的可怜样，谁也不忍心叫醒他。

吴佳佳终于忍不住了，冲乐乐和马翔宇抱怨道："都怨你们俩！"

金刚醒了，茫然地看着眼前的同学和老师。

乐乐："对不起，金刚，我冤枉你了。"

马翔宇："金刚，是我不好，你能原谅我吗？"

金刚和他们的手紧紧握在一起。

东方老师："金刚，对不起。"

金刚的眼里涌满了泪水。

54. 教室　　日

金刚不好意思地站在讲台上。

同学们热烈地鼓掌。

小九九走上讲台："金刚，对不起。"

金刚奇怪地看着小九九。

小九九鼓足勇气面向大家："其实，其实，我根本就没有'冲锋战神'，我、我、骗了大家……"

同学们吃惊地看着小九九。

小九九：“都是因为我的虚荣心，我怕说我没有四驱车，同学会笑话我……对不起了。”说完，向大家深深鞠了一躬。

同学们再次爆发出热烈的掌声。

金刚和小九九握手。

55. 校园　　日

乐乐他们走过来，每人手里拿着一辆四驱车。

乐乐：“金刚，那‘冲锋战神’真是你舅舅给你买的？”

金刚：“是我舅舅给我的生日礼物，不过，我从来没敢拿回家，怕我爸爸不高兴。”

胖哥：“那天上体育课，后来你干什么去了？”

金刚：“拿四驱车呀。我的‘冲锋战神’就藏在咱们学校的花园里。听说你们要赛四驱车，我也想参加。可是，我刚到教室门口，你们就说小九九的‘冲锋战神’丢了……”

马翔宇：“所以你就不敢‘自投罗网’了，害得我们一直怀疑你。”

吴佳佳：“还说呢，都是你自作聪明！”

说着，他们来到了学校的篮球场。

胖哥：“比赛吧？”

金刚：“谁怕你呀？小九九，这辆车算咱俩的。”

乐乐他们把车摆好。

乐乐：“谁当裁判呢？”

吴佳佳：“我来吧。”

“还是我来吧。”东方老师不知什么时候，站在他们身后。

众人：“东方老师？”

东方老师微笑着：“不行吗？”

众人连忙点头：“行，行。”

东方老师举起手：“预备——”

——剧终

《快乐星球》第二部之永远是朋友

编剧：胡红兵

1. 教室　　日

欧阳老师："下星期一，我们要进行本学期最后一次野营活动……"

同学们发出一阵欢呼。

欧阳老师："今天放学以后，同学们回家准备一下，这次活动三天时间，地点是在离这里六十公里的清风山。好了，下课。"

同学们纷纷出了教室。

孟繁志："欧阳老师。"

欧阳老师："繁志，这个周末回家吗？"

孟繁志："回。"

欧阳老师："那你简单准备一下，多带两件衣服，山里面冷，再带点食物……"

孟繁志低着头："欧阳老师，不去行吗？"

欧阳老师："这是咱们四一班最后一次集体活动，我希望你能参加。"

孟繁志没有说话。

欧阳老师："有什么难处吗？"

孟繁志："我回去跟我家里商量商量。"

欧阳老师："我明白了。如果家里有什么困难，老师和同学们都会帮你的。"

胖哥慢腾腾地过来："老师，山里面有吃的吗？"

欧阳老师："你说呢？"

胖哥："我的意思是，我们是不是需要带好多好多吃的东西，你想，三天啊，没东西吃，还不知道饿成什么样呢。"

欧阳老师还没答话，艾克拍拍胖哥的肩膀："你，饿十天也没关系。"

胖哥："我，我不是替大家考虑嘛。"

杨阳也走过来："行了，走吧。"

2. 校园　　日

赵主任："王校长，离考试只有一个星期了，学校还组织野营活动，学生家长会不会有意见？"

王校长："意见肯定会有。不过，这次活动是我们这个学期的教学安排中早就定下来的。通过这次活动，一来可以让同学们走进大自然，认识大自然，热爱大自然；二来可以增强同学们的自理能力，这一点，对现在的独生子女来说，尤为重要；这第三点嘛，可以增进同学们的友谊。既然有这么多课堂上得不到的好处，我们当然应该做这件事。"

赵主任："我担心的是家长对于学生们的期末成绩……"

王校长激动地："素质教育都喊了这么多年了，人们的观念也该改变了。未来社会，需要的是具有很高综合素质的人才，我们如果仍然把两只眼睛紧紧盯在分数上，这是我们教育工作者的悲哀，也是我们社会的悲哀。咱们做教育工作这么多年了，想让一个学生得高分，容易，想把一个学生培养成才，难哪！"

赵主任："王校长，您的心情我完全理解。"

王校长："多跟学生家长做些解释工作吧。最关键的是要保证我们的活动万无一失，特别是不能在安全上出任何问题。"

赵主任："我想，每个班配三名老师，除了班主任和生活老师以外，再增加一个男老师。"

王校长："这个想法很好，只是咱们的男教师太少了。"

3.308 寝室　　日

孟繁志在收拾东西。

何大力："哎，老夫子，你也要回家了？"

胖哥："多新鲜呢，双休日不回家干什么？"

何大力："老夫子双休日也很少回家。"

宝贝："何大力，你是不是吃饱了撑的，人家回不回家，跟你有什么关系？"

何大力："我这是关心同学。老夫子，你说是吧。"

孟繁志："谢谢。"说完，背起包走了。

杨阳和艾克从外面进来："哎，你们还没走？"

宝贝："我的车还没来呢。"

胖哥："你们星期一都准备带什么？"

杨阳："基本生活需要带，牙具、毛巾，还有……"

胖哥："哎，我问你带什么吃的？"

杨阳："随便，能吃饱就行。"

胖哥："随便？我和你没共同语言。"

宝贝："咱们两个可以说到一块儿，我准备带汉堡、火腿肠……"

胖哥："你的东西早过时了。现在流行真空包装食品，想什么时候吃，打开一热就行。比方说，南京板鸭、道口烧鸡、金华火腿……"

艾克："带这么多，你吃得了吗？"

胖哥："吃不了大家吃，我这叫有福同享。艾克，你每次活动总跟别人不一样，这次你准备带什么？"

艾克："我？"

4. 艾克的实验室　　日

笨笨："当然要带高科技食品。"

聪聪："什么是高科技食品呀？"

笨笨："这你都不懂？高科技食品就是高科技食品。"

艾克："对了，我应该发明一种食品，只要吃一片，可以提供三天的能量，这样就解决了野营中的吃饭问题。”

艾雪：“研究好了，一定给我一片。”

艾克：“没问题。”

屏幕上显出老顽童爷爷的图像：“小布丁，你马上到我办公室来。”

艾克：“老顽童爷爷叫我。”

艾雪：“我也去。”

5. 野外　　日

姬老师来到空地上，对着通话器：“首领，首领，我已经到达目的地。”

首领的画外音：“好，我立刻命令无人驾驶飞船降落。”

姬老师仰面看着天空。

6. 老顽童办公室　　日

老顽童爷爷指着监视屏：“你们看。”

屏幕上：一艘小型飞船缓缓降落，姬老师打开舱门。

艾雪意外地：“姬老师，他要干什么？”

艾克：“我一直觉得他的行动很奇怪，老顽童爷爷，难道他和我们一样，也是外星人？”

老顽童爷爷：“现在还不能下这个结论。我们先要看看他准备去什么地方。”

屏幕上：飞船起飞了，一会儿工夫就不见了。

艾克：“飞船隐形了。”

老顽童爷爷按动一个按钮，屏幕上又显出飞船飞行的轨迹。

艾克：“老顽童爷爷，你是怎么怀疑他的？”

老顽童爷爷：“你每次回来，都跟我说起他的一些异常行为，慢慢地，我对他就起了疑心，就在前两天，笨笨告诉我一个情况……”

（闪回）

7. 艾克的实验室　　日

笨笨：“老顽童爷爷，你看。”

屏幕上：一艘飞船在高空中盘旋。

老顽童爷爷："这是什么？"

笨笨："飞船。"

老顽童爷爷："我知道这是飞船，我还知道这是一艘能够隐形的飞船。我的问题是，你为什么让我看这艘飞船，它有什么特别的地方？"

笨笨："飞船本身没有特别的地方，关键是它停留的地方。"

老顽童爷爷："地方，它在什么地方？"

笨笨："小布丁所在城市的上空。"

老顽童爷爷："哦？笨笨，你马上给我查一查小布丁他们学校的那个姬老师，把他的资料交给我。"

笨笨："知道了。"

（闪回闭）

8. 老顽童办公室　　日

艾雪："老顽童爷爷，你怎么会想到姬老师？"

老顽童爷爷："因为我看到的飞船不是一艘普通的飞船，它能够克服地球引力，长期停留在3000米的低空，需要充足的燃料，目前，地球上还没有这种技术。"

艾雪："哦，我明白了，这说明这艘飞船来自太空。可是，飞船和姬老师有什么关系呢？"

老顽童爷爷："这也正是我想弄明白的。当时，我只是凭着一种直觉，觉得这件事儿和你们有关。"

艾雪："和我们有关？"

老顽童爷爷："对，所以我才从你们身边入手。"

艾克："姬老师的资料查出来了吗？"

老顽童爷爷："没有，你们姬老师的资料是空白。"

艾雪："这又能说明什么呢？"

老顽童爷爷："当初，多面体他们为了帮助乐乐，建立了完善的地球信息系统，每一个人的资料我们都可以检索出来，除非……"

艾克："除非他不是地球人。"

老顽童爷爷："对。"

笨笨的画外音："报告老顽童爷爷，飞船已经接近 DARK 星球。"

老顽童爷爷皱起眉头："DARK 星球？"

9. 黑暗星球的控制中心　　日

首领："等 008 号机器人回来，立刻把他送到修理工厂。"

侍从："是。"

10. 宝贝的家　　夜

宝贝："妈妈，星期一我们有重要活动，你帮我准备一下。"

宝贝妈妈："快考试了，还有什么活动？"

宝贝："野营。"

宝贝爷爷从里间踱着步出来："谁要去野营啊？"

宝贝一吐舌头："没，没人去野营。"

宝贝爷爷："我明明听见了嘛，我人是上了年纪，可是我的身体还很好嘛，耳不聋，眼不花，宝贝儿，你说你要去野营，对不对？"

宝贝妈妈："爸，这是集体活动，您就让他去吧。"

宝贝："爷爷，您让我去吧。"

宝贝爷爷："谁说我不让你去了？"

宝贝："您同意？爷爷，你太伟大了。"

宝贝爷爷："宝贝儿，这个学期，你在不断地进步，爷爷也在进步嘛。野营，好啊，现在你们这些孩子，从小生在城里，长在城里，就是缺乏和大自然的接触，你们学校搞这个活动，好。"

宝贝："我还以为您会说，王校长是瞎胡闹呢。"

宝贝爷爷："你们王校长啊，是个非常优秀的校长，她在教书育人上很有自己的想法，也算是年轻有为吧。"

宝贝："我们校长都四十多了。"

宝贝爷爷："四十多，和我比起来，还很年轻嘛。宝贝儿，你们准备去什么地方野营啊？”

宝贝：“清风山。”

宝贝爷爷：“清风山我去过。当年，我们打游击的时候，没少在那山沟里走。那山里面有个清风洞，又大又深，晚上，我们都睡在里边，咳！那个时候……”

宝贝乖巧地：“爷爷，您给我讲讲您打游击的故事吧。”说完，冲妈妈扮个鬼脸。

宝贝妈妈会意地一笑。

宝贝爷爷：“说起来，那是很多年前的事儿喽……”

11. 黑暗星球的控制中心　　夜

姬老师站在首领面前。

首领：“检查过了？”

姬老师：“检查过了。”

首领：“是什么故障？”

姬老师：“是脑神经模块受到剧烈震荡，大脑信息传输瞬间短路，造成我一时清醒，一时糊涂。”

首领：“修好了？”

姬老师：“已经修好了。”

首领突然站起来，厉声呵斥：“我对你的表现，很不满意！”

姬老师低下头：“属下知罪。”

首领：“你白白浪费了我们几个月的时间，一点收获都没有。现在，小布丁他们马上就要放假了，一旦他们离开学校，我们还会有这么好的机会吗？”

姬老师：“希望首领给我机会，让属下戴罪立功。”

首领：“机会？来人！”

侍从从外面进来。

首领：“把他带到垃圾处理中心。”

姬老师恐惧地：“不要啊，首领，求您开恩，不要啊……”

侍从面无表情，举起手中的激光枪。

姬老师绝望地："首领，我愿意赴汤蹈火，一定完成任务。"

首领制止侍从："慢。"

姬老师："谢谢首领，谢谢首领。"

首领："我再给你一个最后的机会，如果还是没有完成任务，我就把你变成太空垃圾。"

姬老师："我一定想办法提取小布丁的基因。"

首领："不，我要你把小布丁和雪儿给我抓回来。"

姬老师："抓回来？"

首领："对，把他们抓回来。"

12. 老顽童的办公室　　夜

笨笨："老顽童爷爷，小布丁他们会有危险吗？"

老顽童爷爷："姬老师的目的是什么，我们还不清楚，不过，既然和DARK星球有关系，就一定不是什么好事……"

笨笨："您的意思是，小布丁他们很危险？"

老顽童爷爷摇摇头："事情还没那么糟，姬老师到小布丁他们学校也有几个月了，也没有发生什么危险嘛……"

艾雪："不但没危险，姬老师对我们还挺好，以前我们每次回星球，都要得到他的帮助，他还一直蒙在鼓里呢。"

老顽童爷爷："现在，首先要搞清楚他到你们学校的目的。"

艾克："我们该做什么？"

老顽童爷爷："什么也不做。"

艾雪："什么也不做？"

老顽童爷爷："在我们没有查清姬老师的真实身份和意图之前，我决定让你们留在星球。"

艾克和艾雪同时反对："不行，星期一我们还要参加野营呢。"

13. 宝贝的家　　夜

宝贝爷爷："……最后，我……"

宝贝："爷爷，您最后哒哒哒哒一梭子，把敌人全给消灭了。"

宝贝爷爷："哦，你都知道了？"

宝贝："爷爷，这故事您都讲了八十多遍了。"

宝贝爷爷："嫌爷爷絮叨，你听烦了？"

宝贝："没有，我爱听。等我去了清风山，说不定还能找到您打的子弹壳呢，捡回来，那也是文物。"

宝贝爷爷："子弹壳算什么文物，告诉你，当年我把一个水壶藏在清风洞里，这回你要能找回来，那才是宝贝呢。"

宝贝："一个破水壶有什么呀？"

宝贝爷爷："破水壶？那是我们首长送给我的，是珍贵的革命文物。我们首长是谁，你知道吗？"

宝贝："不知道。"

宝贝爷爷："他就是赫赫有名的……"

宝贝妈妈在里间："宝贝，睡觉了。"

宝贝："爷爷，我先睡觉了。"

宝贝爷爷："我还没说完呢。"

宝贝："有什么话，明天再说吧。"说完，打着哈欠走进自己的房间。

宝贝爷爷："跟你说你也不知道。睡觉。"

14. 艾克的实验室　　　日

老顽童爷爷："你们两个决定了？"

艾克和艾雪点点头。

老顽童爷爷："你们为什么一定要参加这次野营活动？"

艾克："老顽童爷爷，我知道，这个学期结束我们就得回快乐星球，这次活动是我们在四一班的最后一次集体活动，我们不管有什么危险也要参加。"

艾雪："对，等活动一结束我们就回来。"

艾克："老顽童爷爷，到现在我完全可以告诉您，您让我们到地球上寻找的东西，我们在四一班找到了。四一班是一个非常优秀的集体，有我们喜欢的老师，年轻漂亮的欧阳老师，经验丰富的李老师，还有细心照顾我们的牛

赵主任："四一班该集合了。"

欧阳老师和牛老师走过来。

欧阳老师："王校长，我们四一班集合好了。"

王校长："把队伍带过来吧。"

欧阳老师冲远处一招手，杨阳带着四一班的同学过来，队伍走得很整齐，只是每个人都背了一个大大的背包。

一辆客车开过来，停在运动场边上。

王校长走到胖哥跟前："嗬，带这么多东西，包里都有什么？"

胖哥："主要是食品。"

王校长："准备野餐，对吧？"

胖哥不好意思地笑了。

王校长又走到杨阳面前："你都带了什么？"

杨阳："牙具、毛巾、食物、水，还有钢笔和记事本。"

王校长："野营，你带钢笔和记事本干什么？"

杨阳："我想把有趣的事情随时记下来。"

王校长点点头："欧阳老师，每个同学发给一张卡片，写上自己的名字，贴在背包上面。"

18. 野外　　日

一艘飞船降落在草坪上，姬老师从里面走出来，迈开双腿飞跑起来。

19. 运动场上　　日

王校长："现在，我命令你们，把自己的背包都放在这里。"

同学们面面相觑。

王校长："立刻行动。"

有的同学想从包里拿东西。

王校长："不要从包里拿东西。本次活动的所有用品，统一由学校配发。"

同学们纷纷把包放到前面。

艾克还在犹豫。

牛老师过来帮他把包和大家的包放到一起。

王校长："好了，现在上车。"

赵主任："还得等一等。"

王校长："等谁？"

姬老师飞快地跑过来："对不起，对不起，我来晚了。赵主任，我跟哪个班？"

赵主任："你就跟四一班吧。"

姬老师高兴地："行。"

艾克的心声："这么巧？"

赵主任："同学们，上车了。"

欧阳老师："走了。"

20. 学校门口　　日

客车从学校里面一开出来，呼啦啦围上来一群家长，宝贝的爷爷也在其中。

家长们伸长脖子，寻找自己的孩子，再叮嘱几句话。

宝贝爷爷："宝贝儿，宝贝儿。"

宝贝在车上打开车窗："爷爷，爷爷。"

宝贝爷爷："有句话忘了交代你。"

客车还在缓缓地走着。

宝贝："爷爷，你大声点儿！"

宝贝爷爷："清风洞很危险，水壶咱不要了！"

宝贝："什么？我听不清楚。"

宝贝爷爷："水壶，不要了！"

客车渐渐走远了。

21. 车内　　日

杨阳："宝贝，什么水壶？你爷爷不要了。"

宝贝："革命文物。"

胖哥："我怎么感觉天上有牛在飞。"

何大力："当然是宝贝在地上吹。"

宝贝："谁吹了？真是文物，是我爷爷当年打游击的时候留下的。"

杨阳："那也不能算文物吧？"

宝贝："你们不知道，那水壶是一个赫赫有名的人送给我爷爷的。"

何大力："哪个赫赫有名的人物啊？"

宝贝："我睡觉去了，我爷爷没给我说。"

杨阳："那只水壶怎么了？"

宝贝："就丢在咱们去的清风山的清风洞里。"

姬老师："清风山有个清风洞？"

宝贝："听我爷爷说，清风洞又大又深，很少有人进去。"

姬老师："那个清风洞……"

欧阳老师："同学们，咱们唱首歌吧。安然，你起个头。"

安然："让我们荡起双桨……"

同学们的歌声洒满整个车厢。

22. 郊外　　日

客车在公路上行驶。

23. 清风山野营地　　日

欧阳老师带领学生们到达营地。

欧阳老师："同学们，我们到了。"

同学们一个个累得坐在地上。

牛老师："别坐那儿，别坐那儿，都起来，先把帐篷支起来。"

欧阳老师："同学们，抓紧时间支起帐篷，进去休息一会儿，晚上，我们就在营地举行篝火晚会。"

同学们都爬起来支帐篷。

姬老师和牛老师来回走动，不时地帮助同学们。

欧阳老师："两个人一顶帐篷，自愿结合。"

安然："艾雪，咱们两个睡一起。"

艾雪："OK。"

杨阳和艾克共同搭一顶帐篷。

杨阳："艾克，今天晚上咱们就住这里面了。"

艾克把头伸进搭好的帐篷里："行，还不错。"

胖哥和宝贝两个人手忙脚乱地支帐篷，不是这儿没撑起来，就是那儿塌了下去。

胖哥："看来我不是干这活的人。"

宝贝："我也不是。杨阳，来帮帮我们。"

杨阳指导他们把帐篷支好，胖哥迫不及待地钻进去躺下："啊，真舒服。"

宝贝也钻进去："你给我腾点儿地方。"

欧阳老师拿出手机："山里面没信号？"

牛老师："那万一出个什么事儿，怎么跟外面联系？"

姬老师："应该不会有什么事情。"

欧阳老师吹响哨子。

同学们迅速从帐篷里钻出来，排成两队。

欧阳老师："同学们，从现在起，我们的野营生活就算正式开始了，我首先强调一下纪律……"

24. 宝贝的家　　　日

宝贝爷爷在客厅里来回走动。

宝贝妈妈："爸，您不用担心。"

宝贝爷爷："我不担心……那是骗人。宝贝儿是咱们包家三代单传，你说，他走哪儿我这心不得跟到哪儿？"

宝贝妈妈："他们是集体活动，又有三个老师照顾，没事儿。"

宝贝爷爷："我也知道没事儿，可我这心就是放不下。这宝贝儿怎么也不打个电话回来。"

宝贝妈妈："那地方有电话吗？"

宝贝爷爷："当然有，我把我的手机给他了。"

宝贝妈妈：“也许是没信号呢。”

25. 野营地　　夜

一堆篝火熊熊燃烧，映红了每个人的脸庞。

杨阳和安然在主持节目。

杨阳：“四一班篝火晚会现在开始。”

安然：“首先，我们请欧阳老师表演节目。”

同学们热烈鼓掌。

欧阳老师：“好，既然同学们欢迎，我就给大家唱首歌。”

同学们再次鼓掌。

欧阳老师唱起了深情的歌曲。

同学们静静地听着。

在不远处的一个黑暗地方，姬老师拿出一个方位仪测试方向。

牛老师走过来：“姬老师。”

姬老师忙把方位仪收起来：“哦，牛老师呀。”

牛老师：“一个人躲着干吗？怎么不去跟同学们一起联欢？听，欧阳老师的歌唱得多好。”

姬老师：“唱得好，唱得好。”

牛老师：“走吧，还等大家都来请你呀。”

26. 艾克的实验室　　夜

老顽童爷爷：“艾克和星球联系过没有？”

聪聪：“没有。”

老顽童爷爷：“你们马上和他联系。”

笨笨打开呼叫器：“笨笨呼叫小布丁，笨笨呼叫小布丁。”

老顽童爷爷：“搜索小布丁的位置。”

聪聪打开监视屏，扫描线受到干扰。

老顽童爷爷：“有人干扰我们。”

笨笨：“为什么会这样？”

老顽童爷爷：“小布丁他们危险了。笨笨，准备飞船，我要去地球。”

27. 黑暗星球的控制中心　　夜

首领：“加强干扰。如果有飞船出现，就把它消灭掉。”

侍从：“是。”

首领：“哼哼，我倒要看一看，是你快乐星球厉害，还是我 DARK 星球厉害。”

28. 野营地　　夜

杨阳和艾克的帐篷里。

艾克：“今天，是我最开心的一天。”

杨阳：“我也非常开心。”

艾克叹了一口气：“唉，可惜这样日子没几天了。”

杨阳：“你什么意思？你得病了？”

艾克：“再过几天，我和艾雪就该走了。”

杨阳：“你们不在我们学校上学了？”

艾克：“我爷爷准备让我们换一个环境，也许那样更适合我们发展。”

杨阳：“这个决定不能改变吗？”

艾克：“不能，这是在我们来这个学校之前就定好的。”

杨阳沉默了。

何大力和孟繁志的帐篷里。

何大力：“你别超过我的地方。”

孟繁志：“你还超过我的地方呢。”

何大力坐起身，用手一划：“这就是分界线。”

孟繁志翻了一个身，不再理何大力。

29. 艾克的实验室　　夜

老顽童爷爷从外面进来。

聪聪关切地：“老顽童爷爷，怎么样？”

老顽童爷爷摇摇头：“我们根本出不去。”

笨笨：“小布丁他们怎么办？”

老顽童爷爷：“只有靠他们自己了。”

30. 野营地　　夜

姬老师悄悄来到艾克的帐篷前，把一个探头伸进去，探头发出一组射线。

正在说话的杨阳和艾克都昏了过去。

姬老师伸出手臂，单手把艾克抓了出来。

一束手电光照过来，姬老师慌忙藏在帐篷后。

欧阳老师和牛老师走了过去。

姬老师夹起艾克，急匆匆地向另一个方向走去。

31. 山中　　夜

姬老师拎着艾克在密林中穿行。

走了一会儿，姬老师来到一个山洞前。

姬老师走进山洞。

32. 艾克的实验室　　夜

聪聪焦急地：“老顽童爷爷，想出来办法了吗？”

老顽童爷爷摇摇头。

笨笨：“他们为什么封锁我们？”

聪聪：“当然是怕我们去救小布丁。”

老顽童爷爷：“对呀，通知多面体和莲蓉包，启动快乐星球的攻击系统，封锁 DARK 星球。”

笨笨：“是，我马上去。”

聪聪：“这样行吗？”

老顽童爷爷：“他不让我们出去，我不让他们回来。”

聪聪：“如果姬老师伤害小布丁，怎么办？”

老顽童爷爷：“从目前的情况分析，姬老师不会伤害小布丁。因为，他们应该是想从小布丁身上得到我们星球的资料，在这个目的达到之前，他，不会伤害小布丁。”

33. 清风洞　　夜

姬老师打开呼叫器：“报告首领。”

首领的画外音：“讲。”

姬老师：“我已经把小布丁抓住了，我立刻把他送回去。”

首领的画外音：“不行，你暂时还不能回来，因为，快乐星球把我们封锁了。”

姬老师：“那我该怎么办？”

首领的画外音：“找一个秘密的地方，把小布丁藏起来，等我们打破了快乐星球的封锁，你就可以回来了。”

姬老师：“属下明白。”说完，又用探头对着艾克晃了几下。

34. 野营地　　日

杨阳从帐篷里出来：“艾克，艾克……”

姬老师也从自己的帐篷里出来：“艾克怎么了？”

杨阳：“清早起来，他就不见了。”

欧阳老师和牛老师也围过来。

欧阳老师：“艾克不见了？”

姬老师：“快，咱们分头去找。”

欧阳老师吹响了哨子。

同学们纷纷从自己的帐篷里出来。

欧阳老师：“艾克不见了，现在我们分成三个组分头寻找。”

艾雪不由自主地看了姬老师一眼。

35. 山中　　日

胖哥喘着气：“咱们快赶上红军长征了。”

宝贝：“你少说两句，就当是减肥。”

欧阳老师："快，跟上。"

宝贝："欧阳老师，艾克不会去清风洞吧？"

欧阳老师："他自己去清风洞干什么？"

宝贝："都怪我，说我爷爷的水壶丢在清风洞了，还说，那是珍贵的革命文物。艾克最爱助人为乐了，他会不会去找水壶了？"

欧阳老师："你知道清风洞在什么地方？"

宝贝："不知道，不过，我爷爷知道。"

欧阳老师："现在总不能回去问你爷爷吧？"

宝贝："我有手机。"

欧阳老师："谁让你带手机的？"

宝贝："对不起，我错了。"

欧阳老师："现在不是认错的时候，就是有手机，也没有信号。"

宝贝："我的手机高级，有信号。"拨号，"爷爷，爷爷，别管我，快告诉我清风洞在哪里，不是给你找水壶，是找人，哦，哦，我知道了，好，再见。"

欧阳老师："往哪走？"

宝贝用手一指："这边。"

36. 野营地　　　日

姬老师和牛老师带的学生都回来了。

何大力："哼，一个人不守纪律，害得我们大家跟着受罪。"

孟繁志："你不愿意，没人强迫你。"

37. 清风洞外　　　日

杨阳："看，前面有个山洞。"

欧阳老师："快走。"

38. 清风洞内　　　日

欧阳老师打开手电，带着几个学生往洞内走。

杨阳首先发现了艾克："欧阳老师，艾克。"

艾克躺在一块石板上昏睡不行。
同学们围过来，七嘴八舌地："艾克，艾克……"
艾克没有任何反应。
杨阳："我背他走。"
同学们："我们轮流背。"
欧阳老师："我先背。"
杨阳抢先背起来艾克："走吧。"
胖哥摸索着刚走两步，脚下发出清脆的响声。
宝贝兴奋地："水壶。"

39. 山中　　日
同学们轮流背着艾克往前走，一个个满头大汗，但是没有一个人抱怨。
胖哥从一个同学手里接过来艾克，把他背到背上："艾克也该减肥了。"
同学们都笑了。
宝贝手里拎着个锈迹斑斑的水壶："这也不像革命文物呀。"
欧阳老师："让我看看。"
宝贝把水壶交给欧阳老师。
欧阳老师："这上面还有名字。"
宝贝："肯定是那个赫赫有名的大人物。"
欧阳老师："包……国……兴……"
宝贝失望地："我爷爷。"
胖哥停下来："谁来替替我？"
欧阳老师："我来。"说着，背起艾克走了。

40.308 寝室　　日
艾克慢慢睁开眼睛："我……什么时候回来了？"
欧阳老师："先别问了，醒过来就好，都把我们急死了。"
艾雪："是同学们把你从山上一步一步背下来的。"
艾克："到底发生了什么事儿？"

欧阳老师：“我正想问你，你为什么一个人跑到清风洞，是不是为宝贝爷爷去找水壶？”

艾克：“欧阳老师，我不明白你说什么。”

胖哥：“没准他是夜游。”

41. 校园　　日

艾雪：“……就是这么回事儿。”

艾克：“一定是姬老师干的。”

艾雪：“那我们怎么办？”

艾克：“我有办法。”

42. 姬老师的小屋　　日

艾雪：“姬老师，走吧，去了肯定让你大吃一惊。”

姬老师：“那我去看看。”

43. 校园　　日

艾雪领着姬老师穿过花园，来到一间小房子前。

艾克：“姬老师，我等你半天了。”

姬老师：“你们让我看什么？”

艾克：“你进去就知道了。”

44. 虚拟实验室　　日

姬老师一进来就大吃一惊：“你的实验室？”

艾克：“咱们都不用隐瞒了，我叫小布丁，你叫什么？”

姬老师：“008 号。”

艾克意外地：“机器人？”

姬老师：“没想到吧，还有你没想到的。”说着，掏出一把激光枪。

艾克：“你要干什么？”

姬老师：“既然不能把你活着带回去，那就把你的尸体带回去。”

艾克："没那么简单。"

姬老师扣动激光枪，一粒激光子弹射向艾克。

艾克安然无恙。

姬老师："怎么会是这样？"

艾克："你的激光枪是二代产品，我的防弹衣已经到了第四代了。"

姬老师扑向艾克。

艾克按动按钮，姬老师被固定在一个光柱里。

艾雪从外面进来，看到姬老师被放在实验台上，面罩和颅顶已经被打开。

艾雪："你要干什么？"

艾克："把他改造成一个好机器人。"

45. 艾克的实验室　　日

笨笨："小布丁没事了，太好了。"

老顽童爷爷："我明天就去接他回来。"

46. 姬老师的小屋　　日

艾克看着那把特制的椅子："这把椅子也没有用了。"

姬老师："自私神针还在何大力脑子里呢。"

艾克："自私神针？"

姬老师："是我们首领的伟大发明。"

艾克："我说何大力的变化怎么那么大呢。你还不快帮何大力取出来。"

姬老师："是，主人。"

47.308 寝室　　夜

房间里的气氛很沉闷，没有人愿意说话。

宝贝忍不住了："艾克，你走了以后，我们还能再见面吗？"

艾克："我也不知道。"

孟繁志："艾克，你真像一个过客，匆匆地来，又匆匆地离去。"

胖哥："你走了，以后谁能帮我啊？"

何大力拿出一个礼品盒："艾克，这是我送给你的，留个纪念。"

杨阳："艾克，不论你走到哪里，一定要记住咱们四一班，记住咱们308寝室。"

艾克郑重地点点头。

48. 学校门口　　日

四一班的同学和艾克、艾雪依依不舍地告别。

欧阳老师："艾克，你是这学期我们班进步最大的同学。"

牛老师摸着艾克的头："乖，以后牛老师不在你身边，你自己要学会照顾自己，特别是那个梦游的毛病，听说也能治。"

安然和艾雪拥抱在一起，难舍难分。

李老师："艾克，你的数学成绩不错，希望你长大了，能当一名数学家。记住，千万不要骄傲。"

老顽童爷爷走过来："谢谢各位老师，谢谢同学们，是你们让他们两个懂得了什么是真正的友谊，他们在四一班找到了真正的友谊，谢谢你们，谢谢你们帮他们补上了这一课。再见。"

众人："再见。"

老顽童爷爷："咱们走吧。"

艾克、艾雪跟在老顽童爷爷后面，一步一回头。

突然，姬老师从远处飞快地跑过来。

众人被姬老师的速度惊得目瞪口呆。

姬老师拉住艾克："主人，我跟你一起走。"

众人："啊？"

——剧终

《快乐星球》第三部之唠叨妈妈

编剧：胡红兵

1. 放学路上　　日

周晓航："哎，晓璐，你发现没有，妈妈最近特别唠叨。"

周晓璐："没有，我一点感觉也没有。"

周晓航："这不能怨你，你感觉比较迟钝。"

周晓璐："说谁呢，你才是麻木不仁呢。"

周晓航："我觉得妈妈是不是到了更年期了。"

周晓璐瞪着周晓航："你再敢说妈妈的坏话，我跟你没完。"

周晓航："好好好，我不说……"

周晓璐："这就对了。"

周晓航："我等着你说。"

周晓航："我才不会说妈妈坏话呢。"

2. 周晓航家的客厅　　日

周晓航、周晓璐一进家门，晓航妈妈就热情地迎上去："孩子们，回来了。"

周晓航冲周晓璐眨眨眼。

晓航妈妈："今天，你们在学校里怎么样？"

周晓航："还那样。"

晓航妈妈："上课有没有认真听讲？发言没有？老师有没有表扬你们？"

周晓航：“上课发言三次，老师口头表扬两次。”

晓航妈妈兴致更高：“上课回答的什么问题？老师为什么表扬你？她怎么说的？”

周晓航无奈地：“妈妈，还有一篇作文没写呢。”

晓航妈妈：“哦，你赶快去写吧。”

周晓璐想和周晓航一起离开。

晓航妈妈：“晓璐，你等一下，妈妈还没有了解你在学校的情况呢。”

周晓璐：“妈妈，我也要写作文啊。”

晓航妈妈：“耽误一点时间没关系，妈妈说话简明扼要，很快的。”

周晓航故意地：“别急，慢慢给妈妈汇报，耽误不了你多长时间。”

周晓璐：“我上课发言四次，老师表扬……”

晓航妈妈：“你在学校里都和谁玩了？”

周晓璐：“怎么了？”

晓航妈妈：“你们司马老师跟我说，有几个女生最近不知道学习，想让你帮助帮助她们，我一听就急了……”

3. 周晓航的房间　　日

周晓航正在写作文。

晓航妈妈端着一杯水进来：“晓航，喝杯水。”

周晓航：“妈妈，我正在写作文呢。”

晓航妈妈：“妈妈知道。写作文呢一定要把字写好，要让老师看得清楚，还有，不要写错别字，妈妈当年的作文水平一流，就是错别字太多，总得不了高分……”

周晓航听得厌烦，身子往桌上一趴。

晓航妈妈厉声喝道：“注意，写字姿势要正确。”

周晓航挺直腰板：“这样行了吧？”

晓航妈妈：“就要保持这种姿势。你可不要以为这是个小事情……”

周晓航：“妈妈，晓璐的姿势比我还错误。”

晓航妈妈端着水杯就走：“我正要给她送水去，哦，这杯水是你的，我再给她倒一杯，小女孩更需要养成良好的习惯。”

周晓航：“妈妈，你要多教育教育她。”

晓航妈妈：“那是当然。”说完，就出去了。

周晓航叹了口气：“唉，我的唠叨妈妈呀。”把水一饮而尽，站起来活动活动身体。

4. 周晓航家的卫生间外　　日

周晓航来到卫生间门口，刚准备开门，周晓璐跑过来：“拜托，女士优先。”一把推开周晓航，挤了进去。

周晓航：“哎、哎……”

门“砰”的一声关上了。

周晓航着急地在外面直转圈：“周晓璐，你能不能快一点。”

周晓璐的画外音：“不能，我在避难。”

周晓航：“避什么难啊？”

周晓璐的画外音：“是不是你让妈妈去找我的？”

周晓航：“是呀，你不是体会不到妈妈的‘关心’吗？”

周晓璐的画外音：“体会到了，已经把我体会到避难所了。”

周晓航：“哎呀，你快一点吧，我等不及了。”

晓航妈妈过来：“晓璐在里面？”

周晓航点点头。

晓航妈妈：“晓璐，还有件事我需要再给你交代一下，明天的考试一定要细心，做完了，至少要检查三遍，特别是应用题，要把题意看明白……”

周晓璐从里面出来：“这里也不安全。”

周晓航：“妈妈，谢谢你。”

晓航妈妈不解地：“你们什么意思？”

5. 周晓航家的客厅　　夜

电视上在播放《快乐星球》。

周晓航看得津津有味。

周晓璐："妈妈，妈妈，这电视他都看三遍了，他还霸占着电视不放。"

晓航妈妈过来，把电视一关："别看了，明天还要上学呢。"

周晓航："妈妈，就剩半集了。"

晓航妈妈："半分钟也不行，睡觉。"

周晓航斜了周晓璐一眼，回自己的房间去了。

周晓璐："妈妈，《人鱼小姐》开始了。我陪你看。"

晓航妈妈："回房间睡觉去。"

周晓璐："你不看了？"

晓航妈妈："等你们睡着了，我再看。"

周晓璐走了几步："妈妈，韩剧一个人看没意思……"

晓航妈妈："我就喜欢一个人看。让你们早点睡觉是为你们好，你们现在正是长身体的阶段，每天要保证……"

周晓璐逃难似的："我马上睡觉。"

6. 校园一角　　　日

奇奇："你妈妈唠叨？我妈妈比你妈妈还唠叨。"

毛悦："我妈妈最唠叨。"

许嘉诚："天下哪有不唠叨的妈妈呀？"

叶秋子："我妈妈就不唠叨。"

毛悦："太羡慕你了。"

叶秋子："不过，我爸爸比你们的妈妈更唠叨。"

周晓航："我找你们，是让你们给我出主意，不是让你们推选最唠叨的妈妈。"

许嘉诚："我们对自己的妈妈还没有办法，怎么帮你啊？"

周晓航："原来没有办法，现在大家动脑筋想啊，有什么好办法，在我们妈妈身上试验成功了，还可以在全班、全校推广嘛。"

奇奇："我有一个主意。"

毛悦："快说说。"

奇奇："讲故事，通过故事让大人们明白唠叨的坏处。"

周晓航：“有这种故事吗？”
奇奇：“你到网上搜索一下，肯定有。”
周晓航：“好，我们今天晚上都试一试。”

7. 周晓航家的餐厅　　　夜

周晓航一家人在吃饭。
晓航妈妈：“多吃点青菜，有营养。青菜里含有……”
周晓航：“妈妈，我知道，青菜里含有丰富的维生素和人体必需的矿物质。”
晓航妈妈：“知道就好。”
周晓航：“妈妈，我给你们讲个故事吧。”
晓航妈妈：“吃饭的时候不要说话。”
周晓航：“知道了。”

8. 周晓航家的厨房　　　夜

晓航妈妈在洗碗。
周晓航：“妈妈，我现在给你讲个故事吧。”
晓航妈妈：“等会儿吧，没看妈妈正忙着呢。”
周晓航：“我讲故事，不影响你干活。”
晓航妈妈：“小孩子学的这么唠叨。讲吧。”
周晓航：“马克·吐温，你知道吧？”
晓航妈妈：“知道，大作家。”
周晓航：“今天我就给你讲个马克·吐温的故事，有一次……”
客厅里的电话铃响了。
晓航妈妈双手在围裙上一擦：“我去接电话。”
周晓航无奈地叹了口气。

9. 周晓璐的房间　　　夜

周晓航：“对妈妈的唠叨，有感觉了吧？”
周晓璐：“感触太深了。我怀疑，妈妈的更年期真的提前来临了。”

他们正在说话，晓航妈妈进来了："在说我吧，我来了。"

周晓航："这会儿你有时间吗？"

晓航妈妈："有啊。"

周晓航："那我现在给你讲故事。"

晓航妈妈："行，你讲吧。"

周晓航："有一次，马克·吐温……"

晓航妈妈："对了，你们俩的作业都写完没有？明天的功课……"

周晓璐："妈妈，我们遵照您的圣旨，把该做的事情都做好了。"

周晓航："妈妈，您能不能安静两分钟时间，让我把这个故事讲完？"

晓航妈妈："好好，你讲吧，我不说话了。"

周晓航："有一次，马克·吐温到教堂听牧师演讲，刚开始，他觉得牧师讲得很好，他非常感动，他准备捐出自己身上所有的钱。过了10分钟，牧师还没讲完，他有些不耐烦了，决定只捐一些零钱。又过了10分钟，牧师仍然没有讲完，于是他决定一分钱也不捐了。到牧师终于结束了他啰唆的演讲，开始募捐时，马克·吐温已经厌烦得忍无可忍，不仅没有捐钱，还从盘子里偷了2美元。"

晓航妈妈沉思半晌："这个故事很有教育意义。"

周晓航欣喜地："妈妈，您终于明白了。"

周晓璐："妈妈，从这个故事中，您得到什么启发？"

晓航妈妈若有所思地："一个人，不论他是平凡的人，还是伟大的人，他都可能犯错误……"

周晓航和周晓璐："啊？"

晓航妈妈："我还没说完呢。"

周晓航："您接着说。"

晓航妈妈："一个人犯了错误不要紧，只要他勇于改正错误，还可以成为对社会有用的人。就像马克·吐温，如果他每天都去教堂偷钱……"

周晓航无可奈何地看看周晓璐。

周晓璐耸耸肩膀。

晓航妈妈仍在喋喋不休地阐述自己的道理。

10. 校园　　日

周晓航："我妈妈真了不起，她竟然能从故事里悟出知错就改还是好孩子的道理。"

奇奇："我把这个故事也讲给我妈妈听了，你猜她说什么。教育我千里之堤，溃于蚁穴，必须防微杜渐，这都哪儿跟哪儿呀？"

许嘉诚："我妈妈才逗呢，就那两美元，她非要换算成人民币，忙活了半天也没算清楚。"

叶秋子："我爸爸和你们妈妈不一样，他听了故事，一口气给我提出来十个问题。"

周晓航："这么多问题呀？"

叶秋子："我爸爸说，既然是历史名人故事，就应该真实可信，什么时间发生的事情，在哪一个教堂里，那个牧师叫什么名字，演讲的内容是什么，当时有多少听众，牧师到底演讲了几分钟……"

周晓航："你爸爸真不愧是研究历史的。"

奇奇："哎，毛悦，你怎么不说话。"

毛悦："我说什么，我根本就没讲。我刚一说要讲故事，我妈妈的故事就开始了，什么孔融让梨、孟母三迁、岳母刺字，捎带着把雷锋送大嫂的故事也给我又讲了一遍。"

周晓航："看来我们还得再想别的办法。"

毛悦："有吗？我看希望不大。"

周晓航："办法就像海绵里的水，只要肯挤，总会有的。"

奇奇："这话听着耳熟。"

10. 虚拟实验室　　日

棒棒："哎，你的问题太简单了。"

周晓航："你有办法？"

棒棒："何止是有办法，办法简直太多了。"

周晓航："这几天我都快愁死了，原来问题这么容易解决，你快点教教我。"

棒棒："你不是不想听你妈妈唠叨吗？"

周晓航："对。"

棒棒："第一个办法，把你的妈妈跟别人的妈妈换一换。"

周晓航："不行，妈妈哪能说换就换呀。"

棒棒："第二个办法，让你妈妈离家出走。"

周晓航："更不行了，我不能没有妈妈啊。你到底有没有好办法？"

棒棒："有，第三个办法最好，把你妈妈变成哑巴。"

周晓航："你是不是成心害我呀？"

棒棒："我干吗要害你，我这是对症下药。你讨厌妈妈唠叨，我把她变成哑巴，不是正合你的心意了吗？"

周晓航想了想："也有点道理。哎，棒棒，你能不能发明一种东西，让我妈妈回到家以后，每天只能说十句话。这样，既不影响妈妈在外面工作，我们又不用在家里听她唠叨，两全其美。"

棒棒："这个想法不错，我试一试。"

周晓航："你是快乐星球最伟大的发明家，你一定行。"

棒棒："我们快乐星球的秘密，你都知道了？"

周晓航："什么秘密？"

棒棒："我是快乐星球最伟大的发明家啊。"

11. 周晓璐的房间　　日

周晓航："晓璐，我们的烦恼快要解决了。"

周晓璐："烦恼？我没有什么烦恼啊。"

周晓航："唠叨，妈妈的唠叨。"

周晓璐："哎，妈妈今天回来就一直忙个不停，也不知道在干什么？走，看看去。"

周晓航："是不是听不到妈妈的唠叨，不适应了？"

周晓璐："你才最爱听唠叨呢。"

12. 周晓航家的客厅　　日

茶几上堆着好几套演出服。

晓航妈妈把演出服在身上比来比去："晓航、晓璐，来得正好。帮妈妈参谋参谋，妈妈穿哪套衣服最漂亮？"

周晓航："妈妈，你要去参加选美比赛？"

周晓璐："什么呀，妈妈要去拍写真集，留住青春的尾巴。"

晓航妈妈："你们猜的都不对，妈妈要参加旅游节开幕式的大合唱，妈妈是领唱。哎呀，想想都让人激动，妈妈已经十年没有登台了，现在被邀请担任领唱。妈妈从这件事，得出一个道理，是金子就不会被永远埋没；是千里马，总有伯乐会发现你。你们学习也一样……"

周晓航看看周晓璐。

晓航妈妈："哎呀，妈妈一高兴差点忘了问，你们作业都写完了没有，在学校里怎么样？"

13. 虚拟实验室　　日

棒棒："你妈妈平时爱喝水吗？"

周晓航："她每天晚上下班回来，第一件事就是喝一杯凉白开。"

棒棒："那太好了。我发明了一个静音水杯，把水倒在这个杯子里，然后让你妈妈喝了，她就不会唠叨了。"

周晓航："不会有什么副作用吧？"

棒棒："不会。经过静音水杯处理过的水，只能让人的声带暂时失去发声功能，过几个小时就恢复正常了。"

周晓航："但是，也不能让妈妈回家，一句话也不说啊。"

棒棒："放心吧，这个水杯是完全按照你的要求设计的，让你妈妈不多不少，只说十句话。"

周晓航："太好了，终于可以告别妈妈的唠叨了。"

棒棒："怎么样？我这个快乐星球最伟大的发明家，不是浪得虚名吧？"

周晓航："还行。"

棒棒："怎么叫还行？"

周晓航："是不是名副其实，要试过以后才知道。"

14. 周晓航的房间　　夜

周晓璐："真要对妈妈下毒手？"

周晓航："什么呀，我们是帮助她改掉唠叨的毛病。"

周晓璐："你对棒棒那么信任，你能保证不会把妈妈变成哑巴？"

周晓航："我相信棒棒。这样吧，为了万无一失，我们先试一下。"

周晓璐："要试你试，我可不想变成哑巴。"

周晓航："我试就我试，给我倒一杯水。"

周晓璐倒了一杯水，把静音水杯递给周晓航。

周晓航端着水杯，犹豫了。

周晓璐："害怕了吧？"

周晓航："哼，我们男子汉哪像你们小女生那么胆小。"说完，一饮而尽。

周晓璐："有没有什么不舒服？如果不舒服就告诉我，我打 120。"

周晓航："没事。你看我不是好好的吗？"

周晓璐："你可以说几句话？"

周晓航："十句。"

周晓璐："你已经说两句了。"

周晓航："那就只剩八句了。"

周晓璐："七句。"

周晓航："什么呀？"

周晓璐："六句。"

周晓航："晓璐……"

周晓璐："五句。"

周晓航："这不能算。"

周晓璐："四句。"

周晓航："咳！"

周晓璐："三句。"

周晓航不说话了。

周晓璐："还有三句，你说话呀。"

周晓航："我怕真变成哑巴了。"

周晓璐：“两句。”

周晓航：“你不要再查了，好不好？”

周晓璐：“只剩一句了，一定要说一句最重要、你最想说的话。”

门外，晓航妈妈的画外音：“晓航……”

周晓航随口答应：“哎！”

周晓璐：“完了，最后一句话竟然是‘哎’，太没个性了。”

晓航妈妈的画外音：“时间不早了，明天还得上学……”

周晓璐大声地：“该睡觉了。”

周晓航张张嘴，没有发出声音。

周晓璐：“真的成‘静音’了？别是装的吧？”

周晓航又张张嘴。

周晓璐：“你说什么？”

门被推开了，晓航妈妈进来：“你们干吗呢？我说的话都当耳旁风了是不是？”

周晓璐：“不是，不是。我马上执行您的命令。”说完，赶紧溜了出去。

晓航妈妈：“晓航，你也快点。”

周晓航点点头。

15. 上学路上　　　日

清晨，周晓航和周晓璐一起上学。

周晓璐：“昨天晚上，你有话说不出来的时候，是不是特别着急？”

周晓航：“刚开始是挺急，后来就习惯了。”

周晓璐：“今天早上妈妈还问我呢，说你昨天晚上怎么了？变得特深沉。”

周晓航：“你怎么说？”

周晓璐：“我说你要做思想者了。”

周晓航：“今天你也做一回思想者？”

周晓璐：“不要，不让我说话，还不如把我杀了呢。”

周晓航：“又不是永远不让你说话，就一会儿。”

周晓璐：“一会儿也不行。”

周晓航:“今天晚上，让妈妈试试?”

周晓璐:“今天中午咱们再跟她最后谈一次，如果她还执迷不悟，晚上就采取行动。”

周晓航:“行。”

16. 校园　　日

许嘉诚:“晓航，办法想出来没有?”

周晓航:“想什么?”

许嘉诚:“怎么帮助大人改掉唠叨的毛病啊?”

周晓航:“办法当然有了。”

许嘉诚:“快教教我。”

周晓航:“正在试验阶段，暂时保密。”

许嘉诚:“吹牛。”

周晓航:“信不信由你。”

16. 周晓航家的客厅　　日

周晓航:“妈妈，你请坐。”

晓航妈妈:“你们搞什么?我今天很忙的。”

周晓璐:“妈妈，我们有一个问题想和你正式谈谈。”

晓航妈妈:“好吧，有什么快点说。”

周晓航:“妈妈，我们想给你提一个意见。”

晓航妈妈心不在焉地:“哦，意见，好啊。”

周晓璐:“妈妈，你能不能把说话唠叨的毛病改一改?”

晓航妈妈:“有吗?我怎么不觉得?”

周晓璐:“妈妈……”

晓航妈妈:“退一步说，就算妈妈说话稍微有些唠叨，那为什么呀?还不是为你们好。你们说说，从小到大，你爸爸常年不在家，哪件事不是我替你们操心……”

周晓航看看周晓璐，无奈地摇摇头。

晓航妈妈仍在诉说："……你 3 岁那年，生了一场大病……"

周晓璐："妈妈，你跟我说过。"

17. 棒棒的实验室　　日

棒棒："聪聪，多面体他们对星球防御系统的升级完成没有？"

聪聪："好像还没有，最后总是在能量方面出现问题。"

棒棒："咳，能量真是太重要了。"

聪聪："老顽童爷爷在其他星球，也寻找了几种新的能量源，可是效果都不好。他最看好的还是太阳石。"

棒棒："太阳石的威力确实很大，但是谁也不明白它到底该怎样使用。现在，只有周晓航一个人偶然可以激发出来它的一些能量，他自己也是糊糊涂涂的。"

聪聪："你的意思是说，只有通过周晓航，才能揭开太阳石的秘密。"

棒棒："对。黑暗星球早就想得到太阳石了，但是，他们不知道太阳石的威力究竟有多大，所以，也不敢贸然对周晓航和太阳石下手。"

聪聪："他们害怕把太阳石带回黑暗星球，会把他们星球炸掉，对不对？"

棒棒："没看出来，你越来越聪明了。"

聪聪："哎，周晓航最近怎么样？"

棒棒："他正在改造他的妈妈呢。"

聪聪："他为什么要改造自己的妈妈？"

棒棒："因为唠叨。"

18. 小区内　　日

放学回来的周晓航和周晓璐边走边说。

周晓航："你说，怎么办？"

周晓璐犹豫不定："我也不知道。"

周晓航："那我们今天晚上就试一试，看一看听不到妈妈唠叨滋味，到底怎么样？"

周晓璐："好吧，只是别闹出什么乱子。"

周晓航："放心吧，这东西我已经在自己身上实验过了，对人体绝对无害。"

周晓璐："妈妈现在还没下班，我们赶快回家，还来得及。"
周晓航："走，快点。"

19. 周晓航家的客厅　　日

周晓航、周晓璐放学回来。
周晓航把书包一扔，就往自己房间跑。
周晓璐跟着跑了进去。
周晓航拿着静音水杯跑出来，周晓璐在后面跟着。
周晓航端起茶几上的一杯水倒进静音水杯里，然后再倒回去。
周晓璐："好了吗？"
周晓航点点头。

20. 大街上　　日

下班的人们匆匆忙忙赶路。
晓航妈妈正骑着车子，手机响了。

21. 周晓航家的客厅　　日

周晓航和周晓璐两个人盯着房间里的钟表。
周晓璐："妈妈怎么还不回来呀？"
周晓航："是呀，如果在平时，第一轮唠叨已经接近尾声了。"

22. 大街上　　日

晓航妈妈打电话："……知道了，我把孩子安排一下，一定准时参加。"

23. 周晓航家的客厅　　夜

时钟已经指到六点四十。
周晓璐："给妈妈打个电话吧。"
周晓航："再等会儿吧。"
周晓璐："我饿了。"

周晓航："再坚持一会儿，妈妈就要回来了。"

周晓璐："妈妈呀，你快点回来吧。"

门开了，晓航妈妈："来了，来了，你们都等急了吧？"说着，把一大包食品摆在桌子上。

周晓璐扑上去："妈妈，你怎么才回来呀？"

晓航妈妈："妈妈去超市，给你们买了点吃的。你爷爷、你叔叔都不在家，你们要学会自己照顾自己。"

周晓璐："妈妈，你今天怎么了？"

晓航妈妈："妈妈晚上有非常重要的事情，不能给你们做饭了。晓航，你和晓璐一起吃吧。"

周晓航："妈妈，晚上有什么重要活动啊？"

晓航妈妈端起水杯，一饮而尽："晚上，市领导要来审查我们的节目。"

周晓航和周晓璐："啊？"

晓航妈妈："从现在开始，我就不能说话了，我要保护好我的嗓子，拜拜。"说完，迈着轻快的步伐走出家门。

周晓航和周晓璐面面相觑。

周晓璐："我们闯祸了。"

周晓航："我再想想办法。"说罢，跑进自己的房间，把门锁上。

周晓璐拍着房门："你让我进去呀。"

24. 周晓航的房间　　　夜

周晓航对着呼叫器："棒棒，棒棒，我是周晓航，听到没有？"

棒棒的画外音："干什么呀？晓航。"

周晓航："喝了你的静音水，有没有解药？"

棒棒的画外音："什么？"

25. 棒棒的实验室　　　夜

周晓航的画外音："我妈妈喝了你的静音水，我要解药。"

棒棒："出什么事了？"

周晓航的画外音："你别问那么多了，回头再跟你解释，快把解药给我。"

棒棒："解药……对了，碳酸饮料就可以。"

周晓航的画外音："知道了。"

聪聪盯着棒棒："你究竟干了什么？"

棒棒："没干什么，晓航让我帮他，我就助人为乐……"

25. 周晓航的房间　　夜

周晓航打开房门。

周晓璐急切地："有办法了？"

周晓航："碳酸饮料，喝了碳酸饮料妈妈就没事了。"

周晓璐："快给妈妈打电话。"

周晓航："对。"

26. 周晓航家的客厅　　夜

周晓璐的手指快速按动拨号键。

周晓航在一旁焦急地看着。

电话声音："对不起，您呼叫的用户不在服务区，请稍后再拨……"

周晓璐："剧场把手机信号屏蔽了。"

周晓航："我现在就去剧场。"

周晓璐："天这么黑，我跟你一起去。"

周晓航："我一个人去就行了。你在家里，谁叫门也不要开。"

周晓璐点点头："嗯。"

周晓航："我走了。"

周晓璐："路上小心。"

周晓航："放心吧，照顾好自己。"说完，打开房门跑了。

27. 街道　　夜

周晓航从一个小超市出来，手里拿着一瓶可乐。他越走越快，最后索性跑了起来。

28. 棒棒的实验室　　夜

聪聪：“你这样也叫助人为乐呀？”

棒棒：“你千万不要告诉老顽童爷爷。”

聪聪：“做好事还怕别人知道？”

棒棒：“我喜欢做好事不留名。”

聪聪：“哼，那我就帮你宣传宣传。”

棒棒：“哎，哎……”

聪聪走了。

29. 剧场外　　夜

周晓航站在台阶下喘息。

从剧场里出来一男一女，边走边聊。

女：“今天的节目，整体上看还不错。”

男：“最差的就是那个大合唱，领唱刚唱一句就没声音了，整个节目全砸到她手里了。”

女：“估计要换人了。”

男：“肯定得换，不然到正式演出的时候，那就太丢人了。”

女：“听说还是音乐老师呢。”

听着他们的议论，周晓航手里的可乐瓶子滑落到地上。

一男一女看看周晓航，继续向前走了。

周晓航看看地上的可乐瓶，飞起一脚。然后，他垂头丧气地往家里走。

30. 周晓航家的客厅　　夜

客厅里所有灯都开着，电视里的声音大得吓人。

周晓璐胆怯地蜷缩在沙发里，不时看看墙上的钟表。

门铃响了。

周晓璐惊恐地：“谁？”

周晓航的画外音：“我。”

周晓璐：“你是谁？”

周晓航的画外音：“我是你哥哥。”

周晓璐隔着猫眼看了半天，才把门打开。

周晓航进来，一言不发倒在沙发上。

周晓璐：“晚了？”

周晓航：“完了，我们祸闯大了。”

周晓璐：“那怎么办？妈妈知道是我们干的，肯定饶不了我们。”

周晓航：“有什么事我一人扛着，跟你无关。”

周晓璐：“那怎么行？就算挨打，也有我一份。”

周晓航：“别争了，主意是我出的，东西是我拿回来的，不能让你背黑锅……”

突然，传来开锁的声音。

周晓璐：“妈妈回来了。”

门开了，晓航妈妈站在门口，一脸沮丧。

周晓璐迎上去：“妈妈，你回来了？”

晓航妈妈什么也没说，径直回到自己的房间。

周晓璐悄声地：“妈妈哭了。”

周晓航：“都怪我啊。”

31. 周晓航的房间　　夜

电脑屏幕上的文字在不断延伸……

周晓航的心声：“看到妈妈哭了，我很难过。这次演出的机会对她来说太珍贵了，可是，我们……咳，我太后悔了。明天早上，我就向妈妈承认错误。”

32. 城市夜景　　夜

夜幕下的城市宁静安详。

33. 周晓航家的餐厅　　日

晓航妈妈把早餐摆上：“晓航、晓璐，吃早饭了。”

周晓航、周晓璐低着头从各自的房间出来。

晓航妈妈："快点吃饭，你们还要上学呢。"

周晓航、周晓璐坐到餐桌旁，埋头吃饭，一声不响。

晓航妈妈也坐下来吃饭。

周晓璐终于忍不住了："妈妈，昨天晚上……"

晓航妈妈："不说了，昨天晚上的事不要再说了。"

周晓航："妈妈，是我不好……"

晓航妈妈："和你有什么关系？"

周晓航："是我给你倒了那杯水。"

晓航妈妈："我每天都要喝一杯凉开水的。"

周晓航："那杯水不一样。"

晓航妈妈："有什么不一样？"

周晓航："喝了那杯水，能让人暂时说不出来话。"

晓航妈妈大惊："啊？你再说一遍。"

周晓航："那是静音水，喝过之后，只能再说十句话。"

晓航妈妈："等等，你让我想想。"扳着手指计算，"不多不少，就是十句话。"

周晓航："妈妈，我错了。"

周晓璐："还有我。"

周晓航："和晓璐没关系。"

周晓璐："有关系，我是从犯。"

晓航妈妈："你们为什么要这样对待妈妈？"

周晓航低声地："我们嫌你唠叨，想清净一点。"

晓航妈妈："没想到，真是没想到啊。"

周晓航和周晓璐惭愧地低下了头。

34. 校园　　日

毛悦："你妈妈没有打你吗？"

周晓航："没有，她甚至一句批评我们的话也没说。"

许嘉诚："可能是暴风雨来临的前兆。"

奇奇："也许问题没有那么严重。"
周晓航："不管妈妈怎么样惩罚我，我都会心甘情愿地接受。"
毛悦："看起来，我们改造唠叨妈妈的计划，是彻底失败了。"
许嘉诚："没办法，继续享受美妙的唠叨进行曲吧。"

35. 周晓航家的客厅　　日
周晓璐："你说，妈妈为什么不批评我们？"
周晓航："不知道，按理说，我们这么做，妈妈应该非常生气。"
周晓璐："已经一个星期了，妈妈好像变了一个人。"
周晓航："咳，都是那杯该死的静音水……"
门开了，晓航妈妈回来了。
周晓璐："妈妈，你回来了。"
晓航妈妈点点头，什么也没说。
周晓璐："妈妈，今天在学校，老师又表扬我了……"
晓航妈妈："好。我去做饭。"说着，就进了厨房。
周晓璐："妈妈好像对我们在学校的情况，一点也不关心了。"
周晓航："少了妈妈的唠叨，还真有些不适应。走，写作业去吧。"

36. 周晓航家的餐厅　　夜
三个人各人吃着自己的饭，谁也不说话，气氛相当压抑。
周晓航没话找话："今天，我在学校听了一个笑话。"
周晓璐抬头看看他，晓航妈妈头也没抬。
周晓航："小明特别爱给同学起外号。有一天，他给同班的一个女生取外号叫胖猪，这个女生哭着告到老师那里，老师答应她对小明要进行批评教育。第二天上课，老师在班上讲话：'我们班上有位同学太没礼貌了，随便给别的同学起外号，总不能人家像啥叫啥吧！'哈哈哈哈……"
周晓璐偷眼看看妈妈，妈妈只顾吃饭，没有任何反应。
周晓航尴尬地："这个不好笑，我还听到一个，说世界杯比赛期间……"
晓航妈妈已经吃完饭，站起来走了。

周晓航的话停住了。

37. 周晓航的房间　　夜

周晓航在电脑上写日记。

周晓航的双手在敲击键盘。

周晓航的心声："已经一星期了，妈妈和我们好像处于冷战状态。她一改往日唠叨的习惯，忽然变得对我们漠不关心。这些天，我渐渐体会到，唠叨原来也是一种爱……"

一阵敲门声。

周晓航："请进。"

周晓璐进来："我受不了了，再这样下去，我非疯了不可。"

周晓航："我们应该和妈妈好好谈谈。"

周晓璐："谈什么？我们对妈妈说，妈妈，我们衷心希望你继续唠叨，让我们在唠叨中茁壮成长吧。"

周晓航："那你说怎么办？"

周晓璐："如果我有办法，我找你干什么？"

又是一阵敲门声。

周晓航："请进。"

晓航妈妈推门进来："晓航、晓璐，我想跟你们谈谈。"

周晓璐意外地："到客厅来吧。"

38. 周晓航家的客厅　　夜

晓航妈妈："你们坐吧。"

周晓航和周晓璐坐下，不知道妈妈要说什么。

晓航妈妈："已经一个星期了，你们听到妈妈唠叨了吗？"

周晓航："没有。"

晓航妈妈："你们喜欢妈妈这样吗？"

周晓璐："妈妈，我希望你还像从前一样。"

晓航妈妈："孩子们，这一个星期，我思考了很多问题。我常常问自己，你们究竟有多么讨厌妈妈的唠叨，才会做出那样极端的事情。”

周晓航：“妈妈，我们知道错了。”

晓航妈妈：“那件事给我敲响了警钟，我终于明白我不自觉的唠唠叨叨对你们造成了多大的伤害。所以，在这个星期，我对你们一句废话也不说。”

周晓航：“妈妈，我知道你唠叨是为我们好，是关心我们。”

晓航妈妈笑了：“呵呵，妈妈的唠叨成了优点了？”

周晓航不好意思地：“也不是，我们希望你把唠叨减少一半，这样我们既能体会到妈妈对我们的关爱，又不至于产生厌烦情绪。”

晓航妈妈：“好，我接受你们的要求。不过，妈妈也给你们提一个要求。”

周晓航：“妈妈，你说吧。”

晓航妈妈：“妈妈下个月还有一场重要演出，到时候不要再给妈妈喝什么静音水了。”

周晓航羞愧地：“妈妈！”

39. 老顽童爷爷办公室　　日

棒棒低着头：“老顽童爷爷，我错了。”

老顽童爷爷：“帮助别人的方式有很多种，唯独你用的这种方式是错误的。现在，晓航也认识到了自己的错误，晓航妈妈唠叨的毛病也改了许多……”

棒棒：“这里面也有静音水杯的功劳啊。”

老顽童爷爷无话可说了：“啊，这……把杯子拿来我看看。”

棒棒把盛有水的静音水杯交给老顽童爷爷。

老顽童爷爷好奇地看着水杯：“这只杯子看起来很普通嘛，竟然有那么大的作用？”

棒棒：“我棒棒发明的东西……”

聪聪：“吹吧。”

老顽童爷爷：“是有点意思。”随手举起杯子，把水杯里的水喝了。

聪聪：“老顽童爷爷，你……”

老顽童爷爷：“我怎么了？”

聪聪：“你把那水喝了。”

老顽童爷爷:“啊，水？你们快想办法啊。”

棒棒:“我去找可乐。”说完就跑了。

老顽童爷爷：“快一点，我还要接待善良星球的客人呢。聪聪，我还能说几句话？”

聪聪:“还剩六句。”

老顽童爷爷：“我说事情不会那么糟吗？我还可以对客人说，你好，热烈欢迎……”

聪聪:“只剩两句了。”

老顽童爷爷:“啊？”

聪聪伸出一个手指:“最后一句。”

老顽童爷爷捂着嘴:“我不说了。”

聪聪:“完了。”

老顽童爷爷张大嘴巴说不出话了。

——剧终

《快乐星球》第四部之谁砸的缸（上）

编剧：胡红兵

1. 片头黑场字幕（无声）

大型科幻少儿电视剧《快乐星球》第四部（50 集）

第五集

谁砸的缸（动画、人形变字形）

淡隐，转黑场。

2. 贾博士的实验室　　日内

闭月："报告博士，我有一个重大发现。"

贾博士不屑地："你能有什么重大发现？"

羞花："报告博士，我也有一个重大发现。"

贾博士："你也有重大发现。"

羞花："对。"

贾博士："那就把你的重大发现说说吧。"

羞花："我发现，快乐星球的棒棒研制了一架时空穿梭机。"

贾博士："接着说。"

羞花："他计划做一次他的时空旅行。"

贾博士："太好了，紧紧盯住他，他到哪里，你就跟到哪里。"

羞花："是。"

贾博士："闭月，你发现了什么？"

闭月："我的发现被羞花发现了。"

贾博士："什么？"

3. 步平凡家的客厅　　日内

电视上正在播放小品《英雄母亲的一天》。

电视上，侯耀文："司马光砸缸……"

赵丽蓉："司马光砸光……"

侯耀文："司马光砸缸……"

赵丽蓉："司马缸砸光……"

步平凡笑得前仰后合。

程医生的声音从餐厅里传出来："平凡，吃饭了。"

步平凡："哎，看完这小品就去。"

4. 步平凡家的餐厅　　日内

步平凡："妈妈，你知道司马光砸缸的故事吧？"

程医生："我上幼儿园的时候就知道。"

步平凡："那我问你，什么是缸？"

程医生："缸是一种容器，可以用来盛水，放面。"

步平凡："咱们家为什么没有缸？"

程医生："不需要啊。现在我们水有自来水，面可以随时到超市去买，多方便啊，不需要缸了。"

步平凡："妈妈，你说他们的缸为什么没有盖子，如果有个盖子，盛水就不会被污染，最重要的是那个小孩也不会掉到缸里。"

程医生："它应该……好像……有盖子吧，盖子滑到一边去了。步同，你说对吧？"

步同："对，对。"

步平凡点点头："哦。那缸有多高啊？"

程医生随手比了一下，也就一尺多高："这么高吧。"

步平凡:“那孩子掉不进去。”

步同比了一人多高:“应该是这么高。”

步平凡:“那孩子怎么上去呢?”

步同:“这……司马光没说，你得问他。”

5. 步平凡的卧室　　夜内

夜深人静，床头的“闹闹”跳了两下。

桌子上一张纸的特写，上面潦草地写着，司马光砸缸，司马缸砸光。

步平凡睡得很香甜，讷讷地说着梦话:“司马缸砸光……”

“闹闹”发出了淡淡的蓝光。

蓝光飞向步平凡的脑袋，步平凡脑波中的小人开始活跃起来;

一道道蓝光围绕着步平凡的脑袋转，变成小人形状，叫:“步平凡，步平凡，你跟我来，你跟我来……”

熟睡中的步平凡，一动不动，一切又归于沉寂。

6. 时间机器(梦境)

步平凡在时间机器内旋转。

闹闹的声音:“步平凡，到了。”

步平凡:“啊，到哪儿了?”

7. 牛庄空间站(梦境)　　日内

老板娘:“哟，平凡回来了，快，吃饭，吃饭。”

步平凡:“谢谢了，我不饿。”

杜老板从外面进来:“哎呀，累死我了。好，好，你们把它放那儿走吧，谢谢了。”

老板娘:“租来了?”

杜老板:“我好说歹说人家才租给咱们。”

老板娘:“快，让我看看。”

步平凡:“你们租的什么呀?”

老板娘："缸。"

步平凡兴奋地："让我也看看。"

8. 牛庄空间站外（梦境）　　日外

一口大缸摆在空地上。

步平凡："哇，这就是传说中的缸。"

老板娘抚摩着缸："哎哟，宝贝儿，我可把你盼来了。"

杜老板："走吧，等明天让他们把水送来。"

步平凡："你们这儿也用纯净水？"

老板娘："哎哟，平凡呀，这两天你没在这儿不知道，咱们庄子外边那条河被一群缺德鬼给弄脏了。现在喝水呀、洗脸那，都得靠从别处往这儿运。"

步平凡："这么说污染还挺严重。"

老板娘："可不是嘛，所以呀，家家户户都得准备一口大缸，这缸就成了紧俏商品，买不到的只能租。"

步平凡："我明白了。"

老板娘："哎，当家的，能不能叫他们现在就把水送来，我已经三天没洗脸了。"

杜老板："现在送水得加钱。"

老板娘："加多少？"

杜老板："一两银子。"

老板娘："要杀人啊。我就是再熬三天不洗脸，也不会给他们这一两银子。奸商，十足的奸商。"

步平凡："哎，怎么没见有才他们呢？"

杜有才、牛乎乎和心里有数不知道从什么地方跳出来："我们在这儿呢。"

步平凡："哈，你们去哪儿了，我想死你们了。"

老板娘："孩子们，你们去玩儿吧。"

9. 步平凡的卧室　　夜内

睡梦中的步平凡脸上露出笑容，身体也晃动起来。

10. 牛庄空间站外（梦境）　　日外

强劲的音乐响起。

四个孩子跳着不伦不类的街舞。

牛乎乎有些跟不上节奏，显得很笨拙。

旁边，几个民工模样的人在往缸里加水。

受到孩子们的感染，民工也跟着节奏在扭动。

音乐慢慢停下来，缸里的水也加满了。

民工：“小孩，你们家大人呢？”

杜有才：“他们都去开会了。”

民工：“等他们回来，让把钱给我们送过去。”

杜有才：“知道了。”

几个民工走了。

步平凡：“好了，玩儿够了，我该回家写作业了。”

杜有才：“再玩儿一会儿嘛。我让你看看我刚买的蟋蟀。”

步平凡：“对蟋蟀我没兴趣。”

牛乎乎：“去我们家，我爹给我买了最新的游戏机。”

步平凡：“走，让我看看去。哎，心里有数呢？”

杜有才：“别管他，咱们走。”

“咚”的一声巨响。

三个人一齐回头。

步平凡：“不好，心里有数掉缸里了。”

杜有才和牛乎乎惊慌地：“啊，那怎么办？”

步平凡：“报警……”

杜有才：“报警？”

步平凡：“肯定来不及了。找大人……”

牛乎乎：“他们都在开会呢。”

步平凡：“也不行。砸缸！对，只能砸缸，快，快找石头。”

杜有才和牛乎乎四处找石头。

步平凡：“心里有数，你要坚持，坚持就是胜利。”

杜有才："刚才这儿还有块儿石头呢。"

牛乎乎："是呀，我也看见了。"

步平凡："你们两个找到没有？"

杜有才："这附近没有，我们再到远处找找。"

心里有数从藏身的地方出来："不用找了，我骗你们的。"

步平凡："你，你没掉进去？"

心里有数："我看你们都走了，也不等我，我就把这儿放的一块儿大石头扔到缸里了。"

步平凡："你知道不知道，你吓死我们了。"

11. 步同的卧室　　夜内

步同："哎，你说，司马光砸缸的故事，会不会是文人编的啊？"

程医生："你操那份闲心干吗？"

步同："我就是想，历史上……"

程医生："睡觉。"

步同："好好，睡觉。"

12. 牛庄空间站外（梦境）　　日外

杜有才："你骗人，我们不跟你玩儿了。"

牛乎乎拉起步平凡："咱们走。"

步平凡："心里有数，要不你跟我们一起去玩儿吧。"

心里有数："我不去了，我还有事。"

步平凡："那好，我们走了。"

杜有才："别跟他啰唆了，快走吧。一会儿大人们就该回来了。"

步平凡和杜有才、牛乎乎一起走了。

他们没走几步，就听到身后"咚"一声。

步平凡站住了："有情况。"

牛乎乎："肯定是心里有数又扔进去一块石头。"

步平凡转身就走："不对，心里有数，心里有数。"

13. 牛庄空间站外（梦境）　　日外

步平凡趴在缸边听了听："里面有人。"

杜有才："好，你在这儿等着，我们去找石头。"

步平凡："哎，哎，你们别走啊。"

杜有才悄悄地："快跑，这事儿别赖到咱身上。"拉起牛乎乎就跑。

步平凡围着缸转了一圈："司马光，你的石头从哪儿找的？"

缸里，心里有数挣扎的声音。

步平凡："没办法，用绝招吧。"

杜有才和牛乎乎躲在暗处看着步平凡。

牛乎乎："他要干什么？"

杜有才："用绝招。"

牛乎乎："什么绝招？"

杜有才："我哪知道啊。"

步平凡挥动左拳，狠狠地击打在水缸上。

水缸裂开了，水流了一地。

步平凡揉着左手，疼得直咧嘴。

心里有数晕晕乎乎地站起来，走了两步，倒了下去。

步平凡："心里有数。"

杜有才和牛乎乎出来："心里有数，醒醒，别装了，快醒醒。"

心里有数从嘴里喷出一条水柱，喷了牛乎乎一脸。

杜有才幸灾乐祸地："幸亏我躲得快。"

又一条水柱从心里有数嘴里喷出来，正好喷在杜有才的脸上。

牛乎乎看着杜有才："嘿嘿，嘿嘿……"

杜有才："不许笑。"

步平凡："来，搭把手，把心里有数抱到屋里去。"

14. 步平凡的卧室　　日内

床头的闹钟响了。

步平凡迷迷糊糊睁开眼睛，看看自己的左手。

步同从外面探进半个身子:“儿子，起床了。”

步平凡:“再睡五分钟。”

程医生从外面探进头:“给你五秒钟。”

步平凡立刻坐起身。

15. 六一班教室　　日内

步平凡坐在教室里，脑子里不停地闪现出梦中的情景。

令狐老师在讲数学题。

步平凡睡意来临，实在撑不住了，头趴在桌子上。

令狐老师还在滔滔不绝地讲着。

16. 牛庄空间站（梦境）　　日内

老板娘:“你们三个，谁把缸砸了?”

杜有才抢先地:“我。”

步平凡张了张嘴，没说出话。

杜有才:“我看见心里有数掉到缸里，脑海里立刻浮现出许多英雄人物。”

老板娘:“你都想到谁了?”

杜有才:“抗金英雄岳飞……”

老板娘:“好。”

杜有才:“抗元英雄文天祥……”

老板娘:“好，还有谁?”

杜有才:“踢球英雄高俅……”

老板娘:“嗯?”

杜有才:“哦，这个不算。最最关键的是，我想起了机智勇敢的少年英雄司马光……”

老板娘:“儿子，你就是当代司马光啊。平凡，小牛，你们说是不是啊?”

牛乎乎:“是，是，当代的司马光砸光。”

老板娘纠正道:“是司马光砸缸。”

牛乎乎:“司马缸砸缸。”

老板娘："司马光砸缸。"

牛乎乎："司马光砸、砸……"

杜老板："别光砸缸，缸砸光了，该上学了，去问问孔先生不就知道了吗！人家学问大着呢！"

17. 牛庄空间站外（梦境）　　日外

步平凡晃晃脑袋，心声："上学，我不是在上学吗？"

18. 六一班教室　　日内

步平凡晃晃脑袋左右看一下，竭力让自己清醒起来。

令狐老师讲得眉飞色舞。

同学们听得昏昏欲睡。

步平凡眼睛又迷糊了起来，令狐老师的形象也模糊起来，叠化成孔先生（进入梦境）。

19. 学不止堂（梦境）　　日内

学堂里没有学生。

孔先生摇头晃脑地在背书："天行有常，不为尧存，不为桀亡。应之以治则吉，应之以乱则凶。强本而节用，则天不能贫……"

步平凡悄悄地进来，坐在座位上，静静地看着孔先生。

孔先生背着背着，想不起来了："养备而动时，则天不能病……"

步平凡偷偷翻开书："修道而不贰，则天不能祸。"

孔先生："平凡，你什么时候回来了，为师想死你了。"

步平凡吓了一跳，心声："令狐老师怎么跑古代搞兼职了，还化名姓孔，奇了怪了。"

20. 牛庄空间站（梦境）　　日内

杜老板："这缸是谁砸的？"

杜有才得意地："我。"

杜老板："哎呀，现在人家要我们赔他缸，这可怎么办呀？"

杜有才："那就赔呗。"

杜老板："你说得轻巧，你知道他要咱们赔多少银子？"

老板娘："多少？"

杜老板伸出一个手指头。

老板娘咬着牙："十两？"

杜老板："一百两。"

老板娘立刻昏死过去。

杜有才惊慌地："娘。"

老板娘睁开眼睛："我没事儿，接着说。"

杜老板："他说让咱们在三天之内拿出一百两银子……"

老板娘："他那是金缸啊还是银缸，这不明摆着讹人吗。"

杜老板："他还说，要是在平时，他这缸也就值一两银子，但是，现在是非常时期，如果我们三天之内拿不出一百两银子……"

老板娘："他要怎么样？"

杜老板："咱们这家空间站就归他马老板了。"

老板娘："他敢？"

马老板应声而入："我为什么不敢哪？这租赁合同白纸黑字儿，上面写得清清楚楚，你们拿这家空间站作抵押我才把缸租给你们，这可是经过官府公正，到时候，不用我来，官府也会有人找你们。"

杜老板："你看，我儿子砸缸是为了救人，你能不能高抬贵手放我们过去。"

马老板："救不救人我不管。我只知道杀人偿命，欠债还钱，做人要讲诚信。既然是你儿子把我的缸砸了，你们当然要赔偿。"

杜有才："缸不是我砸的。"

杜老板："你说什么？"

杜有才："缸不是我砸的。"

杜老板："不是你，那是谁砸的？"

杜有才："步平凡。"

马老板："是他？那这钱一个子儿都不能少。"

21. 学不止堂（梦境）　　日内

步平凡："孔先生，我该回去了。"

孔先生："快回去吧，别让你家里人担心。"

步平凡："孔先生，有时间我就来看你，好吗？"

孔先生："好、好，我教了这么多年书，最喜欢的就是你——步平凡。"

22. 六一班教室　　日内

令狐老师："步平凡。"

步平凡站起来："到。"

令狐老师："课堂不是睡觉的地方，要睡觉回家睡去。"

步平凡迷迷糊糊地自言自语："哼，刚才还说最喜欢我。"

下课铃响了，令狐老师："你的问题回头再说，坐下吧。"

步平凡坐下来。

令狐老师："下课。"

23. 校园　　日外

段小西："步平凡，你怎么回事？是不是老毛病又犯了？"

步平凡："我也不知道。最近，我脑子里总是乱糟糟的。"

段小西："让你妈妈帮你找个医生看看吧，总这样，对身体也不好。"

步平凡："其实也没什么，就是爱做梦。"

段小西："做的什么梦？"

步平凡："我砸了一个缸，把一个小孩救出来了。"

陶小龙站在他们身后："据我分析，你有强烈的当英雄的愿望。"

段小西："陶小龙，你偷听我们谈话。"

陶小龙："难道你们还有什么秘密不能公开？"

步平凡："那个什么嘴里吐不出象牙？"

陶小龙："狗嘴。"

步平凡："回答正确，加十分。"

陶小龙："你敢耍我？看我摆不平你。"

24. 步平凡的卧室　　夜内

步平凡睡着了。

“闹闹”又发出了淡淡的蓝光。

25. 牛庄空间站（梦境）　　日内

杜老板：“平凡，缸是你砸的？”

步平凡：“不是我，是有才砸的。”

杜有才：“你血口喷人。”

步平凡：“刚才你自己说是你砸的。”

杜有才：“我……我说了你能把我怎么样？”

杜老板：“一边儿待着去。”

步平凡：“心里有数没事儿吧？”

杜老板：“他没事儿，已经回家了。”

步平凡：“那我也该回家了。”

杜老板：“你不能走。”

杜有才：“要走，也得赔了缸再走。”

26. 小片头隔断

27. 牛庄空间站（梦境）　　日内

杜有才：“要走，也得赔了缸再走。”

步平凡：“什么？做好事还要赔钱？这以后谁还做好事呀？你们问问，司马光砸坏那缸谁让他赔了？”

杜有才：“你不是司马光，你就得赔缸。”

杜老板：“事情是这样的，因为河流被污染，所以用水紧张；因为用水紧张，所以我们租了马老板的缸；因为你砸坏的是我们租用马老板的缸，所以我们需要赔马老板的缸。你听明白了吧？”

步平凡：“好像明白一点儿了。”

杜老板：“本来，一口缸也值不了几个钱，我替你赔了也就算了。但是，现在正刮金融风暴……”

老板娘听不懂：“什么暴？”

杜老板：“金融风暴”

老板娘摇摇头：“不懂。”

杜老板：“就是刮大风把钱都刮没了，懂了吧？”

老板娘恍然大悟，连连点头：“老公，你太有才了。”

杜老板严肃地：“别打岔。”转对步平凡继续地，“马老板的缸就变成了天价，我赔不起呀。”

步平凡：“哦，我全明白了。不过，我救了心里有数，心里有数家也应该替我分担一点啊。”

杜老板：“理儿是这么个理儿。可是，心里有数家穷得叮当响，别说一百两银子，就是一两银子他也拿不出来。”

步平凡：“好吧，一人做事一人当，我自己想办法。”

杜老板：“真是不好意思。”

28. 步平凡的卧室　　夜内

步平凡睡梦中拿着一支圆珠笔，对着嘴说着梦话。

29. 野外（梦境）　　日外

步平凡拿出呼叫器：“棒棒，棒棒。”

棒棒的画外音：“步平凡，干什么？”

步平凡：“有困难找快乐星球，我需要你的帮助。”

棒棒的画外音：“你闯什么祸了？”

步平凡：“我把人家的缸砸了。”

30. 牛庄空间站（梦境）　　日内

老板娘：“哎，当家的，咱们这么做可是有点亏良心。”

杜老板：“这不也是被逼的没办法吗？总不能眼睁睁地看着咱们的空间站改姓马呀。”

老板娘：“哎，真是难为平凡这孩子了。”

杜老板：“没关系，步平凡就是不平凡，没有他解决不了的难题。”

牛乎乎领着他爸爸进来了。

杜老板和老板娘连忙站起来：“哟，领导来了，快请坐，请上座。”

牛爸爸：“听马老板说，你们把他的缸砸了。”

杜老板：“为了救人……”

牛爸爸：“甭说那些没用的，你们准备怎么赔呀？”

杜老板：“我们尽快想办法。”

牛乎乎：“你们能有什么办法，还不快求我老爹帮帮忙。”

老板娘：“对呀，领导，这事儿你可不能不管，劳您大驾去给马老板说说，别让他狮子大张口……”

牛爸爸：“说说也不是不可以，不过……”

老板娘示意杜老板：“明白，明白。”

杜老板拿出一小坛酒：“领导，这是小店新进的上好的十里香，您先拿回去替我们品尝品尝。”

牛爸爸满意地：“那我就受之有愧了。儿子，咱们走。”

牛乎乎抱着坛子，跟着他老爹走了。

31. 野外（梦境）　　日外

棒棒的画外音：“缸，什么是缸？”

步平凡：“你来吧，你来牛庄空间站，我告诉你。”

棒棒的画外音：“等我把这个试验做完就过去。”

步平凡：“好的，我在空间站等你。”

32. 牛庄空间站（梦境）　　日内

步平凡从外面进来。

杜老板：“平凡，想好办法了？”

步平凡：“等我的黄金搭档一来，什么问题都能解决。”

杜老板：“黄金搭档？”

老板娘："笨蛋，他说的是棒棒。"

步平凡的心声："怪了，他们怎么知道棒棒？"

杜老板："哦，对对对，你看我这脑子。棒棒什么时候来？"

步平凡："不知道。"

杜老板："可我们只有三天时间。"

孔先生从外面进来："平凡，你砸缸救人的事情为什么不告诉我？"

步平凡："小事一桩，不值一提。"

孔先生："哎，古有司马光，今有步平凡，了不得，了不得。"

老板娘："砸缸救人是好事，可就是这一砸，还砸出麻烦来了。"

牛爸爸急急忙忙进来："好消息，好消息。"

老板娘："看你高兴的，有什么好事？"

牛爸爸："经过我再三做马老板的思想工作，马老板终于同意……"

老板娘："不用赔缸了。"

牛爸爸："想得美。马老板同意，只要你们赔一口一样的缸，他就不再为难你们。"

老板娘："这镇上的缸都被他买走了，我们上哪儿能找到一样的缸啊。"

突然，棒棒出现在屋子中间："没问题，我有办法。"

众人："棒棒。"

33. 棒棒的实验室　　　日内

棒棒专注地盯着屏幕。

屏幕上：棒棒站在牛庄空间站大厅里。

卡卡："步平凡又做梦了？"

棒棒："步平凡的梦里总是不由自主地出现牛庄空间站，我们能亲自去一次，也许就可以把问题搞清楚了。"

卡卡："真的有牛庄空间站这个地方吗？"

棒棒："很难说。"

卡卡："我们还是跟老顽童爷爷说说吧。"

棒棒："你真烦，什么事都要跟老顽童爷爷说。"

卡卡：“棒棒，你别生气了，我不跟老顽童爷爷说了。不过，你要答应我一个条件。”

棒棒：“如果我去牛庄空间站，带你一起去，对不对？”

卡卡：“你怎么知道？”

棒棒：“你每次都是同样的条件，没有一点创意。”

34. 牛庄空间站外（梦境）　　日外

牛爸爸、老板娘、杜老板、马老板、孔先生、步平凡、杜有才和心里有数围成一个圆圈，中间是一片空地。

马老板：“步平凡，我们都等了半个时辰了，我的缸呢？”

步平凡：“别急，马上就给你运过来。”

牛爸爸：“我很忙，一会儿还要开会。步平凡，你能不能快一点。”

步平凡：“好吧。”离开众人，躲到一边。

马老板：“他干什么？”

老板娘：“他干什么关你什么事？”

旁边，步平凡对着呼叫器：“棒棒，棒棒，怎么搞的？”

棒棒的画外音：“这缸里还有水呀，太重了。”

步平凡：“拜托你快一点，大家都等不及了。”

棒棒的画外音：“再等等吧，我的瞬间转移器功率就这么大，只能一点一点挪了。”

35. 空中（梦境）　　日外

一口大缸在空中飘动。

36. 牛庄空间站外（梦境）　　日外

牛乎乎喘着粗气跑过来：“爹，爹，县太爷派人找你。”

牛爸爸：“好好，我马上就去。你们慢慢等，回见。”说完，急匆匆地走了

牛乎乎凑到杜有才耳边：“来你家的路上，我看到一口大缸在天上飞……”

杜有才：“你说梦话呢？”

一口缸飞过众人头顶落在地上，缸里还有满满一缸水。

众人惊得目瞪口呆。

步平凡：“马老板，把你的缸拉走吧。”

马老板：“哎，都是街坊邻居，我怎么会那么不近人情。你们接着租，接着租。”

棒棒从远处过来。

步平凡迎上去：“棒棒。”

棒棒：“你早告诉我缸有这么大，我带个大功率的瞬间转移器过来。这让我费了这半天工夫，都怪你。”

步平凡：“瞬间转移器还分功率大小？”

棒棒：“当然了，如果瞬间转移器的功率足够大，我就可以通过量子态隐形传送把缸一下子运过来。现在，由于功率不够，缸只能这么一点一点飘过来了。都快累死我了。”

步平凡：“好好好，怪我，怪我。哎，这缸你从哪儿弄来的？”

棒棒悄悄地：“马老板家。”

步平凡：“啊？”

37. 步平凡的卧室　　夜内

步平凡在床上翻了个身，手里还紧紧握着那支圆珠笔。

床头的闹钟“嘀嗒、嘀嗒”走着。

38. 牛庄空间站（梦境）　　日内

牛爸爸急急忙忙进来：“好消息，好消息。”

老板娘：“领导，你都快赶上报喜鸟了。说吧，有什么好消息？”

牛爸爸：“县太爷召见我，专门问了步平凡砸缸的事情，要在全县开展向机智勇敢好少年步平凡学习的活动，文件马上就发下来。你们说，这是不是个好消息？”

老板娘：“平凡，平凡，快下来。”

步平凡和杜有才一起从楼上下来。

老板娘:“平凡，你的先进事迹被县太爷知道了，你马上要成全县的大名人了。平凡，你一出名，我这牛庄空间站跟着你也走红。太好了，太好了，我想唱歌……今天是个好日子，心想的事儿都能成，明天是个好日子，打开了家门……”

杜老板扯开嗓子喊了一嗓子，压住了老板娘:“我真的再想多活五百年，我真的再想多活五百年……”

杜有才:“娘……”

老板娘有点烦:“你们爷俩让我唱完好不好?！咱迎春风……说吧。”

杜有才:“那缸是我砸的。”

老板娘:“砸你个头啊！你以为你是谁呀，说什么都有人信。”

杜有才:“娘，那缸真是我砸的，不信，你可以问牛乎乎。”

老板娘:“我不用问牛乎乎，我就问步平凡。平凡，你说，那缸到底是谁砸的?”

步平凡:“我砸的。有才，你不能见着危险就躲，见着好处就上吧?”

杜有才:“我不跟你说那么多，说话要有证据。牛乎乎可以为我作证，谁能给你作证。”

牛爸爸:“等等，我问问你啊，事情发生的时候，总共有几个人在场?”

杜有才:“四个。”

牛爸爸:“心里有数在缸里，什么也不知道。你说是你砸的缸，他说是他砸的缸，我儿子是唯一的目击证人。”

杜有才:“对。”

牛爸爸:“假如我儿子说，缸是他砸的，你们三个怎么互相证明啊?”

杜有才:“这就谁也说不清楚了。”

牛爸爸高兴地:“我太聪明了。你们等着，我这就把我儿子叫来跟你们当面对证。”说完，一路小跑走了。

老板娘:“他什么意思他?”

杜有才:“甭管他什么意思，那缸就是我砸的。”

步平凡:“现在你说缸是你砸的，赔缸的时候你上哪儿去了?”

杜有才:“我……娘，我跟你说句话。咱们上楼上说去。”

老板娘："哎哟，儿子跟我还有悄悄话了，走吧。"

杜有才搀着老板娘上楼了。

步平凡："就砸了一个缸，至于这么折腾吗？"

牛爸爸领着牛乎乎进来："哎哎，你们都听好了，人呢？老板娘，出来。"

老板娘带着杜有才下楼。

牛爸爸："去去去，再找点人来。"

老板娘："这儿没别人了。"

牛爸爸："你自己想办法。"

老板娘大声地："来人啊，非礼啦！"

"唰"的一声，屋子里突然出现许多人，穿着各式各样的衣服，人群中竟然还有步平凡的同学。

牛爸爸看看众人："经过我的深入调查，砸缸救人的事实真相已经浮出水面。现在我宣布，砸缸救人的是——"

步平凡和杜有才："是我。"

牛爸爸："砸缸救人的是——牛乎乎同学。"抓着牛乎乎的手举起来。

步平凡和杜有才："他？"

牛爸爸："鼓掌。"

众人鼓掌。

步平凡："我抗议！"

老板娘一捅杜有才："你。"

杜有才："我也抗议！"

牛爸爸："抗议无效。牛庄是我的地盘我做主。"

39. 步平凡的卧室　　　夜内

步平凡睡梦中："凭什么你就做主？"

40. 牛庄空间站（梦境）　　　日内

老板娘、杜老板、步平凡和杜有才围坐在桌子边。

老板娘："现在的形势非常严峻，牛乎乎他爹这一手很阴险，平凡、有才，你们再这样争下去肯定是鹬蚌相争，渔翁得利。目前，我们唯一的出路就是，团结起来，一致对外，当然，这就需要你们其中一个有点牺牲精神……”看看步平凡。

步平凡一副若无其事的样子。

老板娘：“平凡，我知道这样对你很不公平。但是，我们决定这样做有我们的理由。第一，你不是牛庄人，机智勇敢好少年这个称号对于你来说意义并不大；第二，有才的情况你也看到了，靠读书想考取秀才比登天还难。现在，如果他得到这个称号，将来在考试的时候有可能加上德育分，这是他唯一的希望……”

步平凡：“你别说了，这荣誉我让了。”

老板娘喜出望外：“真的？”

步平凡：“真的。”

老板娘：“当家的，有才，快谢谢平凡啊。”

杜老板：“谢谢，谢谢，好人有好报，恭喜发财。”

杜有才：“平凡，谢谢你，真够哥们儿。”

步平凡：“我可不是冲着你，我是看你爹你娘的面子。行了，这儿没我什么事儿，我走了。”

老板娘：“你不能走，你还要给有才当证人。牛乎乎说自己砸的缸，他是一个人。有才有了你这个证人，咱们就是两个人，等督学来了，咱们是二比一完胜。”

杜有才：“老娘，你太有才了。”

牛爸爸在门外：“督学大人到。”

步平凡：“说曹操，曹操就到啊。”

牛爸爸、牛乎乎、心里有数和督学从外面进来。

督学一屁股坐到椅子上：“你们搞什么搞？老牛，砸缸救人这么简单一件事儿让你们给搞成一团乱麻，我这边文件都起草好了，你们又说砸缸的人变了，你说，你们的工作是怎么做的嘛，这要让那帮小报记者知道了，非给你弄得满城风雨不可，本来是件好事，现在弄成这样，对你们牛庄的影响很不好。”

牛爸爸："是、是。"

督学："我今天来你们这里，就是受县太爷委托，全权负责处理好这件事。"

牛爸爸："我代表牛庄全体居民对您的到来表示热烈欢迎。"

督学环视一周，众人没有反应。

牛爸爸："鼓掌。"

众人鼓掌。

牛爸爸："我也衷心希望您，在牛庄期间，吃好、玩好……"

督学："我是来工作的。"

牛爸爸："工作好。鼓掌。"

众人鼓掌。

督学："得得得，甭整那些没用的，咱们开门见山。到底是谁砸的缸？"

牛乎乎和杜有才一起跳出来："我！"

督学看着步平凡："候选人里不是还有你吗？"

步平凡："我弃权。"

41. 步平凡的卧室　　日内

步同轻轻拍拍步平凡："儿子，醒醒。"

步平凡含混不清地："别叫我，我弃权了。"

步同："弃权？什么弃权？"

——剧终

《快乐星球》第四部之谁砸的缸（下）

编剧：胡红兵

1. 片头黑场字幕（无声）

大型科幻少儿电视剧《快乐星球》第四部（50 集）

谁砸的缸（动画、人形变字形）

淡隐，转黑场。

2. 校园　　日外

步平凡和段小西背着书包走过来。

步平凡："真是邪门，我这两天总是做同一个梦。"

段小西调侃地："同一个世界，同一个梦想，很正常。"

步平凡："全世界的梦想不会都是砸缸吧？"

段小西："呵呵，平凡，你真应该再去医院检查检查了。"

步平凡："没用，他们什么也查不出来。"

段小西："哎，今天第一节还是令狐老师的课，你可要注意了。"

步平凡从书包里拿出一本漫画书："我有准备。"

3. 六一班教室　　日内

步平凡偷偷地看漫画书，看得津津有味。

令狐老师走到步平凡跟前，步平凡一点都没有察觉。

陶小龙着急地："步平凡……"

步平凡回过头："别急，我看完了就给你。"

令狐老师："拿来！"

步平凡把漫画书交给令狐老师。

令狐老师回到讲台上继续讲课。

陶小龙悄悄地："要不是你成绩好，令狐老师肯定不会放过你。"

令狐老师在黑板上画图。

步平凡的眼皮感到很沉重，他用双手撑着眼皮，终于，还是撑不住了。

4. 牛庄空间站（梦境）　　日内

督学围着牛乎乎和杜有才转了一圈。

步平凡的心声："你快点吧，我还要上课呢。"

督学："你说你砸的缸，他说他砸的缸，你们让我相信谁好呢？"

牛爸爸："我觉着应该相信我们家乎乎，他好歹也算是干部子弟，素质绝对错不了。"

老板娘："哎，你说这话不对，我们商人家的孩子怎么了，凭什么就低人一等啊？"

督学："这样，这样，我一个一个问，你过来。"

杜有才："督学大人。"

督学："你说你砸的缸，有证人没有？"

杜有才："有，有，步平凡就是我的证人。"

督学："步平凡，你可以为他作证？"

步平凡："我作证，缸是杜有才砸的。"

督学："好，哎，你过来。"

牛乎乎："督学大人，你别听他的，缸是我砸的。"

督学："你有没有证人啊？"

牛乎乎："有。"

杜有才："你怎么会有证人？"

督学："你的证人是谁？"

牛乎乎："心里有数。"

杜有才："他，他当时在缸里。"

牛爸爸："心里有数，你跟督学大人实话实说。"

心里有数："是牛乎乎砸的缸。"

督学："你什么也没有看见，为什么能这么肯定砸缸的就是他？"

心里有数："我从缸里被救出来，是牛乎乎第一个冲上去抱着我，还说是他砸的缸，当时没一个人有不同意见。这个我心里有数。"

老板娘："撒谎，肯定是你们拿钱收买了心里有数。"

牛爸爸："咱们当面对质，我收买你了吗，心里有数。"

众人一齐看心里有数。

心里有数不慌不忙地："收买不收买，我心里有数。"

牛爸爸："我还说你们收买了步平凡呢。"

老板娘和牛爸爸争吵起来。

督学掏出哨子，"嘟"的一声。

两个人立刻安静了。

督学："你们这样争吵是没有用的。我问一下，谁知道张飞审瓜的故事？"

步平凡："我知道。"

督学："你给大家说说。"

步平凡贯口："话说有一少妇抱着小孩回娘家，路过瓜田，遇上一个恶少。恶少见她貌美，便上前调戏。少妇不从，被诬偷瓜。双方争执，告到县衙。恶少暗中用钱收买为他看瓜的地保，嘱他摘三个大瓜到县衙作证。张飞升堂审讯，问恶少，恶少说少妇偷他的瓜，有人证物证；问少妇，少妇说恶少调戏她。张飞思索片刻，佯断少妇偷瓜，命少妇跟随恶少回家，又命恶少把三个大瓜抱回去。恶少左抱右抱，抱了这个滚了那个，怎么也抱不起来。张飞虎眉一竖，拍案而起，痛斥恶少，'你堂堂男子汉，三个瓜都抱不动，她一个弱小女子，又抱小孩，怎能偷你三个大瓜？分明是你调戏人家。'恶少见阴谋败露，只得承认。于是，张飞打了恶少四十大板，这就是张飞审瓜的故事。"

督学："好，今天我就做一回张飞。"

众人疑惑地看着督学。

督学：“你们随我来。”

5. 牛庄空间站外（梦境）　　日外

众人围着那口大缸，地上放着一块小石头。

督学：“各位观众，我们现在做一个现场试验，他们两个谁能把这口缸砸烂，谁就是真正的机智勇敢好少年……”

步平凡的心声：“哇，督学变主持人了。”

督学：“我们现在问一下他们，你们都准备好了吗？”

牛乎乎和杜有才：“准备好了。”

督学：“好，一号选手杜有才先上，开始。”

老板娘和杜老板：“有才，加油！”

杜有才拿起石头砸缸，缸纹丝不动。他又试两次，还是不成功。

督学：“一号选手，挑战失败。二号选手牛乎乎上，开始。”

牛爸爸：“儿子，你永远是最棒的，老爹支持你！”

牛乎乎拿起石头试了几次，也没有成功。

督学：“二号选手，挑战失败。究竟谁能成为机智勇敢好少年呢？现在还是个谜。我们先来采访一下两位选手。一号选手，你三次都没有把缸砸开，这里面有什么原因吗？”

杜有才：“我今天身体状况不太好，也可能是伤病的影响吧，总之，今天很不在状态。”

督学：“我们接下来采访一下二号选手。请问，对于今天的失败，你有什么感想？”

牛乎乎：“我对不起培养我的老师，还有支持我的同学，特别是多年来一直关心爱护我的老爹，我在这里对你们说一声，对不起。”双手垂立深度鞠躬。

牛爸爸：“儿子，没关系。（唱）心若在，梦犹在，只不过是从头再来！”

督学：“两位选手，你们还有没有什么话要说？”

杜有才和牛乎乎：“没有了。”

督学：“那好，今天的比赛……”

牛爸爸：“我有话说。”

督学：“请问，您想说点什么？”

牛爸爸：“你们组织的这次比赛不公平。”

督学：“我们这次比赛原则就是公平、公正、公开，如果你对比赛的公正性有什么怀疑，可以找大赛的监审机构。”

牛爸爸：“不不不，您误会了，我对大赛本身没有什么异议。只是对这个模拟现场有些看法。”

督学：“我们的现场有什么不合适吗？”

牛爸爸：“当时的情形是，心里有数掉进缸里，目睹同学有难，那种心情，那种力量，您明白我的意思？”

督学：“我明白了，你说的是人在危机情形下可能爆发出常人难以想象的力量，比如说，急中生智、狗急跳墙、兔子急了也咬人。”

牛爸爸：“对，对，我就是这个意思。”

督学：“那你对我们的比赛有什么要求？”

牛爸爸：“真实，一定要模拟出真实现场。比如说，可以把心里有数再扔到缸里……”

心里有数害怕地：“不要，我不要。”

督学：“我们征求一下现场观众的意见，你们同意把心里有数扔进缸里吗？”

众人：“同意，同意。”

步平凡的心声：“疯了，人都疯了。”

督学：“好，我们就根据现场观众的意见，把心里有数放进水缸，当然，我们会给心里有数配备必要的安全措施……”

步平凡忍无可忍，上前一步：“不用那么麻烦。”

督学：“好，现在又有观众提出不同意见，步平凡，你有什么想法？”

步平凡很随意地用左手拍着水缸：“就这么一个缸……”

水缸慢慢地出现裂缝，缝隙越来越大，终于，水缸完全裂开了。

步平凡惊讶地看着自己的左手：“啊，这么厉害？”

督学兴奋地抓起步平凡的左手：“现在我宣布，机智勇敢好少年是——步平凡。”

步平凡兴奋地挥动双手："耶！"

督学被步平凡举到了半空中。

马老板不知道从什么地方冒出来："你赔我缸，二百两。"

步平凡委屈地："我不是故意的。"

6. 六一班教室　　日内

令狐老师："同学们，刚才我讲的这个公式，大家都明白了吗？"

步平凡迷迷糊糊地："我不是故意的。"

同学们笑了起来。

令狐老师愤怒的面孔。

7. 校园一角　　日外

段小西关心地："步平凡，不是我说你，你需要马上去看医生了。"

步平凡满不在乎："有那么严重吗？"

段小西认真地："还不严重？两天被令狐老师批评两次，亏得你数学成绩好，令狐老师还给你留着面子，要是换了陶小龙，早就叫家长了。"

步平凡："这么说我还得感谢令狐老师？"

段小西："别打岔，你看你这两天，两眼无神、表情呆滞，走起路来像腾云驾雾……"

步平凡："看样子我快成仙了。"

段小西："我跟你说正经的……"

步平凡："好好好，下午放学就让我妈妈带我去做检查，行了吧？"

段小西严肃地："我是班长，要对班里的每一个同学负责……"

步平凡："谢谢你，我的大班长。虽然检查对我来说没有任何意义，但是，为了尊重班长的意见，就算前面是火坑，我也义无反顾地跳进去。"

段小西笑了："谁让你跳火坑了。"

8. 跆拳道教室　　日内

步平凡和陶小龙在做对练。

陶小龙做防守方："来，攻击，攻击我……"

步平凡踢了几脚，都没有踢中陶小龙。

陶小龙挑衅地："来呀，来呀，你怎么跟丫头片子一样一点力量都没有？中午没吃饭？再这么练，你去女生组得了……"

步平凡看着陶小龙，赌气地："哼，我把你打到女生组去。"

陶小龙不停地跳动着："有本事你就来呀……"

步平凡握紧左拳。

陶小龙晃动着两个手靶："想练功夫，光说不练没用，我看你，就是嘴皮子功夫厉害……"

步平凡左拳击出，正中陶小龙的手靶。

陶小龙的身子从跆拳道室的这头飞到那头，吓得女孩子们一阵尖叫。

步平凡慌忙跑过去："小龙，你没事儿吧？"

陶小龙挣扎着爬起来："我是习武之人，你伤不了我……"话没说完，又倒下去。

同学们都围拢过来："陶小龙，陶小龙……"

步平凡害怕了："小龙，你说话呀，你……我不是故意的。"

躺在地上的陶小龙猛地睁开眼睛："哈哈，我吓你们呢。我陶小龙是习武之人，什么大风大浪没见过，就凭你这一拳……"动了一下手腕，疼得龇牙咧嘴。

步平凡关心地："要不要到医院看看。"

陶小龙强忍着："没事儿，你看，一点都没事儿。"

步平凡的心声："我的左手比梦里面还厉害呀。"

9. 步平凡家的客厅　　　日内

电视上在播放少儿歌曲《司马光砸缸》的 Flash。

——哐当哐当哐当 哐当哐当哐当 司马光砸缸

哐当哐当哐当 哐当哐当哐当 司马光砸缸

有几个小朋友 围呀围着那大水缸

大家一起捉迷藏 调皮又欢畅

扑通通 一声响 有人掉进了大水缸

大家全都吓坏了 慌里又慌张

有一个小朋友 名字叫作那司马光

步平凡看着电视，脑子里又闪现出梦中的情景。

（闪回）

督学：“好，我们就根据现场观众的意见，把心里有数放进水缸，当然，我们会给心里有数配备必要的安全措施……”

步平凡忍无可忍，上前一步：“不用那么麻烦。”

督学：“好，现在又有观众提出不同意见，步平凡，你有什么想法？”

步平凡很随意地用左手拍着水缸：“就这么一个缸……”

水缸慢慢地出现裂缝，缝隙越来越大，终于，水缸完全裂开了。

步平凡惊讶地看着自己的左手：“啊，这么厉害？”

督学兴奋地抓起步平凡的左手：“现在我宣布，机智勇敢好少年是——步平凡。”

（闪回结束）

这时，门开了，步同从外面进来。

步平凡急切地：“老爸，我做了一个梦，我梦见自己跟司马光一样砸缸救人，还当上了机智勇敢好少年……”

步同高兴地：“儿子，你是做梦当好少年，老爸今天是真的当了一回好少年……”

步平凡：“嗯？”

步同连忙改口：“好青年……好中年，不管什么吧，反正今天老爸做了一件大好事儿。”

步平凡：“什么好事儿？快给我说说。不会也是砸缸救小孩儿吧？”

步同：“不是救小孩儿，是救老人。”

步平凡：“救老人？”

步同：“今天我开车出去办事……”

（闪回）

10. 一条僻静的小路　　日内

步同开着车过来。

路的中央躺着一位大妈，头上还流着血。

步同突然看到前面的情况，连忙紧急刹车。

汽车在离大妈不到一米远的地方停下来。

步同连忙从车上下来。

（闪回结束）

11. 步平凡家的客厅　　日内

步平凡关切地："那个老奶奶怎么了？"

步同："一开始我也不知道，等我下车一看就明白了。她肯定是被车撞了……"

步平凡："那撞他的车呢？"

步同："跑了呗。交通肇事逃逸，这种事情现在很多。哎，儿子，我考考你，如果你碰到这种情况，你会怎么办？"

步平凡："那还用说，救人啊。"

步同："是要救人，关键问题是怎么救？"

步平凡："这……砸缸肯定不行，也没缸可砸呀。哎，你不开着车吗？把老奶奶放到车上，拉去医院。"

步同得意地："还是小孩子啊，考虑得简单了吧？"

步平凡不解地："简单？"

步同："你想想，万一老奶奶在我送她去医院的路上，突然……突然了，我怎么办？我是浑身长嘴也说不清啊"

步平凡："那当时你怎么办？"

步同："打电话，记住，这两个电话一定要打，110，120。"

（闪回）

12. 一条僻静的小路　　日外

步同打完电话，收起手机，弯下腰："大妈，大妈。"

大妈仍在昏迷中。

步同焦急地看。

救护车响着刺耳的笛声开过来，从上面下来几个医护人员。

男医生指挥大家把老太太抬上救护车。

步同回到自己的车前，打开车门。

男医生："先生，您等一下。"

步同："干什么？"

男医生："麻烦您跟我们一起去医院。"

步同："我还有事儿……"

男医生："老太太现在这种情况，肯定需要立即手术……"

步同："这你们是专家，你们看情况处理。"

男医生："治病救人我们是专家，但是这……费用……"

步同："费用你找老太太的家人要啊。"

男医生："你看，你把人家撞成这样……"

步同急了："嘿，我是救人不是撞人……"

男医生怀疑地："救人？那您更得去了，俗话说，救人救到底，送佛送到西，您既然做好事就应该有始有终对不对？我在这里替老太太的家属向您致以崇高的敬意……"

（闪回结束）

13. 步平凡家的客厅　　　日内

步平凡："这个医生真能瞎侃。"

步同："他的意思我明白，就是怕我走了，没人替老太太出医药费，他们医院有规定，没钱就不给人看病。"

步平凡："这规定不合理。"

步同："像这种不合理的规定还多着呢，打个手机得两边出钱，装个暖气你还得出什么开口费，还有那油价比人家发达国家都高……"

步平凡："后来呢？"

步同："后来，我跟着去了医院，还替老太太垫了两千块钱医药费……"

步平凡:“老爸，我太敬佩你了，今天你让我刮目相看。”

步同得意地：“那当然了，你老爸是谁呀……哎，不对，今天刮目相看，那我以前在你心目中是什么形象？”

步平凡调皮地:“你自己想吧。”说着，跑回自己的房间。

步同:“哎，你回来。”

14. 步平凡的卧室　　夜内

步平凡在写日记：“别看我老爸平时松松垮垮、郎郎当当，今天他做了一件值得骄傲的事儿……”

15. 步同的卧室　　夜内

程医生：“步同，你想了没有？无凭无据，如果那钱她不还你，你怎么办？”

步同:“不会吧？世上应该还是好人多吧。”

程医生：“那可不一定，我在医院里什么人都见过。其实，两千块钱也不算什么，关键是如果他们赖账，咱们心里这气儿顺不过来……”

步同:“老太太的家人不是还没找到嘛。”

程医生担心地:“找到了也许更麻烦。”

16. 步平凡的卧室　　夜内

步平凡躺在床上睡着了。

“闹闹”发出淡淡的蓝光。

程医生悄悄推开门看了看，又把门带上。

步平凡睡梦中笑了起来。

17. 牛庄客栈（梦境）　　日内

老板娘讨好地：“小步，你现在是咱们牛庄的名人了，以后各方面的事务一定很多，比方说拍广告，拍电影，还有做电视节目……”

步平凡:“你说的那些事儿我都没兴趣。”

老板娘：“你没兴趣，我有兴趣啊。我给你做经纪人怎么样？你收入的百分之二十算作我的佣金。”

步平凡：“随你便吧。我还要去学堂读书呢。”

老板娘：“好、好，去你的吧。啊，你去吧。”

步平凡站起来出去了。

老板娘兴奋地：“发财了。老公，我们发财了！”

杜老板从里面跑出来：“买彩票中了？”

老板娘摇摇头：“不是。”

杜老板：“买股票涨了？”

老板娘：“不是。”

杜老板：“那就是天上掉金元宝被你捡到了。”

老板娘：“金元宝乱往下掉还不把我砸晕啊。老公，我找到摇钱树了。”

杜老板眼睛一亮：“你说的是……他？”

老板娘：“对，咱们以后的房啊车啊存款啊，全靠他了。”

18. 步同的卧室　　夜内

步同已经睡着了。

程医生靠在床头上：“哎，步同，你醒醒。”

步同眼也不睁：“干什么呀，大半夜的，有什么话明天再说。”

程医生：“不行，这事儿不问明白我睡不着。”

步同打着哈欠：“你问吧。”

程医生：“你救人的时候，旁边还有没有别人？”

步同：“没有，有别人人家早打电话了，哪还轮得上我做好事。”

程医生：“你打 110，警察来了没有？”

步同：“警察还没来我就跟着救护车走了。后来 110 还给我打电话，我说我们已经到医院了……”

程医生：“110 说什么？”

步同：“110 说，你们私了吧。”

程医生愣住没有说话。

步同:“事儿都问清楚了，该睡觉了吧？”

程医生:“事情是问清楚了，可是我更睡不着了。”

步同坐起来:“怎么了？”

程医生:“你看啊，110 打电话找报案的人，你说你们到医院了……”

步同:“没错。”

程医生一字一顿地:“110 说，你们私了吧。什么意思？”

步同:“哦，你的意思是 110 把我当成肇事者了。”

程医生点点头。

步同：“没事儿，我当时就跟 110 说了，我是救人的，不是肇事者，我是学雷锋做好事……”

程医生急切地:“110 怎么说？”

步同:“110 说……再见。”

程医生担心地:“我看你麻烦大了……”

步同不服气地:“我就不信，我做好事儿还做出麻烦来了。”

19. 牛庄客栈（梦境）　　日内

杜老板和老板娘兴高采烈地整理着合同。

老板娘一摞合同里挑出一份:“哎，老公，这份合同最划算，只要说几句话摆个造型就能挣一千两银子……”

杜老板两眼一翻晕了过去。

老板娘急忙从柜台里面拿出一瓶矿泉水浇在杜老板头上。

杜老板醒过来:“一千两……我几辈人的梦想啊，有了这一千两，（唱）我真的还想再活五百年……”

步平凡从外面回来:“哟，又唱上了。”

老板娘：“来来来，你回来的正好。拍广告的人一会儿就来，你先把这几句广告词儿熟悉熟悉。”

步平凡奇怪地:“广告？什么广告？”

老板娘：“你没见大明星都做形象代言人吗，这个奶、那个液，还有什么霜……”

步平凡好奇地："我代言什么？"

老板娘："汤——王八汤。"

20. 步同的卧室　　夜内

程医生："不行，你现在就去医院……"

步同："现在？"

程医生："去医院把你的身份证复印件要回来，以后不管谁问起来，你都说人不是你救的，这件事儿跟你没一点关系。"

步同："没用，110 那儿还有我的手机号码呢。"

程医生："关机，不行，就说你手机丢了……"

步同："哎，我说你是不是有点杞人忧天？"

程医生："你看报纸没有？前些天报纸上说，某小伙子因为搀扶一个摔跤的老太太，结果被老太太告上法庭，认定就是这个小伙子碰的，结果被法院判 4.5 万元的赔偿；还有一篇报道，说有一个司机，看到一个被别的车撞倒的老人无人救助，就把这个老人送到了医院，结果被其家属认为是他撞的。司机有苦难言，多方解释，才得以脱身……"

步同担心了："这不是说我吧？"

程医生："前车之鉴，不得不防。"

步同："都这样，谁还敢做好事儿呀？我觉得世界上还是好人多。"

21. 牛庄客栈（梦境）　夜内

步平凡拿着那份合同："喝了王八汤，遇事不慌张；喝了王八汤，学习响当当；喝了王八汤，永远保健康；喝了王八汤，个个都是司马光……这谁胡编的？太夸张了，我不能说。"

老板娘着急地："哎，宝贝儿，不说不行，这合同都签了，违约金可是一万两啊……"

杜老板："我把这个客栈卖了也赔不起人家。"

步平凡："代言虚假广告，要承担法律责任的。"

老板娘："什么责任，那么多明星都没事儿，你不会这么倒霉吧？"

步平凡:“昧良心的话我肯定不会说，这是我的原则。”

老板娘犯愁了:“这合同签了，人家一会儿就到，这怎么办呢？哎，小步，咱能不能这样？你端着一碗王八汤，找个人在旁边说台词……”

杜老板举起手:“我来，我来。”

老板娘：“去，一边儿待着去。小步，这样做既不违背你的原则，又把合同执行了，双赢，双赢。”

这时，牛乎乎和杜有才从外面进来。

杜有才手里拿着一张报纸:“新闻，新闻，步平凡上报纸了。”

老板娘和杜老板抢着说:“快，快让我看看。”

老板娘白了杜老板一眼:“你认字儿吗你要看？”

杜老板不服气地:“你也小学没毕业。”

老板娘:“我不能自学成才啊，榜上无名，脚下有路。”

杜老板:“别废话了，快看看报纸上写的什么？”

老板娘看着报纸:“步平凡砸缸事件黑幕大曝光……谁是这起事件的策划者？经本报记者深入调查，步平凡砸缸事件的真相浮出水面，究竟谁是整个事件的幕后推手……请看下一版。”

杜老板着急地:“你快接着看啊。”

老板娘接着往下念:“据知情人士透露，步平凡砸缸事件完全是一起有组织、有预谋、有计划、有分工的事件。在整个事件中，牛庄客栈的老板和老板娘充当了重要角色，他们到底在里面起了什么作用……”

杜老板着急地:“我们起什么作用？”

老板娘:“请看下一版……”

杜老板：“这、这么大一张纸上面就这几个字呀？那花花绿绿的都是什么？”

老板娘:“广告。”

22. 片头小隔断

23. 步同的卧室　　夜内

程医生："哎，我有主意了。"

步同无精打采地："这是你第十个主意了。"

程医生："我觉得这个主意最靠谱。早晨我就给你买火车票，你出去躲两天……"

步同："我干吗要躲？"

程医生："躲出去避避风头。"

步同："我是做好事了还是做坏事了，你都把我弄糊涂了。"

程医生："现在人心叵测，不能不防。从现在开始，你手机不要再接，谁问你，我就告诉他你出差了……"

步同长叹一声："我无话可说。"

24. 牛庄客栈（梦境）　　日内

老板娘："……经过老板娘授意，步平凡在和心里有数玩耍的时候，趁心里有数不注意，把心里有数扔进缸里，然后又装模作样地砸缸救人……"

步平凡："你们这儿记者也这么能编啊？"

老板娘："还有呢。经记者调查发现，步平凡砸的缸也是做过手脚的，他们事先把缸砸烂，然后黏合在一起。读者朋友可以想一想，如果不是这样，一个十二三岁的孩子，在没有任何工具的情况下砸烂一口缸，这种情况是不可能发生的。关于步平凡砸缸事件，本报明天将继续做追踪报道，敬请关注。"

杜老板："你看看，这个小报记者是谁？我要告他，告他侵犯我名誉权。"

老板娘："供稿，本报记者……胡编。"

步平凡："啊？这事儿也能胡编啊？"

25. 步平凡的卧室　　日内

步平凡睁开眼睛："胡编，什么都胡编！"看看左右，才发现自己做了一个梦，不由地笑了。

床头的"闹闹"显示已经六点四十了。

步平凡连忙起床："老爸，老妈，你们怎么也不叫我？"

26. 步同的卧室　　日内

程医生把一件件衣服塞进皮箱里："一个人在外面一定要小心，冷了记住加衣服，想吃什么自己买。不许吃烧烤，不许喝酒，不许……"

步同伤感地点点头："我舍不得你跟孩子。"

程医生："没办法，谁让咱做那事儿了呢？"

步同无话可说："我……"

步平凡推门进来："爸爸，妈妈，你们这是……哎，你们眼圈怎么都黑了？"

特写：步同和程医生的黑眼圈。

步同打着哈欠："因为做了件好事儿，你妈妈一宿没让我睡觉。"

步平凡："太夸张了吧，做一件好事儿就表扬一晚上。雷锋叔叔那样做好事，估计他每天就没有休息时间了。"

步同："什么呀，不是表扬，一晚上都在分析做好事儿的可怕后果。"

步平凡奇怪地："做好事还有可怕后果？"

程医生："小孩子家，你不懂……"

步同放在床头的手机响了。

程医生："后果来了。"

步同："你接吧。"

程医生犹豫着。

步平凡拿过手机："你们不接我接，我就不信做好事还有可怕后果。"说着，接通手机。

步同和程医生紧张地盯着步平凡手里的手机。

步平凡："喂，您好，步同？步同是我爸爸，他……"

程医生拼命地摆手。

步平凡："哦，他不在。我妈妈……"

程医生又摆手。

步平凡："她也……"捂着电话，对程医生，"你也不在，家里就剩我一个人了。"

程医生做洗脸的动作。

步平凡对着手机："我妈妈在洗脸呢。什么？赔偿医药费？我不知道。哦，你在我们家楼下，你上来说吧。"挂了电话。

程医生："完了，来要钱了。"

步同慌张地："那我怎么办？"

程医生："你躲在屋里，不管发生什么情况，都不要出来。"

门铃响了。

程医生整整衣服，大义凛然地走了出去。

步平凡看了看步同，也跟了出去。

28. 步平凡家的客厅　　日内

程医生打开门。

一个中年男子彬彬有礼地："请问这是步同的家吗？"

程医生："是呀，不过他不在家。"

中年男子："您是他爱人吧？这事儿跟您说也一样。"

程医生："请进来吧。"

29. 步同的卧室　　日内

步同把耳朵贴在门上。

30. 步平凡家的客厅　　日内

中年男子坐在沙发上："……事情就是这样，这是您爱人替我们垫的医药费……"

程医生意外地："你不是来找我们要医药费的？"

中年男子："我刚才在电话里说得很清楚，我是来还医药费的……"

程医生看看步平凡，步平凡做了个鬼脸。

中年男子："又从口袋里掏出一万块钱，这是我们全家人的一点心意……"

程医生："不，这我们不能要。"

中年男子："如果不是您爱人出手相救，我妈妈可能已经不在人世了。我知道，从那条路路过的不止您爱人一个人，可是，只有您爱人表现出了巨大爱心和勇气，这是多少钱都买不来的。您爱人的行动，再一次验证了那句话，这个世界上还是好人多……”

步平凡随意瞟了一眼墙上的表：“坏了，我上学要迟到了，老爸，快开车送我上学吧。”

步同应声而出。

中年男人奇怪地看看步同，又看看程医生。

程医生尴尬地笑着。

——剧终

儿童广播剧

今宵月儿圆

编剧：胡红兵

人　物：

明明、彤彤、关玉珍、岳老师、青年男女、三少年、护士等

［杯子碎裂的声音。

［混入争吵的声音，由低到高。

关玉珍　（悄声地）你、你轻点儿，别让明明听见。

［又一只杯子摔在地上。

关玉珍　你是不是外边有人了？孩子呢？我刚下岗，你走了，明明怎么办？

［开门的声音。

［双方拉扯的声音。

［手机铃声。

关玉珍　（愤怒地）你站住！潘卫东，你今天不说清楚，你甭想走！

［明明跌跌撞撞的脚步声。

明　明　（哭喊）爸爸，爸爸……你别走。我以后听话，眼睛也不治了，行吗？妈妈，你快让爸爸留下来呀！

关玉珍　（冷冷地）让他走！

明　明　（意外地）妈妈？

关玉珍　（坚决地）让他……走！

［关门声。

明　明　妈妈！

关玉珍　明明！

［明明的哭声。

关玉珍　明明，不哭，有妈妈呢。乖，给妈妈拉个曲子，妈妈好几天没听你拉琴了。

明　明　（哽咽着）哎。

［《二泉映月》乐曲声起。

解　说　中秋之夜，阖家团圆的时刻。对于明明一家，却感受不到这份温馨。这曾经是一个幸福的家庭。但自从明明三年前的一场大病，家里就没有了往日的欢乐。也是从那时起，二胡成了这个盲童最心爱的伙伴，他心里藏着一个秘密，就是参加全国比赛。这个秘密只有楼上教他拉琴的岳老师知道……

［音乐止。

明　明　岳老师，我不想练琴了。

岳老师　（吃惊地）你说什么？你再说一遍。

彤　彤　（小声地）爸爸，你不知道，明明家里出了点事儿，他爸爸有了个第三者，跟关阿姨离了，关阿姨又找不着工作……

明　明　岳老师，我都十一岁了，我要学门手艺，挣大钱。

岳老师　明明，挣钱是大人们的事，你还小。

彤　彤　明明，你不想参加全国比赛了？

［门铃响。

［开门声。

岳老师　哟，是关师傅，快进来。彤彤，给阿姨倒水。

关玉珍　别客气，别客气。岳老师，这是明明的学费。

岳老师　关师傅，你们家现在正困难，（咳嗽）这钱，我不能收。

明　明　妈，我不想学琴了。

关玉珍　（呵斥）没出息的东西，是天塌了，还是地陷了，碰到这一点儿难处就打退堂鼓，我都替你脸红。

明　明　（委屈地）妈妈。

关玉珍　岳老师，您是有学问的人，大道理我讲不过你，按劳取酬，应该吧？

岳老师　关师傅，你们家……

关玉珍　（不容商量地）你要是看得起我这个下岗工人，你就把钱收下！

岳老师　关师傅！

解　说　日子一天一天过去，明明妈妈又找了份扫大街的零工，虽然挣的钱不多，可也解了燃眉之急。

[碗筷碰撞的声音。

关玉珍　明明，多吃点。吃菜。

明　明　（放下碗）妈妈，你只顾让我，你为什么不吃菜？

关玉珍　我正吃着呢。

明　明　你别骗我了。我看不见，可是我会听，我能闻。每次吃米饭，你总是把菜扒到我碗里，自己不舍吃一口。你的碗里，不是咸菜，就是白菜汤……

关玉珍　妈妈的胃不好，不能吃油腻的东西。

明　明　妈妈，你让我摸摸。你瘦了。

关玉珍　瘦点好，不得高血压。

明　明　行，今天我减肥。（换碗）妈妈，你吃这一碗。

关玉珍　（舍不得吃）明明，你正长身体，需要营养。长大了，你不是要当音乐家吗，没有个强壮的身体，那可不行。

明　明　行，我吃。咸菜配米饭，烤鸭也不换。

关玉珍　明明，你长大了。哟，时候不早了，妈该去上班了。

明　明　妈妈，你吃了再走嘛。

关玉珍　妈妈饱了。我走了。

明　明　妈妈再见。

关玉珍　等妈妈回来。

［开门、关门的声音。

［《良宵》音乐起。

解　说　明明是个要强的孩子。他和岳老师的女儿彤彤一起学琴，他们一直暗地里较着股劲儿。这不，明明又练开了。

明　明　（独白）我才不能输给彤彤呢，虽然她是我们班长，不还是个丫头片子。参加全国比赛，我一定比她强。等我一鸣惊人，兴许爸爸就回来了……

［乐曲出了几个杂音，音乐止。

明　明　（独白）这琴，也太不争气了。

［敲门声。

明　明　谁呀？

彤　彤　是我，彤彤。

明　明　门没锁，进来吧。彤彤，你来有什么事儿吧？

彤　彤　我爸爸让我来看看你，他担心你情绪不好，影响练琴。再有一个月，咱们就该参加全国比赛了。

明　明　（掩饰地）我情绪挺好的呀，我一点儿都不难过。

彤　彤　（怀疑地）真的？

明　明　你看，我还笑呢……（转为抽泣）呜……呜……

彤　彤　明明，你怎么了？

明　明　（伤心地）都怪我，都怪我的眼睛。要是我的眼睛没有病，我爸爸也不会不要我，是吗？

彤　彤　不知道，我爸爸说大人们的事儿小孩子不懂。不过，我爸爸还说，你的眼睛能治好……

明　明　我的眼睛能治好？

彤　彤　对，就是需要好多好多钱，还需要健康人的角膜。

明　明　（憧憬地）如果我一下子有好多好多钱，那该多好呀！我要是有了钱，先把眼睛治好，再给妈妈买件漂亮的衣裳，对，还要给我自己买一把世界上最好的二胡……（突然地）彤彤，你能帮帮我吗？

彤　彤　（爽快地）没问题。

［十字街头。喧闹声、汽车声、叫卖声不绝于耳。

彤　彤　这儿，行吗？

明　明　行。

彤　彤　（小声地）明明，我的心怦怦直跳。咱回去吧。

明　明　害怕了？还是班长呢。

彤　彤　我是班长，让人知道了，多难为情呀。

明　明　放心，没人认识我们，说吧。

彤　彤　说什么？

明　明　在家里不是排练过了吗？

彤　彤　那我可说了。

明　明　说呀。

彤　彤　（一口气）爷爷、奶奶、叔叔、阿姨、哥哥、姐姐，在家靠父母，出门靠朋友，我们初来贵地，有钱的捧个钱场，没钱的捧个人场，一百两百不嫌多，一毛两毛不嫌少。

男青年　你看，小要饭的，挺可怜的。

女青年　谁知道真的假的。

明　明　叔叔、阿姨，我们不是要饭的。

彤　彤　对，我们是卖艺的。在外国，像我们这样的叫作街头艺术家。

［硬币散落在盒子里。

［脚步声渐渐远去。

明　明　哎，叔叔，你还没听我们拉琴呢？

［音乐起。

［散乱的脚步声。

［硬币碰撞的声音。

彤　彤　（兴奋地）哇，有好几十块呢！

［几个少年唱着歌谣过来。

众少年　“阿里山的山，阿里山的水，阿里山的姑娘真臭美，尖尖的鼻子烂蛤蟆嘴……”

少年甲　（发现明明）哎，这儿有一个瞎子。

少年乙　哪儿呢？

少年丙　好像是我们那片儿的。

少年甲　嗷，一百块，给我唱一段。

明　明　咱们走。

少年甲　站住，你不就是要钱嘛，老子有的是钱。捡吧！

彤　彤　不许欺负人！

少年丙　（小声地）他爸爸妈妈离了。

少年甲　哦，还是个没爸爸的野孩子。

明　明　我有爸爸！

少年丙　骗人，你爸爸早不要你了。

众少年　（吆喝）绿裤裤，黄褂褂，有个瞎子没爸爸。绿裤裤，黄褂褂，有个瞎子没爸爸……

彤　彤　明明，你爸爸！

［一下子鸦雀无声。

明　明　（大声地）爸爸！爸爸，我是明明。爸爸，我知道你就在这里，你答应呀……爸爸，我是明明，我是明明……爸爸，爸爸，你回来，你回来……

彤　彤　他走了，他身边还有个女的。

少年甲　（故意地）没爸爸，也不能满世界认爸爸……

明　明　（咆哮地）我有爸爸！

［明明猛地一头撞向少年甲。

［少年甲摔倒的声音。

少年甲　哎哟，（恼羞成怒）打！

［众人混战的声音。

彤　彤　（着急地）别打了，别打了！

［自行车铃声。

关玉珍　（疑惑地）彤彤？

彤　彤　阿姨，他们打明明。

关玉珍　（歇斯底里地）你们凭什么打我儿子？你们凭什么打我儿子？

少年甲　快跑！

［慌乱的脚步声。

关玉珍　（伤心地）明明。

明　明　（委屈地）妈妈！

［冬夜，朔风呼啸。

［关玉珍冻得搓着双手。

关玉珍　（吆喝）酸奶，热酸奶。

明　明　妈妈。

关玉珍　明明，你怎么找到这儿来了？

明　明　妈妈，我找了好几个地方都没找到你。妈妈，你看，送给你。

关玉珍　手套，送给我？

明　明　本来，我想给你买件棉衣，可是我的钱不够，我才给你买了副手套，你戴上它，手就不会冻裂了。

关玉珍　你哪来的钱？

明　明　（得意地）你猜猜。

关玉珍　找同学借的？

明　明　不对。

关玉珍　你平时攒的？

明　明　不对。

关玉珍　你……你又去卖唱了？

明　明　（故意地）哎……

关玉珍　（把手套摔在地上）你！

明　明　（惊慌地）……不对，不对。

关玉珍　明明，你跟妈妈说实话，妈妈不怪你。

明　明　（委屈地摸到手套）妈妈，我下午刚领到省里比赛的奖金，就……

关玉珍　（愧疚地）孩子。

明　明　妈妈，戴上试试吧。

关玉珍　好、好。明明，这副手套花了多少钱？

明　明　六十。

关玉珍　这么贵？

明　明　真皮的。

关玉珍　（迟疑地）假的。

明　明　你怎么知道？

关玉珍　傻孩子，妈妈下岗前，不就在皮革厂上班嘛。

明　明　（失望地）假的。

关玉珍　（哄明明）还别说，这假的戴上去，比真的还暖和。

明　明　（转忧为喜）真的？

关玉珍　妈妈还能骗你。

［寒风吹过。

明　明　妈妈，我想爸爸。

［电话铃响。

彤　彤　喂。

明　明　彤彤，你能再帮我一次吗？

彤　彤　（犹豫地）我，我爸爸说快该参加比赛了，不让我乱跑。

明　明　就一次，求求你了。

岳老师　彤彤，谁的电话？

彤　彤　是明明。

岳老师　告诉他，让他专心练琴，剩下的时间不多了。

彤　彤　知道了。（低声地）明明，什么事儿？你说吧。

明　明　我想去找我爸爸。

［公共汽车停车声。

彤　彤　明明，你慢点儿，留神你的琴。是这儿吗？

明　明　应该是这儿呀。有没有一幢白色的小洋楼？

彤　彤　有，有，我看见了。

明　明　快点走。

［健美操的音乐越来越响。

彤　彤　到了。

明　明　我有点紧张。

彤　彤　没事儿。我去按门铃。

［门铃响。

［开门声。

明　明　阿姨，我是明明，我找我爸爸。

［门“嘭”的一声关上。

［拍门的声音，门铃的响声。

彤　彤　阿姨，阿姨，阿……怎么办？

明　明　我也不知道。

彤　彤　也不知道你爸爸在不在里面。哎，明明，你不是说你爸爸最爱听你拉琴吗？

明　明　对。不管我爸爸多忙，只要听到我的琴声，他都会走过来，坐到我的身边……

彤　彤　那你现在就拉首曲子，兴许你爸爸听见，就出来了呢。

明　明　行，我爸爸最喜欢《二泉映月》。

［《二泉映月》音乐起。

［开门声。

［音乐止。

［泼水声。

彤　彤　（气愤地）你！你坏死了！

明　明　阿嚏，阿嚏。

［音乐起。

解　说　明明没能见到爸爸，反而被浇了一身水，他又羞又恨，一连几天都不说一句话。他仿佛一夜之间长大了，他拼命地练琴，把自己的痛苦深深地埋在了琴声里。现在，他只有一个愿望，参加比赛拿大奖！

［开门声。

关玉珍　明明，你看妈妈给你买的什么？

［音乐止。

明　明　我什么都不需要。

关玉珍　你过来看看嘛。

明　明　（惊喜地）琴，新的，给我的？

关玉珍　妈妈就是给你买的。妈妈要让你用这把琴参加全国比赛。

明　明　太好了，妈妈，你真是我的好妈妈。（疑惑地）妈妈，你哪来这么多钱？妈妈，你说呀，你说话呀。

关玉珍　明明，这你别管，你能拉好琴，妈妈再难也高兴。

［翻找东西的声音。

明　明　妈妈，你的戒指呢？就是我姥姥留给你的那个。

关玉珍　（迟疑地）我把它……卖了。

明　明　什么？你把它卖了？你把它卖给谁了？你快去把它找回来，那是我姥姥留给你的唯一纪念。

关玉珍　明明，你听我说……

明　明　不，你把它要回来！

关玉珍　明明，听我说……

明　明　不听不听就是不听！

关玉珍　（厉声地）明明！你以为我想把它卖了呀？你以为我心里好受啊？我不是没办法吗？咱家不是没钱吗？妈妈没本事，妈妈不想让你也这样，你知道吗？

明　明　（惶恐地）妈妈。

关玉珍　（哽咽地）妈妈不想让人瞧不起你，妈妈想让你学点本事，能自己照顾自己，等妈妈老了，你还得靠自己不是？

明　明　妈妈，我懂了。妈妈，你不哭，好吗？

关玉珍　好，妈妈不哭。你好好练琴，妈妈还等着陪你去北京参加比赛呢。

［电话铃响。

关玉珍　喂，是彤彤呀。明明，彤彤找你。

明　明　喂，彤彤……

［蛐蛐的鸣叫声。

明　明　彤彤，你把我叫到这街心公园干吗呀？

彤　彤　这叫作“月上柳梢头，人约黄昏后”。

明　明　还挺有诗意。

彤　彤　根据国外最新研究，越是优美的环境，谈判越容易成功。

明　明　哎，你今天好像还挺有内涵。

彤　彤　你说，我对你够意思吧。

明　明　那当然。

彤　彤　我要是有困难，你一定愿意帮我。

明　明　没问题。

彤　彤　我提什么要求，你也会答应，对吧？

明　明　OK！

彤　彤　（兴奋地）不许反悔！拉钩。

明　明　拉钩上吊，一百年不许变，谁变谁是大坏蛋。

彤　彤　好明明，把这次参赛的机会让给我吧。

明　明　开什么玩笑，不是说好咱两个吗？

彤　彤　事情有了点变化，我和你只能去一个。

明　明　为什么？

彤　彤　因为，咱们省只有一个参赛名额。

明　明　这情况岳老师知道吗？谁去谁不去应该问他。

彤　彤　问他？我爸爸说，咱两个都不是小孩子了，这事儿得咱自己决定。

明　明　你说怎么办？

彤　彤　（反问）你说怎么办？

二　人　（异口同声）我去！

彤　彤　我去，我有理由。

明　明　我去，我也有理由。

彤　彤　我是女的，你该让我。

明　明　时代不同了，男女都一样。

彤　彤　我是班长，你该听我的。

明　明　班长也不能有特权。

彤　彤　你今年多大啦？

明　明　我今年十一。

彤　彤　我今年多大？

明　明　你今年十岁。

彤　彤　对呀，我比你小，你就该让我。

明　明　你小，你的机会还多哩。哎，你知道孔融吧？

彤　彤　孔融，孔融，他让的是一只破梨，咱这可是千载难逢的机会。

明　明　没错，岳老师说，机会面前，人人平等。

彤　彤　你说，咱俩谁的成绩好？

明　明　这得让岳老师说。

彤　彤　明明，你的眼睛不是那个什么吗，不方便。

明　明　正因为我的眼睛那个什么，我才更要去为残疾人争取荣誉，让全社会都知道，健全人能取得的成绩，残疾人也能做到。

彤　彤　你真的不让我？

明　明　（坚决地）不让。

彤　彤　（生气地）哼！

明　明　（赌气地）哼！

［秋虫的叫声。

［停了一会儿。

彤　彤　明明，是我不好，我太自私了。

明　明　彤彤，我也不好，我太固执了。

彤　彤　咱两个这么多年的好朋友，不能因为这件事，反目成仇，对吧？

明　明　对，不能破坏咱们之间的友谊。

彤　彤　我出个主意，听天由命。

明　明　听天由命？

彤　彤　这是枚硬币，你来抛，正面你去，背面我去。你摸摸。

明　明　（摸硬币）好，我抛了。

彤　彤　好，扔高点儿。

［硬币落地的声音。

彤　彤　（独白）是正面，怎么办？不能告诉明明，我把它翻过来。不行，我不能欺骗朋友。

明　明　掉哪儿啦？

彤　彤　天黑，我正找呢。（独白）为了妈妈的愿望，只好做一次坏孩子了。

解　说　彤彤把硬币翻了过来，悄悄地放在明明的脚前面。

明　明　（兴奋地）找到了，我找到了。（失望地）是背面，彤彤，你去吧。

彤　彤　（心虚地）要不，再扔一次。

明　明　男子汉说话算话，你去吧。（痛苦地）妈妈，我对不起你！

［《良宵》音乐起。

［一阵咳嗽声。

［音乐止。

彤　彤　爸爸，你别抽烟了。

岳老师　练琴。

彤　彤　爸爸……

岳老师　练琴！

［音乐起。

岳老师　停。这一小节的感觉不对。我给你说过多少遍了，一定要找准感觉。好了，先休息一下吧。

彤　彤　爸爸，听说咱们社区开展的爱心捐助活动，给明明捐了不少钱。

岳老师　这是好事儿呀，这下明明的病，可以治好了。

彤　彤　还不成，还没有合适的眼角膜。

岳老师　哦。彤彤，明明的琴练的怎么样了？

彤　彤　他不练了。

岳老师　（奇怪地）为什么？

彤　彤　（低声地）他不参加比赛了。

岳老师　（惊奇地）他不参加比赛了？

彤　彤　咱们省只有一个名额。

岳老师　谁说的，我怎么不知道？

彤　彤　前天，省里的王叔叔打来电话，你正巧不在家。他说参赛名额有点变化，他要你在我和明明中间挑一个。

岳老师　（激动地）为什么你到现在才讲出来？为什么明明不能参加？（剧烈咳嗽）

彤　彤　因为我学琴比他早。

岳老师　这是理由吗？

彤　彤　因为我悟性好。

岳老师　他的悟性同样好！

彤　彤　我都考过十级了。

岳老师　没考级，并不能说明他的实力比你差。

彤　彤　（张口结舌）我、我、我……

岳老师　我什么？

彤　彤　你，你……

岳老师　我怎么了？

彤　彤　你是我爸爸！

岳老师　正因为我是你爸爸，我才不能偏向你。

彤　彤　（痛苦地）爸爸呀，你忘了，你忘了我妈妈的临终嘱托。

［彤彤妈妈的画外音

少衡，我不行了。这辈子跟了你，我没啥遗憾的，就是放心不下咱彤彤，彤彤有音乐天赋，我多想能亲眼看她在北京的舞台上拉一首曲子呀……

彤　彤　（哭诉）爸爸，这些年我拼命练琴，不就是为了让妈妈的在天之灵，能够瞑目吗？

岳老师　彤彤。

彤　彤　现在有了这个机会，你却让我放弃，不就是为了显示你大公无私，牺牲我给你换来荣誉，我不干，我不干！

岳老师　彤彤。

彤　彤　爸爸，我恨你！

［静场。

岳老师　彤彤，按理说，你们两个谁去都能拿上名次……

彤　彤　那你为什么非要明明去？

岳老师　他是个盲童，又没有爸爸……

彤　彤　他有爸爸，是我没有妈妈。

岳老师　（语塞）呃……这事儿，你和明明说了？

彤　彤　说了。

岳老师　他怎么说？

彤　彤　他同意不去参赛。

岳老师　他同意？

彤　彤　他同意！

［敲门的声音。

明　明　我不去，妈妈，咱回去吧。

关玉珍　走，咱去求求岳老师。

明　明　我不去。

关玉珍　走。

［开门的声音。

岳老师　关师傅，明明。

关玉珍　（急切地）岳老师，你说说，这到底是为什么呀？

岳老师　关师傅，有话慢慢说。

关玉珍　这些天吧，我听不见明明拉琴，我的心里没着没落哩。再看看明明，一天到晚魂不守舍、没精打采，饭也吃得少了，觉也睡不着了，才几天，人就瘦了一圈儿。我就问他，他说他不参加比赛了。我一听，心里就扑通一声，问他为啥，他就是不说。你说说，原来说得好好的，这船是弯哪了？

岳老师　省里通知，参赛名额只有一个。

关玉珍　（似乎明白了）哦，彤彤是个好孩子，她去，我没意见。岳老师，你跟省里的人熟，能不能再争取指标，（伤心地）明明这孩子，做梦都想去。

明　明　（倔强地）妈妈，我不去！

关玉珍　别瞒妈了，每天夜里，你那枕巾都是湿的。

岳老师　关师傅，名额是组委会定的，没法改。

关玉珍　（失望地）没法改？

岳老师　不过，他俩谁去，咱还可以再商量。

关玉珍　（期望地）还能商量？

岳老师　能商量。

彤　彤　能商量。

明　明　不用商量。我不去。

关玉珍　还是让彤彤去吧。（不甘心）咳！岳老师，你是不知道，这孩子拉琴的时候，好像他的眼睛什么都能看见，看着他，我就觉着这孩子有希望，我，有盼头，这琴就是他的命啊。（抽泣）

彤　彤　（不知所措）阿姨。

岳老师　（无言以对）关师傅，咱再商量商量。

关玉珍　岳老师，你的好意我明白。孩子，咱回去吧。

［关门声。

彤　彤　（痛苦地）爸爸，让明明去吧。

［开门声。

岳老师　关师傅，留步。

彤　彤　明明，你更需要这个机会，你去吧。

关玉珍　（喜出望外）这、这，是真的？

明　明　彤彤，我输了，不能反悔。

关玉珍　明明，你怎么就不开窍呀。

彤　彤　明明，对不起，那天我骗了你，是我把硬币翻过来的。

［岳老师剧烈地咳嗽。

关玉珍　岳老师，你吐血了。

彤　彤　（惊恐地）血？爸爸，爸爸。

关玉珍　快送医院。

解　说　岳老师住进了医院，一晃就是半个多月。

彤　彤　爸爸，你吃个苹果吧，医生说，你的身体太虚弱。

岳老师　彤彤，你长大了嘛，再不是那个在爸爸面前撒娇的小姑娘了。

彤　彤　爸爸，我把去北京的机会让给明明，你说，我妈妈会原谅我吗？

岳少衡　我想，她会为有你这样一个女儿感到骄傲。

彤　彤　可是，妈妈的心愿……

岳少衡　好好练琴，机会总会有的。

［推门的声音。

关玉珍　岳老师，好点了吧？

岳老师　哟，是关师傅啊，您不隔天地往这儿跑，我都不好意思了。

关玉珍　岳老师，看您说哪去了，您对我们家明明这么好，我这还不是应该的吗。岳老师，我和明明又商量了一下，这比赛还是让彤彤去，为咱省拿个第一，也了了彤彤妈的一桩心愿。

岳老师　这件事儿就别让了。我已经跟省里面说好了，就让明明去。

关玉珍　这、这……明明，还不谢谢岳老师。

护　士　谁是病人的亲属？

彤　彤　我是他女儿。

护　士　（踌躇地）没别人了？

彤　彤　没了。

关玉珍　护士，我是他的邻居。

护　士　那不行。小朋友，你来吧。

岳老师　明明，那两首曲子练熟了吧？

明　明　就是有些地方还拉不好。

岳老师　明明，你还小，有些事情你还不懂。记住，琴要用“心”去拉。

明　明　　用“心”去拉。

彤　彤　　关阿姨，你能出来一下吗？

［推门的声音。

关玉珍　（关切地）彤彤，出什么事儿了？

彤　彤　（哭泣）阿姨，我爸爸他……

关玉珍　他怎么了？

彤　彤　……是肺癌。

关玉珍　（惊呆）啊！

彤　彤　医生说，只有一个月了……

关玉珍　不会，不会，准是医生弄错了。

彤　彤　阿姨，怎么办呀？

关玉珍　（紧张地）怎么办？（独白）天哪！为什么好人就不能一生平安呢？

岳老师　（喊）彤彤，你过来。

关玉珍　（悄声地）化验单，别让你爸爸看见。

彤　彤　哎！

岳老师　彤彤，医生跟你说了什么？

彤　彤　（掩饰地）什么也没说。

岳老师　没说爸爸的病？

彤　彤　说了，说了。他们说，再有一个月，你就可以出院了。（欲哭）

岳老师　（笑）彤彤，你还没学会说谎。答案都写在你脸上了。

彤　彤　爸爸！

岳老师　（轻柔地）拿来，把诊断书拿来。

关玉珍　（制止）彤彤！

岳老师　关师傅，你们都别瞒我了。彤彤，你拿张纸来，我说你写！

彤　彤　哎。

岳老师　彤彤，你写上——

彤　彤　你说吧。

岳老师　遗、嘱。

彤　彤　爸爸！

明　明　岳老师！

岳老师　（坚决地）写！我走之前，还有三个愿望：第一个就是彤彤你，你年纪太小，我放心不下呀……

彤　彤　爸爸。

岳老师　彤彤，爸爸向你道歉，这些年我对你关心太少，要求太严，你能原谅爸爸吗？

彤　彤　爸爸，我爱你！

岳老师　关师傅，你是好人，有句话我不知道该不该说？

关玉珍　岳老师，你尽管说。

岳老师　我想把彤彤托付给你，就怕给你添不少麻烦。

关玉珍　岳老师，从今往后彤彤就是我的亲生女儿，我就是砸锅卖铁、沿街要饭，也不会委屈了她。

岳老师　关师傅，谢谢你！

关玉珍　别，别。

岳老师　第二件事，我是个教书匠，没什么财产，把我的房子卖了，加上银行的存款，应该有十二三万。用这钱，给明明把眼治好，剩下的算作他们俩的学费。

关玉珍　这可不行，钱，我一分也不要。

岳老师　（严肃地）不要不行，两个孩子，需要钱哪。还有第三件，我死后把我的角膜移植给明明，让孩子早日重见光明，看一看这美好的世界，看一看中秋月圆。

明　明　（激动地）岳老师！

彤　彤　（哭喊）爸爸，爸爸，我的好爸爸。我不要你死，我要你长命百岁。

岳老师　傻孩子，爸爸也舍不得你呀。这把二胡跟了我十几年，它最知道我的喜怒哀乐，明明，老师把它送给你，希望你带着它参加比赛，你要是得了第一，它会告诉我的。

明　明　岳老师，你放心吧，我一定把它永远带在身边。

岳老师　明明，今晚的月亮真圆哪，我多想再听你拉一首《二泉映月》呀。

明　明　哎。

［明明抽泣着拉琴。

［《二泉映月》的旋律如泣如诉，仿佛在诉说着今天发生的故事。

［乐曲转换为《良宵》的旋律。

［音乐戛然而止，掌声雷动。

解　说　明明没有辜负岳老师的期望，在北京的比赛中他得了少儿组的第一名；在北京的医院里，经过专家的精心治疗，他的眼睛重新见到了光明。

明　明　岳老师，我能看见了，我什么都能看见了。我看见了无际的银河、闪烁的星星，还有挂在夜空中美丽的圆月，我看到了月亮中的您……

——剧终

主要参考文献

1. 李涵主编:《中国儿童戏剧史》，中国戏剧出版社 2003 年版。

2. 张之路:《中国少年儿童电影史论》，中国电影出版社 2005 年版。

3. 黄云生主编:《儿童文学教程》，浙江大学出版社 1996 年版。

4. 郑薏苡等编著:《儿童戏剧与学前教育》，浙江工商大学出版社 2012 年版。

5. 马力主编:《中国儿童电影三重奏：文化・艺术・商品》，北京师范大学出版社 2011 年版。

6. 计敏:《任德耀与上海儿童剧创作》，上海书店出版社 2014 年版。

7. 陈立强:《电视剧理论与编剧技法》，中国电影出版社 2012 年版。

8. 陈晓春:《电视剧编剧理论与创作技巧》，北京大学出版社 2003 年版。

9. [美] 理查德 .A. 布鲁姆:《电视与银幕写作》，徐璞译，华夏出版社 2003 年版。

10. 高满堂，刘和平，朱苏进，王宛平等:《编剧课堂》，作家出版社 2016 年版。

11. 李宝群:《李宝群剧作集》，中国戏剧出版社 2015 年版。

12. 薛梅:《留守小孩》，北京交通大学出版社 2017 年版。

与儿童剧结缘

我相信缘分。

二十年前的某个冬夜，我在单位值班，顺手打开电视机。电视上，巩俐在流泪。看了一会儿才弄明白，巩俐饰演了一位单亲妈妈，带着一个七八岁的男孩儿。孩子听力有障碍，为了给儿子买一个耳蜗，让他像正常孩子一样生活学习，巩俐经历了种种磨难。

看着看着，我的眼睛竟然湿润了。虽然，到现在我也不知道那部电影的名字。但是，却由此萌发了写一个儿童戏曲的念头。这才有了我第一部和儿童有关的作品——儿童戏曲《今宵月儿圆》。

现在回想起来，如果不是那天晚上值班，如果不是因为无聊打开了电视机，如果不是看到了巩俐的那部电影，我也许不会踏入儿童剧创作这块儿领地。

记得是 2002 年，我拿《今宵月儿圆》参加了河南省优秀剧本征集活动，得了一个入围奖。奖项虽然不高，却受到省里面几位专家的关注，给我鼓励，帮着寻找排演单位。

也就是在那一年，我遇到了几位值得我隆重感谢的人。

当时，郑州电视台的张惠民导演受中央电视台委托，正在筹备创作一部儿童科幻电视剧《快乐星球》，急需儿童剧编剧，组建创作队伍。由于《今宵月儿圆》的缘故，省社科院的韩宇宏和省艺术研究院的刘景亮两位专家认为我比较合适，便不吝溢美之词，极力向张导举荐。和张导在郑州豫棉宾馆见面，一见如故，一拍即合，才有了我俩长达十年之久的合作。

《快乐星球》创作之初并不顺利，几个编剧分头写，风格不统一，情节有错乱。剧本初稿送到中央电视台影视部，责任编辑王浩主任认为，编剧们的创作思路不一致，需要有一个人起到穿针引线的作用，把握该剧总的创作理念。他充分肯定了我的创作水准，力主我作为这部戏的总编剧。我也就成了被张惠民导演戏称为“钦定”的总编剧。

《快乐星球》从第一部开始，一部一部做下来，其中的苦辣酸甜，张惠民导演和我最清楚。值得欣慰的是，我们咬着牙坚持下来了。更值得欣慰的是，《快乐星球》赢得了亿万小观众的喜爱。

给孩子们带去快乐的同时，我也收获了快乐。有一年暑假，我和儿子一起爬泰山。我们走到半山腰，在路边的一个摊位前，儿子看到一个小朋友正在看《快乐星球》读物，那位小朋友边看边向他的妈妈讲述里面的人物，谁是乐乐，谁是多面体，谁是老顽童爷爷……听到这儿，我们不由自主地停下了脚步。通过聊天，我们得知那位小朋友非常喜欢《快乐星球》。这时，儿子问那位小朋友：“你知道《快乐星球》是谁写的吗？”“不知道。”儿子很自豪地告诉他：“是我爸爸写的！”那位小朋友和他的妈妈听了，用羡慕和敬佩的眼光看着我们父子俩。那一刻，我觉得所有辛苦和付出都得到了丰厚的回报，感到自己是最快乐的人。

《快乐星球》获得成功后，便有朋友劝我写本书，把自己的创作经验、教训和感悟写出来，供热爱儿童剧创作的人们参考。我总觉得时机还不成熟，还需要思考，还需要沉淀。这一沉淀就是三年。

时间到了2015年，又有了一次机缘巧合。作为河南省的“四个一批”人才，有资格申报人才资助项目计划。市委宣传部的张驰科长极力动员我抓住这次良机。听从建议，我以撰写理论专著《儿童剧创作新探》为项目，进行了申报。也许是由于现有的儿童剧编剧理论专著太少，项目顺利通过评审。于是，我从儿童剧创作的实践者，转变为儿童剧创作理论的研究者。正在专心写作书稿的时候，省文化厅又送来了一场及时雨，河南省艺术扶持资金个人理论专著出版专项扶持开始申报。《儿童剧编剧理论与实战技巧》（原名《儿童剧创作新探》）成功入选。从写作到出版，省委宣传部和省文化厅给予了全方位的支持。除了感谢，无话可说。

与中国戏剧出版社结缘，也源于一次偶然。2017年，我有幸参加了文化部主办的戏曲艺术人才“千人计划”编剧研修班。在中国戏曲学院学习期间，除了听各路大咖的精彩演讲之外，还结识了戏文系的田志平教授。由田教授热心引荐，我专门拜访了戏剧出版社的肖楠主任，为书稿找到了最合适的出版单位。

时光匆匆，一路走来，需要感谢的人还有许多：

感谢《东方艺术》总编李红艳女士，

感谢市委宣传部和市文广旅局的领导，

感谢市图书馆吴保成馆长和张雯女士，

感谢各位关注本书写作、出版的朋友们，

感谢我的家人！

最后，隆重感谢著名剧作家李宝群先生、胡红一先生的鼎力支持，隆重感谢欣然为本书作序的谢柏梁教授！

图书出版，只是漫漫旅途中的一个驿站。接下来还有许多事要做，稍事休息，整理行囊，再出发！

2019 年 5 月 16 日夜写于焦作